François Maspero (1932-2015) a été éditeur et également directeur de revues (*Partisans, L'Alternative*). Auteur de romans, de récits de voyages, d'essais historiques, il fut aussi traducteur, notamment de John Reed, Joseph Conrad, Francesco Biamonti, Álvaro Mutis, César Vallejo.

François Maspero

LES PASSAGERS DU ROISSY-EXPRESS

PHOTOGRAPHIES D'ANAÏK FRANTZ

Postface de l'auteur

Éditions du Seuil

TEXTE INTÉGRAL

ISBN 978-2-02-063133-4
(ISBN 2-02-012467-X, 1re publication)
(ISBN 2-02-014605-3, 1re publication poche)

I

Plaine de France

Le train en question partait du plateau désert une fois par an, le 20 février, et atteignait sa destination, une petite station estivale située dans les terres chaudes, entre le 8 et le 12 novembre. Le parcours total était de 122 kilomètres, dont la plus grande part était constituée par la descente au milieu de montagnes brumeuses entièrement plantées d'eucalyptus.

Alvaro Mutis, *Le Voyage*

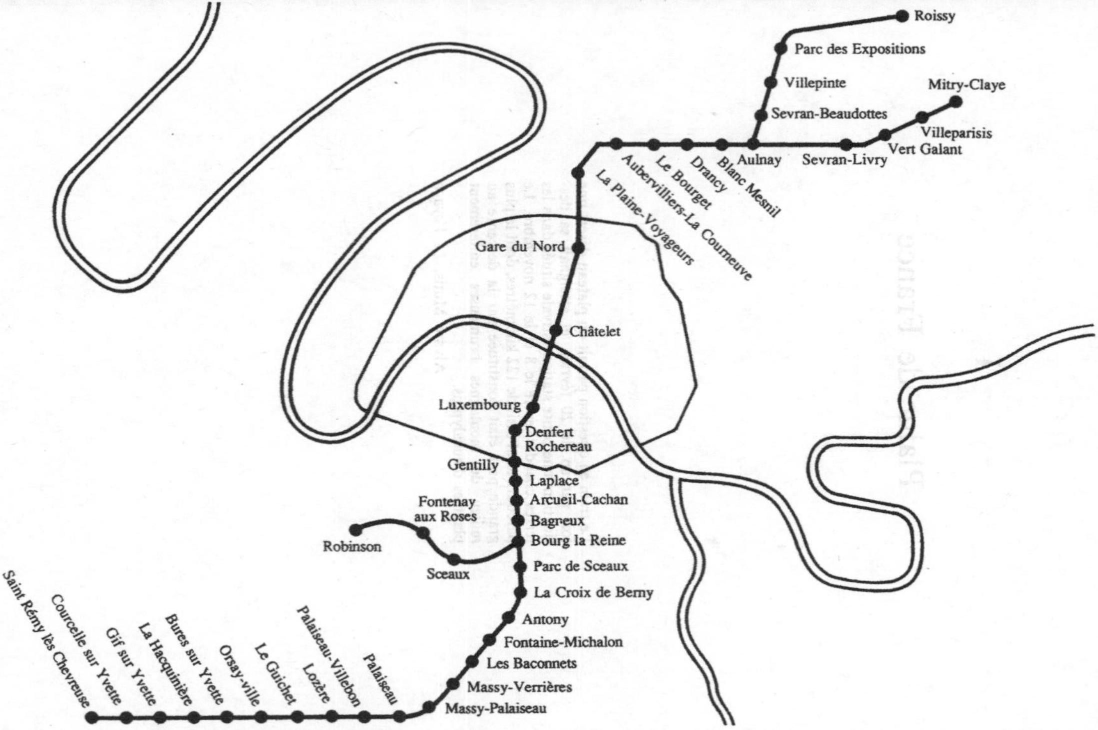
Roissy
Parc des Expositions
Villepinte
Sevran-Beaudottes
Mitry-Claye
Villeparisis
Vert Galant
Sevran-Livry
Aulnay
Blanc Mesnil
Drancy
Le Bourget
Aubervilliers-La Courneuve
La Plaine-Voyageurs
Gare du Nord
Châtelet
Luxembourg
Denfert Rochereau
Gentilly
Laplace
Arcueil-Cachan
Bagneux
Bourg la Reine
Fontenay aux Roses
Robinson
Sceaux
Parc de Sceaux
La Croix de Berny
Antony
Fontaine-Michalon
Les Baconnets
Massy-Verrières
Massy-Palaiseau
Palaiseau
Palaiseau-Villebon
Lozère
Le Guichet
Orsay-ville
Bures sur Yvette
La Hacquinière
Gif sur Yvette
Courcelle sur Yvette
Saint Rémy lès Chevreuse

1

La station Châtelet et le fantôme de l'Opéra. – Traversée d'un désert de plusieurs millions d'habitants ? – Naissance d'un projet. – Roissy-béton et Roissy-village.

Mardi 16 mai 1989. A neuf heures du matin, ils ont rendez-vous sur le quai de la station Châtelet-Les Halles, direction Roissy-Charles de Gaulle. L'aéroport international sera leur première étape, le tremplin qui leur permettra de gagner les espaces de leur grand périple : ils partent pour un mois. Pour un mois, adieu Paris.

Ils ont bouclé chacun leur sac de voyage, veillant à ce qu'il ne soit pas trop lourd : il faut pouvoir le porter aisément mais il faut aussi qu'il contienne ce peu de superflu encore plus nécessaire que le nécessaire – le linge de rechange (quel sera le climat, en ce printemps capricieux ?), le livre à lire le soir, les cartes, cartes à jouer et cartes pour s'orienter.

Ils se retrouvent face à face au bout du quai, pris entre deux rangées d'écrans de télévision – ceux qui sont destinés au conducteur et qui lui donnent une vision du train en enfilade, et ceux qui s'adressent aux usagers pour les distraire ou les instruire, allez savoir, et sur lesquels défilent des gesticulations aux couleurs improbables scandées de rythmes borborygmiques : le degré absolu de la pollution.

Face à face, avec leurs inquiétudes petites et secrètes, celles qui accompagnent les grands départs, angoisses diffuses qu'il ne faut pas avouer à l'autre, qui concernent tout et rien, qu'avons-nous oublié, et le temps qu'il fera ou qu'il ne fera pas, et les gens que nous rencontrerons ou que nous ne rencontrerons pas, et où coucherons-nous ce soir, et comment le, comment la supporterai-je, lui, elle, ces semaines durant, et le projet de ce voyage ne va-t-il pas se révéler enfin, à l'épreuve, dans sa vérité nue, son absurdité, son insignifiance, son inexistence, qui sait si nous n'allons pas nous dire à la fin d'un jour interminable : rentrons chez nous, il n'y a rien à voir, qui sait si tout le monde ne va pas nous crier : rentrez chez vous, il n'y a rien à voir.

Un voyage qui ne tiendrait pas la route.

*

François aime, dans les récits des grands voyages transatlantiques, le moment où l'auteur hume pour la première fois l'odeur des terres inconnues : c'est ainsi que dans un petit livre bleu qu'il vient de lire, Jean-Louis Vaudoyer, en route voici soixante ans vers La Havane sur un joli paquebot, raconte que « le Cancer franchi, l'haleine des Antilles chargea l'air d'un parfum organique ». Mais nul besoin pour cela de franchir un tropique : l'arôme organique flotte en permanence dans la station Châtelet-Les Halles. L'ami Yves Lacoste, le grand géographe, celui qui sait tout de la géostratégie et de la géopolitique, l'a affirmé à François : « A la RATP les ingénieurs s'arrachent les cheveux, ils n'arrivent pas à trouver d'où ça vient, ils ont tout essayé, ils n'y comprennent *rien.* » Anaïk, et avec elle les millions de gens qui passent par là, persiste à croire que ce sont les égouts. L'une des maximes élémentaires du voyageur étant de se méfier des explications qui vous sautent au nez, François, lui, qui fait toujours dans le culturel, suggère que cela vient de loin, de la station Auber, par le tunnel : c'est le fantôme de l'Opéra qui se promène en barque sur le lac souterrain de la Grange Batelière en agitant de ses rames les boues pestilentielles.

Depuis une dizaine d'années les trains du RER portent, selon leur destination, des petits noms de quatre lettres. De A à J, ils vont tous vers le nord ; de K à Z, vers le sud. Ou le contraire, je ne me rappelle jamais. Il y en a de tendres : LILY, EMMA, PAPY. De carrément farouches : KNUT. Un temps il y eut PRUT, et puis un beau jour, allez savoir ce qui s'est passé dans la tête aux cheveux arrachés des ingénieurs de la RATP (ou de la SNCF, parce qu'il ne faut pas oublier que ce RER-là, c'est une *interconnexion*), un beau jour, pfuitt ! PRUT a disparu, volatilisé. PRUT, KNUT, PAPY, LILY. Chacun de ces petits noms correspond à une *mission.* Ainsi entre Gare du Nord et Aulnay sous Bois, GUSS ne s'arrête pas aux stations où s'arrête EPIS, sauf au Bourget, et vice versa naturellement. Ou le contraire, je ne sais plus. Des trains qui jouent à saute-mouton. *Mission* : c'est probablement cela, le vocabulaire de la modernité. Et puis il y a un petit côté Saint-Exupéry, le conducteur doit se sentir un peu comme sur les lignes de l'Aéropostale, traversée de l'Atlantique sud, les Andes, aucune bête au monde, le courrier avant tout. Mission sacrée, mission Marchand, Fachoda, terres de mission, saints martyrs : mission, missionnaires, ce sont des mots qui veulent dire plein de choses, y compris qu'on part chez les sauvages.

Donc la rame entre en gare : elle est tricolore comme elles le sont toutes, vive la France. Ils ont de la chance, c'est EMIR, un direct qui ne s'arrête pas avant Aulnay, et le wagon est presque vide. A cette heure-là, la grande migration du matin est déjà terminée, et de toute manière elle se fait dans l'autre sens.

Un beau temps pour un voyage de printemps : un ciel sans nuage où le bleu n'est vraiment bleu qu'au zénith puis se dégrade, en descendant vers l'horizon, en mauve, mauve-gris, gris acier, gris plomb. Un peu sale, ce ciel. Surtout quand on regarde en arrière, du côté du Sacré Cœur vu de dos. Mais il ne faut pas oublier que les vitres du train sont teintées, elles-mêmes grisaillantes. Pas de risque de coups de soleil dans le RER : prévoyants ingénieurs chauves.

Et les gens, où sont-ils ? Presque pas d'êtres humains visibles. Des voitures, oui. Voitures qui filent serrées sur l'autoroute franchissant le canal Saint Denis. Voitures rangées à perte de vue sur les parkings des gares. Voitures neuves entassées sur les quelques trains de marchandises en attente au bout d'une voie. Trouver un visage ? Les fenêtres des grands ensembles sont trop éloignées pour être discernées. Plus proches, les rues sont désertes. Un être vivant ? Plus loin, vers Roissy, dans les grandes étendues vertes ou pelées, jachères semées de constructions rectangulaires, tôle et ciment, et d'arbres rabougris, ils verront un lapin. Et il y a eu, du côté d'Aubervilliers-La Courneuve, le long de la voie, de grands iris bleus, et des coquelicots entre les voies.

Jadis, il n'y a pas si longtemps, le paysage ferroviaire clamait des convictions politiques et sociales. Vers Blanc Mesnil une antique inscription affirme encore qu'unis les travailleurs ne laisseront pas mourir une usine dont le temps a effacé jusqu'au nom. Aujourd'hui les clameurs du paysage ne sont plus que publicitaires, essentiellement ménagères, mobilières, électroniques et vaguement polissonnes. Mais il y a, pour leur répondre, les tags. Ou les grafs. Qui, parfois, vous pètent à la gueule. Partout : sur les murs, les ponts, les abris des quais. Dans le train même. Un peu trop souvent sinistres. Parfois beaux. Plombés sous le soleil plombé à travers les vitres plombées. Les tags dévorent déjà les affiches de Lutte ouvrière, enfin du social, enfin du politique, à la station Parc des Expositions. Hier, c'était la fête de Lutte ouvrière. Ils n'y sont pas allés cette année, nos voyageurs. « Tu te souviens du temps où ? Le soleil clair, la fête, la vraie, allongés dans l'herbe sous le ciel immense où filaient les nuages, la loterie aux canards vivants, le discours d'Arlette, la course en sac, le débat sur l'impérialisme et le tiers monde, la joie des enfants, et la nôtre, et ce monde à faire, à refaire, différent ? – Non, dit Anaïk, je ne me souviens pas : je ne suis jamais allée à la fête de Lutte ouvrière. »

A la gare de Roissy, ils prennent le car, la navette pour l'aéroport I, celui qui a la forme d'un fromage dans lequel on tourne, tourne tourne. A dix heures et demie, ils sont devant le grand tableau des départs. Anaïk choisit Brazzaville, François hésite entre Singapour et Cork. Anaïk proteste contre la laideur et François proteste contre la faculté de protestation d'Anaïk. « Tu me fatigues avec tes indignations. Tu ne vas pas commencer. – Mais c'est toi qui commences. Ça commence bien. »

Ils discutent de la notion de bel aéroport. Est-ce que ça existe ? demande l'une, ou l'un. François joue de l'archet du souvenir du temps qui, du temps où : Orly, la première année – était-ce en 1963 ? –, cette haute barre étincelante, bleu d'acier, pure et nette, dressée solitaire au bout de l'autoroute qui fonçait vers elle, dans elle, sous elle : il finissait son travail à minuit et du cœur de Paris il roulait, jusqu'à Orly ; l'intérieur de l'aérogare était immense et lumineux, les échos cristallins, c'était l'heure du dernier vol et du dernier café, et il y avait un couple de canards chinois dans le jardin japonais au tournant des escaliers roulants, entre la grande salle et les terrasses. On rêvait sur les terrasses obscures cernées par la lumière orangée des grands projecteurs, et on était un petit peu heureux. Mais où sont les canards d'antan ? Bouffés, bien sûr, comme ceux de Lutte ouvrière. « Tu me fatigues avec tes souvenirs, dit Anaïk. – Mais, dit François, à quoi servent les voyages si ce n'est à évoquer des souvenirs ? – Un bel aéroport, reprend Anaïk, c'est peut-être un hangar au bout d'une piste : Ziguinchor, les enfants joyeux entourant le vieux DC3 au bout du tarmac ? – Ou bien, renchérit François, ou bien Mourmansk, une baraque du grand Nord et cette halte au soleil de minuit, étrange escale que je fis sur la route tordue de La Havane ? – En tout cas, dit Anaïk, ce n'est *pas* Roissy : ici je me sens comme une souris dans un labyrinthe. – Un rat, plutôt, dit François. Et dans un fromage, bien sûr. – N'en rajoute pas, dit Anaïk. »

Un lendemain de Pentecôte, dans la matinée, il n'y a guère d'affluence, la vie va au ralenti. Ils font leurs achats de dernière minute. A la librairie ils trouvent la carte qu'ils ont cherchée partout dans Paris, la précieuse carte Michelin au 1/15 000, la carte magique n° 20 qui couvre, dans ses moindres détails, la quasi-totalité de la première moitié de leur itinéraire : sauvés.

Ils s'installent devant un café aqueux. Anaïk ne parvient pas à obtenir de verre d'eau. Qu'on le sache dès le départ : Anaïk ne prend jamais de café sans *son* verre d'eau. D'ailleurs il paraît que la réglementation des débits de boissons en France est formelle : tout consommateur a *droit* à un verre d'eau *fraîche*. Gratuit pour le client. Obligatoire pour le patron.

Ils rédigent les dernières cartes postales avant le vrai départ. Un peu d'émotion, légère. Enfin, il faut bien y aller : c'est l'heure de l'embarquement.

Ils se dirigent vers l'arrêt de la navette qui les ramènera à la gare SNCF. Ils veulent se rendre à Roissy-village. Connaissez-vous Roissy-village ?

*

L'idée de ce voyage c'est lui qui l'a eue. Bien sûr elle était là, tapie en lui, qui hibernait depuis longtemps, des années. Peut-être l'avait-elle déjà effleuré, par exemple voici trois ans quand au fin fond de la Chine ils étaient trois à se traîner, à traîner nagra, micros et bandes magnétiques, à traîner une escorte d'accompagnateurs-interprètes-flics (le nagra, c'est le magnétophone le plus professionnel du monde, le *nec plus ultra*, l'engin de prédilection de Radio-France qui a la spécialité de vous envoyer au bout du monde faire des reportages légers, légers, légers, avec cet appareil lourd, lourd, lourd – et les Chinois-flics, ils étaient là pour surveiller les Chinois-interprètes qui étaient là pour traduire les Chinois-accompagnateurs qui étaient là pour surveiller...) ; et il s'était dit bougre d'imbécile qui veux raconter aux autres le monde des autres, alors que tu n'es même pas fichu de te raconter à toi-même ton monde à toi, tu peux toujours prendre l'air compétent et professionnel pour annoncer qu'à Shanghai il y a deux mètres carrés de logement par habitant, mais que sais-tu de la manière dont on vit à une demi-heure des tours de Notre-Dame ? Tu te moques de tous ces gens qui vont faire un petit tour en Chine et qui en rapportent un livre, mais toi que serais-tu capable de rapporter de La Courneuve ou de Bobigny-Pablo Picasso où mènent les métros que tu prends tous les jours dans le pays où tu vis ? Toi qui en bon Français parles tant de tout et de rien, est-ce que tu es jamais descendu, rien que pour voir, à Sevran-Beaudottes ou aux Baconnets, des stations où tu passes si souvent depuis tant d'années...

Mais l'idée précise de *ce* voyage-*là*, il sait bien quand elle lui est venue. Il peut en dire l'année, le jour, l'heure et presque la minute (il suffirait de consulter un vieil horaire du RER, ligne B, heure d'hiver) : un 2 janvier à 15 heures 30, entre Parc des Expositions et Villepinte.

Le matin de ce jour-là, il avait reçu un appel de Roissy : une amie y était en transit entre deux avions. Elle venait d'un autre continent et repartait pour un autre continent. Il était allé la retrouver, pour un temps si bref, dans cet espace hors de tout temps et de tout espace réels. Ils ne s'étaient pas vus depuis si longtemps : comme toujours, ils avaient tant de choses à se dire qu'ils ne trouvaient rien à se dire. Et ils ne se reverraient plus avant si longtemps. Ou peut-être même ils ne se reverraient plus. Comme chaque fois qu'ils se retrouvaient, ils étaient là à se demander, sans le dire à l'autre, comment cela pouvait être ainsi, pourquoi, pourquoi. Autrefois ils avaient rêvé de vivre ensemble et de faire de grands voyages, ils étaient complémentaires, chacun savait voir le monde avec ses yeux et les yeux de l'autre, et parler, et entendre comme l'autre parlait et entendait. Et ils avaient continué à vivre et à voyager chacun de son côté, sachant bien que leur manqueraient toujours, partout, les yeux, la voix de l'autre, que leur manquerait toujours, partout, l'autre. Absurde déjeuner dans le restaurant de l'aéroport, luxe ridicule, émotion des mots pas prononcés, regards, peau à peine effleurée, douceur des lèvres et déjà l'adieu. On avait annoncé son avion, il l'avait accompagnée jusqu'au dernier contrôle et il était parti de son côté reprendre le train pour Paris.

Et c'était pendant ce retour, grisaille, pluie, abandon, dans le wagon vide des heures creuses, qu'il avait eu soudain, comme une évidence, l'idée de ce voyage, parce qu'il regardait par la fenêtre du RER les formes de la banlieue, yeux malades de solitude sur le paysage mort de cet après-midi d'hiver, parce qu'il regardait cela comme un monde extérieur qu'il aurait traversé derrière le hublot d'un scaphandre. Assez de grands voyages intercontinentaux, assez de distances parcourues sans rien voir de plus qu'à travers les vitres embuées du Transsibérien, assez de ciels sillonnés au-dessus des nuages et des océans. Tous les voyages ont été faits. Ils sont à la portée de quiconque peut se payer le charter. Tous les récits de voyages ont été écrits. Et Monsieur Fenouillard a depuis longtemps résumé toute la philosophie des voyageurs, du *Si Yeou Ki* à Paul Morand en passant par Christophe Colomb. Les étendues secrètes à découvrir, elles étaient là, sous ses yeux, inconnues de ceux-là même qui les traversaient quotidiennement et souvent de ceux qui les habitaient : incompréhensibles espaces désarticulés de ce qui n'était plus une géographie et qu'il faudrait bien essayer de réécrire. Bien inconnues, ces contrées, et secrètes, oui vraiment. C'était autre chose que le forfait Lima-Titicaca-Machupicchu ou les châteaux de la Loire.

Et peut-être y avait-il eu aussi la lecture, la rumination dans ce train qui se peuplait lentement de voyageurs gris, blancs, bruns, noirs, jaunes ou roses, de l'article de Maurice Nadeau dans le dernier numéro de *La Quinzaine littéraire* sur un livre « d'une nonchalance étudiée », écrivait-il, « le récit d'un voyage à la fois sentimental et initiatique, une découverte, un enchantement » : *Danube*, de Claudio Magris, chez un éditeur qui portait un si joli nom, l'Arpenteur ? Voici ce qu'il avait lu entre Aulnay sous Bois et La Plaine Voyageurs :

> Le projet est un peu celui qu'on nous donnait à réaliser en géographie, dans la classe de primaire supérieur : suivez le cours du Rhin, ou du Mississippi, ou du Danube, et parlez de ce que vous rencontrez en route. Un travail plein d'agrément, mais qu'il fallait faire de tête, avec nos pauvres connaissances. Claudio Magris, lui, l'effectue sur le terrain... Avec en sus la couleur du ciel, l'atmosphère du Café central à Vienne, la largeur du Danube à Budapest, une chevauchée (en voiture) dans les puztas hongroises ou emmi les chardons du Baragan...
> Prenez un atlas. Pays que traverse le Danube ou auxquels il sert de frontière :...

Rentré chez lui, il avait pris un atlas mais bien sûr il n'y avait pas trouvé son affaire, alors il s'était rabattu sur la carte Michelin « Environs de Paris » (la verte, au 1/100 000, une bien trop petite échelle à vrai dire), il avait souligné au feutre rose, luminescent, le tracé de la ligne B du RER, celle qui se coule à travers la région parisienne du nord au sud, ou plus exactement du nord-est au sud-ouest, de Roissy-Charles de Gaulle à Saint Rémy lès Chevreuse, et regardé les pays ainsi traversés : il avait vu que la ligne partait du cœur de la plaine de France pour arriver au cœur du Hurepoix, ça au moins ce sont des pays bien de chez nous, ça sent la glèbe : tout en haut il y avait les forêts du Valois où Gérard de Nerval avait chanté, dansé et embrassé qui vous voudrez (avant d'aller se pendre pas bien loin de la station Châtelet-Les Halles, rue de la Vieille Lanterne, un prolongement disparu de la rue de la Tuerie démolie depuis longtemps, se pendre par une nuit d'hiver combien plus froide que celle-ci : « Ne m'attends pas ce soir, la nuit sera noire et blanche »), et tout en bas il y avait les blés de la Beauce au milieu desquels Péguy avait marché, prié et fait Dieu sait quoi (avant d'aller se faire tuer d'une balle dans le front sur les bords de l'Ourcq, à l'autre extrémité de la carte, un jour de septembre 1914 où il faisait soleil, se faire tuer en criant : « Tirez, mais tirez donc, nom de Dieu. »)

Ensuite il avait consulté le plan du métro régional express et il avait vu que la ligne comptait 38 gares, y compris celles de la traversée souterraine de Paris, pour un parcours d'environ 60 kilomètres, et qu'à raison d'une gare par jour, en sautant celles de Paris et en en gommant quelques petites, ce serait près d'un mois qui lui serait nécessaire pour mener à bien un tel voyage. Un mois au cours duquel, avait-il décidé, il ne rentrerait jamais à Paris.

Et au bout du long voyage, à trois kilomètres de la gare de Saint Rémy lès Chevreuse, il pourrait gagner la vieille maison familiale de son enfance, à Milon la Chapelle. Et vivre enfin aussi heureux qu'Ulysse ; ou encore : « *Leben wie Gott in Frankreich.* »

Ce serait un vrai voyage : chaque soir, il faudrait chercher un hôtel. Ou alors s'arrêter chez des amis. A propos, avait-il beaucoup d'amis du côté de Massy-Palaiseau ou d'Aubervilliers ? Il avait vu aussi qu'il traverserait des cités nouvelles et des banlieues anciennes, des zones industrielles et peut-être d'autres encore agricoles, ce n'était pas très clair sur les cartes (celle éditée par l'Institut géographique national et *Le Nouvel Observateur* indiquait, sur la droite de l'autoroute du Nord, du côté de Roissy : « Champs de tulipes » ; il faudrait vérifier ça) ; et sur tout cela, sans trop s'écarter de la voie ferrée, habitaient bien deux millions d'habitants, Paris exclu, répartis sur cinq départements. Serait-il possible de retrouver là-dessous les traces du passé, les traces de la plaine de France et du Hurepoix ? Mais qu'est-ce qui l'intéressait le plus : le dessous ou le dessus ? Le passé ou le présent ?

Après quoi il avait décroché son téléphone, il avait appelé Anaïk et lui avait demandé ce qu'elle pensait de cette idée qui lui était venue, oui, un peu bizarre, un peu sotte peut-être aussi... « Je suis ton homme », avait dit Anaïk.

Oui, c'est ainsi que le projet avait pris corps et qu'ils avaient décidé de faire le voyage ensemble.

*

Cela fait des années qu'ils se connaissent. Un jour, au temps lointain où François fabriquait les livres des autres, il avait vu arriver Anaïk avec un gros paquet de photos prises dans le bidonville du Chemin des Alouettes à Carrières sur Seine, où elle avait vécu plusieurs mois pour des raisons qu'elle n'avait pas données ; il n'avait pas publié les photos, il ne publiait jamais de photos, il avait tort d'ailleurs. Et peut-être aussi les photos d'Anaïk, qui en était à ses débuts, avaient-elles encore quelque chose d'inachevé, mais cela il aurait été bien incapable de l'expliquer et elle, à l'époque, de le comprendre.

Peu de temps après, un jour qu'il était allé voir son ami Georges Pinet qui était avocat dans un collectif – c'était le temps où beaucoup de camarades croyaient au travail collectif, c'était le temps où on croyait à la générosité, c'est dire si cela remonte loin –, un jour donc qu'il était allé voir Georges Pinet dans sa taupinière d'avocats gauchistes boulevard Ornano, tandis qu'il attendait son tour dans l'entrée, la standardiste dont les ongles bleus le fascinaient lui avait demandé tout d'un coup : « Je voudrais que tu m'expliques ce que tu penses de mes photos. » Il avait donc remonté des ongles bleus aux yeux bleus et il avait découvert que la standardiste était la photographe prénommée Anaïk ; il lui avait expliqué qu'il était incapable de lui expliquer pourquoi il ne pouvait pas lui expliquer, et ses explications avaient probablement été convaincantes, puisqu'à partir de ce moment-là ils n'avaient jamais cessé de se voir, elle n'avait jamais cessé de lui montrer ses photos ; et il disait toujours qu'il les aimait, mais qu'il ne pouvait pas lui dire pourquoi ni comment, que c'était ainsi, une réaction, une attirance naturelles, la certitude que quelque chose se passait, quand il les regardait, qui ressemblait à un coup de cœur. Il leur était arrivé de ne pas se voir pendant des mois. Il y eut des années où elle ne lui fit pas d'autre signe que de lui envoyer par la poste, de temps en temps, un tirage : des mariniers échoués dans le bras mort de Conflans, des gitans d'Annecy, la vieille épicière de la rue de l'Ouest ; comme une page d'un album de famille, pour donner des nouvelles. Il savait que viendrait toujours le moment où elle lui montrerait les autres. Il attendait, et c'était toujours la même découverte inquiète et heureuse.

Anaïk habitait impasse de l'Ouest mais elle passait sa vie aux frontières. Pour cela, elle pouvait aller en Afrique, comme elle le fit une année, mais elle pouvait aussi bien ne pas quitter le quatorzième arrondissement. Le Montparnasse où elle vivait n'était pas celui du boulevard, des lumières et de la tour, c'était un quartier du bout du monde, fait de petites rues et de petites gens. A dix-huit ans, elle fit de ceux-ci ses premières photos et sa seule famille. Aujourd'hui le vieux quartier n'existe plus. Anaïk a suivi sa démolition, rue par rue, maison par maison, jusqu'à ce que vienne le tour de la sienne. Elle a vu partir les vieux, exilés vers des banlieues qui leur faisaient peur. Elle a vu arriver les ouvriers des chantiers, portugais et maghrébins. Elle a vu s'installer, passagers en transit dans les logements voués à la disparition, les locataires précaires, squatters, familles sans toit, immigrés d'Afrique et d'Asie. Rôder les clandestins et les dealers. Quand tout fut terminé, quand d'autres habitants, anonymes ceux-là, eurent pris possession des tours neuves, à l'abri derrière les codes électroniques et les interphones, quand elle-même eut réussi à être relogée dans une HLM des années 20 de la ceinture des Maréchaux, entre boulevard extérieur et périphérique, à l'extrême limite de son quatorzième, la famille d'Anaïk s'était démesurément agrandie : il lui était poussé des ramifications dans les couloirs du métro, sur les rails rouillés de la petite ceinture, dans les cités-dortoirs, les pavillons de banlieue, dans les hôpitaux-asiles-hospices-mouroirs pour vieux du côté du Kremlin Bicêtre et de Nanterre, chez les prostituées de Pigalle, chez les gitans de la porte de Vanves, sur tous les chemins qui, au cœur des villes, ne mènent apparemment à rien et que les gens pressés ne prennent pas, ne connaissent pas.

Les photos d'Anaïk avaient chacune une longue histoire. Elles n'étaient pas faites par surprise, elles n'étaient jamais agression. Ni images à la sauvette ni images-viol. Pas de mise en scène, non plus. Les visages n'y sortaient pas de l'inconnu pour retourner à l'anonymat : chacun y portait un nom, chacun était relié à des souvenirs, des confidences, des repas, un peu de chaleur partagée, des heures vécues ensemble. L'histoire qu'elle racontait était toujours une histoire *à suivre.* A cause de tout cela, François avait l'habitude de dire qu'elles avaient quelque chose à voir avec le conte arabe ou le palabre africain. C'étaient des photos qui prenaient leur temps.

Cheminer avec Anaïk dans Paris, c'était toujours, à un moment donné, se faire arrêter au détour d'un trottoir par M. Marcel ou Mlle Louise. Des gens bizarres, la plupart du temps, de ceux qu'on appelle marginaux, asociaux ou même clochards ; et c'est encore ainsi aujourd'hui. La seule chose qu'elle n'a vraiment pas bien su faire, Anaïk, pendant toutes ces années, c'est de les vendre, ses photos. Peut-être ne savait-elle pas s'y prendre. Trop souvent ses photos déplaisaient, irritaient : pourquoi photographier *ça* ? Ça, c'était justement ce monde qu'on a sous les yeux et qu'on ne voit pas : ce monde des frontières, qui, à chacun de nous, fait un peu peur. Ou même très peur. Des fois qu'on s'apercevrait que c'est aussi notre monde à nous. Qu'on pourrait bien y basculer un jour. Mais non : impossible. Impensable. Et insoutenable. Assez de misérabilisme. Et si ces frontières-là étaient celles de la mort ? « Mais bien sûr, disait Anaïk : ce sont bien les frontières de la mort que je cherchais. » Et plus ses photos étaient simples, plus elles apparaissaient comme des défis à ceux qui voyaient de l'horreur là où elle avait mis de la tendresse.

Peut-être aussi y avait-il en elle quelque chose qui disait non, qui refusait au dernier moment de livrer son travail à la publication, aux regards anonymes, de même qu'on n'ouvre pas devant n'importe qui son album de famille ?

Pour vivre de son métier, Anaïk a fait des drôles de photos différentes : photos de mode, photos de plateau pour le cinéma, photos de scène ; mais elle n'arrivait pas à rester à la surface du spectacle, à la convention des masques : les acteurs, pour peu qu'ils fussent médiocres ou simplement préoccupés, n'y étaient pas flattés, et l'on voyait réapparaître sur leur visage la vérité, non celle de leur fiction qu'elle eût dû magnifier, mais celle de leurs angoisses. C'était cruel et ce n'était pas pour cela qu'elle était payée. Alors Anaïk a fait toutes sortes de métiers, ce genre de métiers qui n'en sont pas tout à fait, qui sont eux-mêmes aux frontières : modèle dans les ateliers de la Ville de Paris, fricoteuse de hamburgers de fast-foods, démonstratrice dans les grandes surfaces. Et il lui arrivait de dire que tout cela n'avait pas de sens. Que puisqu'elle ne pouvait pas vivre de ses photos, elle n'avait qu'à vivre sans elles. Mais pouvait-elle vivre sans ?

Elle a continué à photographier. Elle a quand même commencé à publier. Est-ce vraiment un hasard si sa première grande exposition, elle devait la faire à Berlin, la ville la plus frontière de toutes les villes frontières ? Un jour, elle a dit à François qu'elle ne comprenait pas ce qui se passait mais qu'elle voyait que sur ses photos le monde n'en finissait plus de s'ouvrir et de s'élargir. Et de sourire.

*

Ils en avaient d'abord plaisanté comme d'une idée un peu farce. Désormais, quand il entendait chez des amis parler de projets de voyage plus ou moins lointains – tourisme-affaires-famille-autres motifs, rayez les mentions inutiles –, François risquait sa plaisanterie : « Eh bien moi, je prépare un *grand* voyage : je vais *faire* la ligne B du RER. » Cela faisait rire, pas toujours autant d'ailleurs qu'il l'aurait espéré : on trouvait généralement la plaisanterie un peu niaise. Et snob. Il fut aussi surpris de découvrir que nombre de Parisiens ne connaissaient pas la ligne B du RER. Il fallait expliquer qu'elle partait de Roissy, etc. Certains se rappelaient alors : « Ah oui, c'est la ligne qui est toujours en grève. »

Puis au cours des semaines, au hasard du téléphone ou des rencontres, ils en avaient reparlé et voilà que peu à peu l'idée devenait moins farce : ils avaient fini par prendre le jeu au sérieux. Au point de commencer à vouloir en définir les règles.

Donc ils partiraient pour un mois loin de chez eux, disant adieu aux leurs, comme on part pour n'importe quel pays que l'on veut visiter. Il noterait, elle photographierait. Ce serait une balade le nez en l'air, pas une enquête : ils n'avaient nullement l'intention de tout voir, de tout comprendre et de tout expliquer. La règle de base, celle qui conditionnait toutes les autres, c'était de prendre le RER de station à station et, à chaque fois, de s'arrêter, de trouver à se loger et de se promener. Ils regarderaient les paysages, les admireraient ou les détesteraient suivant les cas, chercheraient les traces du passé, visiteraient les musées et iraient au spectacle si l'occasion s'en présentait, ils essaieraient de saisir la géographie des lieux et des gens : de voir leurs visages. Qui étaient ceux qui avaient habité là ? Comment y avaient-ils vécu, aimé, travaillé, souffert ? Qui y vivait aujourd'hui ?

Ce serait un voyage pour leur agrément et pour leur instruction : quelque chose entre les *Voyages en zigzag* de Töpfer et le *Tour de France de deux enfants* de la communale, mais sans l'accent suisse de l'un et sans la morale moralisante de l'autre. Ils le feraient au printemps, au mois de mai, parce qu'à cette époque les jours sont plus longs et qu'ils n'avaient nulle raison de se priver des plaisirs de la douceur printanière.

Préparer le voyage ? Il fallait consulter d'abord les guides. Ceux-ci s'avérèrent décevants. D'abord parce que les guides modernes ne sont plus conçus, comme jadis, sur le principe de l'itinéraire, mais sur celui de l'ordre alphabétique. De même qu'avec une montre à cristaux liquides on ne *voit* plus désormais le temps dans sa continuité en suivant le parcours des aiguilles, mais comme une fraction isolée « affichée » seconde après seconde et que rien ne relie aux précédentes ni aux suivantes, temps morcelé, temps en miettes, de même avec les guides modernes on ne *voit* plus l'espace : plus de trajet ferroviaire, plus d'itinéraire routier, plus de fil d'Ariane pour le piéton ; rien ne relie la juxtaposition de localités dispersées comme des pions au hasard de l'alphabet, espace morcelé, espace en miettes.

Mais les guides modernes de la région parisienne sont décevants parce qu'ils ont fait disparaître tout ce qui était intermédiaire entre les points importants, ce qui formait le tissu nourricier de l'espace traversé par le voyageur et qui était, dans leurs prédécesseurs, traité en quelques lignes : une seule même parfois suffisait pour faire *comprendre* au lecteur l'espace qu'il traversait. Quel guide raconte encore en 1989, comme le *Guide bleu* de 1921 :

> La ligne de Villers Cotterêt se détache à (4 km) la Plaine Saint Denis de celle de Saint Denis.
> 7 km. *Aubervilliers-La Courneuve.* Au S. *Aubervilliers* (trams de *Paris-place de la République* et d'*Opéra*), 40,180 hab., surnommé jadis Aubervilliers les Vertus à cause d'un pèlerinage longtemps célèbre à N.-D. des Vertus est aujourd'hui une populeuse agglomération industrielle [...] Au N. *La Courneuve* (desservie aussi par le chemin de fer de Grande Ceinture, p. 211), 56,645 hab., localité industrielle sur le Crould [...]
> 10 km. *Le Bourget-Drancy*, station desservant à 1 km N. Le Bourget, à 2 km S., Drancy.
> *Le Bourget*, 5,523 hab. sur le ruisseau de la Molette, fut les 28-30 septembre 1870 le théâtre de... *etc.*
> La voie longe à droite la gare de triage du Bourget. On traverse une vaste plaine qui..., *etc., etc.*

Ou encore :

> La vaste *plaine de France*, que la voie ferrée traverse dans sa partie N-O, à peine ondulée par des vallées presque insensibles du Rosne et du Crould, ruisseaux à faible débit,

est couverte de cultures assez riches et ne possède aucune forêt ; les routes qui la traversent sont presque toutes pavées. Elle ne se prête pas au tourisme proprement dit, promenades à pied, à bicyclette ou en automobile. Toutefois dans presque tous les villages on trouve d'intéressants monuments.

Allez donc chercher dans les guides d'aujourd'hui, bleus ou verts, Aubervilliers, La Courneuve, Drancy ; et si Le Bourget y figure, lequel vous dira jamais qu'y coule la Molette ? « Banlieue » et « Environs » de Paris se confondent désormais avec « Ile de France » et celle-ci n'est plus lisible que dans l'ordre alphabétique de ses monuments et « curiosités » : Saint Denis (sa basilique), Sceaux (son musée), Versailles (son château). Tant pis pour qui voudrait reconnaître quelques repères dans les vastes interstices de son parcours. Tant pis pour le voyageur. L'espace n'existe plus que sous la forme de *morceaux choisis*. On ne voyage plus, en région parisienne. On se déplace. On saute d'un point à un autre. Ce qu'il y a entre, c'est l'espace-temps indifférencié du trajet en train ou en voiture ; un continuum gris que rien ne relie au monde extérieur.

Comment se documenter, alors ? Il y a heureusement les vieux guides et les anciens itinéraires.

Et pour préparer un voyage dans les banlieues d'aujourd'hui, fallait-il se plonger dans la sociologie, la démographie, l'économie, étudier l'histoire des migrations ouvrières, du logement social, le plan Delouvrier, le schéma directeur de la région parisienne ? Fallait-il prévoir de rendre visite aux instances officielles, aux municipalités, aux différents offices et administrations ? Non, encore une fois, ce n'était pas une enquête. C'était juste un regard, le leur, et rien d'autre. Un regard attentif. En y mettant ce quelque chose de particulier qu'un ami de François, Miguel Benasayag, a défini dans un joli livre sur le bonheur : « Plutôt que de regarder, dire : ça me regarde. »

De ce voyage, François avait pensé un temps faire une série d'émissions pour la radio qu'il imaginait comme le pendant de sa traversée hivernale de la Chine, trois ans auparavant. Ils préférèrent finalement garder cette idée pour plus tard : ils eurent peur de la présence permanente du magnétophone, lui-même compagnon de voyage à part entière, de la contrainte, de la nécessité d'enregistrer coûte que coûte pour avoir au bout du voyage de la bande magnétique à monter, à diffuser. Ces choses-là ne se font pas à moitié. Ils voulaient garder une liberté : ils avaient déjà à noter et à photographier, François emporterait probablement, pour son usage personnel, comme un pense-bête, son Sony de poche, mais ils voulaient toujours, au gré de leurs intérêts, de leurs curiosités, de leurs plaisirs, et aussi au gré du soleil et du vent, demeurer libres de *ne pas* noter, de *ne pas* photographier, si le cœur n'y était pas. Ils décidèrent donc d'envisager plutôt ce voyage comme une sorte de repérage en vue de possibles émissions de radio à venir. Ils verraient bien, à leur retour.

Et si tout marchait bien, ils en feraient un livre.

Ils voyaient une règle de conduite, à laquelle ils devaient se tenir absolument : ne pas faire semblant. Ils étaient ce qu'ils étaient, et rien d'autre. Ils n'étaient des spécialistes de rien du tout. Ils n'étaient pas non plus des touristes innocents. Ils étaient des gens venus de Paris, ils publieraient peut-être le livre, peut-être pas, mais ils ne tricheraient pas, ils ne se déguiseraient en rien. Ils n'avaient pas de questions à poser sur les grands problèmes de société et pas d'interprétation à élaborer. Pour ça, ils n'avaient qu'à ouvrir les journaux, la télévision et cent livres. Ils laisseraient les questions venir se poser d'elles-mêmes : ce sont elles qui vous interrogent. Ils ne forceraient rien. Ils ne feraient rien que de très ordinaire. Ils laisseraient couler le temps, celui de tous les jours, et ils suivraient son rythme. Ils ne couraient pas le Paris-Dakar. Ils ne cherchaient rien d'exceptionnel. Ils ne cherchaient pas d'événements.

Timidement, ils commencèrent à interroger des amis. Ils recueillirent encore des sourires narquois, mais furent surpris d'être généralement pris au sérieux et même de soulever des enthousiasmes. Ils furent gratifiés de références littéraires : des nostalgiques évoquaient Cendrars, Doisneau, Prévert, Queneau, d'autres citaient le *Voyage au bout de la nuit* ; des malins s'enquirent : « Naturellement, *dans la réalité,* vous allez faire ça en voiture ? » ; d'autres, efficaces, parlaient de sponsorisation et d'autres encore de subventions à décrocher auprès du ministère de la Culture et de Conseils généraux, généreux, disait-on, avec les écrivains intéressés par leur département. Ils n'approfondirent pas cette notion nouvelle de littérature départementale. Ils eurent peut-être tort.

Une question revenait régulièrement – et elle devait les poursuivre tout au long de leur voyage : « Tout ça c'est très bien, mais qu'est-ce que vous avez exactement *derrière la tête* ? » C'était dit d'un air sévère, et quand ils essayaient d'expliquer qu'ils n'avaient rien *derrière la tête,* reprenant leur rengaine, voyage nez au vent où l'on passe sans s'attarder, voyage promenade, voyage pour le plaisir, ils se sentaient presque suspects. Coupables de faire semblant de ne pas être sérieux, ce qui n'était vraiment pas sérieux.

Ils découvrirent que beaucoup de Parisiens voyaient les banlieues comme un magma informe, un désert de dix millions d'habitants, une suite de constructions grises indifférenciées ; un purgatoire circulaire, avec au centre Paris-Paradis. Les banlieues étaient quelque chose qui se trouvait « tout autour ». Un terrain vague. Un terrain pour vague à l'âme. Un paysage livré en vrac, un peu déglingué, en perpétuelle recomposition. A remodeler. Ils apprirent aussi qu'il y avait plein de gens qui ne s'occupaient que de ça, du remodelage des banlieues, qu'il existait même un Observatoire des banlieues du Centre de création industrielle, à Beaubourg, et ils se sentirent bien petits.

Mais eux-mêmes, qui étaient tous les deux parisiens et qui, comme tels, avaient vécu depuis des années la lente transformation de leur quartier vivant en quartier-vitrine, en quartier-musée, elle à Montparnasse, lui à Saint Paul près de la rue Saint Antoine, ils avaient vu partir tout un peuple d'artisans, d'employés, de petits commerçants : tout ce qui faisait une rue de Paris. Ils s'étaient accrochés, mais ils avaient vu disparaître, chassés par la rénovation, la hausse des loyers, la vente des appartements, les modestes, les vieux, les jeunes couples et donc les enfants. Pour où ? Pour la périphérie. Pour les banlieues.

Paris était devenu une grande surface du commerce et un Disneyland de la culture. Où était passée la vie ? En banlieue. Le « tout autour » ne pouvait donc pas être un terrain vague, mais un terrain plein : plein de monde et de vie. Le vrai monde et la vraie vie. Le seul vague à l'âme qu'ils connaissaient, c'était celui qu'ils voyaient, qu'ils sentaient à tous les détours de leur ville. Et si le centre s'était vidé, s'il n'était plus qu'un centre bidon, cela ne voulait-il pas dire que le vrai centre était désormais dans le « tout autour » ?

Donc : il serait temps d'aller voir où est la vraie vie.

C'était probablement cela qu'ils avaient *derrière la tête*.

Ils furent surpris et contents d'entendre d'autres amis qui vivaient dans les banlieues, soit qu'ils y aient été exilés, soit que, pour les plus jeunes, ils y soient nés, les prendre très au sérieux : « Vous allez en voir des paysages, des choses, des gens différents. Vous verrez : en un kilomètre, on passe d'un monde à un autre. » Pour Akim, né à Aubervilliers, La Courneuve était déjà l'ailleurs. Pour Philippe, transplanté à Massy, les Ulis c'était chez les sauvages. D'autres en profitaient pour leur communiquer des curiosités qu'ils n'avaient jamais satisfaites : Yves leur dit d'aller vérifier s'il était exact que des roselières avaient poussé à l'emplacement des gazomètres de la Plaine Saint Denis, et Anne de s'enquérir du sort des jardins ouvriers.

2

« Y'a rien à voir. » – Séminaire sur une autoroute. – Le Gaulois veille à sa fenêtre. – Quelques grandes invasions. – Quand Alexandre Dumas courait la poste dans la plaine de France. – Les 3 000 d'Aulnay : traversée de la Rose des vents. – « Ici, c'est chez nous. » – Nous n'avons rien vu à Garonor.

Mardi 16 mai, suite. Où coucheront-ils ce soir ? Il serait sage de ne pas attendre la dernière minute pour s'en occuper. Ne serait-ce que pour s'alléger en posant leurs sacs : ils ne vont pas crapahuter avec ça sur l'épaule toute la journée. Tel est le principe élémentaire de l'explorateur : d'abord établir le camp de base et ensuite, seulement, partir à l'aventure. Bien avant leur départ, ils se sont répété que pour la première nuit ce ne serait pas difficile : autour d'un aéroport comme Roissy, les hôtels fourmillent. Oui mais les hôtels de Roissy, c'est plutôt le luxe trois étoiles. Pas question de Sheraton, de Méridien, de Novotel ou d'Ibis. C'est laid, ce qui n'est pas grave, et c'est cher, ce qui est rédhibitoire. En revanche, tout près de Roissy se trouve Garonor, la grande gare routière, le grand complexe de triage et de stockage où se retrouvent tous les camionneurs d'Europe. Là on trouve sûrement les hôtels qu'il leur faut. De toute manière, ne pas visiter Garonor et le Parc des Expositions qui le jouxte serait un non-sens : ils constituent, avec l'aéroport, les pôles économiques de toute la région. Mais comment va-t-on à Garonor ?

A la gare SNCF, bloc de béton sur lac goudronné qu'entourent d'autres blocs de béton, grondements spasmodiques des réacteurs proches, odeur pénétrante de kérosène, ils consultent les destinations affichées aux arrêts d'autobus. Un monsieur à casquette vaguement galonnée interpelle Anaïk : « Alors comme ça vous continuez votre voyage. Vous allez où, cette fois ? – A Garonor. – Eh ben décidément, dit l'homme. Quoi faire, à Garonor ? – Visiter, bien sûr. – Mais y'a rien à voir, à Garonor. Sauf des routiers musclés ? » (*Air écœuré.*)

« C'est une vieille connaissance, dit Anaïk à François. Il me prend pour une folle. Tu te souviens de ce jour de mars dernier où j'avais décidé de faire une expérience grandeur nature, en temps réel, sur le terrain : un repérage, pour voir comment cela pouvait se passer, un voyage comme le nôtre, quels gens on rencontrait, quelles photos on pouvait prendre, enfin des choses comme ça. – Oui, dit François, et je me souviens surtout que tu m'as appelé d'une cabine téléphonique de Roissy-village, la nuit tombait et tu m'as dit qu'il pleuvait des cordes et que tu en avais marre. Que tu avais cherché des moutons pour les photographier sur fond d'avions (ou le contraire) parce que tu *savais* qu'il y a *toujours* des moutons sur les aérodromes, ça permet d'avoir une herbe bien rase ; mais tu n'avais pas trouvé les moutons, finalement une dame sur le pas de sa porte, la seule créature humaine ou presque croisée sur ton chemin, t'avait expliqué qu'ils étaient plus loin, du côté de Gonesse, et tu étais là, mouillée et transie dans un bourg désert, à attendre un bus qui ne venait pas. Même que je t'ai dit que ta photo originale, je l'ai vue cent fois sur des cartes postales. – C'est vrai, dit Anaïk, et cela ne m'a pas remonté le moral. – Je t'avais pourtant avertie : quand on part pour le Karakoram, on ne va pas trois mois à l'avance y faire un petit saut, histoire de voir juste un brin, une heure ou deux, comment c'est fait, le Karakoram. Ou alors on triche. – En tout cas, poursuit Anaïk, ce type-là me prend pour une cinglée. C'est à lui que je m'étais adressée en débarquant, pour savoir comment on se rend au village de Roissy. Il m'avait dit : pour quoi faire, y'a rien à voir à Roissy-village. Je lui avais répondu : Pour faire du tourisme. – Alors allez plutôt à l'aéroport, m'avait-il conseillé : là vous pourrez visiter les boutiques. Et plus tard, quand je suis revenue dégoulinante, il m'a encore demandé si ça m'avait plu, je lui ai dit oui, j'adore la campagne sous la pluie, et il a hoché la tête d'un air écœuré. Tout à fait comme maintenant. »

Entre-temps, un groupe de messieurs avec ou sans casquettes s'est formé et on commente l'affaire : non, y'a rien à voir à Garonor. « Il doit bien y avoir un hôtel ? demande Anaïk, pratique. – Un hôtel ? Vous avez le Novotel, ici, juste en face. – Un *petit* hôtel, précise Anaïk, avec cette idée optimiste que les autochtones connaissent toujours les bons coins. Calme. Sympathique. – Ah c'est pas à Garonor que vous trouverez ça, amorce un rondouillard. – Ah non, commente le chœur. – J'ai ce qu'il vous faut, dit le rondouillard : c'est l'hôtel des Charmilles à Thillais. – Allez plutôt visiter Chantilly », place un autre entre deux rugissements de Jumbos. Et, un instant, au kérosène se mêle un soupçon d'odeur de crème fraîche et de roses qui file et s'évanouit loin au-dessus de la tour de contrôle.

François décrypte les itinéraires des bus. Il apprend qu'ils pourraient partir d'ici vers l'est. Ils tourneraient le dos aux banlieues promises et ils rejoindraient des vallées et des forêts chargées d'air pur et de littérature : le L 06, par exemple, les conduirait à Dammartin en Goële et à Othis. Ils y retrouveraient le doux fantôme de Gérard de Nerval, lui-même à la recherche des fantômes de Sylvie et de la belle Adrienne, descendante des Valois devenue religieuse, des filles de ce pays de brumes qui chantaient des romances pleines de mélancolie et d'histoires de princesses. Il avait cette manie, Gérard, de décider comme ça, en sortant du théâtre à une heure du matin et quelle que soit la saison, qu'il voulait se promener dans la campagne, et il se précipitait à travers les Halles pour prendre la dernière poste. Le départ de la poste vers le nord et l'est, vers Senlis ou Soissons, se trouvait à cette époque au passage du Grand Cerf, sur la rue Saint Denis. C'était en 1852, la gare du Nord existait déjà, mais Gérard n'aimait pas beaucoup les chemins de fer. Fouettez, cochers et postillons. « Quelle triste route, la nuit, que cette route de Flandre, qui ne devient belle qu'en atteignant la zone des forêts. Toujours ces deux files d'arbres monotones qui grimacent des formes vagues. » A la Patte d'Oie de Gonesse, la diligence devait bifurquer vers l'est et forcément traverser

Roissy, passer parmi « les carrés de verdure et de terre remuée » de la plaine de France, bétonnés aujourd'hui par l'autoroute et les pistes. Les samedis-dimanches-et-fêtes, le L 06 prolonge sa course jusqu'à Ermenonville, et Gérard leur y servirait de guide sur les traces des pas fugaces de Jean-Jacques Rousseau : il les emmènerait parcourir les bois encore enveloppés par les brouillards d'automne (en plein mois de mai ?) que peu à peu ils verraient se dissoudre en laissant reparaître le miroir azuré des lacs. L'ombre de Gérard, avant de suivre les brouillards, aurait le temps de leur montrer, près de l'île où fut enterré Rousseau, les rochers que l'on rencontrait en parcourant les bois, couverts d'inscriptions poétiques :

> Ce lieu sert de théâtre aux courses valeureuses
> Qui signalent du cerf les fureurs amoureuses.

Mais, toujours les samedis-dimanches-et-fêtes, le L 06 peut également les emmener à la Mer de Sable où il y a les attractions, le petit train du Far West et les Indiens. Cela aurait-il déplu à l'auteur de *Sylvie*, lui qui, un peu plus loin encore, à Meaux, fut si séduit par la femme mérinos qu'il paya 25 centimes pour admirer sa chevelure « magnifique toison en laine mérinos de Barbarie » et pas seulement admirer puisque, pour le prix, les spectateurs pouvaient également « s'assurer de la vérité au tact de la laine, comme à l'élasticité, à l'odorat..., etc. » ? Mais revenons à nos moutons. François, qui n'a jamais vu les merveilles de la Mer de Sable, rêve depuis longtemps d'y emmener sa fille Julia. Mais Julia, elle, peut-être, préférerait le Parc Astérix. Or, d'ici, un autre bus mène justement au Parc Astérix, vers le nord. En attendant, il y a encore le L 05 qui, lui, conduit à Saint Pathus et à Saint Soupplet où François ne sait pas ce qu'il y a, mais enfin ce sont des saints séduisants. Quant au 350, qui mène tout simplement à Paris, gare de l'Est, ses arrêts ont des noms plus austères, ils se nomment Descartes ou Lénine. Et Garonor.

Ils montent dans le 350. Peu de monde, et du monde silencieux. « N'oubliez pas, crie le rondouillard : l'hôtel des

Charmilles à Thillais. – Et visitez Chantilly », crie l'autre. Le 350 démarre. Il tournicote interminablement sur les courbes hélicoïdales qui entourent les satellites de l'aéroport. Difficile de s'orienter.

Difficile, c'est le mot. Il faut toujours le répéter, cet espace-là n'a rien de géographique. C'est une juxtaposition de morcellements horizontaux et verticaux, impossible à appréhender d'un regard : entre les talus artificiels où circulent, dessus, dessous, les voies de raccordement opérant parfois de longs virages à bien plus de 180°, presque circulaires – un coup à gauche, un coup à droite, et on retrouve tout le temps le soleil là où on ne l'attendait pas, un coup derrière et le coup suivant encore derrière –, entre les bâtiments qui se dressent çà et là, bouchant les perspectives, cubes, tours, peu identifiables, presque anonymes, inutilisables en tout cas, à première vue, comme repères auxquels on puisse se fier, et les pistes qui vous passent sur la tête, la voie du chemin de fer, les autoroutes que l'on coupe et recoupe, les ponts et les tunnels, et tous ces véhicules qui filent, se doublent, se mélangent et se séparent, gardez-vous à gauche, gardez-vous à droite, et jamais un piéton qui donnerait à tout cela son échelle, non ce n'est pas un espace, ce sont, merci Perec, des *espèces d'espaces*, des morceaux d'espace mal collés, avec toujours cette impression qu'il manque une pièce du puzzle pour que cela prenne, reprenne un sens. Mais qui vous demande de donner du sens à tout cela qui n'est fait que pour être traversé ? Et vite. En voiture. Quitte à s'y perdre et à tourner, tourner, tourner. Espaces provisoires.

Le 350, direction gare de l'Est *via* Garonor, repasse au pied du camembert géant de l'aéroport I, bien plus bas qu'ils ne pouvaient jamais l'imaginer, cueille au bord d'un petit abribus tranquille trois passagers, souris échouées au bout de ce labyrinthe après quels bizarres et complexes trajets, rejoint enfin l'autoroute A 1 sur laquelle il se met à foncer si vite en direction de Paris qu'ils se voient déjà à la gare de l'Est, voyage terminé, la honte, ressort de l'autoroute, tourne et tourne, pour, au bout d'une demi-heure, les laisser à l'entrée de Garonor où s'allongent des docks à perte de vue, des tas de panneaux annonçant des firmes célèbres, et des rangées de camions échoués. « C'est désert, Garonor, risque Anaïk. – Oui, dit François, l'air informé, mais tu verras, la nuit. »

Il est une heure, personne dehors, l'Information est bouclée sur ses plantes vertes, et dans une immense cafétéria les employés déjeunent. Un bar, un seul, le Baronor. Ils s'y renseignent, l'hôtel des routiers est juste derrière mais il n'y a que quelques chambres, il est complet. Y en a-t-il un autre ? Nul ne sait vraiment. Le Fimotel dont ils ont vu la publicité ? Oui, peut-être. Par là. Ou alors par là. Ils partent à travers les immenses aires de circulation au milieu des immenses docks. Sous le soleil. Les sacs leur scient l'épaule. A l'extrême limite sud enfin, après un passage où s'effondre une voie ferrée sur ses dernières traverses, entre des hangars neufs et l'autoroute A 1 derrière sa clôture, où filent camions et voitures roues dans roues, ce qui fait qu'ils doivent une fois de plus crier pour se faire entendre, heureusement ils n'ont pas grand-chose à se dire, voilà le Fimotel, petit bloc aux dimensions presque humaines, souriant à l'autoroute infernale de toute sa terrasse semée de gais parasols rouges. Et quelques arbres, qui lui donnent un air d'« orée du bois » imprévu et champêtre. Sur l'autre côté de l'autoroute, la rive inaccessible, s'activent des scrapers et des camions-bennes. Le hall est insonorisé, harmonie en crème et rouge vif, c'est très frais, l'accueil est charmant, où avez-vous garé votre voiture, il y a des chambres : elles ne seront disponibles que ce soir, car dans la journée elles servent de bureaux pour les séminaires. C'est vrai, il y a un séminaire : c'est affiché sur un panneau. Un séminaire de cadres. De Forquelquechose : Fordur, Fordum, Fortruc ? Et ils sont là, les cadres. Ils déboulent, habillés de sombre, tous des hommes sauf une créature indiscutablement féminine, quelle élégance, quel charme, quelle efficacité, une vraie *executive* pour publicité du SICOB, elle les cornaque, elle les mène au petit doigt, à la baguette, à la cravache et au sourire. Ils sirotent des kirs sur la terrasse autoroutière puis se ruent dans la salle à manger.

Et donc nos deux voyageurs déjà fourbus qui ont laissé leurs sacs s'installent sur la terrasse laissée libre, dédaignent le menu gastronomique des Formuches et consomment des sandwiches, un Coca-Cola et des cafés (avec eau fraîche). Et ils n'arrêtent pas de discourir sur leur joie d'avoir trouvé un havre si sympathique, ils sont libérés de leur secrète inquiétude, ils sont émerveillés de cette terrasse ensoleillée qui n'est séparée de la clôture de l'autoroute que par une paroi de verre légèrement teintée, pour l'insonorisation sans doute, ils sont euphoriques sous leur parasol et ils font des projets, en criant bien sûr, parce que la paroi n'insonorise guère, et Anaïk prend des photos. Puis ils repartent à pied à travers les docks vers le 350 qui les ramènera dans l'autre sens vers leur destination lointaine, très lointaine : Roissy-village.

Le 350, au sortir de l'autoroute, fait un périple différent parmi des bâtiments de stockage, de bureaux et peut-être même d'habitations, le tout planté d'arbustes et de panneaux indicateurs jaunes : rue de la Jeune Fille, route du Noyer du Chat. Au chemin du Chapitre montent des Africains volubiles. Enfin des êtres vivants. Vraiment vivants. Normalement vivants.

Et enfin, à trois heures, après changement de bus sous l'œil goguenard de l'homme à la casquette vaguement galonnée ravi de revoir passer les deux frappadingues (alors ils vous ont plu, les routiers musclés ?), voici Roissy-village, qu'il faut d'ailleurs appeler, ils s'en rendent compte, Roissy-ville, place des Pays de France. Au cœur d'une épaisse masse de sons superposés où les avions, bizarrement, n'ont pas la plus grande part, mais bien plutôt les camions qui sillonnent la rue principale et, dans les aigus, en contrepoint, les oiseaux. Sur une photo ou dans un film muet, ce serait le calme provincial, champêtre même.

Sur la carte, Roissy apparaît complètement inséré dans le périmètre de l'aéroport. Mais le trajet a été assez long, avec encore ses tours et ses détours déroutants, pour que l'on puisse se croire loin. Aucun avion ne survole le bourg. C'est peut-être cela, le fameux calme dans l'œil du cyclone. Et pas un être humain visible. Quelques immeubles à quatre étages en brique assez coquets, genre HLM de chef-lieu de canton, alternant avec des maisons de maître fin XIXᵉ, des arbres, des fleurs et des terrains vagues. Peu de commerces : un antiquaire qui est plutôt, comme souvent, un décrochez-moi-ça et une quincaillerie-bazar qui n'en a plus hélas pour longtemps.

Près de l'église, de grands et précieux cèdres noirs marquent l'emplacement du château qui fut (peu de temps, pour cause, on le sait, de banqueroute) celui de Mr Law.

*

Fraîcheur et recueillement de l'église Saint Eloy, bien paysanne, terrienne, clocher carré solidement campé sur ses contreforts, voûtes en plein cintre sur leurs épais chapiteaux : une église dont la « substruction » (en l'occurrence quelques pierres trouvées au pied d'un pilier) est datée du IVe siècle par des archéologues, du VIIIe par d'autres, c'est-à-dire presque contemporaine du bon saint Éloi et du bon roi Dagobert, reconstruite au XVIe, rénovée au XIXe, remise au goût du jour enfin au XXe comme partout, c'est-à-dire grattée, poncée, éclaircie, de façon qu'apparaisse la pierre, que s'épurent les formes dans leurs authenticité, simplicité, dépouillement historiques, toutes choses qui bien entendu n'ont jamais existé dans l'histoire vraie, car l'histoire vraie est plutôt accumulation, mélange, confusion et même bric-à-brac... mais ceci est une autre histoire. Les murs filtrent les bruits, font un tri dans la masse sonore, éloignant les grondements, amplifiant le pépiement d'un martinet, la stridence d'un frein au carrefour.

Derrière l'église on prend une allée de tilleuls ; et derrière le cimetière il suffirait de continuer par le chemin de terre et on irait par la campagne à travers champs, vers Tremblay ou le Mesnil Amelot. Mais non : les chemins sont coupés qui menaient à Thillais ou à Mauregard ; au-delà des arbres de plantation récente, c'est encore et toujours l'aéroport, et les tentacules enchevêtrés des échangeurs autoroutiers. Vers Gonesse, jadis renommée pour la finesse de ses petits pains blancs et de ses dentelles, c'est tout un chaos entassé sur les vieilles terres, le Centre d'essai du service des mines, des entrepôts et même un ball-trap. A-t-on à Roissy en France le complexe de l'assiégé ?

Roissy-ville.

A la sortie de l'église, un homme penché à sa fenêtre surveille et monte la garde : natif de Roissy, fidèle au Pays, le Français, le Gaulois toujours dans la plaine, une grosse touffe de poils gris jaillissant de sa chemise ouverte. Ils bavardent. Photos. Toute une vie à Roissy. « Naît-on encore beaucoup à Roissy aujourd'hui ? », demande François. Question mal posée. « On ne naît plus à Roissy. On naît à Gonesse. » Il devrait savoir, pourtant, que dans des milliers de villages de France les registres d'état civil sont, à la rubrique « naissances », définitivement vides. On s'y marie, on y divorce, on y meurt. Mais on n'y naît plus. On naît dans le bourg voisin, à l'hôpital ou à la clinique.

Le père avait, avant la guerre de 1914, une ferme de quatre cent trente hectares avec quarante chevaux et quarante bœufs. Et combien de monde pour faire marcher tout ça ? A cette époque-là, les charretiers allaient livrer la betterave à la raffinerie de Saint Denis, ou la paille, quand c'était l'époque de la foire à la paille. Au retour ils ramenaient la boue des égouts parisiens, des « déchets solides », pour les champs, ce qui rendait particulièrement glissante et odoriférante la route le long de laquelle ils faisaient de fréquentes haltes : les chevaux y étaient tellement habitués qu'ils s'arrêtaient d'eux-mêmes devant les troquets favoris de leurs conducteurs. (L'enrichissement des cultures par la merde parisienne, ordinairement séchée et mêlée aux détritus – la poudrette –, a été systématique : voyageur particulièrement attentif, M. Ardouin-Dumazet décrivait ainsi en 1906 les abords de la plaine de France : « Pas un buisson, à peine, à grande distance, une ligne de peupliers ; dans les bas-fonds se montrent çà et là des bouquets d'arbres. A travers les terrains légumiers brillent comme des myriades de pâles étoiles : ce sont les débris de verre mélangés aux gadoues de Paris, l'engrais principal sinon exclusif. »)

La ferme n'existe plus. Rasée. Le père, blessé sur le front, avait dû la vendre en 1919. La commune a honoré le héros en le faisant maire. Pour deux ans. On a inauguré le monument aux morts et puis on a mis l'héroïsme à la naphtaline. Il a créé une affaire, toujours à Roissy, une fabrique, La Perle de Verre, avec un magasin à Paris, dans le vingtième. Il employait des Italiens qui avaient appris le métier à Murano. C'était du gentil monde. Lui, il a fait ses études au collège Stanislas à Paris, le latin, le grec, il y avait une sacrée règle vous savez, le verbe qui ne se met pas au pluriel quand le sujet est neutre, τα ζοα τρεϰει, enfin un machin comme ça, non il n'aimait pas vraiment. Il a voyagé pour vendre les perles mais il n'était pas tellement doué, il y avait un concurrent, il se souvient que dans une mercerie d'Orléans... Et puis de nouveau la guerre, finis les Italiens, les gens leur en voulaient à cause de Mussolini, le coup de poignard dans le dos, comme s'ils y étaient pour quelque chose les pauvres, alors ils ont dû rentrer chez eux, c'est dommage ils étaient bien ici. Et après la guerre, fini le verre. Lui, il a continué avec du celluloïd, et cette fois, les ouvriers furent des Polonais. Puis il a fabriqué de la pâte à polycopie, vous savez cette pâte violette pour les menus des restaurants, jusqu'à la retraite.

« Roissy en France... Quand ma mère allait faire sa commande annuelle au Bon Marché, on lui demandait : C'est où, ça ? Roissy, personne n'en avait jamais entendu parler. »

Ses fils – ou ses petits-fils ? Mariés à des Polonaises. Sa fille à un Américain qui porte un nom italien et qui enseigne là-bas, dans une université. Est-il allé les voir ? Bien sûr. Il a fait son tour du monde en avion. Il a vu le Japon, et l'Alaska, Anchorage où un énorme ours blanc (empaillé ?) vous accueille à la descente de l'avion, Formose, enfin Taiwan comme on dit maintenant. Des aéroports, il en a vu un paquet. Mais il n'est jamais passé par Roissy. Non : par Orly. Vous voyez comme c'est mal fait.

« L'aéroport, il nous est tombé comme ça sur la tête, un beau jour de 1964. Bien sûr, aujourd'hui Roissy est riche. Mais tout est artificiel. Où elle est la vraie vie, à Roissy ? On nous avait dit : avec les redevances, vous n'aurez plus d'impôts. Mais on en paye toujours. C'est vrai qu'ils dépensent tellement d'argent. »

Mais sa vieille maison basse est si belle... Une voix féminine interpelle le Gaulois du fond de la pièce. La fenêtre se referme et tombe un rideau de dentelle.

« Les vieux, dit François, ils ne sont jamais contents. »

*

Oui : avec son « habitat rural rénové », ses « belles et champêtres promenades de jadis » qui ne mènent à rien, angoissantes dans la suave odeur du kérosène, avec ses fermes mortes, sa résidence de gendarmes aéroportés et ses HLM pour douaniers, ses cinq classes primaires et ses trois maternelles (chiffres de 1979), son complexe piscine-tennis-salle-des-fêtes et tout, tout ce qu'il faut pour vivre et pour survivre, Roissy-typique-village-de-France est artificiel, mais comment faire, je vous le demande, pour ne pas disparaître ? C'est si parfait et, oui, si typique qu'on se demande où on est, et à quoi est collé le décor. Mais peut-être la France profonde entière n'est-elle qu'un grand musée Grévin en attendant de devenir Disneyland culturel ?

« Tu sais, dit Anaïk, le jour de mon repérage à Roissy, quand il pleuvait tant... – Oui, je sais, tu n'as vu personne. – Si, justement. Après t'avoir téléphoné, la nuit avait fini de tomber, il pleuvait toujours des cordes, je me suis réfugiée sous l'abribus. J'y ai trouvé un groupe de jeunes. Ils m'ont dit qu'ils étaient là parce qu'ils n'avaient pas d'endroit pour se réunir. Ils m'ont dit que les maisons de jeunes des environs étaient faites pour les jeunes des environs, pas pour ceux de Roissy. Qu'il n'y avait rien pour eux à Roissy. Qu'on s'ennuyait à Roissy. Que c'était mortel, Roissy. – Les jeunes, dit François, ils ne sont jamais contents. – Ils m'ont dit que si je revenais, je les retrouverais facilement. Sous l'abribus. – Tu vois bien, ils n'y sont pas. Ils t'ont raconté des histoires. – C'est simplement parce que ce n'est pas la bonne heure », dit Anaïk.

Sous l'abribus, une affiche :

Dans les salons de l'hôtel Ibis
L'association « Les cheveux blancs » organise un
GRAND CONCOURS DE BELOTE RÉVOLUTIONNAIRE

Deux fillettes antillaises attendent le bus. Les petits immeubles de briques vivent au ralenti. L'antiquaire prend la chaleur sur le trottoir. Photos. Le bus déboule.

*

La *plaine de France* : sa forme est très claire sur la carte de Cassini – ou plutôt la carte *des* Cassini, car il a fallu plusieurs générations, du règne de Louis XV à celui de Napoléon Ier, pour établir, de vingt mille toises en vingt mille toises, cette première carte scientifique de la France. Une merveille, la carte des Cassini. La plaine de France y figure comme un plateau aux villages particulièrement clairsemés, cerné par des forêts, Ermenonville, Montmorency, et des fractures, telle au sud celle où coule aujourd'hui le canal de l'Ourcq. Elle n'est traversée au nord que par une route, la grand-route rectiligne, pavée, bordée de peupliers, qui mène à Soissons et à Maubeuge, touchant forcément Roissy après avoir bifurqué de celle de Lille à la Patte d'Oie de Gonesse, là où le 27 août 1783 les habitants affolés lardèrent de coups de fourches et canardèrent de chevrotines un monstre épouvantable qui expira dans un sifflement démoniaque en répandant des vapeurs méphitiques après avoir été arrosé d'eau bénite et d'exorcismes par le curé. Comme quoi il n'avait servi à rien d'afficher, mais trop tard, et de faire aboyer cet

> AVERTISSEMENT AU PEUPLE
>
> On a fait une découverte dont le gouvernement juge convenable de donner connaissance afin de prévenir les terreurs qu'elle pourrait occasionner parmi le peuple. En calculant la différence de pesanteur entre l'air appelé *inflammable* et l'air de notre atmosphère on a trouvé qu'un Ballon rempli de cet air inflammable devait s'élever de lui-même vers le ciel.
>
> [...] Un Globe de taffetas enduit de gomme élastique, de trente-six pieds de tour, s'est élevé du Champ de Mars jusque dans les nues où on l'a perdu de vue : il a été transporté par le vent vers le nord-est et on ne peut prévoir à quelle distance il sera transporté. On se propose de répéter cette expérience, avec des Globes beaucoup plus gros. Chacun de ceux qui découvriront dans le ciel de pareils Globes, qui présentent l'aspect de la lune obscurcie, doit être prévenu que loin d'être un phénomène effrayant, ce n'est qu'une machine toujours composée de taffetas, ou de toile légère revêtue de papier, qui ne peut causer aucun mal et dont il est à présumer qu'on fera quelque jour des applications utiles aux besoins de la société.

Et comme quoi, aussi, l'atterrissage en catastrophe du premier ballon à hydrogène, heureusement sans passagers, de MM. Charles et Robert n'avait pas fait vibrer chez les habitants de la plaine de France une fibre particulièrement aéronautique. Seul signe, peut-être, de quelque intérêt prémonitoire pour les déplacements aériens : la fréquence insolite, du côté de Roissy, du patronyme *Pigeon*.

Plus tard, le chemin de fer contourna la plaine, il en fit une île, prise en tenaille entre deux grandes lignes, et les habitants de Roissy devaient aller chercher le train soit en haut de la carte, à Goussainville, soit en bas, à Tremblay.

Du nord au couchant, la trompette guerrière a particulièrement soigné la plaine de France : difficile de faire le compte des hordes, armées, bandes, compagnies, croisés, jacques, religionnaires, ligueurs, frondeurs qui l'ont écumée, Romains, Huns, Francs, Normands, Armagnacs, Bourguignons, Anglais, Espagnols, Lorrains, et ainsi de suite jusqu'aux Cosaques et aux Prussiens. De tout temps elle fut terre d'invasions. Les plus récentes furent celles de l'Empire, de la guerre de 70 et des deux guerres mondiales. En 1814, ce ne furent pas moins de quatre corps d'armée ennemis, Langeron, Kleist, Blücher, York, qui traversèrent la plaine. En 1815, Grouchy – qui venait d'échapper à Waterloo dans les conditions que l'on sait, l'affreux – disposa devant Gonesse les 40 000 hommes que Napoléon avait si cruellement attendus, moyennant quoi les Roisséens virent leur village dévasté par les Cosaques. En 1870, les troupes françaises en retraite mettent, sur ordre, le feu aux fermes : les Roisséens arrivent à éteindre une partie des incendies, après quoi 10 000 soldats prussiens et 1000 chevaux campent, fraternellement mêlés, dans le village et, comme ils ont faim et froid, ils bouffent tout ce qui est bouffable et brûlent tout ce qui est brûlable – et notamment les portes et les fenêtres, ce qui ne semble pas un bon calcul. En 1914, on remet ça : le 2 septembre, la population du village est évacuée en chars à bœufs dans des conditions épouvantables, sauf neuf personnes qui demeurent sur place, dont le curé et la patronne du bureau de tabac. L'armée française se reforme, prépare sa défense (en octobre, Gallieni installera même son QG à Roissy), c'est la bataille de la Marne et, cette fois, ils n'auront pas Roissy. Des uhlans sont quand même signalés à Gonesse, tandis que dans son grand mouvement pivotant, une partie des forces françaises traverse la plaine pour gagner Meaux et la Marne. Les villageois reviennent et, comme l'écrit un habitant, M. Auguste Pigeon : « Bien sûr, chaque maison avait été pillée. » Par l'armée française, précisons-le. Mais la patronne du bureau de tabac n'a pas perdu son temps : le vin est passé de dix à quinze sous le litre. Sur quoi on apprend la mort du premier Roisséen, Henri Pigeon, sur la Marne. Il y a quatre Pigeon sur le monument aux morts de Roissy : Eloi, Henri, Jules, Eugène. Et trente-quatre noms, en tout, pour la guerre de 14-18. Roissy avait au début du siècle 850 habitants. En 1916, 70 hommes étaient mobilisés. Si l'on y ajoute ceux qui étaient déjà tombés et ceux des classes suivantes, cela doit faire plus de 100 Roisséens qui ont été au front. On peut dire qu'un homme sur trois, le tiers de ce qui faisait la force vive de Roissy, de la jeunesse qui avait dansé au bal du 14 juillet 1914, a été tué au cours de ces quatre ans-là. Sans compter les blessés. Les mutilés à vie. Dans leur corps et dans leur âme. Vient enfin la Seconde Guerre mondiale : en 1940, Roissy est épargné par la débâcle ; en 1944, les Allemands font sauter le carrefour devant l'église, les FFI attaquent et les Américains libèrent Roissy le 30 août.

En temps de paix, Roissy était certes sur la grand-route, mais on ne s'y arrêtait pas. Alexandre Dumas, le 31 juillet 1830, ne fit pas exception à la règle. Ce jour-là, ivre des Trois Glorieuses, il entendit dire que Paris allait manquer de poudre alors que l'on craignait un retour offensif des troupes de Charles X. Il se souvint qu'il était le fils d'un général de la République, surnommé l'Horatius Coclès du Tyrol, s'investit sur-le-champ d'une héroïque mission, se présenta devant le toujours fringant général Lafayette et lui proposa d'aller chercher de la poudre là où il savait qu'il y en avait, c'est-à-dire dans la garnison de Soissons qu'il connaissait bien vu qu'il était né à deux pas, à Villers Cotterêts, et de la ramener, cette poudre, mort ou vif. Ce qui nous vaut une description très précise du trajet de Paris à Soissons à travers la plaine de France, un horaire avec le compte exact des relais de postes, lesquels coïncident exactement avec ceux qui sont indiqués sur la carte des Cassini. La première poste était au Bourget : là, le maître de poste, enthousiasmé, lui prêta son cabriolet personnel, l'aida à coudre un grand drapeau tricolore et à l'y fixer, flottant au vent de la route ; il mit une heure à courir du Bourget à la poste suivante, le Mesnil Amelot, de l'autre côté de Roissy qu'il traversa donc au galop dans cet équipage, ce qui fait une vitesse de quatre lieues ou seize kilomètres à l'heure, et il parvint à maintenir la même allure de poste en poste, relayant à Dammartin, Nanteuil et Levignan : de toute cette équipée, il semble que c'est là l'exploit qui lui a paru le plus formidable. Encore fallut-il pour cela qu'il posât l'embouchure de son tromblon sur la tempe d'un vieux postillon récalcitrant. Pour résumer la suite de l'aventure, précisons qu'Alexandre Dumas fut effectivement héroïque, qu'il prit d'assaut à lui tout seul ou presque, et sans effusion de sang, la place de Soissons, et qu'il ramena la poudre. Il faut dire que quand la femme du colonel, qui avait connu la révolte de Toussaint Louverture à Saint Domingue, vit entrer le (futur) père des *Trois Mousquetaires* dans son salon, elle s'écria : « Ciel, voilà les nègres ! » et s'évanouit, ce qui porta un coup décisif à l'esprit de résistance de la troupe.

Roissy et la plaine de France étaient donc ignorés (et pas seulement des vendeurs du Bon Marché) et semblaient vivre à l'écart de la marche du siècle. C'est ce trop long oubli même qui, en en préservant trop longtemps la paix champêtre, devait finalement les faire choisir pour être brutalement projetés dans le monde moderne. Ce fut d'abord un roman qui, dans les années 50, rendit le nom de Roissy universellement – et scandaleusement – célèbre : un écrivain qui avait besoin d'un nom de lieu qui fût proche de Paris et pourtant particulièrement retiré et inconnu choisit tout naturellement Roissy : ce fut *Histoire d'O.* Peut-être faudrait-il chercher au mur de quelle demeure du bourg la Bienheureuse O fut enchaînée masquée, puis fouettée, sodomisée, irrumée, gamahuchée, infibulée et j'en passe : on montre bien à Belle Ile la grotte de Porthos et à Vérone le balcon de Juliette. Mais enfin il n'y a pas à Roissy-ville de panneau pour vous vanter la gloire littéraire locale.

Et ensuite, bien sûr, ce fut l'aéroport.

Jusque-là donc, à quelque vingt kilomètres de Paris, Roissy avait vécu comme un village essentiellement rural. La plaine était riche et les fermiers aussi : les six en tout cas qui exploitaient en 1896 plus de cent hectares – pour les vingt-deux cultivateurs qui en possédaient moins d'un, c'est moins sûr. C'était un pays de blé et de betterave, où les femmes faisaient de la dentelle de Chantilly. En 1896, le village avait son médecin-pharmacien, un professeur de musique, neuf épiciers, trois cordonniers, un débit de tabac et pas moins de quatorze cafés et débits de vin. Cette richesse relative s'étiola dans les années 20. En 1950, la population de Roissy restait stable, aux alentours de 950 habitants, et même en légère baisse. A titre de comparaison, celle d'Aulnay, à cinq kilomètres au sud, était passée de 680 habitants en 1870 à quelque 50 000 en 1950. Entre-temps, le prolétariat agricole autochtone, déjà en diminution avec les débuts timides de la mécanisation, avait été attiré par des emplois moins ingrats dans la ceinture de Paris : la main-d'œuvre roisséenne avait donc été remplacée par des Bretons d'abord, par des Polonais ensuite. Jusqu'au jour où l'agriculture n'eut plus besoin de main-d'œuvre.

Et enfin il n'y eut plus d'agriculture du tout.

*

Retour à la gare du RER, pour effectuer la première étape du voyage en train : Roissy-Parc des Expositions. La gare est vaste et semble prête à accueillir les TGV. Une quantité impressionnante de tourniquets électroniques tendent leurs moignons et leurs petites flèches vertes lumineuses aux voyageurs dans l'attente de leurs tickets. Mais le propre d'un voyageur qui débarque de New York ou de Cotonou est d'être démuni de tickets comme de monnaie locale pour les payer. De plus, la gare de Roissy est la seule de tout le réseau à être dépourvue de distributeurs automatiques de tickets. Et comme on y trouve rarement deux guichets ouverts en même temps, il se forme des queues confuses de malheureux qui tirent et poussent leurs bagages, essaient de comprendre et de se faire comprendre, ce qui est inutile puisque de toute manière l'*hygiaphone* rend vaine toute tentative de dialogue avec le préposé. François trouve que le prix de 16,20 francs pour un parcours de 2 kilomètres est cher, vu que sur tout le reste de la ligne le trajet de station à station coûte 3,40 francs, mais déjà la bousculade l'entraîne.

A la station Parc des Expositions, ils sont les seuls à descendre sur le quai désert d'une gare neuve, abîmée et vide. A l'est, le Parc est fermé, il doit ouvrir demain ou un autre jour pour un nouveau salon, celui de la Proximité commerciale, du Parpaing, ou alors du Livre. Non, le Livre, cette année, c'est à la Porte de Versailles. Reste, à l'ouest, le centre commercial. La gare est plantée au bord d'un terrain qui voudrait être un parc-jardin. Qui a dit que « le parc de loisirs et le centre commercial sont les deux symboles de la modernité » ? Près d'elle, des bâtiments de béton abritent, semble-t-il, une cafétéria et un hôtel invisible du train qu'ils découvrent trop tard. Un bus vide s'arrête devant la gare vide, c'est la navette gratuite, le chauffeur drague Anaïk, Anaïk appelle François, le bus fait les tours d'usage et les largue sur l'un des immenses parkings qu'entourent les grandes surfaces. Il n'y a presque personne, mais un océan de choses, des meubles philippins et des walkmans de Singapour, tous les produits des Quatre Dragons et du mobilier suédois, ils sortent de là le plus vite possible, qu'est-ce qu'ils sont venus faire, ils savaient bien que ce voyage n'avait pas de sens, cette fois ils en ont la preuve, circulez y'a rien à voir. Le chauffeur du bus fait encore du charme à Anaïk, sourire éclatant, lunettes noires, play-boy au volant de sa décapotable. Photo. Une jeune Québécoise qui habite Sevran : « Ça doit vous changer de Montréal », dit François, finaud. « Ben pas vraiment », répond la Québécoise.

Station suivante, toujours aussi moderne, vide et maculée : Villepinte. La gare offre cette particularité d'être située très loin de tout lieu habité et, entre autres, de Villepinte, au milieu d'un grand désert qui, sur les cartes, prend la forme d'un espace vert bordé de tous côtés d'autoroutes et de voies rapides, et traversé de pointillés incertains. Ils sortent au soleil sur le parking où dorment des voitures en rangs infinis. Des panneaux orange et rouges répartis sur un très long trottoir sans abris indiquent les arrêts d'une ligne d'autobus aux variantes nombreuses et difficilement compréhensibles pour le voyageur non habitué. A cette heure encore creuse, il n'y a pas d'autobus, il n'y a pas de voyageurs, mais on sent bien que tout est prêt pour qu'au premier tour de manivelle, tout s'anime, image et son, pour que la foule s'amasse, les autobus se bondent et les voitures s'embouteillent. Impression, jusqu'au malaise, de temps suspendu, d'espace inachevé.

Un enfant noir entre dans la gare peinturlurée de tags entrelacés et bitumeux ; il en ressort et crie à sa mère, dégoûté : « Y'a *rien*, là-dedans. »

Ils ont vu sur la carte qu'en tournant le dos à Villepinte, qui se trouve à l'est, de l'autre côté de la voie, et en marchant en direction des lointains immeubles qui clôturent sur l'horizon l'étendue bosselée des jachères desséchées où vaguent quelques bulldozers, ils pourront rejoindre, le long de l'autoroute du Nord, Garonor et leur hôtel. Pourquoi subir la loi des banlieues lointaines : attendre, toujours attendre ?

Quelques marcheurs solitaires s'égaillent dans le lacis des routes neuves qui partent de la gare. Ou coupent à travers les buissons. Autant les imiter. Direction ouest, donc, vers le soleil déclinant, pas besoin de boussole ; les panneaux indicateurs sont de peu d'utilité. Cet espace porte un nom : le parc départemental du Sausset (le Sausset est, était plutôt, un ruisseau qui gazouillait dans la plaine de France). Mais pour l'instant, le seul nom par quoi désigner ce lieu est *no man's land*.

Ici il y aura un jour un lac, des buttes, des arbres, des massifs, et quoi encore ? Il y aura un paysage. Y aura-t-il aussi un jour des êtres humains ? Pour l'instant, des barrières de ciment blanches qui ne clôturent rien, des lignes de peupliers nains, toute une pépinière rachitique, des piliers de béton dressés çà et là qui doivent porter des projecteurs, et des panneaux, beaucoup de panneaux :

MON DÉPARTEMENT S'OXYGÈNE

Le parc du Sausset est, dit-on, l'une des opérations importantes de « Banlieue 89 », une grande idée de Roland Castro, urbaniste présidentiel. Roland fut, dans sa lointaine jeunesse, un grand leader maoïste. Il disait qu'il fallait mettre l'imagination au pouvoir.

Carrefours compliqués. Ils coupent droit. Devant eux marche un homme, un Africain, qui porte sa valise sur la tête. Il quitte la route et s'éloigne par les jachères. Plus loin une femme et ses enfants sortent de la brousse. Il existe comme cela aux confins du monde des contrées apparemment inhabitées où l'on voit parfois surgir sur les routes des gens qui cheminent vers d'improbables destinations.

Filent les voitures et dedans, en principe, des êtres humains. L'asphalte qu'ils suivent porte le nom de Camille Pissarro. Ils longent un haut grillage rouillé piqué d'écriteaux :

CHASSE INTERDITE

Des taillis de mûres pas encore mûres et, sous leurs pas, un lapin mort.

Au terme de la traversée, une voie à double piste qu'ébranlent les camions, qu'ils prennent pour une autoroute et qui n'est autre que l'avenue Henri Matisse, triomphale et pelée. On passe des peintres aux découvreurs, de Renoir à Bougainville, pour finir dans les constellations.

Ils entrent dans une grande cité. Sans s'en douter, ils ont atteint l'extrême nord d'Aulnay sous Bois. Longues barres de cinq étages (cela évite de mettre des ascenseurs) et peu de tours. C'est teint de rose et coquet, vu de loin. Herbe pelée. Arbustes maladifs. Au sol, des carrés de terre et de ciment marquent l'emplacement d'arbres morts. Murs souillés. Ils avancent dans l'avenue, le long des façades rectilignes. Sur un balcon, au deuxième étage, un foisonnement de plantes et de fleurs qu'un monsieur arrose dans la quiétude vespérale. Anaïk veut le photographier. Il refuse hargneusement et répond aux compliments que cette année ses plantes ne vont pas bien : c'est la faute aux voisins. Les portes des immeubles sont étriquées,

Parc du Sausset.

comme si ça coûtait moins cher de les faire étroites. Celle-là porte les marques d'un incendie récent. Un panneau Decaux vante les vertus de la propreté : sous le lacis de barbouillages qui maculent son plexiglas et qui ne sont même pas des tags, qui ne sont rien, on peut déchiffrer que *la rue n'est pas une poubelle* et que *la propreté ne laisse pas de traces.*

ILE D'OLÉRON, ILE LUMINEUSE

annonce un autocollant sur une voiture rouillée.

C'est l'heure où les enfants jouent, les mères rentrent de leurs courses, les hommes bricolent leur voiture. Le panneau, les enfants : photos. De l'autre côté de l'avenue, depuis un espace mi-terrain de sport à l'abandon mi-square avec quelques bancs de béton et de madriers, deux filles les hèlent.

L'une a un enfant dans une poussette, l'autre un chien husky : visage très pâle, elle tient une rose un peu flétrie qui, dit-elle, vient de son jardin. Elle a habité juste au-dessus de la porte incendiée. Elle attend son fiancé. Elle aimerait bien faire comme eux : se promener. Photographier. Les gens. Les choses. Être libre. Gagner sa vie avec ça. Vous travaillez pour *Oxygène* ? C'est le journal du 93. Elles le lisent. Ici, c'est la zone. La Rose des Vents. Les 3 000 d'Aulnay : vous ne connaissiez pas ? Pourtant c'est célèbre. Mauvaise réputation. Vols. Agressions. Drogue, surtout. Les seringues qu'on trouve dans les caniveaux. Un garçon mort d'une overdose, il n'y a pas longtemps. Les journaux en ont parlé. On a fait un comité qui porte son nom : le comité Rodrigo. Pourtant, ici, c'est chez nous. Anaïk prend des photos. Elles. L'enfant. Le chien. Elles, l'enfant et le chien.

– Pourtant, ici c'est chez nous. Au moins, il y a de l'air. De l'espace. On respire. Vous venez de Paris ? A Paris on étouffe. Comment peut-on vivre à Paris ? Vous avez raison de vous balader : il y a de belles choses à visiter par ici. Vous connaissez le Vieux Pays ? C'est difficile à décrire, mais c'est bien. C'est spécial, c'est la campagne. Et le parc du Sausset ? Si vous allez en direction de Garonor, passez voir le parc Ballanger, il y a

Aulnay. La Rose des Vents.

des canards et des chèvres. Ce qu'elles feraient si elles avaient le choix ? L'une aimerait habiter Châteauneuf sur Loire, elle connaît : les vacances. L'autre en Charente. Là-bas on fait confiance aux gens et les gens ont confiance en vous. Vivre dans un pavillon. Vous enverrez les photos. Anaïk envoie toujours les photos.

Retour au pied des barres d'immeubles. Anaïk demande la permission de la photographier à une dame revêtue d'une longue tunique aux reflets de soie, la tête couverte d'un foulard, qui attend, en tenant par la main une petite fille à courtes couettes, que son mari ait fini de décharger sa voiture. Mme Zineb a les dents écartées, de celles qu'on appelle *dents du bonheur*, et une ligne bleue verticale sur le front. Elle habite Aulnay depuis vingt et un ans. Elle est née à Tlemcen. Elle a neuf enfants. Deux de ses filles sont là, elles rentrent du travail et les questionnent sur le leur. Vous travaillez pour *Oxygène* ? Mme Zineb sourit : « Cela m'a fait chaud au cœur que tu me demandes de me photographier. » Elle avait le cafard. Elle les regarde : « Vous avez les mêmes yeux. » Yeux bleus, yeux d'ailleurs. Elle leur propose de monter chez elle prendre le thé. Anaïk hésite. François refuse parce que l'heure avance, il est plus de sept heures et ils ont encore de la route à faire. Ou, comme le lui reproche ensuite Anaïk, parce qu'il est gêné. Ils enverront les photos. Ils reviendront. Adresses. Téléphones. Mme Zineb a un sourire triste.

(*Octobre 1989* : retour aux 3 000. Anaïk a rapporté les photos à Mme Zineb et, cette fois, elles ont pris le thé ensemble. Mme Zineb a parlé de son mari, qui était dans le bâtiment et qui est au chômage. De ses enfants, tous nés en France ; plusieurs étaient là : un fils, qui a fait sept ans de guitare classique et du piano ; une fille, qui travaille à Paris dans un ministère et qui aimerait tant faire un travail où elle serait libre, photographe, par exemple ; une fille, qui n'a pas d'emploi et qui veut être hôtesse d'accueil ou de tourisme, ou interprète. Mme Zineb a parlé de ses petits-enfants. De ses joies : son voyage à La Mecque avec son mari. Et du mal à vivre, aujourd'hui, et de la drogue qui prend les jeunes. Elle voudrait que le gouvernement soit plus sévère. La drogue, c'est le fléau.

Anaïk a profité de ce nouveau passage aux 3 000 pour photographier le tag monstre que le pharmacien, lassé de voir son rideau de fer barbouillé n'importe comment par n'importe qui, a commandé au meilleur tagueur de la Rose des Vents. Elle a cherché l'auteur, un adolescent. Elle aurait voulu le féliciter.)

*

Ils avaient entendu parler des 3 000. Une amie qui travaillait à l'hôpital d'Aulnay leur avait rapporté ce qu'elle en avait appris au fil des ans. Par les familles. Par la rumeur. Par son travail. Les 3 000 à l'écart. Sans train ni métro. Loin du reste d'Aulnay comme de tout. Isolés des autres quartiers, des autres cités, du reste du monde par l'autoroute comme par un fossé. Butant sur une autre autoroute. Avec une seule voie d'accès. Bâtis là au début de 1970 parce qu'il y avait, tout contre, la grande usine

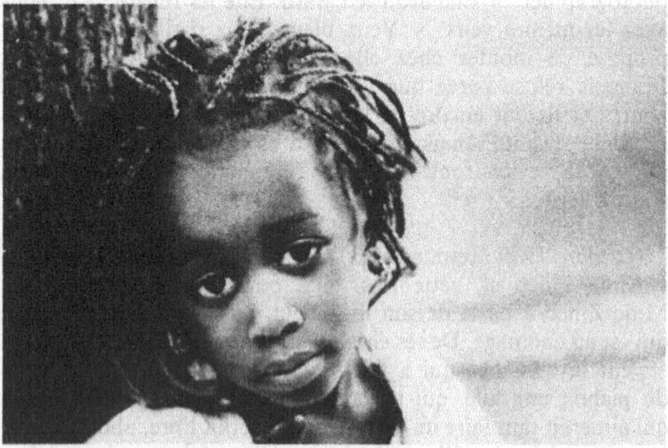

Citroën neuve. La Rose des Vents, les 3 000 ou « le Paquebot ». Pourquoi ? A cause de l'architecture ? Mais où sont les ponts, les coursives et les passerelles ? Et d'ailleurs qui ose parler d'architecture, ici ? A cause de cette solitude de haute mer, plutôt ? Un paquebot à bord duquel, disait leur amie, les passagers s'embarquaient pour de longs voyages immobiles, mais restaient toujours en transit. Venus de Paris ou d'ailleurs, de foyers, d'hôtels meublés, et trouvant là leur premier appartement. Ceux qui le pouvaient essayaient, au bout de quelques années, de trouver mieux : plus près d'un centre, plus près d'un métro. Ceux qui n'avaient plus de quoi payer leurs échéances, chômage et endettement, finissaient, eux aussi, par déménager plus loin : nouvelle migration. Mais où ? On les perdait au-delà des frontières du département, de la région d'Ile de France, vers des cités plus déshéritées, plus loin de tout encore : Creil, Compiègne, Dreux. Elle leur avait parlé des soixante ethnies différentes qui peuplaient la cité. Des conflits. Des assistantes sociales qui craquaient. Pour qui les pères polygames, les « épouses suivantes », étaient un casse-tête et un cauchemar. Du racket des adolescents à la sortie du lycée et de certain tunnel,

proche de celui-ci, qu'il ne fallait pas prendre. Et des seringues dans les caniveaux.

Mais cette amie habitait Paris. « Ma souffrance, disait-elle, pour moi qui travaille en banlieue, c'est de ne jamais y vivre vraiment, ne serait-ce que quelques heures. Il n'y a rien. Pas un bistrot tranquille, aucun lieu où se retrouver au calme une heure ou deux. Pas d'endroit pour flâner. A Aulnay, je connais un flic qui travaille à Paris. Dans mon quartier. Il me parle des rues, des commerçants de chez moi. Il s'y plaît. Mais moi, qu'ai-je à lui dire d'Aulnay ? »

Plus tard, ils s'informeront davantage et ils comprendront que le premier problème des 3 000, leur malédiction originelle, n'a pas été la drogue, la délinquance, l'intolérance, l'illettrisme, le racisme. Le vrai problème des 3 000 a eu nom Citroën. Les 3 000 sont nés dans l'euphorie, en 1971. Citroën ouvrait son usine, Citroën avait besoin de main-d'œuvre. Une main-d'œuvre non qualifiée, dont les derniers venus étaient essentiellement des Maghrébins et des Turcs, recrutés spécialement pour pallier la carence locale, et qu'il fallait loger. L'affaire fut confiée au Logement français et mise entre les mains d'un urbaniste dont la petite histoire dit qu'il ne s'intéressait qu'à la photo aérienne : évidemment, vues d'avion, les questions de promiscuité, d'étanchéité, d'insonorisation, de qualité du matériau, s'estompent : seules comptent les grandes masses. On vit grand : 16 000 habitants prévus. La municipalité communiste, de son côté, rêvait certainement de prolétariat radieux dans une cité heureuse. Il faut aussi se souvenir d'où on venait : l'époque des bidonvilles se terminait à peine. On avait le sentiment de faire un effort immense et méritoire pour procurer à chacun un logement décent ; le temps n'était pas loin où les bourgeois français expliquaient encore que, de toute manière, à quoi bon, les ouvriers stockaient leur charbon dans leur baignoire. Alors les Turcs, vous pensez. Mais il était temps de penser à généraliser des solutions de logement moins précaires, moins honteuses et finalement plus rationnelles que les garnis et les bidonvilles. On allait donner un vrai chez-soi à ces gens-là. Des appartements clairs et tout ce qu'on avait admiré dans les décennies précédentes sous le nom de « confort moderne ». Le travail était à côté. 11 000 emplois nouveaux, dont 8 500 rien que pour Citroën. On construisait Garonor et bien d'autres implantations industrielles étaient en cours entre autoroute et aéroport. Pour séparer la cité de l'usine, on avait dessiné le parc municipal de la Rose des Vents : vu d'avion, cela faisait joli. Pas besoin de prévoir des transports pour aller chercher du travail plus loin. La naissance des 3 000 sur des champs de betteraves eut ceci de particulier qu'il n'était pas prévu de mélanger, comme dans d'autres cités, à Sarcelles par exemple, les classes sociales. A part les cadres des entreprises voisines qui pouvaient y bénéficier de logements, on restait entre soi. On trouvait sur place tout l'environnement social nécessaire : crèches, écoles, dispensaires, salles de sport. Un vrai petit paradis.

La cité avait à peine eu le temps de naître que ce fut la crise. Dès 1975, Citroën débauchait. Et tous les autres : Ideal Standard à Aulnay mit la clef sous la porte : 2 960 travailleurs sans emploi d'un coup. En 1978-1979, Citroën supprima 1 132 emplois. Et continua les années suivantes. Comment vivre sur le Paquebot ? Chercher le travail ailleurs. Loin. Très loin. Des heures de transport. Le chômage. L'aide au retour ? Plus besoin d'eux. Et comme on commençait aussi à beaucoup parler de seuils de tolérance, et que les offices de HLM comme les municipalités commençaient à appliquer un peu partout, plus ou moins ouvertement, leur politique de quotas en refusant l'étranger et le coloré au-delà d'un certain pourcentage, une cité comme celle des 3 000 où ce seuil avait été dépassé dès le départ servit naturellement de déversoir pour ceux que l'on refusait ailleurs et que le langage socio-politico-administratif, qui n'est jamais en manque de trouvailles verbales, qualifie de « fragilisés ». Pour beaucoup de ceux-ci la question ne fut plus : comment partir des 3 000, mais : comment y rester ? Cette année 1989, à Aulnay, 180 expulsions de locataires, 400 dossiers en attente. Et encore, on ne vit pas parmi des loups : la perspective de l'expulsion, c'est vraiment quand tous les moyens, tous les rafistolages de l'aide sociale, humanitaire et caritative ont été épuisés. Entre-temps, pour faire baisser la pression, et aussi pour ménager des sas entre les différentes ethnies, le Logement français avait bloqué 600 logements vides. Renonçait-il pour autant à leur rentabilité ? Non, parce que l'opération était financée par le FAS. Le Fonds d'action sociale. Mais quel budget du FAS, plus précisément ? Celui de l'aide au logement des immigrés. Qui le finance ? Eh bien, voyons, les immigrés eux-mêmes. Mais cette histoire de logements vides tourna mal : elle entraînait des squatts. On vit débarquer les exilés de l'îlot Châlon qui avaient déjà squatté les logements condamnés par la rénovation du quartier de la gare de Lyon, haut lieu du deal. Ou alors des malins créaient des réseaux de location parallèles : des Africains, surtout, se firent escroquer ; ils payaient pour des faux contrats, des fausses quittances, correspondant à des appartements qui n'étaient en fait que des squatts.

Que faire ? Dès 1979, sous Giscard, on lança une grande opération de réhabilitation de la cité. Elle n'avait pas huit ans... Le préfabriqué se défabriquait et le précontraint se décontraignait. On réhabilita. On repeignit. C'est fou ce qu'on repeint, dans les banlieues parisiennes. Pourquoi ne pas faire aussi une distribution générale de lunettes roses ? Avec les milliards engloutis, disent des réalistes – optimistes ou pessimistes ? –, on aurait eu de quoi tout raser et reconstruire des pavillons pour tout le monde. La municipalité communiste ramait : ce fut l'opération *HVS*, habitat vie sociale ; il fallait *changer les 3 000* avec la participation de tous les habitants. Dix ans plus tard, ce n'est pas évident qu'ils aient changé, les 3 000, mais c'est facile à dire, allez savoir ce qui se serait passé si on n'avait rien fait... La municipalité lança encore une opération plus vaste, fin 1979 : *VIA*, vivre à Aulnay, une grande campagne de discussion, de participation à la vie collective, avec même une *radio-VIA*. En 1981, à l'arrivée de Mitterrand, on redouble d'attentions. Les 3 000 sont décrétés « îlot sensible ». Et « zone d'éducation prioritaire » – ZEP : il y a aujourd'hui dix groupes de soutien scolaire pour les enfants de la cité. Citroën ne créera plus jamais d'emplois pour les non-qualifiés, ni les autres entreprises. En revanche, il existe des possibilités pour une main-d'œuvre tertiaire : alors si les enfants obtiennent un bon niveau...

Entre-temps, toute une génération au moins s'est perdue. Celle de ces jeunes qui ont galéré, qui galèrent, qui n'ont jamais su ce qu'était un vrai boulot. Ils ont aujourd'hui vingt, vingt-cinq ans. Ils ont manqué le train. Mais est-ce leur faute si le train n'est jamais passé ? Ils vieillissent. Ils ont appris à vivre autrement et mal. Mais à vivre. Beurs ou pas, tous dans le même sac. « Moi, disent certains à l'assistante sociale, moi je ne ferai jamais l'Arabe. » Ce qui est en cause ce n'est pas la « race », c'est l'image du père qui a donné toute sa force, sa vie, et qui se retrouve chômeur, écrasé, vaincu. Eux veulent être les plus forts. Et ils disent aussi à l'assistante sociale : « Vous êtes une conne, de bosser pour 6 000 francs par mois. » Parce qu'il y a de l'argent plus facile. Et qui ôte toute envie d'en gagner « honnêtement » par des boulots stupides qui n'ont la plupart du temps pas davantage de sens et qu'il faut quémander. Oui, il y a de l'argent plus facile. Même si on ne le gagne pas soi-même, on voit les autres le gagner : les casses, la drogue. La drogue ? Tout le monde en parle. Pour lutter contre, il y a ce comité Rodrigo, constitué par des jeunes, du nom de leur camarade mort d'overdose. Est-elle si répandue ? La municipalité a opéré un comptage des fameuses seringues trouvées dans les caniveaux : 20 par mois, pour 12 à 13 000 habitants, c'est inquiétant, ce n'est peut-être pas le déferlement que tout le monde évoque. Mais les gens ont peur. Les vieux ? C'est vrai, disent-ils, que ce n'est pas drôle de tomber sur une bande de jeunes qui galèrent quand on rentre chez soi. Et la réputation des 3 000 ? Allez donc sortir de la cité quand elle vous colle à la peau, cette réputation. Le sud d'Aulnay se shoote aux fantasmes sécuritaires. Alors on revient toujours aux 3 000. On reste retranchés derrière la barrière des autoroutes. Au-delà du Sausset. Exclus. Le dimanche, on va au marché africain et on y trouve tout ce qui vient de là-bas et moins cher que là-bas, et jusqu'aux poudres de perlimpinpin de l'arracheur de dents.

Aux 3 000, une grande partie de la population ne vote pas, puisqu'elle n'a pas la citoyenneté française. Mais une autre partie, elle, se fait entendre. Et c'est ainsi qu'en 88, le parti

les 3000
NOD

communiste s'est rendu compte que dans certaines cités ouvrières on avait voté à 38% pour le Front national.

Aujourd'hui, la nouvelle municipalité est de droite. Comme à Villepinte. A-t-elle d'autres solutions ? Personne n'a de solutions. Sauf d'essayer de tenir. Essayer que ça n'explose pas. Jusqu'à quand ? Et la construction du parc du Sausset ne fera que confirmer l'isolement de la Rose des Vents.

Il est vrai qu'avec ses étangs, le parc du Sausset offrira un précieux havre de repos aux oiseaux migrateurs. Et puis, c'est bien connu, Paris a besoin de *poumons*.

Ils ont rencontré, ils rencontreront des gens qui ont connu Robert Ballanger, le maire-sénateur communiste, dont le parc municipal de la Rose des Vents porte aujourd'hui le nom. C'était un sacré bonhomme, de cette espèce très particulière de vieux communiste français qui était un amalgame sur notre terroir de radical-socialisme et de stalinisme, bon teint tous les deux. Ballanger y croyait, à ses 3 000. Il avait connu la misère, le chômage, il s'était battu pour le Front populaire. Il ne voyait pas ces logements-là comme des clapiers, des niches à stockage humain : il voyait qu'ils offraient, enfin, le confort moderne, la lumière, les crèches, les services collectifs, et il avait été fier de les faire construire. Il faut rendre cet hommage à Robert Ballanger : il a habité aux 3 000. Il y est mort. Et son parti lui rend cet hommage. Après l'avoir écarté de ses responsabilités : sénile, disait-on. Ah ! que la Rose des Vents devait être jolie, au printemps où Citroën embauchait.

*

Près du panneau qui dit que la rue n'est pas une poubelle, Anaïk photographie des enfants noirs qui jouent. Ils posent. Ils sont beaux, les enfants de la plaine de France. Il est peu de lieux au monde où les enfants montrent tant de santé, de liberté, de spontanéité, dans leurs vêtements, leur corps, leurs gestes, leurs expressions. Près du panneau, encore, une voiture gît, elle aussi barbouillée au pistolet d'un lacis indéchiffrable. Son propriétaire est, leur dit-il, sénégalais. Et le moteur, il fait combien de communiste s'est rendu compte que dans certaines cités ouvrières on avait voté à 38% pour le Front national.

Aujourd'hui, la nouvelle municipalité est de droite. Comme à Villepinte. A-t-elle d'autres solutions ? Personne n'a de solutions. Sauf d'essayer de tenir. Essayez que ça n'explose pas.

lui rend cet hommage. Après l'avoir écarté de ses responsabilités ; sénile, disait-on. Ah ! que la Rose des Vents devait être jolie, au printemps où Citroën embauchait.

Près du panneau qui dit que la rue n'est pas une poubelle, Anaïk photographie des enfants noirs qui jouent. Ils posent. Ils sont beaux, les enfants de la plaine de France. Il est peu de lieux au monde où les enfants montrent tant de santé, de liberté, de spontanéité, dans leurs vêtements, leur corps, leurs gestes, leurs expressions. Près du panneau, encore, une voiture gît, elle aussi barbouillée au pistolet d'un lacis indéchiffrable. Son propriétaire est, leur dit-il, sénégalais. Et le moteur, il fait combien de chevaux ? Sept ? Il est en panne. C'est le moment, décide François, de réciter la petite chanson triste de Desnos :

Avec un cheval
Ou bien un chameau
On peut aller jusqu'au Sénégal
Avec sept chevaux
Par monts et par vaux
On peut aller jusqu'à l'hôpital
On peut aller jusqu'au tombeau
Mais le plus beau
C'est qu'on a une contravention.

Vue de loin, et même d'un peu plus près, la Rose des Vents dans le soir, sous la caresse du soleil oblique qui la teinte de nuances pastel, est pacifique. Même pas grise ou terne. Simplement usée avant usage. Mais les filles l'ont dit : « Ici, c'est chez nous. » « Peut-être, demande Anaïk, qu'elles les aiment, les 3 000 ? » Elles voudraient les aimer. Ne pas sembler les renier, en tout cas. Parce que personne ne peut leur enlever ça : quoi qu'il advienne, ici c'est *chez elles*.

A la blessure intérieure d'une cité comme celle-là, que peuvent tous les bariolages et les rafistolages ? Ce qui manque, ce ne sont ni les bancs, ni les arbres, ni les pelouses, même si on arrivait à les préserver et à les entretenir. Ce qui manque est autrement plus grave : dès le départ, ceux qui ont *dessiné* ça ont oublié, ont supprimé carrément une dimension. Plans verticaux : les barres. Plans horizontaux : le sol. Mais ou est la troisième dimension ? A-t-on vraiment pensé qu'elle allait naître, comme ça, à l'intersection de deux surfaces planes ? Trop chère, la troisième dimension. On marche le long de hautes murailles : une porte, des fenêtres, une porte, pas de fenêtres. Quelquefois, un magasin : une vitrine plate. Qu'est-ce qu'il y a derrière tout cela ? Jamais de profondeur. Où sont les cours, les recoins, la boutique dans son renfoncement ombragé, la lucarne de ciel où l'on voit passer les nuages et la queue du chat de la concierge, la terrasse paresseuse du café et son store qui nimbe les consommateurs de lumière orangée ? Cités aveugles.

Ils ont encore une longue marche jusqu'à Garonor. François est-il pris, lui aussi, de vertige sécuritaire ? Il n'aime pas que, tout le temps qu'ils ont parlé aux deux jeunes femmes, trois ou quatre jeunes désœuvrés aient tourné autour d'eux, se soient concertés. Il n'aime pas que ces garçons les aient suivis, et même précédés à certains moments, le long de l'avenue. Les aient observés pendant qu'Anaïk prenait ses photos. En aient appelé d'autres. Il n'aime pas non plus qu'Anaïk garde toujours son sac grand ouvert, béant. « Peut-être, dit-elle, qu'ils veulent me demander de faire leur portrait et qu'ils n'osent pas ? » Peut-être. François voudrait rejoindre Garonor avant la nuit. « Quand même, répète Anaïk, ce n'est pas bien. On aurait pu accepter le thé de Mme Zineb. »

Pour gagner Garonor, il faut traverser les 3 000 : prendre la rue Paul Gauguin, longer le parc Robert Ballanger par la rue Michel-Ange bordée de logements bas, pavillonnaires, plus cossus, bien clos, où ils croisent quelques visages pâles et renfrognés, remorqués par des gros chiens ; déboucher sur l'avenue Georges Braque qui est une nationale à double piste sur laquelle ils retrouvent les camions et l'absence d'êtres humains. Ce trajet-là n'est pas fait pour être suivi à pied. Au-delà, une zone industrielle. Puis voici le boulevard André Citroën, un énorme rond-point et le pont franchissant l'autoroute A 3 qui, à cette hauteur, est dédoublée. Marche solitaire dans la circulation pressée où l'on ne croise que d'autres solitaires pressés et sans regard. Passé l'autoroute, la masse aveugle de Garonor se dessine sur la droite. Mais il n'y a pas d'entrée de ce côté. Il faut longer la clôture, sur plusieurs kilomètres peut-être. Sur la gauche, derrière un autre grillage, s'étend dans le jour qui baisse un paysage compliqué et interdit : une petite vallée, avec au fond ce qui doit être une station d'épuration, comme un petit lac à sec, au milieu de fleurs sauvages et d'arbres très hauts, de roches et, plus loin, de hautes ruines : ferme, hangars ou usine abandonnés. Et plus loin encore, en remontant sur l'autre versant, une muraille lisse de constructions à huit étages, métal et glaces : le Centre d'affaires Paris-Nord. Ils traversent un chantier, et un panneau leur révèle qu'ici s'élèvera l'ensemble de bureaux Bonaparte :

BONAPARTE : LE CHOIX INTELLIGENT

clame le panneau dans le désert. Et du désert surgit une femme noire qui titube et leur demande où est l'autobus. Parce qu'il y a un autobus ?

Et puis au moment où, épuisés, ils se déclarent perdus, alors qu'ils viennent de passer un cimetière et que se dessinent au loin d'altières barres d'immeubles, voici qu'à l'extrême pointe de Garonor surgit le Fimotel, enfin, dans le bourdonnement retrouvé de l'autoroute A 1 ; le Fimotel avec son insolite plumet d'arbres, amical, pris comme ça de dos et presque par surprise. Le chauffeur d'un car de touristes anglais les regarde arriver avec l'œil torve que l'on réserve aux rôdeurs.

Au Fimotel, les Forclos, les Formuches, les Forclums finissent de s'empiffrer et s'entassent dans des voitures sous le commandement de leur femme-cornac. Quelle destination ? Paris à vingt minutes, la tournée des boîtes ? Arrivent, descendant d'un autre car, des Hollandais du troisième âge pour l'étape du soir : joli tour d'Europe des motels autoroutiers.

Maintenant, il leur faut aller voir Garonor dans son véritable élément : la nuit. Ils repartent dans l'ombre qui envahit les docks toujours déserts. Et au bout de cette nouvelle marche, ils ne trouvent que portes closes. Sauf le Baronor qui ferme à neuf heures et demie : il est déjà neuf heures. Mais, dit la patronne, vous pouvez rester jusqu'à onze heures : personne ne viendra vous déranger. Cafétéria où ne subsiste que du poulet desséché. Ils sont les derniers. Ils installent leurs plateaux au fond de la salle, là où il semble y avoir un peu d'animation. Des joueurs de cartes. François suit le jeu : poker, poker-rami ? Le point est intéressé : 100 francs, 200 francs. Ça fait plutôt gros jeu. « On n'aime pas les faux témoins », lance l'un. « Calme-toi, dit l'autre, tu sais bien qu'on joue à la bataille. » « Vous êtes pas journalistes, au moins ? » Non, ils ne sont pas journalistes.

En rentrant, ils trébuchent dans les zones d'ombre sous les hauts projecteurs, aveuglés par moments comme des lapins ou des hérissons pris dans le faisceau des phares d'un camion en vadrouille, et ils se répètent qu'ils n'ont rien vu à Garonor.

Garonor.

3

Une si jolie petite plage. – Villepinte : édifiante histoire d'un sanatorium. – Tremblay Vieux Pays : une marche au bout du monde. – Un Jumbo, une alouette. – L'arnaque. – Les crocodiles du canal. – Monsieur Salomon « fait nana ».

Mercredi 17 mai 1989. La nuit a été douce et belle. Le bruit de l'autoroute aurait dû les empêcher de dormir mais ils ont la chance de voyager dans un pays où l'air conditionné ne tombe pas en panne, ne produit pas un grondement infernal, et où l'on peut donc laisser les fenêtres fermées.

Au matin ils retrouvent leur chère terrasse ensoleillée. Toujours le vertige du défilé des poids lourds à quelques mètres, derrière la paroi vitrée. Les Forclums ont disparu. « J'ai l'impression d'être très loin, dit François. Il m'a même fallu un bon moment pour me rendre compte que ce n'était pas naturel de payer 45 francs pour une communication avec Paris. – Cet hôtel, dit Anaïk, il est au bord de l'autoroute comme d'autres au bord de la mer. La terrasse, c'est la plage. Et le grondement des voitures, celui de l'océan. Je trouve même à ce ciel bleu une certaine qualité de gris atlantique. Et les vapeurs d'essence brûlent les yeux comme des embruns. »

D'après leur programme, ils devraient reprendre le train à Villepinte jusqu'à la station suivante : Sevran-Beaudottes. Mais ils n'ont pas visité Villepinte. Ils lui ont même tourné le dos.

Il faut faire le point sur la méthode ; la journée d'hier leur a montré que : 1) il n'y a pas forcément d'hôtels aux abords des gares. Ils seront donc amenés à en chercher parfois très loin, ce qui compliquera singulièrement leur périple. 2) Les stations ne vous mettent pas forcément de plain-pied avec les localités dont elles portent le nom. 3) Il faut donc qu'ils considèrent le trajet quotidien en RER, d'une station à l'autre, comme une toute petite fraction du parcours à effectuer réellement, s'ils veulent connaître un peu ce qu'il y a autour. 4) Les communes sont singulièrement imbriquées et ils peuvent être amenés à se retrouver par inadvertance, comme la veille aux 3 000 d'Aulnay, sur le territoire de telle ville qu'ils ne devaient aborder que plusieurs jours plus tard.

Bref, ils continueront à observer le principe du parcours quotidien d'une gare à l'autre, mais ils l'assoupliront, quitte à opérer des sauts, des retours, des rebonds. Pour commencer, ils coucheront ce soir à Villepinte. Ils trouveront sûrement un hôtel au centre du village, là où sur la carte figurent la mairie, l'église et le sanatorium.

Mais personne ne peut leur indiquer de liaison directe de Garonor à Villepinte. Pas question de refaire à pied le chemin de la veille avec leurs bagages. Il reste donc à repartir vers Roissy. Attendre une demi-heure le bus qui passe sur une route déserte derrière l'hôtel. Changer à Roissy-gare. Passer devant les joyeux casquettés de plus en plus narquois. Faire la queue devant l'hygiaphone : cette fois la foule est japonaise. Payer de nouveau 16,40 francs : « Taxe d'aéroport », consent à hurler le préposé. Il est plus de onze heures quand ils prennent pied sur le quai toujours aussi abandonné de la gare de Villepinte.

Anaïk photographie la gare vide, béton, tags, affiches lacérées à faire crever d'envie Raymond Hains que François rencontrait jadis dans la nuit parisienne à la recherche d'affiches lacérées, œuvres sublimes à décoller des palissades, et qui sont aujourd'hui au musée d'Art moderne ; elle photographie le sordide passage souterrain carrelé de verdâtre. De Roissy à Aulnay, cette branche de la ligne a été construite en même temps que l'aéroport : les gares sont modernes, elles ont eu de vrais architectes qui ont appliqué une technique bien maîtrisée ; élégance des arcs, piliers aériens, toits-tentes, dépouillement des lignes, mariage noble du béton, du verre et du bois. Tout est souillé.

GARONOR
CENTRE
D'AFFAIRES
PARIS-NORD

Villepinte.

Dehors c'est toujours, sous le soleil ardent, l'immensité muette du parking, les massifs rachitiques de tamaris et de buissons épineux à fleurs blanches (dont ils ne savent pas le nom, peut-être une variété d'églantines ? ils n'ont pas emporté de flore), la rangée des arrêts d'autobus. En plein air l'hiver, aux heures de nuit, de froid et de pluie, l'attente doit être affreuse. La ligne de Villepinte est le 648.

Un homme à l'apparence indienne (un Mauricien ?) a l'air plus perdu qu'eux. Ils aimeraient bien l'aider. Mais la conversation révèle qu'il connaît parfaitement le mode d'emploi des lieux. Il n'est pas paumé, il est seulement très, très fatigué. Il s'est levé à quatre heures et demie. Il vient de Stains. Il y a travaillé comme cantonnier, il a encore le chômage à 80 %, mais ce n'est pas assez. Il s'est donc levé à cette heure-là pour aller à une embauche, mais il ne l'a pas eue. Alors au lieu de retourner se coucher, il est parti voir un ami à Villepinte qui pouvait peut-être lui trouver du travail... Et cet ami l'a envoyé à un ami, aux 3 000 d'Aulnay, qui pouvait peut-être... Mais cela fait plusieurs fois qu'il essaie de joindre ce dernier d'une cabine. Est-ce qu'il faut quand même y aller voir ? Il ne sait plus. Il parle. Il a besoin de parler. Un quart d'heure, vingt minutes. Puis son bus arrive et il court à son arrêt qui est à l'autre bout du trottoir. Il n'était venu à l'arrêt du 648 que pour parler.

Survient enfin le 648, il passe à vide devant eux sans s'arrêter, fait un grand tour et va se cacher derrière un bosquet. Une jeune fille qui sort de la gare les rassure : « Il reviendra à 11 heures 07. » Deux vieilles dames déjetées arrivent à leur tour, se saluent et conversent de leur notaire et de la Roue de la Fortune. La jeune fille se livre par à-coups timides. « Ah, vous faites du tourisme. » Elle n'est pas étonnée. « Il y a de jolies choses à voir par ici. » Les dames s'en mêlent : le Vieux Pays. Le Village. Le Canal. La jeune fille habite à la Haie Bertrand, des pavillons neufs dont la moitié ont été construits par les Castors : c'est le prochain arrêt. Ses parents viennent de Paris, du onzième, ils sont passés par une HLM à Aulnay mais, pour sa part, elle a toujours vécu ici. Elle est contente : c'est la campagne, elle n'a aucune envie d'aller habiter ailleurs plus tard. Et certainement pas à Paris. Elle étoufferait. Paris, elle connaît bien : elle va au lycée Racine, elle étudie pour être secrétaire de direction. Non, ce n'est pas que cela lui plaise particulièrement, mais il faut bien. Elle fait le trajet en bus *plus* RER *plus* métro. Ça va encore, c'est surtout quand on doit aller de banlieue à banlieue que c'est dur : elle a une copine qui habite Villepinte et travaille à Bondy, ce n'est pourtant pas bien loin, et cela fait une heure et demie dans chaque sens. Ses loisirs ? Oh, elle est timide, alors elle aime bien rester chez elle. Le dimanche elle sort avec ses chiens. Non, elle n'a jamais peur, mais bien sûr elle ne prend pas le RER tard le soir.

Le bus revient et emporte ses quelques passagers dans la plaine. Au nord, des arbres au travers desquels la vue porte jusqu'à Roissy et d'où émerge la masse verdâtre d'un hôtel Ibis, avec des hublots pour fenêtres. La jeune fille descend à son arrêt : des pavillons coquets en briques vernissées, le tout prudemment cerné d'un enclos. Et l'arrêt suivant, c'est le vieux Villepinte, le village : ils descendent. Ils auront mis trois heures pour venir de Garonor. En voiture cela leur aurait pris dix à quinze minutes. Peut-être y avait-il un autobus transversal. La RATP a fait beaucoup d'efforts pour créer des lignes de banlieue à banlieue. Mais comment l'étranger peut-il les repérer ? Avis au voyageur : 1) Inutile de compter sur le gros et dispendieux livre *Banlieue de Paris, Plans, Rues-sens-unique, Autobus* des éditions de L'Indispensable (édition 1989) : en ce qui concerne Villepinte, par exemple, il n'indique *aucun* autobus. 2) Il est vain ou pire, dangereux, de se renseigner localement : les autochtones interrogés, soit ne prennent jamais l'autobus, soit ne connaissent que *leur* autobus, soit – ce qui est le plus fréquent – n'ont aucune idée de l'endroit où se trouve la destination qu'on leur indique, et cela pour cette bonne raison que, la plupart du temps, ils ne sont pas des autochtones. Il n'y a vraiment de tourisme raisonnable qu'automobile. Tout le reste relève du temps de la marine à voile et de la lampe à huile.

« A propos de marine à voile, dit François, voici un aphorisme qui conviendrait parfaitement à notre cas : "La voile est le moyen le plus incommode, le plus lent, le plus fatigant et le plus coûteux pour se rendre d'un point à un autre où l'on n'a strictement rien à faire." »

Un village jadis agricole, comme Roissy. Midi sur la place de la mairie, personne. Un panneau-annonce électronique. Des « messages » y défilent : le menu du jour des cantines scolaires ; puis

FÊTE DES MÈRES
Un poème pour maman
Les poèmes primés seront affichés
sur les journaux lumineux.

Il y avait des fermes. Il reste l'église, sombre, fermée, qui s'adosse aux communs sombres du sanatorium aujourd'hui hôpital. Celui-ci est une grande bâtisse, château du XIXe siècle en brique, à clocheton. Dans la cour quelques infirmiers noirs en blouse blanche, des portes ouvertes sur de grandes lingeries. De l'autre côté de la route, dans un autre parc, le Centre Sainte Marie pour handicapés. Un grand calme. Passent deux bonnes sœurs. Anaïk refuse de les photographier. « Je n'aime pas les bonnes sœurs. – Ne me dis pas, dit François, que tu ne photographies que ce que tu aimes. – Si », dit-elle. Il n'y a pas d'hôtel en vue.

*

Villa Picta : Villepinte date peut-être de la colonisation romaine. Ce fut un village agricole à l'écart, sur le chemin de Gonesse à Tremblay, au centre d'une bande de terres grossièrement orientée nord-sud. Vers le sud, ces terres jouxtaient, à trois kilomètres de là, la lisière de la forêt de Bondy, puis, quand il fut creusé, le canal de l'Ourcq. Vint la construction du premier chemin de fer vers Soissons, le long du canal, suivie dans les années 20 des premiers lotissements, avec l'ouverture, après de longues réclamations, de la station du Vert Galant. L'urbanisation remonta lentement vers le vieux village, jusqu'à former un tissu urbain plus ou moins lâche. Aujourd'hui, le vieux village n'est plus que l'antenne, à l'extrême nord, du corps de la commune qui se densifie en descendant vers le canal. Il y a encore quelques années, la commune rurale subsistait, avec ses grosses fermes et ses quelques maisons bourgeoises au milieu des arbres. Au sud, c'était la commune des prolétaires, venus des quartiers ouvriers de Paris grâce à l'action de lotisseurs avisés qui morcelaient et revendaient des terrains, après les avoir quadrillés d'une voirie approximative faite de chemins de terre recouverts de mâchefer. Ils ne fournissaient ni eau courante (chaque nouveau venu devait creuser son puits), ni éclairage, ni écoulements. Les premiers hivers, les terrains des « pionniers » furent noyés sous l'eau et la boue. Leurs maisons étaient pour beaucoup des baraques en bois. Village avec ses notables donc, et village avec ses pauvres, avant de devenir l'agglomération actuelle de près de 20 000 habitants.

En 1899 l'instituteur, M. Bidet, écrivait :

> Quelques familles ne sont point systématiquement hostiles à l'instruction, certaines même des plus aisées prêtent leur concours à l'instituteur qui ne fait pas en vain appel à leur autorité. Mais les ouvriers qui sont depuis cinq heures du matin jusqu'à six ou sept heures du soir absents de leur domicile sont d'une indifférence révoltante. Aux observations du maître qui en a élevé la plus grande partie, ils répondent que « le temps leur fait absolument défaut pour s'occuper de leurs enfants, qu'ils s'en rapportent à lui du soin de les instruire ».
>
> Il y a bien la mère à qui devrait incomber cette tâche ; par sa nature même elle manque sur ce point d'énergie et l'enfant abuse de sa faiblesse...
>
> Les garçons, à leur sortie de l'école, sont ouvriers de culture et les filles couturières ou plutôt blanchisseuses. A la connaissance des vieillards il en a toujours été ainsi, et je crois que de longtemps cette situation ne sera modifiée.

Il y avait alors quarante-cinq élèves à l'école de Villepinte. L'instituteur faisait, comme de coutume, office de secrétaire de mairie et se plaignait du surcroît de travail que lui imposait cette charge : « Les nombreux décès que lui fournit l'hôpital des phtisiques à lui seul utilisent tout son temps... »

Les phtisiques : le troupeau des pâles jeunes femmes habillées de noir qui, durant des années, hanta Villepinte. Ici, dans le château, est venu se fixer voici plus d'un siècle ce qui fut d'abord l'Œuvre des jeunes filles poitrinaires, puis l'Asile de Villepinte, pour devenir dans les années 1880, lorsque fut découvert le bacille de Koch, le Sanatorium de Villepinte, le plus ancien de France. On en doit la création aux sœurs de Marie-Auxiliatrice de la rue de Maubeuge à Paris, dont la spécialité était de soigner les corps et de sauver les âmes. Un ouvrage pieux a raconté comment le ciel leur en dicta l'idée par la bouche d'une enfant :

> Une nuit dans le pavillon de Coulanges une jeune malade se mourait. Alors qu'elle dormait, soudain elle se réveille les yeux ardents et appelle la sœur. « Qu'avez-vous, mon enfant ? lui dit-elle. – O ma mère, j'ai vu en songe dans une campagne couverte de verdure une maison grande et belle, où des jeunes filles poitrinaires entraient en foule reçues par les sœurs : les unes guérissaient, les autres mouraient, mais toutes avaient un visage radieux ! J'offre le sacrifice de ma vie pour que Jésus réalise ce rêve. » L'enfant expira aux premiers rayons du jour.

Les Villepintois ne semblent pas avoir accueilli avec bonne humeur l'installation de l'asile. Une délibération du conseil municipal montre qu'ils se plaignaient qu'on y mourût décidément beaucoup ; ils n'étaient pas malades, eux, ils mouraient normalement, et ils ne voyaient donc pas pourquoi il leur reviendrait de payer les frais d'agrandissement du cimetière :

> La population ne consentira jamais à ce que les restes des corps inhumés dans la première moitié du cimetière soient relevés pour être remplacés par des étrangères de toutes nationalités... En outre la rue de Maubeuge expédie ses malades à quelques jours seulement de leur décès afin d'échapper aux charges et aux frais d'inhumation auxquels on ne saurait se soustraire aussi facilement à Paris qu'à Villepinte.

C'était prêter aux bonnes sœurs de bien sordides calculs. Mais ils se sentaient envahis, les gens de Villepinte. Et c'était comme toujours de Paris qu'on venait leur dicter la loi. Ce Paris qui n'en finissait pas d'expulser ses surplus, ses déchets à tous les coins de la Seine et de la Seine et Oise. Ses gazomètres, ses usines, ses décharges, ses champs d'épandage, ses cimetières, ses asiles d'indigents et de vieux. Et eux ils écopaient des phtisiques. L'instituteur et le conseil municipal exprimaient que ce que Paris leur exportait, ce qu'il installait au milieu d'eux, c'était l'étranger, dans ce qu'il avait de plus insoutenable, la maladie, et avec l'étranger, la mort. Bien entendu ils n'étaient pas méchants, les gens de Villepinte : les paysans apportaient généreusement à l'asile les produits de leurs jardins et de leurs chasses.

L'affaire tourne et se développe. Entre 1881 et 1890, il passe près de 8 000 malades. Nouvelles constructions. Dortoirs, horaires stricts, discipline et vertueuses distractions. Uniforme pour toutes les pensionnaires – tablier noir, col blanc –, des petites filles aux adultes. Tristes, terribles images des cartes postales de l'époque, qui se veulent si pieuses et si rassurantes : ouvroir, cure d'air, promenade. *Le Figaro* mène campagne, on recueille des fonds dans la meilleure société. En 1931, les cérémonies du cinquantenaire sont présidées par la duchesse d'Uzès et bénies par le cardinal Verdier. Y assistent la marquise de Montaigu, la comtesse de La Rochefoucauld, le marquis de Rochambeau ainsi que M. Panhard, « le dévoué président du Conseil d'administration ». Une jeune pensionnaire récite un compliment en présentant une rose, une célèbre rose de Villepinte :

Fleurette à peine éclose, à ceux qui te font vivre
Dis : Merci !
Et toi petit bouton qui veux grandir encore
Souris à l'avenir et tourné vers l'aurore
Dis : Merci !

Il faut ajouter que jusqu'en 1950, date à laquelle la généralisation des antibiotiques rend le système caduc, le sanatorium de Villepinte a été à la pointe du progrès et de la recherche en matière de lutte contre la tuberculose. Dès 1897, un laboratoire de bactériologie y avait été installé, et c'est là que furent expérimentées les méthodes novatrices, telles que la « cure d'air ». Aujourd'hui le sanatorium s'est reconverti, notamment dans la cancérologie, le nombre de lits a beaucoup diminué, certains bâtiments ont été rasés.

*

Pas d'hôtel en vue, mais un café. François se souvient du temps où il partait pour de longues marches par les champs et les bois des environs de Paris. Chaque village avait son café-épicerie et on pouvait y louer une chambre. Au cœur de l'hiver ce n'était pas souvent chauffé, mais on y dormait bien. Ici, la patronne les regarde avec méfiance et le patron dit qu'il n'y a aucun hôtel dans les environs. Peut-être du côté de la gare du Vert Galant ? Oui, peut-être. Il n'est pas de la région. Il n'est ici que depuis deux ans. Alors vous pensez bien qu'il n'a pas eu le temps de se promener. (C'est probablement la raison pour laquelle il ne connaît pas l'hôtel Ibis qui se dresse comme un gros pudding malsain à un kilomètre à peine.) Oui, c'est pas mal, par ici, et il n'a pas à se plaindre de la clientèle. « Sauf une petite partie, vous voyez ce que je veux dire. » Non, ils ne voient pas. Le café fait bureau de tabac et vend des journaux. Il n'a pas *Le Monde* ; il a, bien en place, *Présent,* le journal du Front national. Mais *Présent* est bien en place dans la plupart des débits de la région.

Le patron accepte de garder leurs sacs une heure ou deux. La patronne demeure grognon : des fois qu'on aurait l'idée de poser une bombe au village de Villepinte ? Ils repartent sous le soleil vers Tremblay Vieux Pays. En suivant la route, ils passeront par le cimetière des animaux : c'est à visiter.

La route est rectiligne, peu de voitures, deux cyclistes en uniforme de coureurs pédalent tête baissée sans les voir. Voici le cimetière où, ont-ils lu dans une monographie, « reposent chiens, chats, singes, oiseaux, lapins, etc. ». Ils auraient voulu connaître un peu le détail de ces *etc.* A travers le grillage le gardien aboie : « On ferme à midi. Revenez à deux heures. En attendant, vous n'avez qu'à aller voir le cimetière des hommes. C'est en face et c'est gratuit. »

La route coupe de grands champs. Petits pois en fleur, blé et maïs qui lèvent dru. « Je connais cette odeur qui flotte, dit Anaïk. C'est l'odeur de mon enfance. » Odeur des betteraves pourries de l'hiver passé qui monte, tenace, de la terre. Sale odeur, dit encore Anaïk, odeur de mort. Au bout de la route, à deux ou trois kilomètres, des silhouettes de fermes allongées parmi de grands arbres derrière lesquels on voit passer régulièrement, dépassant leurs cimes, des morceaux brillants de carlingues et de queues de Jumbos qui rampent vers leur aire d'envol. On voit, et surtout on entend des bouffées de grondements infernaux. Sur le bas-côté de la route ils trouvent, écrasés, presque incrustés dans la terre, des petits serpents morts d'un noir roussâtre : ce sont des nattes d'Africaine coupées.

Au bout, Tremblay Vieux Pays. De près, les fermes ne sont plus que ruines. Les maisons sont murées. Ils pénètrent dans le village, débouchent sur la place de l'église. Un restaurant qui affiche d'innombrables autocollants de cartes de crédit, devant lequel stationnent des voitures riches. Un charcutier qui propose un repas *à prix canon* dont ils se méfient. En retrait, une caserne de pompiers en métal et panneaux turquoise, quelques pavillons neufs. La clôture de l'aéroport est à quelques pas au nord, derrière deux ou trois maisons cossues et de grands arbres. Deux fermes aux cours carrées immenses et désertes dont les bâtiments lépreux prennent déjà des airs de ruines gallo-romaines ; des tracteurs rouillés, du linge qui sèche. Le rugissement des réacteurs au point fixe écrase tout et, dans les intervalles de répit, des centaines d'oiseaux chantent : s'agit-il des *grives musiciennes* tant vantées par le prospectus du parc du Sausset ? Insolite dans cet abandon de bout du monde, une chaise longue et un parasol attendent celui qui viendra y goûter le repos. Devant l'église médiévale, fermée, le soldat du monument aux morts tend dans le vide des lauriers caca-d'oie teintés de sanguine. Ils vont s'affaler sur l'herbe sale, au pied des tilleuls, derrière l'église. A quelques pas, des Turcs pique-niquent devant la portière

cimetière
cimetière
aux chiens

Tremblay Vieux Pays.

ouverte de leur vieille voiture. Anaïk nettoie ses objectifs avec une petite poire : « Je ne comprends pas, dit-elle, pourquoi il y a tant de poussière par ici. »

Quelques pas sur la route départementale les rapprochent encore des pistes : une éclaircie dans les arbres, un tas d'ordures, ils sont à la lisière d'un champ au bout duquel émerge le sommet de la tour de contrôle. Ils cherchent un certain Château bleu indiqué sur les cartes, ne le trouvent pas, mais rencontrent Mme Agnieszka qui a peu de dents et ne parle guère français. « *Dzien dobry* », dit poliment François. « *Dzien dobry panu* », répond Mme Agnieszka, mais le polonais de l'un est encore plus limité que le français de l'autre. Il ressort quand même de la conversation qu'elle est arrivée de Pologne en 1947, qu'elle a toujours travaillé dans les fermes du pays et qu'elle ne connaît pas le Château bleu. Et voilà : c'est la seule personne du Vieux Pays dont ils auront entendu la voix.

Ils tournent le dos au village pour regagner Villepinte par un chemin qui coupe à travers champs. Ils tournent le dos au défilé des avions en instance de décollage, mais d'autres les survolent très bas. Ils tournent le dos au bout du monde.

Le Vieux Pays c'est comme la fin des terres. Derrière, il y a la clôture, et derrière la clôture il y a les avions qui s'envolent vers d'autres terres. Mais au-delà ? Y a-t-il encore un arrière-monde ? Existe-t-il vraiment, après les pistes, une autre clôture, est-il possible que reprennent les champs, les villages, les routes, les villes, et cela jusqu'au cap Nord ? Est-il possible que l'on rencontre de nouveau des gens ? Tremblay Vieux Pays, paysage bombardé de la ligne de front, où la vie semble suspendue, précaire, comme un bivouac dans des ruines semées de papiers gras, au bord de l'abandon final : n'est-ce pas ici le dernier port avant la fin du monde et Mme Agnieszka n'est-elle pas le dernier être humain ? *Finis terrae*, finistère, terres d'ailleurs où l'on a le sentiment d'être arrivé là où tout s'arrête : aux confins du Labrador, par exemple, quand la dernière route s'interrompt net sur un buisson de bluets face à l'étendue infinie semée de sapins nains, et qu'on sait qu'à partir de ce point il n'y a plus que des milliers de kilomètres où ne vit personne, où l'on ne trouvera

que quelques huttes saisonnières pour abriter les chasseurs indiens et, peut-être, loin, très loin, au bord de la mer de Baffin, et jusqu'à la banquise, vers le pôle Nord, quelques mythiques Inuits. C'est sur les rives de ce bout du monde-là que François a rencontré, un soir d'été que le soleil n'en finissait pas de se coucher, une baleine amicale.

Ils transpirent, ils ont faim, ils parlent des sandwiches qui les attendent au café de Villepinte. Des alouettes montent des blés verts et la stridence de leur chant s'éloigne vers le soleil. Ils lèvent une perdrix et repèrent des crottes de lapin parmi les genêts, les fleurs bleues, les boutons d'or et les pissenlits montés en graines fragiles avec lesquelles on peut jouer, d'un souffle léger, à « je sème à tous vents ». En contrebas, vers la route départementale, une dalle de béton indique l'endroit où, annonce un panneau, sera construite « une aire pour les gens du voyage » : il était difficile de les caser plus loin que dans ce trou. Ils s'enfoncent dans un bois où coule le ruisseau du Sausset, qui est opaque et crapoteux ; deux petites filles y barbotent. Ils passent sous l'arche d'un pont abandonné, vestige quasi millénaire d'une ligne de chemin de fer qui ne fut jamais mise en service – il y en eut des promesses électorales et des pétitions ! Retour au café. Mais le café n'a rien à manger. Pas de sandwiches : « Le boulanger est fermé. Il ouvre à trois heures. » Il est trois heures largement passées ? « Oui, mais ça dépend, s'il est parti aux légumes, alors c'est plus tard : je ne vous conseille pas d'attendre. »

Ils vont à l'arrêt du bus RATP avec leurs bagages, près de l'église. Toujours fermée, l'église. Le bus parcourt toute la longueur de Villepinte et les dépose devant la gare du Vert Galant, sur l'autre branche du RER. Il y a un hôtel, un Ibis encore, mais il est complet. Et un autre, deux étoiles-ascenseur, téléphone et télévision dans les chambres, et même Canal plus. Un monsieur affable compatit et se désole, c'est aujourd'hui que commence le salon de ... (un mot en « tex » ?). « Les clients réservent un an à l'avance, tenez, regardez mon cahier. Croyez-moi, je n'ai pas l'habitude de laisser les gens en difficulté, d'ordinaire je téléphone toujours à des confrères, mais là, *je sais* que c'est inutile : *tout* est complet jusqu'à Paris. » Le spectre du retour à la gare du Nord fait son apparition. Mais cet homme est bon. Il peut quand même les dépanner. Il a bien une chambre. Elle est un peu particulière, mais enfin. Il aime rendre service. S'ils veulent la voir. Ils la voient. Est-ce le long éblouissement au soleil de la plaine, la chaleur de la route ? François écarquille les yeux et ne voit rien que de très normal, deux lits, la toilette dans la chambre, c'est sombre mais c'est confortable. Il y a une table pour travailler, et c'est l'essentiel : François veut mettre ses notes à jour. Anaïk ne dit rien. Ils redescendent, clic-clac la carte bleue, 350 francs, la confiance règne, et les voici de nouveau dans *leur* chambre. François s'effondre sur son lit. C'est alors que, juste contre ses pieds, une grosse chose, une chose énorme, monstrueuse, intercepte son regard et, soudain, semble occuper tout l'espace. « Qu'est-ce que c'est que ça ? – Ça, répond Anaïk pincée, c'est un chiotte. » La chose est d'ailleurs complétée par un écriteau qui ne laisse aucun doute sur sa nature et son usage :

Cet appareil est destiné
EXCLUSIVEMENT
aux matières fécales.

Quoi qu'on fasse, il est impossible de se déplacer dans la chambre sans buter sur la chose trônante. « Il n'y a pas de téléphone, remarque Anaïk. – Et pas de télévision », constate François. Adieu Canal plus. De toute manière, ils étaient trop fatigués. « Et si tous les hôtels sont complets, que ferons-nous demain ? – J'ai vu dans la rue, dit Anaïk, une publicité pour un hôtel à Sevran-Beaudottes. – Bravo, ricane François, mais puisque tout est complet. – J'ai téléphoné d'une cabine, dit Anaïk. Nous y avons deux chambres pour demain. » La vie semble soudain moins sombre, sous le gros œil noir du chiotte béant.

Réagissons, sortons de ce trou, retournons au soleil. Derrière la gare, c'est le canal, dont l'eau verte et épaisse paresse dans une coulée au milieu de hauts arbres. De l'autre côté, un talus et un bois, vestige de la forêt de Bondy, le parc forestier de Sevran

Canal de l'Ourcq.

Canal de l'Ourcq.

qui abritait jadis la poudrerie nationale. La fin de l'après-midi est douce. Ils marchent, trois kilomètres, sur l'ancien chemin de halage où filent les vélomanes, les amateurs de jogging et les promeneurs de chiens. De *gros* chiens. Et l'animal à la mode, cette année, c'est décidément le husky. Les pêcheurs leur racontent l'histoire du crocodile trouvé dans le canal le mois dernier. « C'est vrai, on a publié la photo dans le journal. Dans *Dialogue*. Vous pouvez vérifier. » (Oui, c'est vrai. Ils trouveront la photo. Elle représente l'homme qui a vu le crocodile montrant l'endroit où il a vu le crocodile. Ils trouveront aussi la photo du *monstre d'Aubervilliers* pêché un peu plus loin dans le canal Saint Denis : « Il s'agit d'une étrange tortue de vase dont la gueule n'est pas sans rappeler justement celle d'un crocodile à ceci près qu'elle se prolonge en une sorte de grouin. »)

A la sortie du bois, avant l'écluse de Sevran, M. Salomon prend le frais sur un fauteuil de camping, devant son pavillon. Il est en short et en maillot de corps échancré. Il *fait nana*, dit-il, avec son chien Mickey. Il lit le journal gratuit *93*. Les petites annonces, ça passe le temps. Il a été ouvrier agricole dans l'Aisne, ça c'était une sale époque, et puis il est venu par ici, maçon. Aujourd'hui il est à la retraite, il est heureux. Il le serait davantage si sa femme n'était pas toujours à l'hôpital. On lui a hypothéqué le pavillon pour payer les frais. Alors il n'y a qu'à attendre. A quoi ça sert de se faire du souci. Jusqu'au jour où il rejoindra le *quai des allongés* pour le grand départ. Pour l'instant il est l'heure d'aller se faire sa petite soupe. Photo ? Il veut bien mais il est méfiant : « Ça me coûtera combien ? »

Beauté du canal, au-dessus duquel se rejoignent les cimes touffues des arbres. Passerelle d'où pend le lierre jusqu'au ras de l'eau. Aucun bateau. Ils marchent jusqu'à Freinville, la cité Westinghouse, au-delà de l'écluse, et aux usines Kodak, puis reviennent par l'autre berge. A Villepinte, le seul restaurant qu'ils aient repéré et dont le nom plaisait tant à Anaïk, *Le Bar des amis, chez Zézette et Coco*, est fermé. Il y a bien celui de l'hôtel, nappes blanches et petites lumières : les exposants du salon « ??? tex » sont arrivés et tâtent de la mousseline de saumon aux petits légumes. *Kaï-kaï.* Allons voir à Aulnay, c'est une vraie ville. Par le RER.

Aulnay dans la nuit tombante, une pizzeria sur la place et plus loin, au bout d'une rue, l'enseigne d'un restaurant chinois, des tables sous une tonnelle. Du poulet à la citronnelle, un plat épicé du Se-Tchouan, du vin, c'est Byzance. Et le restaurant chinois fait hôtel. Hôtel chinois ? Oui, il y aura deux chambres libres dans deux jours. Affaire conclue. La vie leur sourit.

Retour par le RER dans la nuit. La nuit est chaude et très africaine. Des filles au fond du wagon dansent et crient très fort. Au Vert Galant, Anaïk les rattrape sur la place : « Vos coiffures sont très belles. » Photo. « Dans le train, disent-elles, on s'est battues. » Elles rient.

Gare du Vert Galant.

4

Le calme à Sevran Beaudottes. – La mauvaise réputation d'une gare. – Histoires de supermarchés. – « Ça craint. » – Une maison de quartier. – Enfance heureuse à Sevran Beaudottes ? – La dernière ferme. – Un facteur-géographe. – Aulnay-Bondy, « la ligne cow-boy ». – Être pavillonnais de souche.

Jeudi 18 mai. La nuit est dure. Des enseignes lumineuses inondent spasmodiquement la chambre et les trains de marchandises crient. Au matin, François décide qu'il va travailler : puisqu'il y a la table tant espérée, autant en profiter. Il s'isole dans la chambre qui, même par un si beau soleil, demeure obscure. Il faut allumer la lampe à abat-jour. Celle-ci n'est pas branchée. Pour ce faire il faut débrancher un autre fil qui occupe l'unique prise. Bon. Et puisqu'il est toujours là, l'instrument sanitaire géant, béant, autant en profiter aussi. Bon. Après quoi, la chasse d'eau. Mais que se passe-t-il ? Voici que remonte du sol et envahit le tapis mousse tout ce qu'il y avait précédemment dans l'engin. L'inconscient : le fil qu'il a débranché, pour y voir clair, c'est le fil du BROYEUR de l'appareil maléfique. Sauve qui peut, en traversant à gué la chambre piégée.

Partir, partir loin, vers des espaces plus salubres. Le RER : changer à Aulnay pour remonter sur Sevran Beaudottes, leur troisième étape sur la ligne. Les y voici.

La gare des Beaudottes est souterraine. Vue du train, elle apparaît neuve. De près, le béton est déjà comme pourri. Les murs sont formés de stries verticales en relief, béton et métal orange alternés, ce qui dissuade l'affichage mais constitue pour les graphs un défi abondamment relevé. La gare des Beaudottes a une sombre réputation. Et notamment celle d'être un lieu important de trafic de drogue. Sa nature souterraine se prête certainement à amplifier encore la rumeur. Une ville neuve qui émerge d'un coup en rase campagne n'a pas d'histoire, donc pas de secrets : et où les secrets peuvent-ils mieux se fabriquer que dans un souterrain ?

En hiver la gare est comme une grande soufflerie d'air glacé, mais, contrairement à Villepinte, sur la place on trouve de vrais abribus aux arcades métalliques bleues auxquels on accède par des galeries en plexiglas. Ils débouchent dans la lumière matinale déjà très forte sur un immense forum, un campus plutôt, verdoyant, inachevé, bordé d'immeubles neufs pas très élevés. Au fond s'élève un mur de constructions plus traditionnelles. Mais le quartier des Beaudottes auquel s'adosse la gare est construit à l'image d'une vraie ville : terrasses, dénivellations, colonnes, passages sans voitures débouchant sur de grandes cours où les enfants peuvent jouer sans que, de leurs cuisines, les mères les perdent de vue, balcons aux angles imprévus, et même, au dernier étage d'un immeuble, une rangée d'arcades en béton, vaguement mauresques, pauvres et graciles. Façades roses, ocre ou de faïence blanche, tout cela sent la recherche de la rupture, la lutte contre la monotonie. Qu'est-ce qui donne malgré tout cette impression d'inachèvement, de provisoire, alors que tout ici devrait être achevé et définitif ? Est-ce simplement parce que cette ville nouvelle n'a pas d'histoire et que ses habitants sont arrivés là sans l'avoir vraiment choisie, chacun avec sa propre histoire et trop de soucis pour prendre le temps de la mélanger à celle des autres ? Pas d'histoire et pas de projet commun ? Est-ce une ville de pionniers ou une zone de transit ? Les Beaudottes sont l'un des lieux où vient aboutir l'immigration la plus récente de toute la région.

L'hôtel est rue Gagarine – ici on fait dans le cosmonaute –, il est blanc, peu d'étages, volets de bois bleus, neuf comme le reste. Les chambres de nos voyageurs sont au rez-de-chaussée, nettes, claires et fonctionnelles comme des cabines de bateau. Les fenêtres donnent sur une allée-parking ensoleillée, une pelouse défraîchie et, de l'autre côté d'une avenue, des tours.

Sevran Beaudottes.

Et surtout, pour la première fois, ils trouvent ici le calme. Deux journées de marche dans la plaine, de chaleur et de vacarme incessant : ils tirent déjà la langue.

Les Beaudottes, c'est aussi Beau Sevran, et derrière, la masse carrée d'Euromarché. Beau Sevran, un centre commercial énorme, juste au-dessus et contre la gare. Tout au long de leurs marches, ils en ont rencontré les publicités sur fond tricolore :

BEAU SEVRAN
révolutionnaire
course à la cocarde
des prix
des affaires
révolutionnaires
mai 16 au 27 prairial
125 magasins, 10 restaurants, 5 cinémas

Une haute galerie à l'italienne avec des perspectives à la Piranèse, de minces piliers de céramique et des arcades vertes aériennes sous lesquelles la foule n'est pas écrasée en même temps que les prix. Et d'ailleurs, en ce matin de semaine, la foule est clairsemée. Elle est à l'aise. Les commerces sont les mêmes que partout, tour Montparnasse ou forum des Halles, et ils baignent dans la même musique innommable.

Au cœur de la galerie, là où elle s'épanouit en rotonde, ils mangent une pizza. « J'ai été enquêtrice ici, dit Anaïk : pour des aliments pour chats. C'était un samedi, nous avions quadrillé la foule, personne ne pouvait nous échapper. » Anaïk a une vaste expérience des grandes surfaces. De leur envers plus que de leur endroit.

– Ma première expérience dans les supermarchés, je l'ai faite comme photographe, au Carrefour de Gennevilliers. C'était il y a huit ans. J'avais été recrutée pour une animation : cela s'appelait « Un photographe par jour » et consistait en la présence dans le magasin d'un photographe différent chaque jour pendant une semaine, puis dans l'exposition des photos dans l'entrée. Je suppose qu'il y avait derrière une espèce d'idée dans le genre « à Carrefour on sait aussi ce que c'est que la culture », mais personne ne m'a jamais vraiment expliqué et c'est resté flou.

– Tu as trouvé ça comment ?

– J'ai trouvé ça atroce.

– Je veux dire : comment l'as-tu obtenu, ce travail ?

– Par un ami qui était chargé de recruter les photographes, bien sûr. Lui, c'est un photographe conceptuel. D'ailleurs il n'y avait que des photographes conceptuels, dans cette affaire. L'antiréalisme : la poésie des formes. Les gens n'existent pas. Ou pas davantage que les choses : ils ne sont eux aussi que des traits, des taches, une ombre qui passe. Hommage à la boîte de conserve. Le climat du supermarché, c'est la musique, les voix joviales dans les haut-parleurs, les couleurs et les lumières, les panonceaux avec des points d'exclamation, la fête : mais une fête triste, et la méfiance.

» Le plus triste, c'est les gens qui viennent par désœuvrement, pour tromper l'ennui. Pour être un moment avec d'autres gens. Les vieux, ceux qui viennent tous les jours alors qu'une fois par semaine suffirait. Et puis les jeunes, ceux qui n'ont pas les moyens et qui traînent dans le ventre du monstre, au milieu de cette surabondance, de cette bouffe qui dégouline. Moi j'ai toujours une angoisse avant d'entrer : autour, c'est le désert et quand j'entre j'ai l'impression d'être avalée par le monstre ; quand je sors, c'est une délivrance : je n'ai pas été bouffée.

» A vrai dire je suis passée très vite dans les coulisses. Dans les ateliers de boulangerie, de charcuterie, de plats cuisinés. Une vraie machine à bouffe, dans des locaux sans lumière du jour. J'ai été bien accueillie par des gens qui font un travail très dur, la chaîne, la robotisation du corps, une existence complètement intégrée à la machine à faire le saucisson, à écraser les tas de cartons, tout le temps qu'on y est lié. Le contraire de tout le discours des patrons modernes sur l'autonomie du travail. Mes photos n'ont jamais été exposées.

» Plus tard, j'ai travaillé comme animatrice. On peut être envoyée en province. La première fois, j'ai vendu des soupes Maggi révolutionnaires : exotiques, paysannes, etc. J'avais l'habit Maggi, pantalon jaune et haut rouge. Heureusement il n'y avait pas de dégustation. L'ennui c'est que, comme ça se passait à Etampes, la plupart des gens me disaient qu'ils avaient des légumes dans leur jardin, que c'était le printemps, alors les soupes... L'acheteur de trois sachets avait droit à un bon de remboursement de 5,90 francs et celui de cinq paquets à un bon de 10 francs. Il faut les envoyer par la poste avec un relevé d'identité bancaire. Je suis sûre que personne n'a la force de faire ça.

– Si, dit François. Moi. Je l'ai fait pour des boîtes de choucroute William Saurin.

– J'ai vendu aussi les îles flottantes (crème anglaise et œufs en neige sous sachet plastique) et des packs de bière Fischer, des packs énormes, genre spécial pour adjudant à la retraite, nostalgique et alcoolo. Pour les îles flottantes j'étais habillée en crémière, tout le monde était inquiet parce que c'était un produit nouveau mais ça a marché du tonnerre et j'ai été félicitée.

» L'esprit maison des petits chefs m'impressionne toujours. Dans le tout petit personnel, c'est le flicage. On dit que c'est beaucoup plus dur aujourd'hui qu'il y a quinze ans. La résignation. L'obsession du vol : à la sortie du travail, il faut présenter son sac ouvert aux agents de la sécurité. Pour manger, on va par petits paquets à la salle de repos : une grande salle avec une machine à faire le café payante, des tables et quelquefois un four à micro-ondes pour réchauffer ce qu'on a apporté. Pas de cantine. Le seul endroit où j'ai trouvé une vraie solidarité dans le personnel, c'est, bizarrement, à Inno-Passy : je crois que cela tient à la clientèle ; elle est tellement pénible qu'on se tient les coudes. Il faut dire qu'à Inno-Passy tout le personnel vient travailler de banlieue ; de très loin.

*

Près de l'hôtel, deux balayeurs. L'un, d'une quarantaine d'années, est né dans les Asturies. Il a travaillé quinze ans dans une grande imprimerie du vingtième arrondissement. Celle-ci a été démolie, alors il a émigré à Neuilly Plaisance, puis à Aulnay, enfin à Sevran. L'autre est maghrébin, il est un peu plus jeune. Arrivé en France à l'âge de trois ans, en 1956. Son père était métalier à Vaujours – à cinq kilomètres d'ici. Lui-même a travaillé dans une usine de teinture au Bourget. Mais cette usine-là aussi a été démolie. Il habite un autre ensemble de Sevran, plus au sud. Un F 3, 2 016 francs par mois : comment faire, avec un salaire qui tourne autour de 5 000 francs ? Il a trouvé un travail supplémentaire. Retourne-t-il en Algérie ? Pas depuis 1976, c'est trop cher. Ce qu'il voudrait, c'est habiter un pavillon. A Sevran ? Non, ailleurs. Ni l'un ni l'autre n'apprécient les Beaudottes. Ils savent de quoi ils parlent : ce sont eux qui ramassent les seringues. C'est un quartier à risques. Faites attention, le soir, autour de la gare *ça craint*. Beaucoup de vols. Des voitures cassées, pour prendre les autoradios. Mais, disent-ils encore, si vous voulez savoir comment on vit aux Beaudottes, entrez donc en face. C'est le Centre d'action sociale Paul Bert.

L'accueil est très cordial. Le directeur a trente-cinq ans, il était auparavant animateur au Centre municipal de Sevran où il s'occupait de stages d'insertion professionnelle pour les jeunes et de réinsertion pour les chômeurs. Le Centre Paul Bert est une grande maison de quartier qui a été ouvert en 1984, c'est-à-dire dès que les Beaudottes ont reçu leurs premiers habitants. Ses axes d'activité sont les problèmes de l'emploi, ceux des « personnes en difficulté ». Il ne s'agit pas, bien entendu, de trouver un emploi aux jeunes, mais de les aider à construire un projet professionnel et un projet personnel. C'est ainsi par exemple qu'à la rentrée est prévu un stage d'informatique : il s'agit, au-delà d'une formation pour le travail, d'animer une activité essentiellement ludique, pour valoriser les individus – photo, vidéo – et leur éviter le cercle vicieux qui mène à la drogue et à la délinquance. Le centre mène une action d'alphabétisation à laquelle participent 30 à 40 femmes chaque après-midi quatre jours par semaine et, le soir, une fois par semaine, 40 hommes et femmes. Et des cours du soir pour 80 à 100 personnes. Qui sont-elles ? Des Asiatiques, des Maghrébins, des Africains – Maliens, Mauritaniens, Sénégalais –, des Mauriciens, des Indiens, des Polonais... Un *baby-college* initie à l'anglais 160 enfants de six à neuf ans. A cela il faut ajouter les ateliers, gymnastique pour les adolescents et pour le troisième âge, yoga, danse, théâtre, solfège...

Le directeur n'habite pas Sevran mais Joinville le Pont : il a besoin de distance par rapport à son travail.

Et la drogue ? C'est toujours elle, dit-il, que l'on monte en épingle. Il n'y en a pas tant que ça. Le vrai problème n'est pas là. Le vrai problème, c'est celui des licenciements : en 1987 le seul Westinghouse a supprimé 300 emplois sur 800.

Ils sortent, munis du dernier numéro de *Dialogue Sevran*, le mensuel de la municipalité. Celle-ci est toujours communiste. Réélue en 1989 avec 51,62 % des voix pour la liste de gauche. Avec un taux d'abstention de 43 %. Et surtout un score de 24,10 % pour le Front national. Le coup est passé très près. Mais le Centre Paul Bert peut continuer.

*

Ils ont fixé pour ce soir un rendez-vous à une amie parisienne. En attendant, Anaïk va continuer seule sa promenade dans les Beaudottes. François la gratifie de consignes de sécurité. Ne pas laisser son sac ouvert, débordant d'objectifs. Ne pas... Ne pas... Et alors ? Il retourne dans le calme de sa chambre d'hôtel reprendre les notes dont la rédaction a été interrompue par le raz de marée villepintois. Ou dormir. Rendez-vous à six heures.

A six heures Anaïk n'est pas au rendez-vous. A sept heures non plus. L'amie arrive à la gare d'Aulnay à sept heures et demie. Juste le temps pour François de se précipiter dans le RER. Il laisse un mot à Anaïk : il l'attend à Aulnay. Il est submergé par ses obsessions sécuritaires, Anaïk est perdue, volée, violée. Non, il sait bien qu'elle n'est ni perdue, ni volée, ni violée, mais alors *quoi* ?

A la gare des Beaudottes, c'est l'heure de l'affluence, de la bousculade dans les souterrains que François remonte à contre-courant. Tapie derrière les tourniquets, une véritable meute de contrôleurs guette et trie les arrivants qui déferlent. Aulnay, le square de la gare, son lamentable monument à de

Gaulle qui ne méritait pas ça, une sorte de photo gravée sur un menhir-pierre tombale étriqué : de quoi couvrir de honte tout le monde, le sculpteur, le spectateur et de Gaulle. L'amie débarque du train de Paris, François déverse ses angoisses. Une heure passe et voici enfin Anaïk. Échanges d'aménités. Elle s'est trompée d'heure. Et puis elle avait marché si loin qu'elle a dû prendre un bus pour regagner les Beaudottes, et vous savez bien que les bus... Irresponsable, répète François. Anaïk expose son point de vue sur les intellectuels qui n'ont pas besoin de sortir de leur chambre d'hôtel pour voir le monde.

*

A minuit, dans le dernier train venant de Paris, le wagon est encore plein, il règne un grand silence fait d'absence et de fatigue. A ces moments-là, quiconque élève un peu la voix ne fait que rendre plus lourde encore cette sensation de plomb. C'est gênant, incongru, presque obscène. Et à ces moments-là, on imagine des panneaux :

LA CONVERSATION SE FAIT AUX RISQUES DU VOYAGEUR.
LA SNCF DÉCLINE TOUTE RESPONSABILITÉ.
L'USAGE DE LA PAROLE
EST INTERDIT PENDANT L'ARRÊT DU TRAIN.
ATTENTION : UN VOYAGEUR PEUT EN CACHER UN AUTRE.
MON VOISIN NE PASSERA PAS PAR MOI.
NE PARLEZ PAS : CELA PEUT RENDRE FOU.
SILENCE !

La sortie dans la gare des Beaudottes revenue à sa solitude lugubre s'effectue en paquets serrés, presque au pas de course, et toujours en silence. Une suite de pelotons se précipitent dans les escaliers en collant au coureur de tête. Aucun traînard, on se retrouve ensemble sur la vastitude du terre-plein désert. On avance tête baissée dans la cité, juste le bruit des pas pressés, et les pelotons ne se séparent qu'au dernier moment. La nuit des Beaudottes est sereine et triste.

Dernier bulletin d'information. Les étudiants chinois manifestent place Tienanmen. La Chine va-t-elle basculer dans le chaos ? Le président Mitterrand a déclaré aujourd'hui qu'il y a encore beaucoup à faire pour lutter contre l'inacceptable pauvreté en France.

*

Vendredi 19 mai. Nuit réparatrice. Petit déjeuner copieux pour cadres dynamiques : table libre-service avec céréales et jus d'orange. Et toujours le soleil lourd et magnifique sur l'herbe jaunie et la masse gris et rose de Beau Sevran. Sur l'esplanade vide inachevée, les démons de la nuit sont dissipés. Le printemps charme le béton.

Ils marchent vers le sud-ouest, en direction du centre de Sevran. Passé la cité moderne, d'autres immeubles, barres traditionnelles, dans les arbres. Des chemins piétonniers aux tracés courbes courent à travers les buissons ras. Quelques femmes surchargées de provisions, des Africaines en boubou, deux jeunes mères aux traits tirés qui poussent des voitures d'enfant, et des chiens, toujours des chiens. Aux balcons, on stocke sous des bâches ; à un quatrième étage, deux caddies de supermarché remplis à ras bord, mais de quoi ?

Puis une étendue de plusieurs hectares cultivés. En son centre, une butte sur laquelle s'activent des engins et des camions, et plus loin, fermant la vue, les hautes silhouettes d'énormes immeubles, un peu confuses dans la brume de chaleur qui fait déjà trembler l'air et leur donne des contours vaguement fantastiques : tourelles de cuirassés géants ou de forteresses de science-fiction, découpées, décalées, crénelées, ruines de quelque station galaxique abandonnée, remparts, proues, passerelles, antennes, fusées. Apparition incertaine et flottante d'une de ces villes invisibles que, dit Italo Calvino, Marco Polo racontait au Grand Khan :

> Quatre tours d'aluminium s'élèvent de ses murs flanquant sept ponts-levis à ressort qui enjambent le fossé dont

Sevran. Butte de Montceleux.

l'eau alimente quatre canaux de couleur verte qui traversent la ville et la divisent en neuf quartiers, chacun de trois cents maisons et de sept cents cheminées...

Ils suivent des écoliers qui empruntent un sentier derrière une clôture rouillée (Entrée interdite, chien méchant), et les voici sur un chemin de terre longeant un bosquet de petits saules. Plus loin se construit le parc de Montceleux ; il est difficile de reconnaître, sur tant de terre remuée, ce qui fut une butte naturelle et ce qui provient de l'excavation pratiquée pour faire passer le RER. C'est probablement la dernière année que ce champ est cultivé, et c'est le dernier champ de la dernière ferme de Sevran. Paris est à onze kilomètres à vol d'oiseau.

Auparavant ils ont traversé le terrain de sport désert, où tout ce qui émerge un peu du sol est barbouillé de tags (mais la cendrée est impeccable et les lignes blanchies de frais), longé des écoles, croisé deux jeunes métisses avec des raquettes de tennis. Ils ont laissé sur leur gauche des petits immeubles coquets de deux ou trois étages, des pavillons de parpaing tout neufs imbriqués les uns dans les autres avec des cours-jardins minuscules et chacun son garage :

LE QUARTIER DE LA ROSERAIE PREND FORME
67 LOGEMENTS AVEC ACCESSION À LA PROPRIÉTÉ

Il y avait vraiment des roses. Un parasol dans un jardinet. Et d'une fenêtre s'échappait un air argentin de bandonéon.

De l'autre côté des champs, voici la ferme de Montceleux, une grande cour déserte, un hangar dont il ne reste que l'armature, comme la nef de métal rouillé d'une église au chœur écroulé, ouverte sur la plaine, sur les immeubles qui la limitent au loin, sur le ciel. Qui vit et travaille ici ? L'énorme chien qui n'a pas de chaîne les chasse. Et l'épicier arabe, en face, n'est pas au courant.

Place de la mairie. Beaucoup de pavillons anciens occupés par des services municipaux, donnant l'impression d'une activité sociale importante.

Sevran.

SEVRAN CHAMPIONNE DES ESPACES VERTS 160 M² PAR HABITANT

Midi est passé, les enfants sortent de l'école, des bandes passent conduites par leurs maîtres, et François répète que nulle part au monde il n'a vu d'enfants si joyeux. Et si beaux. Même à Cuba, un pays où tout corps exprime une spontanéité, une grâce naturelle, mais où les enfants vont en rang et portent un uniforme. Il y en a pour trouver ça digne et gai, les uniformes. Et les enfants de Shanghai, enfants pauvres mais enfants-rois, qui se figeaient d'un bloc, perdaient tout sourire et ânonnaient, crispés, des slogans incompréhensibles pour tous à commencer par eux-mêmes, à l'intention du journaliste de passage ? Les enfants de Sevran n'ont pas d'uniforme, ils sont peut-être les plus bigarrés du monde. Ils n'ânonnent pas de slogans. Ils sont prodigieusement divers, et désinvoltes. Naturellement libres. Pourvu que ça dure. S'ils pouvaient demeurer les mêmes, passé quinze ans. Mais ceci est une autre histoire.

Une autre histoire ? Non. Notre histoire. Celle de ces années. Celle de la confrontation de ces enfants-là, de ces jeunes-là, avec la vie au sortir de l'école. Quand François était encore éditeur, en 1979, il avait publié avec son ami Gérard Althabe, qui avait travaillé dans les ZUP de Nantes et d'ailleurs, un livre réuni par deux institutrices de Gennevilliers, un livre collectif, parlé, écrit, fait par des adolescents de leur CET. Un de ces livres comme il aimait les éditer, dans une collection qui s'appelait « Luttes sociales » parce qu'ils pensaient, Althabe et lui, que des livres comme celui-là, des livres pas du tout comme les autres, venus d'ailleurs que de la tête de professionnels, journalistes ou sociologues, mais utiles à ceux-là aussi, sans démagogie, sans prêche non plus, sans raccourcis, ces livres pouvaient aider à changer quelque chose, un tout petit quelque chose. Bien sûr le livre n'avait eu aucun succès, le bide intégral même – sauf du côté des adolescents de Gennevilliers, qui sont aujourd'hui depuis longtemps des hommes et qui font quoi, et qui sont où ? Ils avaient voulu rompre le silence, s'adresser aux

autres, aux adultes –, et les adultes n'avaient rien à répondre. Il y avait dans ce livre des témoignages et des histoires, des dessins et des poèmes. Son titre était *On n'a pas la honte de le dire* et les poèmes étaient signés Anne-Marie, Ben Saïd, Dalila, Mouloud, Pascal, Patrick, Sylvie et Yahia. Parmi ces poèmes, celui-ci, de Patrick, servait de conclusion, preuve qu'ils ne se faisaient pas beaucoup d'illusions, les enfants de Gennevilliers :

Boîte de graines Boîte à œufs
Boîte à oxygène Boîtes naïves
Boîtes à lait
Pour l'enfance !
Boîtes à savoir ce qu'il faut savoir
Boîtes de vitesses Boîtes à images
Boîtes conditionnées
Contre les rêves.
Boîtes à idées Boîtes à questions
L'angoisse !
Boîtes adaptées Boîtes engrenages...
Boîte à lettres Boîte-désir
Pour communiquer.
Boîtes de nuit
Boîtes à roulettes Boîtes à tuer
Boîtes de fous !
C'est ton oppression.
Boîte-urne Boîte d'alliance
Boîte de reproduction
Pour un citoyen normalisé !
Boîtes HLM Boîtes de sardines
Boîtes à outil Boîtes-machines
Métro Boulot Dodo !
Boîtes de conserve Boîtes à café-tabac
Boîtes à oublis Boîtes à jeu
Boîtes à espoirs Boîtes à sous Boîtes à huissiers
La triste merde !
Boîtes à retraite Boîte à boîte
La dernière boîte !
...Quelques boîtes te disent :
NE FERME PAS TA BOÎTE !

Sur la place, des jardiniers arrosent un bloc de verdure de deux mètres de haut taillé en forme de Bastille. Ça fait trois mois qu'on y travaille, dit un Algérien.

Partout encore, sur des immeubles de dix étages, cubiques, urbanisation-stockage humain des années soixante-dix, les grafs resurgissent à peine badigeonnés. Et les tags : signés (quand on arrive à les déchiffrer) Requins vicieux, TBD, Tager black, Sink, Ruse, Cash 1, Foxy Bo, Kurt, Black Dragon. Ils font halte dans le parc ombragé du Centre culturel Louis Armand, vieille maison bourgeoise avec sa ferme vouée aux activités musicales. Ils contemplent, accablés par la chaleur, les canards et les merles.

Retour par l'avenue Delattre de Tassigny. Les pavillons récents sont merveilleusement fleuris. En bordure de la route, chacun possède son cerisier, beaucoup plus ancien que la construction, vestige probable d'un champ. C'est le temps des cerises et elles sont là, rouges, sombres, grosses, brillantes, cerises de Montmorency, cerises inaccessibles. Il fait soif.

*

Adieu aux Beaudottes. Quatre minutes de RER jusqu'à Aulnay, pour déposer leurs bagages à l'hôtel chinois. Puis en route pour Pavillons sous Bois où ils ont rendez-vous avec Gilles.

Gilles est facteur. Préposé aux PTT. Il est aussi géographe. Même s'il récuse ce titre, comme il récuserait tous les titres, il est l'auteur d'un monumental mémoire de maîtrise rédigé en 1984, soutenu en 1986, intitulé *Géographie de la banlieue nord-est de Paris.* Une géographie dont il connaît bien le paysage puisqu'il y est né, qu'il y habite et qu'il l'arpente aujourd'hui chaque jour de boîtes aux lettres en boîtes aux lettres. Un mémoire fait « 46 % à pied, 45 % en vélo, 5 % en train, 3 % en bus, et 1 % en voiture ». Composé essentiellement d'une centaine de cartes originales et de tableaux ; avec un texte dont il n'a eu de cesse qu'il ne l'ait réduit à quelques pages. Car Gilles se méfie des discours : de tous en général et du discours géographique en particulier. Il préfère dresser des cartes, même s'il ne cache pas que les cartes elles aussi sont piégées, que leur subjectivité,

Gilles.

donc leur partialité, est déjà présente dans le moment même où le géographe décide de les dresser. Ce qu'il veut surtout, c'est poser des questions. Des interrogations. Des interpellations. Comme celle-ci :

CAUSE :
que signifie ce mot ?
ESPACE :
que signifie ce mot ?
CAUSALITE SPATIALE :
Est-ce que cet ensemble de mots a une signification ?

Il faut dire que Gilles, qui a vingt-huit ans, a été à l'université de Saint Denis l'élève d'Yves Lacoste, l'auteur de *La Géographie ça sert d'abord à faire la guerre*, et que c'est ce dernier qui a dit à François que Gilles était la personne la plus compétente, la plus ferrée sur la banlieue nord-est : qu'il fallait absolument le rencontrer. Il faut dire encore que si Gilles est facteur et non géographe, c'est parce que, lecteur de Kant, il applique cet impératif d'*agir de telle sorte que tu traites l'humanité aussi bien dans ta personne que dans la personne de tout autre* et que, tenant compte de ce qu'il pense et dit du discours géographique, il est conséquent avec lui-même en refusant de l'alimenter. Ce en quoi on doit l'admirer. Et il faut dire enfin que Gilles, qui est un ours un peu mal léché et pas toujours bien rasé (sauf le jour où Anaïk a voulu lui tirer le portrait avec sa casquette, en train de distribuer le courrier), est un genre d'ours à vous réconcilier avec le genre humain.

Mais Gilles, ours et kantien, est méfiant. Quand François lui a téléphoné pour la première fois en lui expliquant son projet et en lui demandant s'il pourrait le rencontrer, Gilles, qui est un lecteur de la revue *Hérodote* et qui a constaté que depuis six ans celle-ci n'est plus éditée par les éditions François Maspero pour la bonne raison que les éditions François Maspero n'existent plus et qu'elles ont été remplacées par d'autres, Gilles, donc, a envoyé catégoriquement François au diable en lui faisant savoir qu'il n'appréciait pas le canular : « Vous ne pouvez pas être François Maspero. Maspero est mort. Au revoir. » François a plaidé, prié, et supplié Gilles de le croire sur parole. Mais Maspero était mort et Gilles n'était pas d'accord pour le ressusciter. Il était tellement convaincu qu'il en devenait convaincant et qu'après avoir raccroché, François lui-même, qui a parfois des crises d'identité, s'est pris à avoir des doutes. Il se trouvait de plus que cette altercation reproduisait l'image inversée d'une expérience récente : devant faire une série d'entretiens pour une émission intitulée « Profils perdus » avec des témoins de la vie de Pascal Pia, l'un de ceux-ci lui avait répondu froidement, du fond de sa lointaine retraite : « Non, monsieur. Je suis mort, monsieur. Au revoir, monsieur. » Sur quoi il avait raccroché avec une grande vitalité.

Mais enfin le malentendu s'était dissipé. Et c'est bien heureux, car qu'auraient-ils fait sans Gilles et son intelligence du paysage et des êtres ?

*

Pour se rendre à Pavillons sous Bois, ils prennent le train de la ligne Aulnay-Bondy, qui raccorde le réseau du Nord à celui de l'Est. Dans la gare d'Aulnay, impossible de trouver trace de ce train sur les panneaux d'affichage électroniques. Il faut chercher longtemps pour découvrir près d'un guichet fermé un bout de papier collé où figure, manuscrit, l'horaire de la ligne. La rame part d'un bout de quai à l'écart. Chauffé à blanc, le wagon est un four solaire où l'on suffoque. La ligne Aulnay-Bondy a quelque chose de déshérité. Les incidents y sont fréquents et les usagers l'ont baptisée la « ligne cow-boy ». Une partie de son parcours, la section que fit ouvrir au début du siècle M. Gargan pour desservir son usine, est à voie unique. Le train y roule très lentement, une lenteur qui remet en mémoire le temps pas si éloigné de la traction à vapeur des lignes de banlieue, avec leurs wagons sombres et leurs sièges en bois : tout le voyage n'était qu'un long gémissement ferroviaire. Gilles les attend à la gare de Livry, qui, bien entendu, se trouve sur la commune de Pavillons. Il veut les présenter à son oncle, qui

Ligne Aulnay-Bondy.

est premier adjoint au maire de Pavillons et d'une vieille famille pavillonnaise.

Une vieille famille ? On en compte une cinquantaine. Les premiers habitants de Pavillons sous Bois sont arrivés au tout début du siècle. C'étaient des ouvriers venus des arrondissements du nord de Paris peupler les lotissements de ce qui était alors Bondy Forêt, c'est-à-dire une friche aux confins de laquelle s'étalait une zone de chiffonniers avec, de l'autre côté du canal, « La Poudrette », champ d'épandage de la capitale, ainsi que les anciens « bassins de Bondy » affectés sous le Second Empire aux vidanges de Paris, dont le système est décrit comme suit en 1867 :

> Ces dépôts nécessaires mais incommodes ont été transférés dans la forêt de Bondy. Chaque nuit, les voitures de vidanges, après avoir fait leur immonde récolte, viennent la verser à La Villette dans un *dépotoir*, d'où une machine à vapeur refoule les parties liquides jusqu'aux bassins de Bondy, tandis que les parties solides sont emmagasinées puis expédiées dans des tonneaux bien fermés pour les besoins de l'agriculture.

Le grand-oncle est ainsi arrivé enfant, avec sa famille, en 1894 au lotissement de la Colonie, sur le canal de l'Ourcq. Oui, dit l'oncle, c'étaient vraiment des pionniers. Ici comme dans les autres lotissements de l'époque, il a fallu lutter, d'abord contre les éléments – la boue, les inondations des premiers hivers –, puis, pied à pied, pour arracher chaque « commodité » élémentaire, la voirie, l'eau, l'école, et jusqu'à la moindre boîte aux lettres. Lutter contre l'incurie ou le cynisme de certains lotisseurs. De cette époque date l'expression « être mal loti ». Il fallut attendre la loi Loucheur, en 1928, pour que le statut des petits propriétaires populaires soit vraiment amélioré.

La commune est née de ce défrichement, de ces lotissements. Elle ne fait que 380 hectares et, avec 17 000 habitants, elle est restée majoritairement pavillonnaire. La commune vieillit et s'embourgeoise lentement, et l'oncle, dans sa mairie, regrette que beaucoup d'habitants ne connaissent pas le lieu où ils vivent :

« Ils savent trois itinéraires, de chez eux à la gare, au Franprix et à l'école. Et ils ignorent le nom des rues. »

Mais pour beaucoup aussi, être pavillonnais est de toute évidence une identité à laquelle ils tiennent. Dans la famille de Gilles, on n'habite pas à plus de 700 ou 800 mètres les uns des autres.

Ils marchent le long des pavillons de Pavillons sous Bois. Parmi les plus anciens, les plus riches sont en meulière. C'est la pierre noble de la région parisienne, ocre, inégale, rongée comme un vieux fromage de parmesan moisi. Gilles apprécie la meulière. Sur chaque maison est venue s'inscrire une petite parcelle de rêve. On peut rêver à ces rêves. Il en est de plus ou moins gais. Quelques pavillons ont été achetés par des gitans qui y stationnent et y reçoivent leurs grandes familles.

*

La gare d'Aulnay dans la chaleur de la fin d'après-midi. La foule patauge dans une inondation qui a envahi le passage souterrain. Impossible de trouver *Le Monde* : il y a une grève des messageries. Aux informations, les étudiants continuent d'affluer sur la place Tienanmen, ils s'organisent, un vent de liberté souffle sur la Chine.

François pense aux étudiants qu'il rencontra là-bas : à ces jeunes gens qui aspiraient à tant de changements, pour peu qu'on prenne le temps de pousser les questions plus loin que les premières réponses stéréotypées. Oui, ils aspiraient à tant de changements, et ils exprimaient en même temps un tel doute sur leur possibilité. Une telle apparente résignation, même : les jeunes filles qui murmuraient dans le micro d'une voix fluette, hésitant sur chaque mot français, qu'elles voudraient tant choisir un métier qui leur plaise mais que ça ne dépendait pas d'elles, qu'elles voudraient tant connaître les pays étrangers mais que ça ne dépendait pas d'elles, qu'elles voudraient tant faire un mariage d'amour mais que ça ne dépendait pas d'elles... Il se souvient des dortoirs où ils logeaient à dix sur huit mètres carrés, sans eau courante, de la bousculade aux cantines pour une ration de riz, et des jeunes gens qui mangeaient dans leur écuelle avec leur unique cuiller personnelle, tout en marchant, parce qu'il n'y avait pas de place au réfectoire. Il se souvient de la jeune Chinoise, encore plus fluette, encore plus murmurante, qui lui a demandé : « Maintenant que vous nous avez posé beaucoup de questions, à notre tour de vous en poser : Est-ce vrai qu'en Europe, il y a du gaspillage ? Pouvez-vous nous donner des détails sur le gaspillage en France ? » Et elle avait conclu, de sa voix sage : « Nous en Chine, nous n'avons pas les moyens de gaspiller. » Il se souvient de leur exaspération devant les inégalités provoquées par l'ouverture du marché libre, l'encouragement brutal de l'affairisme par le Parti tandis que les professions auxquelles on les préparait se trouvaient dévalorisées, matériellement et moralement. Il se souvient de ce vieux professeur en médecine à qui il avait demandé s'il avait beaucoup souffert sous la révolution culturelle : oui, il avait beaucoup souffert, des brimades, des insultes, des mois passés à balayer la cour de l'hôpital, son autocritique sans cesse recommencée, et où cela se passait-il ? mais ici même, dans la cour de l'hôpital, et qui l'insultait ? mais tout le monde, voyons, tout ceux qui sont là en ce moment, *les mêmes*.

A l'hôtel chinois d'Aulnay sous Bois, on paie d'avance. Les chambres sont grandes, propres et tristes. Complètement déglinguées. Mme Bernadette qui règne sur les lieux – c'est-à-dire qu'elle y trime du matin au soir à faire les factures, le ménage et la blanchisserie – est affectueuse et presque maternelle, avec son sourire à fossettes dans ses joues pleines. Elle évoque le temps où l'hôtel appartenait à une dame dont la vie suffirait à elle seule à remplir les pages de ce livre si François l'avait notée – mais tout ce dont il se souvient c'est qu'on la surnommait Gueule d'Or et qu'elle a pris une retraite dorée, ce qu'hélas Mme Bernadette ne peut faire. « Ici, dit-elle, c'est l'hôtel des Trois Canards. » Une chanson des années 40 :

Connaissez-vous l'hôtel des Trois Canards ?
Y'a des souris qui courent plein les placards.
Heureusement que pour venir les chasser
Sous chaque porte un gros chat peut passer.

RECEPTION

Il y était également question de têtards qu'on trouvait dans la soupe. Mais ce soir ils dîneront de yoghourts et de fruits achetés sur le boulevard de Strasbourg à Aulnay. Pour demain, ils ont prévu une longue marche et ils ont acheté des poires pour la soif. Et même un Opinel pour les peler. Il serait temps de s'organiser un peu.

Au bout de la rue de l'hôtel chinois, l'hôtel Moderne affiche un menu avec couscous et Sidi-Brahim. Il est complet. Un air de reggae court dans la nuit.

Sevran.

5

Règle de conduite pour la marche en banlieue. – La grande traversée de Villepinte. – Aulnay-nostalgie, Aulnay-banlieue rouge. – La tour Alice. – Un foyer africain. – Leçon de dignité. – Dimanche au café de l'Ecluse. – La Poudrette. – Un bilan mitigé.

Samedi 20 mai. A huit heures, au tabac voisin, une musique de fond où repasse en boucle *Mamy Blue* qui, après tout, n'a pas plus de vingt-cinq ans, et des Belges en instance d'embarquement pour le Parc des Expositions qui discutent de la stratégie de la journée. Une dame qui travaille dur devant des liasses de formulaires : tiercé ou loto. Beau fixe et déjà chaleur.

Ils gagnent le canal pour remonter jusqu'à l'écluse de Sevran où ils doivent rejoindre Gilles, venu à pied de Pavillons. La progression dans les rues du quartier sud d'Aulnay est rythmée par les chiens. Ils bondissent à l'improviste derrière les grillages et les murs. Il faut apprendre à adopter dans ces banlieues-là une façon particulière de marcher : et d'abord ne jamais longer de trop près les grilles. Anaïk qui l'oublie trop souvent est surprise à chaque fois par un aboiement qui éclate à l'improviste : elle sursaute et crie. Il arrive que le fauve passe sa gueule à travers des barreaux : on l'imagine happant une manche. D'autres fois il fait de tels bonds que la clôture apparaît dangereusement basse. Les toutous sont féroces et écumants, ils accompagnent le passant jusqu'à la limite de leur territoire et là, se taisent tout aussi soudainement. Jusqu'à ce qu'un autre prenne le relais. Ils n'en ont qu'après les marcheurs ; les voitures peuvent filer, ils savent qu'elles sont inoffensives. La nuit, il arrive que les toutous

Aulnay sous Bois.

solistes réunissent leurs voix pour un puissant concert : à plusieurs kilomètres à la ronde tout le monde peut alors savoir qu'un étranger, un intrus, marche dans la cité : cette fois il se sentira franchement coupable. Encore un peu d'imagination et il pourra entendre le déclic du fusil que l'on arme derrière les volets clos. Coupable de marche à pied ?

Gilles est au rendez-vous, baskets et survêtement. Le projet est de continuer jusqu'à Villepinte et de remonter ensuite vers le nord en retraversant les cités qu'ils ont vues l'autre jour trop rapidement de l'autobus : il y a là presque un siècle de conceptions successives d'habitats venus s'agglomérer. Traverser Villepinte, c'est comme opérer une coupe dans des stratifications géologiques. Mais vivantes.

Beaucoup de cyclistes sur le chemin du canal : le samedi et le dimanche, les Parisiens peuvent louer des vélos au métro Bobigny-Picasso et filer jusque du côté de Meaux. On croise aussi davantage d'amateurs de jogging et de promeneurs de chiens. Et des enfants avec leur instituteur, qui portent des seaux en plastique : « On va chercher des têtards. » Anaïk les photographie, comme elle photographie le chien Vainqueur et son maître, parfaitement dressés tous les deux. Mais à quoi ?

Au pont de Villepinte, une pancarte représente une tête de chien qui regarde d'un air attentif, soucieux même, l'index levé d'une main autoritaire privée de corps, suspendue en l'air, la main de son maître :

ÉDUCATION CANINE DU VAL D'OURCQ.

Ils quittent la fraîcheur aquatique et l'ombre, passent devant la gare du Vert Galant, s'interrogent sur une affiche sibylline :

A Villepinte au COSEC
30e soirée du MUSCLE
3e ANNIVERSAIRE DU CSMV.

En face de la gare se trouve une stèle portant les noms des quatorze otages fusillés près de là le 14 juin 1940. Dans la nuit du 13 juin, un détachement allemand s'apprêtant à passer le canal sur le petit pont se heurta au tir des mitrailleuses du 24e bataillon de chasseurs à pied. Le combat fut meurtrier. Les Allemands accusèrent la population civile d'y avoir participé. Au petit jour, ils fusillèrent en représailles quinze habitants des maisons proches. L'un d'eux, un Italien, blessé au ventre, fit le mort, rampa, et, soigné par les bonnes sœurs du sanatorium, en réchappa. Une dizaine d'autres civils furent requis pour creuser les tombes et menacés d'être fusillés à leur tour, tandis que la population du village était rassemblée sur la place de la gare. Puis le détachement allemand fut remplacé par d'autres unités et les otages saufs furent libérés.

Le monument aux otages est assiégé par des voitures parquées en épi, et comme coiffé par une énorme publicité pour le Franprix qui l'écrase, ainsi que par ce slogan en lettres géantes :

POUR VOIR LA VIE EN STÉRÉO

Ils remontent l'avenue Karl Marx. Sur la droite, l'église moderne est ouverte : ogives de béton couleur crème, allée centrale en carrelage de cuisine et un système stéréo avec une régie très au point. Dans l'entrée, ils déchiffrent un cryptogramme :

L R A
A E V
I C E
S O C
S N D
E C I
Z I E
V L U
O I
U E
S R

et ils lisent cette annonce paroissiale :

WANTED

Nom : Liturgiste *Qualité* : bonne volonté
bonne humeur
Age : non déterminé *Niveau* : à la portée de tous
Signalement : donne un peu de son temps une fois par mois

RÉCOMPENSE :

le bonheur d'être au service de la communauté et ensemble.

C'est fou ce qu'il peut y avoir de curés qui font dans le godiche, par les temps qui courent. Gilles croit au retour du religieux. Non que davantage de gens aillent à la messe ou au culte. Mais il est frappé par le nombre de foyers où on lit régulièrement la Bible, la Thora ou le Coran. Devant l'église une affiche annonce, autour d'un drapeau tricolore déployé, une soirée de gala en l'honneur du bicentenaire : « Compagnie M'b Soul – Soirée animée par le Show Chaud. » Et plus loin, plantée sur une pelouse, couplée avec *Beau Sevran Révolutionnaire*, une femme-lionne les attend :

36-15
DOMINA
le premier magazine
des charmes secrets

Mais ça, il y en a partout.

En montant vers le nord, on va des pavillons anciens vers l'urbanisation récente. Gilles, dans son mémoire, a distingué plusieurs types d'habitats : les vieux immeubles de la fin du XIXe siècle au début des années 20 (présents surtout plus près de Paris, du côté d'Aubervilliers) ; les pavillons (individuels ou en lotissements) ; les cités presque toutes construites après la Seconde Guerre mondiale, HLM le plus souvent, en plaques de béton préfabriquées, ou en poutres de béton ou acier garnies de panneaux agglomérés (le genre 3 000 d'Aulnay, 4 000 de La Courneuve, Sarcelles) ; et enfin ce qu'il appelle les « nouvelles cités des idéologies de la différence » apparues à la fin des années 70, dont on peut supposer que les Beaudottes sont un bon exemple. Pratiquement tous les genres sont représentés sur le plateau de Villepinte.

A La Fontaine Mallet, de grands blocs ont été réhabilités, ce qui se traduit par de larges bariolages verts et ocre sur fond crème revêtant les tranches des barres. Suivent des îlots de pavillons auxquels succèdent graduellement des immeubles construits voici une dizaine d'années. Au bord de la route sont les maisons les plus petites, roses et grises, serrées les unes contre les autres, avec leurs pignons à angles aigus et leurs jardins minuscules – fauteuils de plastique blanc et parasols. « Des maisons de poupée », dit Gilles. « Elles sont alignées comme des cabines de plage », dit Anaïk. Une mère passe avec ses enfants en maillot de bain rayé qui portent pelles et seaux. « Tu vois, ils vont à la mer. » Dans la cité sans guère de promeneurs, ils croisent un mariage antillais.

Ils font un détour sur la gauche pour passer par les maisons solaires : une petite rue de pavillons blancs avec de grandes verrières à montants bleus, des petites fenêtres et des balcons protégés par des murs pleins. Éclatante blancheur de petit port grec. Une famille à sa fenêtre explique avec complaisance qu'il y a trente-deux logements et que les locataires sont presque tous des gens de la mairie ; que c'est drôlement mieux que d'habiter à Paris d'où elle vient ; que le père met plus d'une heure pour aller à son travail, mais qu'il ne s'en plaint pas. Les plaques solaires donnent l'eau chaude et l'appoint se fait avec l'électricité grâce à un ordinateur, comme pour le chauffage en hiver. L'ennui c'est que l'électricité est ce qu'il y a de plus cher. Pour regagner l'avenue Karl Marx, ils repassent par de vieux pavillons, brique et meulière : nouvelle discussion sur la noblesse de la meulière. Il y a des fleurs d'acacia jaunes, Anaïk parle de les faire frire, et des framboisiers. Une dame antillaise à sa porte leur montre ses chats Virgule et Sangor (ou Senghor ?). Le second est énorme, noir et blanc : « On dirait un panda », dit Gilles. Elle cultive

Villepinte.

de gros pavots dans son jardin : Gilles et François ont une longue et confuse discussion sur les possibilités de récolter de l'opium en région parisienne.

Plus au nord encore, coincée entre la large avenue Robert Ballanger à double voie et l'autoroute A 104 que l'on passe sur un pont et qui, en tranchée, n'intervient pratiquement pas dans le paysage, voici le parc de la Noue, blocs et tours, centre commercial avec banque et restaurant chinois. Ici la réhabilitation se traduit par un revêtement d'ardoises peintes en trompe-l'œil sur les murs. En face, un vaste complexe sportif, des équipements sociaux s'étalent à côté du lycée. Ils franchissent l'autoroute et les voici dans le parc des Pyramides en béton gris et blanc. Changement de décor et d'atmosphère : les constructions sont basses, à degrés comme les pyramides mexicaines, avec de longues terrasses verdoyantes, des escaliers, de longs cheminements dallés : on se croirait dans une vaste rocaille méditerranéenne. Le tout est noyé dans les arbres gris, verts et rouges, et il flotte une odeur de résineux. Ici on croit vraiment la mer proche. C'est l'une des plus belles réalisations architecturales de la région parisienne, et n'y vit certainement pas n'importe qui. La bretelle de l'autoroute est tout près et peut-être ce lieu est-il, en quelques tours de roues, plus proche de Paris que de tout ce qui l'environne. Mais ils ne voient personne, dans cette oasis, qu'ils pourraient interroger sur l'art de vivre aux Pyramides. Et pour la première fois depuis ce matin dans un lieu aussi désert, aucun chien n'aboie.

Et puis encore, juste avant d'arriver au sanatorium et au vieux village, la cité des Mousseaux : on retombe dans le pire, les blocs faits d'une structure de métal dont les interstices sont remplis, en alternance, soit par des panneaux d'aggloméré, soit par des fenêtres. Le fameux style clapiers modernes. Gilles dit que c'est probablement de la population des Mousseaux que voulait parler l'autre jour le patron du tabac, un peu plus haut, avec son : « Vous voyez qui je veux dire. » On parle d'humanisation des cités, dit encore Gilles, mais il a son idée sur ce que l'on appelle ainsi : « On fout dehors tout ce qui n'est pas blanc », c'est la politique des HLM et il n'en démordra pas. Il est bien placé pour le constater, lui qui connaît son humanité par les boîtes aux lettres : c'est un indicateur qui ne trompe pas. Or ce qu'il constate, lui, facteur, au fil de ses tournées, c'est que petit à petit les noms arabes et africains disparaissent : à Saint-Denis dans la cité des Francs-Moisins, à Aubervilliers aux Courtillières,

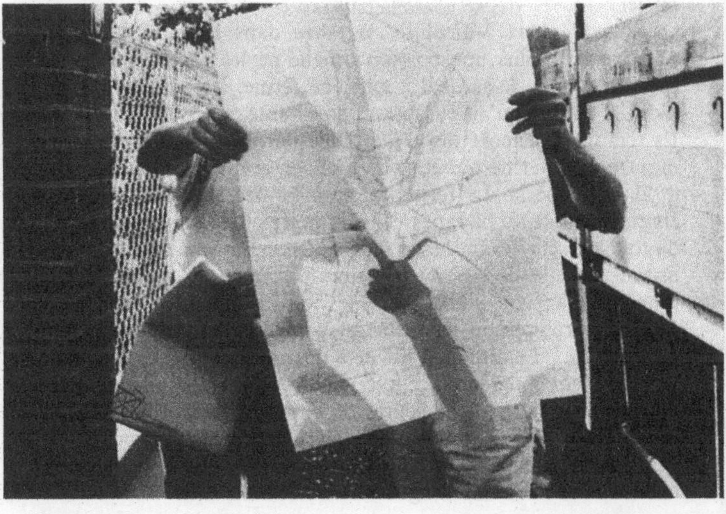

Traversée de Villepinte.

*

Dimanche 27 mai. Avec Aulnay, la géographie change : la plaine se trouve resserrée entre les forêts de Montmorency à l'ouest et les buttes de l'ancienne forêt de Bondy à l'est, distantes d'une quinzaine de kilomètres. C'est ce que le géographe Jean Brunhes appelait « un détroit humain », qui se rétrécit encore en direction de Paris pour passer entre les buttes Montmartre et Chaumont, et qu'ont dû obligatoirement emprunter depuis des siècles tous ceux qui marchaient du nord vers la Seine. S'y sont dessinés les routes vers les Flandres, l'Allemagne et l'Angleterre, puis le canal et les voies de chemin de fer.

pour le constater, lui qui connaît son humanité par les boîtes aux lettres : c'est un indicateur qui ne trompe pas. Or ce qu'il constate, lui, facteur, au fil de ses tournées, c'est que petit à petit les noms arabes et africains disparaissent : à Saint Denis dans la cité des Francs Moisins, à Aubervilliers aux Courtillières, ou ici.

Dans le vieux Villepinte, le tabac dans lequel ils veulent prendre au moins une boisson fraîche ne les servira pas. « Il est midi, et ici, le samedi à midi, on ferme. Le week-end, c'est sacré. » Et dire qu'ailleurs c'est l'hospitalité qui est sacrée. Enfin. Ils remontent encore jusqu'à la Haie Bertrand. Gilles veut leur montrer une ferme qui était toujours en activité la dernière fois qu'il est passé là. La ferme est transformée en club de tennis. Ils mangent leurs bananes et leurs poires. Un peu plus loin, là où tout s'arrête devant le paysage incertain qui va jusqu'à Roissy, une petite cité commerciale neuve est morte et dévastée. Un immense panneau signale que le nouveau maire annonce un nouveau programme ici même et pour très bientôt, mais quel programme ? Le panneau est déjà déglingué. Il fait très chaud. Ils attendent longtemps le bus pour retourner à Villepinte. Et de là à Sevran. A deux heures de l'après-midi ils sont au café de l'Écluse. La patronne leur fait d'énormes sandwiches au camembert. Anaïk photographie la petite famille des fidèles clients. Ils se sentent fatigués. Ils se sentent bien.

*

Dimanche 21 mai. Avec Aulnay, la géographie change : la plaine se trouve resserrée entre les forêts de Montmorency à l'ouest et les buttes de l'ancienne forêt de Bondy à l'est, distantes d'une quinzaine de kilomètres. C'est ce que le géographe Jean Brunhes appelait « un détroit humain », qui se rétrécit encore en direction de Paris pour passer entre les buttes Montmartre et Chaumont, et qu'ont dû obligatoirement emprunter depuis des siècles tous ceux qui marchaient du nord vers la Seine. S'y sont dessinés les routes vers les Flandres, l'Allemagne et l'Angleterre, puis le canal et les voies de chemin de fer.

C'est là aussi que commençait le dispositif militaire qui entourait Paris. La défense, difficile en pays plat, devenait possible – et impérative. Batailles de la dernière chance. L'accrochage du pont de Villepinte en 1940 n'est qu'un maillon (il y en eut d'autres en 1944) d'une longue série de massacres. C'est ainsi, par exemple, qu'au XVIIe siècle, la Fronde ici ne fut pas une guerre en dentelle. Lorsque les troupes royales de Mazarin et d'Anne d'Autriche furent enfin venues à bout de celles de Condé, *L'Estat sommaire des misères de la campagne et des besoins des pauvres aux environs de Paris* constata, en octobre 1652 :

> ... Pour toute l'étendue du pays circonvoisin, Le Bourget, Villiers le Bel, Aulnay, Sevran, Bondy et autres, où ont été la dernière marche des troupes...
> Les lieux, villages et hameaux déserts, et destituez de pasteurs.
> Les rues et voisinages infesctez de charognes, puanteurs, et de corps morts exposez.
> Les maisons sans portes, fenestres, cloisonage, et plusieurs sans couvert ; et toutes réduites en cloaques et estables.
> Toutes les femmes et filles en fuite et les habitants restez sans meubles, ustanciles, vivres et destituez de tout secours... Les uns ont vescu d'eau et d'herbes pendant quinze jours et d'autres de fenelles et de racines, qui ont espuisez leurs forces...
> Et enfin la plus grande partie consommée par de nouveaux genres de morts, l'une de faim, l'autre par leur propre infection, l'autre par celle des morts expirez près d'eux...

Et là-dessus se répandit une épidémie : de peste, disent les uns, de typhoïde, disent les autres.

Aulnay était plus un « pays » qu'un village : fait de plusieurs hameaux, pays d'Aulnoy, pays d'Aunai, pays des aulnes. En 1920, c'était encore, avec 7 000 habitants, une ville semi-rurale, semi-ouvrière. La mutation fut lente. Longtemps y régnèrent les marquis de Gourgues : le ci-devant marquis fut guillotiné en 1794, mais sa descendance n'en fournit pas moins des maires sous le Premier et le Second Empire. A la fin des années 20, la municipalité passe à gauche, socialiste puis communiste : Aulnay devient une banlieue rouge. Jusqu'à ce que, récemment, les communistes la perdent au profit de la droite – à la suite d'une annulation pour fraude électorale.

Le Guide bleu de 1921 indique que « les bois qui faisaient naguère de cette localité un agréable séjour ont aujourd'hui disparu » ; mais la nostalgie étant toujours ce qu'elle est, cela n'empêche pas, en 1980, une vieille Aulnaysienne de dire : « Au début des années 20 et pendant plusieurs années, Aulnay était une ville bien belle avec ses acacias, ses peupliers, ses champs, ses rivières... » Écrira-t-on en 2030 comme il faisait bon vivre à Aulnay dans la fin des années 80 ? Et qu'est-ce qui aura alors disparu, qui fait aujourd'hui son charme ?

En 1920, Aulnay avait encore son lavoir municipal, très fréquenté car il n'y avait guère d'eau courante, alimenté par le Sausset et la Morée, et, sur ce dernier ruisseau à l'eau « très nette et très pure », une cressonnière.

Faut-il verser plus d'une larme de crocodile sur le joli lavoir, les eaux pures du ruisseau et le joyeux bavardage des lavandières ? Ou penser plutôt au poids du linge mouillé que poussaient les femmes sur une brouette, aux longues stations agenouillées au bord des bassins – un pour le lavage, l'autre pour le rinçage –, dans un sabot de planches protégeant mal de l'eau glacée, aux courbatures, aux engelures et aux crevasses ?

Au fur et à mesure de son peuplement ouvrier se sont créées de nombreuses sociétés, *Société de secours mutuel* dès 1904, *La France prévoyante, L'Avenir du prolétariat, Les Amis gymnastes* en 1907, *L'Union des marcheurs aulnaysiens, L'Union musicale* renforcée par *Les Mirlitons enfantins des Sables* et *La Gaîté gauloise,* et même, en 1930, *La Société des j'm'enfoutistes.*

Aulnay compte aujourd'hui 80 000 habitants répartis de part et d'autre de la gare. Au nord, sur les champs des anciennes fermes, les cités neuves – comme la Rose des Vents : c'est le nouvel Aulnay prolétaire. Au sud, là où s'installèrent près du canal les premières usines – radiateurs d'abord, puis Westinghouse et Kodak – et où se construisirent les pavillons qui, comme à Freinville, le « petit septième », se sont embourgeoisés, c'est l'Aulnay blanc et bien-pensant qui vit à l'abri de ses clôtures et de ses féroces toutous, coincé entre Paris qu'il voit comme un monstre et les cités du nord inconnues et malfaisantes. Cet Aulnay-là, qui a ses traditions, ses vieilles familles, une histoire, a mis, sur le terreau ancien, des décennies à se modeler, à se remodeler et il se remodèlera encore. Il s'oppose à l'autre qui n'a pas d'histoire, qui a surgi brusquement sur la plaine, bâti sur un passé nivelé, anéanti, nié. Enfin, plus secret, existe aussi l'Aulnay honteux, l'Aulnay-misère, celui de la cité d'Emmaüs par exemple.

*

La chaleur est toujours grande. Ce matin, les informations sont partagées à égalité entre deux événements importants. L'affrontement aura-t-il lieu ou non sur la place Tienanmen ? C'est encore l'attente. Et hier, sur la ligne Aulnay-Bondy, la ligne cow-boy, trois contrôleurs se sont fait agresser sauvagement par une bande de jeunes : une grève a été immédiatement déclenchée sur toutes les lignes de la banlieue est.

François a mal dormi parce que, de sa fenêtre ouverte sur la rue, les trains de marchandises de la ligne proche lui ont donné des cauchemars ferroviaires. Anaïk a mal dormi parce que, par sa fenêtre ouverte sur la cour, sont montés les relents épais de la cuisine chinoise refroidie. De plus, tous deux doivent affronter un problème qui couvait depuis deux jours : celui des ampoules aux pieds. Pourquoi n'ont-ils pas suivi les conseils judicieux de *tous* les guides du monde entier : « Il est recommandé de se munir d'une paire de chaussures de marche, solides et confortables » ? Le cas d'Anaïk est inquiétant, car elle refuse de chausser autre chose que des espèces de sandales de cuir gris, à talons pas tellement compensés, sous prétexte que c'est une gitane de la porte de Vanves qui lui en a fait cadeau : une gitane doit s'y connaître en marche à pied, non ? Soixante, quatre-vingts kilomètres à pied depuis cinq jours, et pas n'importe quels kilomètres : c'était donc ça, le voyage en RER ? Et maintenant que se pointe le spectre de la grève...

*

Ce matin, ils ont rendez-vous avec un postier ami de Gilles, qui habite la cité de Rougemont, limitrophe d'Aulnay sur la commune de Sevran. Ils suivent la rue Louise Michel. Pour les premiers élus populaires des villes populaires, donner à des rues les noms des réprouvés – Blanqui –, de communards – Louise Michel, Varlin –, c'était une revanche sur l'histoire officielle, un défi aux notables qui les avaient précédés. Défi qui resta en travers de la gorge desdits notables. Aussi, lorsqu'en septembre 1939, à la suite de la mise hors la loi du parti communiste, le conseil municipal d'Aulnay fut dissous, la délégation spéciale qui le remplaça s'empressa-t-elle de débaptiser massivement les rues : finies les places Camélinat et Henri Barbusse, les rues Jules Vallès, Robespierre, Roger Salengro et vingt autres. La rue Louise Michel devint avenue de Soissons, la rue Romain Rolland avenue de Gourgues, et la rue Degeyter rue Brunetière. Œuvre parachevée en 1941 : la place de la République se retrouva place du Maréchal Pétain. Rude époque pour les facteurs.

Ce ne sont pas là des histoires de Clochemerle. Arrêtés en septembre 1939, le maire et le député communistes d'Aulnay sous Bois furent déportés en Algérie ; libérés en 1943, ils en revinrent en 1944 ; cela leur permit au moins d'éviter le sort de deux conseillers municipaux qui, arrêtés en octobre 1940, connurent les prisons françaises avant d'être livrés aux nazis et de mourir dans un camp de concentration allemand. Et la même histoire se répète dans toutes les municipalités communistes.

Benoît, notre facteur, habite la tour Alice. Mais dans ce grand ensemble, comment trouver la tour Alice ? Voici la tour Béatrice : un groupe d'adolescents stationne juste devant. Ils ne connaissent pas les noms des tours. Béatrice c'est la leur, ça ils le savent, mais les autres... « Allez voir sur celle d'en face : si c'est marqué Alice, c'est que c'est elle. » Merci du renseignement. Le hasard fait que c'est bien elle.

Benoît est vietnamien, chinois par sa mère ; son oncle était un général du Sud, du temps de Diem. Il a fait des études de droit à Assas. Il est loin d'être le seul, aux PTT, à avoir fait des études supérieures. (Il faut, a dit Gilles, prendre une précaution élémentaire, quand on postule un poste de préposé : ne pas mentionner études et diplômes.) Il travaille comme brigadier, c'est-à-dire au bas de l'échelle : au-dessus de brigadier se trouve le rouleur, et au-dessus le titulaire. Il fonctionne comme remplaçant sur cinq villes autour d'Aulnay : il est toujours sur la brèche, car, du point de vue des facteurs, qui doivent être bien placés pour en juger, on manque toujours de personnel aux PTT.

Benoît a un principe : un proverbe chinois dit que le fleuve doit s'adapter à son lit. Si on vient en France, on adopte la manière de vivre française, c'est élémentaire. Voyez les Chinois du treizième arrondissement : tout le monde reconnaît leurs qualités, ils sont discrets et travailleurs. Il ne comprend pas que l'on n'essaie pas de vivre intelligemment : partout il se heurte au refus du dialogue, à la barbarie. L'absence de respect de l'autre. Que celui-ci soit blanc, noir, jaune ou violet. Ce n'est pas une question de couleur, c'est une question de responsabilité. Pourquoi tant de gens dans ce pays n'ont-ils pas le sens des responsabilités ? Le pire exemple qu'il ait connu, c'est celui des Beaudottes ; il y a eu un temps où, quand il y faisait sa tournée, il trouvait littéralement de la merde devant les portes. Aujourd'hui les Beaudottes s'arrangent. Il croit que l'accession à la propriété peut responsabiliser les habitants. D'autres pensent au contraire qu'elle conduit au repliement sur soi-même, à l'indifférence ou, pire, à l'agressivité. Mais pour lui, le locataire est quelqu'un qui n'a rien à défendre que soi-même. D'autant qu'en ce moment les loyers augmentent énormément, ce qui crée encore des tensions invivables. Tout peut se dégrader si vite. Mais comment faire pour éviter la dégradation ? Et comment faire pour remettre de l'ordre ? Il est nécessaire, dit Benoît, d'attaquer le mal à la racine. Il parle de virus, d'éradication du mal. Il sait qu'à Montfermeil on projette de faire sauter des barres entières, comme on l'a fait aux 4 000 de La Courneuve. Il faut bien en sortir : là-bas les ascenseurs sont bloqués, les entrées incendiées, les boîtes aux lettres arrachées. Mais est-ce bien cela, attaquer le mal à la racine ? Qu'est-ce qu'il y a de pourri dans ce pays, où toutes les conditions sont pourtant réunies pour satisfaire cette nécessité intérieure de paix, d'ordre et de raison qu'il ressent si fort et qui devraient être au cœur de chaque être humain ?

Dans sa tour même, Benoît a des problèmes. Pourtant il a tout pour être bien : le quartier, son immeuble ont été réhabilités, il est dans les arbres, et son F 2 de 55 m² lui appartient : « Ici, c'est Versailles. Ce qui est formidable en banlieue, c'est l'espace. » Mais l'insonorisation est nulle. Et les voisins du dessus, des Noirs, africains ou antillais, il ne sait pas, il ne les connaît pas, impossible de parler avec eux, ces voisins-là font un bruit insupportable, jour et nuit. Toujours cette absence du respect de l'autre. L'enfer.

Pourtant il est bien. Il n'éprouve pas le besoin d'aller à Paris. Il trouve tout ce qu'il lui faut ici ; à Sevran il y a le Conservatoire, il fréquente la bibliothèque ; il y a le canal de l'Ourcq et sa piste cyclable, qui est magnifique. Et bientôt, la Projection verte.

Oui, ici vraiment, *sans ça*, on pourrait vivre parfaitement bien. Financièrement, l'un des gros problèmes c'est peut-être celui des impôts locaux, qui sont difficilement supportables, cinq fois plus chers au moins qu'à Paris. Pour lui, c'est l'une des raisons qui ont poussé beaucoup de gens à voter à droite aux dernières élections. Quant aux votes d'extrême droite, 24 % pour le Front national à Sevran, son quatrième résultat national, oui, ils sont inquiétants, mais n'est-ce pas la contrepartie, se demande-t-il, de cette absence de respect de l'autre, de sens des responsabilités de beaucoup d'immigrés ?

*

A midi ils quittent la tour Alice. Sous le soleil, ils rêvent de farniente : retrouver la fraîcheur du canal ; la coulée verte. Ils traversent les voies du RER sur un pont désert, passent entre les immeubles. Devant l'un d'eux, sous des arbres, un étal de fruits exotiques, de mangues, de tubercules ; des Africains en boubous, assis, désœuvrés ; un joueur de tamtam. A l'écart, des Maghrébins. Ils longent une cour : à l'entrée d'une cave flambe un feu, des hommes accroupis discutent. Dérapage : mécaniquement, Anaïk sort son appareil et, de très loin, prend une photo. Emoi. Un homme se détache du groupe et les hèle. Aussitôt Anaïk fait face et marche à son devant. « Sans vouloir vous commander et avec tout le respect que je vous dois, qu'est-ce que vous venez de faire là ? » Ils sont entrés dans la cour et un groupe se forme autour d'eux. Tous impeccablement vêtus, chemises fraîchement repassées. La discussion dure une bonne demi-heure. Polie. Très polie. Et très ferme. Une longue leçon de morale et de dignité, sur le thème : quand on prend les gens en photo, on leur demande d'abord l'autorisation. Un thème élevé à l'état de principe de vie : le respect avant tout. « Si vous m'aviez demandé, dit le premier interlocuteur, un grand Malien en chemise verte, j'aurais été flatté. – Et si je vous demande maintenant ? répond Anaïk. – C'est trop tard. Pas cette fois. Une autre fois, peut-être. » Le grand Malien a été étudiant. Il présente son frère. Puis un autre frère. Un homme plus âgé qui vient d'arriver s'enquiert dans sa langue et prend François à part, pour recommencer, entre hommes, sur un ton encore plus poli et plus sévère, la leçon. Il veut bien admettre qu'ils ne sont ni flics ni journalistes, ils peuvent même être des amis, mais justement des amis ne se comportent pas comme cela. « Nous sommes beaucoup de Maliens ici, dit l'ancien étudiant, qui travaille à Paris. Au Mali, on a toujours eu le respect de la France. Mais en France, aujourd'hui, ce n'est plus comme avant, on a perdu le respect des autres. Et pourtant mon père s'est battu pour la France. Il y a des journalistes qui viennent prendre des photos et qui font ensuite des reportages dégoûtants. » « Sans vouloir être indiscrets, qu'est-ce que vous faites par ici ? » Ils expliquent qu'ils sont de Paris, qu'ils viennent de rendre visite à un ami, à Rougemont, et qu'ils se promènent en direction du canal. Comme ça, pour le plaisir. « Et, toujours sans vouloir être indiscrets, qu'est-ce que vous faites dans la vie ? » Anaïk répond qu'elle est démonstratrice dans les grands surpermarchés. « Je m'en serais douté : rien qu'à voir votre sourire et votre démarche. Vous êtes une très belle femme. » François choisit de faire état de son travail de traducteur. Sinon, allez donc expliquer à chaud, comme ça, la différence entre écrivain et journaliste. L'énoncé de ces professions est accepté avec politesse, comme le reste. Avec des sourires. « Alors, insiste Anaïk, maintenant que nous nous sommes expliqués, toujours pas de photo ? » Non. Mais un jour, c'est promis, s'ils se retrouvent, à Paris, peut-être. Le cercle se desserre. On échange des poignées de main. Le grand Malien porte la main sur son cœur. « Que Dieu soit avec toi », dit-il à Anaïk.

Ils arrivent au bord du canal. « Je ne sais pas ce qui m'a pris, dit Anaïk. Tu sais bien pourtant que les images clandestines, ce n'est pas mon genre. Moi qui aime prendre le temps de discuter d'abord, de faire connaissance, depuis le début de ce voyage, à photographier comme ça, à tout bout de champ je me sens devenir un robot. C'est idiot : cette photo, prise de si loin, n'avait de toute façon aucun intérêt. »

Les habitants de ce foyer, ils les apercevront encore sur le bord du canal, dans le cours de la journée. Demeurant entre eux. A l'écart.

Au café de l'Écluse, les clients n'ont pas de réticences à se faire tirer le portrait. « Vous n'êtes pas journalistes ? Alors vous travaillez pour la mairie. Pour *Dialogue*, non ? Je suis pourtant sûr de vous avoir déjà vus à la mairie. » Plus tard, nos voyageurs reviendront fidèlement rapporter les tirages. Tous des habitués : ils sont chez eux. Le café vend des vers pour la pêche, et cela fait du va-et-vient. D'ailleurs le président de la société de pêche est là, devant son petit rouge. Tous de vieux habitants de Sevran et d'Aulnay. Aujourd'hui, ce n'est plus comme « à l'époque ». L'époque des fermes : de celle de Rougemont et de sa mare où l'on pêchait les grenouilles, aujourd'hui, il ne reste que le peuplier, près des tours, vous ne l'avez pas vu ? Il est à moitié enterré. La dernière ferme, celle de Montceleux, elle n'en a plus pour longtemps et celui qui en cultive les terres n'y habite pas, il vient de plus loin, on ne sait pas d'où, il y entrepose seulement

Canal de l'Ourcq.

ses machines. Et le canal est mort : le trafic des péniches est fermé. Juste un peu de plaisance. Ils ont connu le temps du halage et même, pour certains, de la traction par les chevaux.

Au café où l'on est entre soi, où l'on est bien, l'opinion générale c'est que là-haut, aux Beaudottes, c'est chez les Zoulous : « Je ne suis pas raciste, mais. » Attention aux vols. Gestes expressifs de prestidigitateur. Mais l'opinion générale diverge à propos de Beau Sevran : « D'abord, Beau Sevran, c'est pas les Beaudottes », affirme un optimiste. « Tu parles », dit un autre. « En tout cas, Beau Sevran, c'est différent. Vous pouvez vous y promener tranquilles. »

Il y en a qui racontent leur vie. Cela sort par morceaux entiers. Difficiles à raccorder. Pas besoin de poser de questions, de solliciter, de commettre une effraction, un bout d'existence défile, déferle. Moi, le jour où les Allemands ont fait sauter le pont de Freinville ; non, pas les Allemands : les Français. Et moi, quand j'étais gardien d'immeuble à Paris... L'envie de redonner une épaisseur éphémère à des images, des couleurs ; l'impression qu'il y a dans la mémoire un trésor enfoui, dispersé, et que c'est trop injuste. Mort du temps un instant conjurée par quelques mots. Cette phrase cent fois entendue : « Ma vie, on pourrait en faire un roman. » Et nul n'ajoute jamais : « Et vous ? » Monologues. Comme si, pour monologuer, il était indispensable d'être deux.

La patronne parle de la dureté de tenir ce fonds. Elle aimerait retrouver un pavillon, comme jadis, pour y vivre tranquille. Elle leur offre les consommations.

Dans l'écluse passe la vedette qui fait la promenade depuis Paris, port de l'Arsenal, près de la Bastille, jusqu'à Meaux. Retour en autocar. Ou vice versa. C'est joli, mais ce doit être un peu long, assis sur les banquettes, derrière les vitres : on y est encore comme dans un autocar. Les voyageurs ont l'air un peu amorphe de gens qui se font transporter en ne sachant plus très bien si c'est pour leur plaisir, ou alors pour quoi ? Pour prendre des photos, bien sûr. Ils attendent l'éclusage en buvant des boissons gazeuses.

Le canal a été commencé en 1808. Il ne dépend plus des

Ponts-et-Chaussées, il appartient désormais à la Ville de Paris qu'il alimente en eau. Avant même d'être navigable il a amené l'eau à Paris : « Le 15 août, jour de la fête de l'Empereur, ses eaux, introduites pour la première fois dans toute l'étendue des conduites de la ville, coulèrent en larges nappes à la fontaine

Révolution et endommagée en 1870, comme l'explique, si joliment le vieux Guide bleu ?

Et sur les bords du canal même, vers Aulnay, il ne reste rien non plus des guinguettes d'il y a cinquante ans : *Le Lapin sauté*, *Le Chat qui pêche*, *Le Danube*, *Le Robinson* et *Le Petit Cafard*, où l'on mangeait des goujons frits et des moules, sans oublier *Le Jardin perds-tilloux*, avec ses labyrinthes de troènes pour amoureux en quête de cachettes, et son grand orchestre. Rien. Juste un terre-plein ombragé.

Plus tard ils continueront leur marche jusqu'à la Poudrette. Des poudrettes, où l'on fabriquait de l'engrais à partir du concassage des déchets mélangés au produit des vidanges parisiennes, il y en avait jadis sur tout le pourtour de Paris.

Ponts-et-Chaussées, il appartient désormais à la Ville de Paris qu'il alimente en eau. Avant même d'être navigable il a amené l'eau à Paris : « Le 15 août, jour de la fête de l'Empereur, ses eaux, introduites pour la première fois dans toute l'étendue des conduites de la ville, coulèrent en larges nappes à la fontaine des Innocents, aux yeux d'un public émerveillé qui n'avait jamais vu aux fontaines de Paris qu'un filet d'eau. » Il passait aux confins de la forêt de Bondy. Terrible forêt de Bondy, repaire des détrousseurs : en 1743 encore, le marquis de Gourgues y fut assassiné. Triste forêt de Bondy : Gilles leur a dit qu'à Montfermeil on montre la source où Jean Valjean rencontra Cosette, esclave des Thénardier.

Sur l'autre rive, en remontant vers Villepinte, on trouve les jardins ouvriers : potagers, légumes géants, framboisiers et groseilliers croulant sous les grappes vermillon, fleurs. Mais ils sont inaccessibles derrière le haut grillage d'enceinte, le portail d'accès est fermé à clef et, à l'intérieur, chaque lopin est à son tour grillagé et cadenassé. Les jardiniers et leurs toutous y sont tranquilles à l'ombre des cabanes à outils. Paradis interdit. Plus loin, c'est le parc forestier, sur l'emplacement de ce qui fut la poudrerie nationale de Sevran, à la fois usine et camp retranché. Derrière le parc, au-delà de Freinville, à Livry, Madame de Sévigné passa son enfance. Mais c'est bien loin, et que reste-t-il de l'abbaye de son oncle, l'abbé de Coulanges, détruite à la Révolution et endommagée en 1870, comme l'explique si joliment le vieux Guide bleu ?

Et sur les bords du canal même, vers Aulnay, il ne reste rien non plus des guinguettes d'il y a cinquante ans : *Le Lapin sauté*, *Le Chat qui pêche*, *Le Danube*, *Le Robinson* et *Le Petit Canard*, où l'on mangeait des goujons frits et des moules, sans oublier *Le Jardin perdu-lillois*, avec ses labyrinthes de troènes pour amoureux en quête de cachettes, et son grand orchestre. Rien. Juste un terre-plein ombragé.

Plus tard ils continueront leur marche jusqu'à la Poudrette. Des poudrettes, où l'on fabriquait de l'engrais à partir du concassage des déchets mélangés au produit des vidanges parisiennes, il y en avait jadis sur tout le pourtour de Paris.

Pavillons. La Poudrette.

Celle-ci se trouve sur le territoire de Pavillons, au bord du canal, comme un coin enfoncé entre Aulnay et Bondy. Pendant la dernière guerre, on a essayé d'y établir des jardins familiaux, mais ce fut un échec : il y avait quinze mètres de détritus stériles. Aujourd'hui elle est occupée par des entrepôts en ruine. Quelques familles y vivent dans des caravanes. Ils y rencontrent M. Pierrot qui émerge des décombres rouillés. Il est breton, dit-il, et vit dans une cité proche. Il semble que ce soit la cité d'urgence, construite en 1956, au temps de la grande campagne de l'abbé Pierre pour les sans-logis. On l'appelait cité de transit, mais il y a longtemps que l'on n'y transite plus : l'Office départemental des HLM a casé là des gens qui ont épuisé toutes les ressources et qui survivent avec des aides sociales de la commune. Au nord d'Aulnay, il existe également une cité d'Emmaüs, cité misère qui reçoit l'aide de la Fondation de l'abbé Pierre : 700 logements pour plus de 2 500 personnes dont beaucoup n'ont même pas l'équivalent du RMI (le revenu minimum d'insertion) pour vivre : là on trouve des cas de malnutrition (un mot qui signifie « faim » dans le langage socio-administratif) et des maladies qui passent pour être devenues exceptionnelles dans la société moderne : diphtérie ou typhoïde.

*

Lassitude. Allongés sous les tilleuls, ils font le bilan de cette première semaine. Il est mitigé.

« Nous avions bien dit : ni enquête sociologique, ni reportage. Un voyage, pour le plaisir de se promener et de s'instruire. Et puis voilà que tout nous déboule dessus, la vie, serrée, emmêlée, inextricable. Comment en rendre compte ?

– Jamais je n'ai pris des photos aussi vite, dit Anaïk. Les Africains du foyer ont raison : il faut prendre le temps de respecter les autres. Je ne veux pas finir comme les touristes dingues de la photo, trop pressés pour regarder ce qu'ils prennent. Leur regard, ils le gardent pour après : activé à coups de révélateur. La nuit, je rêve que tous les gens du RER, des cités, des tours, viennent s'agripper à mon lit et me tirent, me tirent. Pour m'emmener où ?

– Nous devions passer, dit François, sans nous attarder. Mais à chaque question il y a un flot de réponses que nous n'avons pas le temps de chercher, et qui appellent toujours d'autres questions. Pour parler correctement des Beaudottes, par exemple, il faudrait y rester longtemps : s'attarder sur ce qui concerne l'emploi, la création d'entreprises nouvelles, le secteur tertiaire, toujours, et le taux de chômage ; sur les pièges de l'accession à la propriété. Alors je note, je note, et bientôt je n'aurai plus le temps de regarder.

– Tu n'as pourtant pas l'intention d'écrire à toi tout seul un *État des banlieues* ? »

Non, il n'a pas l'intention d'écrire un *État des banlieues.* Il faut continuer à passer. Juste passer. Sans se retourner. Faire seulement provision de souvenirs. Comme dans les vrais voyages.

Mais il voudrait au moins savoir exprimer la douceur de cette fin d'après-midi sous les tilleuls, au bord de l'eau verte et lente du canal. Nageant au ras de l'eau, le museau émergeant à peine, un ragondin vaque silencieusement d'un trou de la berge à un autre, comme s'il n'y avait au monde que lui et ses mystérieuses affaires privées. Des familles paressent sur l'herbe sale. Yeux clos sur la lumière orangée : chaleur, bribes de conversations sans suite, il ne manque qu'un tout petit murmure de galets roulés, et c'est la plage, Saint Eugène, Alger, il y a combien de dizaines d'années ? Derrière eux, deux femmes assises près d'un buisson, seins nus, font des vocalises, la face en extase levée vers l'azur. Sur l'autre rive, juste en face, les pêcheurs se sont rassemblés : un œil sur le bouchon, l'autre sur les seins. Beaucoup de cyclistes passent sur la piste, à un mètre d'eux. Un petit air de week-end au temps du Front populaire. C'est dimanche. Ils mangent des pommes et des yoghourts.

II

Petite couronne

Dans ce pays le nom des villes et des villages est inscrit sur les girouettes, au lieu d'être inscrit sur les bornes... On suit la flèche, mais le vent tourne et on est perdu à nouveau. C'est comme si les villes se sauvaient. Impossible de mettre la main dessus.

Jacques Prévert, *Spectacle*

6

Blanc Mesnil, la dernière démocratie populaire. – Le Bourget, enfer routier. – Retour aux Beaudottes. – Solitude au musée de l'Air. – Les morts de 70 : les francs-tireurs de la presse. – Bondy, la Bérésina. – Grève sur le RER.

Lundi 22 mai. Ils ont laissé leurs affaires à l'hôtel des Trois Canards. Dans l'annuaire, ils ont repéré deux hôtels situés sur la commune de l'étape suivante, Blanc Mesnil : ils vont d'abord voir l'allure qu'ils ont, ils choisiront et reviendront chercher leurs bagages.

10 heures 07. Le trajet de la gare d'Aulnay à celle de Blanc Mesnil dure deux minutes. Cette dernière se trouve au tout début de la grande gare de triage du Bourget qui s'allonge sur plusieurs kilomètres vers Paris. Les voies sont en contrebas, enjambées par un pont de béton et, un peu plus haut, par le pont de l'autoroute A 3 avec son cortège de camions faisant les escargots, dans les deux sens, son grondement accablant, matraquant : monde à part poursuivant sa vie prisonnière, lent écoulement perpétuel.

A la relecture des notes de François, on a souvent des surprises. Ici, celles qui concernent la gare de Blanc Mesnil indiquent : « C'est la plus dégradée que nous ayons vue. » Comme s'ils n'avaient pas déjà dit cela de toutes les précédentes. Elle est construite contre le mur de soutènement, les pilotis qui la supportent s'élevant du quai, et elle ressemble à un blockhaus couronné de sortes de créneaux. Habituelle solitude de cette heure de la journée. Quelques personnes attendent devant le téléphone, et une musique d'ambiance diffuse *Nos ancêtres les Gaulois* :

Faut rigoler, faut rigoler,
Pour empêcher le ciel de tomber,

air qui reste associé dans l'esprit de François aux juke-box à images – les *scopitones,* précise Anaïk – de la rue Saint Denis dans les années 60 : on avait le droit de voir sur l'écran et en couleurs, le temps du 45 tours, Henri Salvador déguisé en anthropophage gaulois courir entre des huttes de paille. Le ciel ne risque pas de tomber, aujourd'hui, il est toujours au beau fixe, mais la chaleur est heureusement tempérée par quelques vents coulis. Sur le talus, une explosion de fleurs des champs à la Sisley, coquelicots, bleuets et pissenlits, et de maigres acacias. C'est la campagne pour les élections européennes : diverses affiches écœurantes et indifférenciées clament, en gros, que pour assurer un avenir radieux aux enfants de France il faut que ceux-ci (l'avenir et les enfants) soient européens. Et se détachent sur elles des papillons réconfortants :

VOTEZ LES CRAIGNOS
VU : LE CANDIDAT

Au loin, au nord-ouest, des tours et, jusqu'à elles, une étendue de pavillons. Un parking, classique *no man's land*, et sur la gauche, en tournant le dos au soleil pour marcher vers le centre de Blanc Mesnil qui se trouve à quelque deux kilomètres, un chantier de constructions franchement audacieuses : des maisons de deux à trois étages s'épaulant, murs revêtus de bois clair, avec des pans coupés imprévus, des fenêtres en losange : toits presque blancs, murs ocre blond, tour des fenêtres rouges. On ne peut pas dire, il y a de l'idée. Les pignons pointent leurs angles vers le ciel comme des proues et les toits s'abaissent parfois jusqu'au sol pour laisser entre eux un étroit passage. « On dirait des drakkars », dit Anaïk. Il doit y avoir à l'intérieur plein de drôles de recoins et des possibilités de jolies soupentes.

Les beaux quartiers pour tous en Seine Saint Denis :
Robert Fregossy maire
la municipalité
LA SODEDAT 93
travaillent à l'embellissement de notre ville.

Un autre panneau indique qu'il s'agit de la construction de 88 logements sociaux « à ossature bois, opération expérimentale ».

Sur la rue Pierre Semard, de magnifiques spécimens de *mobilier urbain* : un panneau d'information aux montants de plastique bleu myosotis annonce

Ce soir
M. R. Fregossy maire et conseiller général
Youri Nara soprano
chantera des œuvres de N'guyen Tim Dao
au Centre Erik Satie

(sont énumérés d'autres artistes, des chants de l'Inde, etc.). Et au revers, un vaporeux nuage bleu blanc rouge :

Le bleu
Le blanc
Le rouge
17 artistes exposent à la mairie

(C'est sur fond blanc : le bleu s'y inscrit en *bleu* ; le blanc, forcément, en *noir* ; le rouge, en *rouge.* A la réflexion, ce blanc qu'il faut mettre en noir cloche un peu.)

Ils marchent parmi les cerisiers (toujours inaccessibles) et une profusion de roses, admirent une colonne Morris également en plastique tricolore, un monastère bouddhique GETAVANA VIHARA dans une minuscule maison avec un clocheton et une balançoire, et sont pris dans l'habituel concert canin. Et puis soudain, derrière des roses et une clôture que son propriétaire est en train de repeindre en jaune et beige, sur une pelouse, LE rêve, dont voici l'inventaire succinct :

– des bottes de sept lieues (rouge vif) posées chacune sur un tronc d'arbre et contenant des aloès et des plantes grasses,
– un Bambi en fer forgé portant deux pots avec plantes *idem*,
– un âne en plâtre blanc portant deux paniers avec plantes *idem*,
– un puits miniature en plâtre avec auvent recouvert de tuiles rouges d'où pend un seau garni de bégonias
... etc.

A noter qu'un industrieux représentant en enseignes lumineuses a fait des merveilles dans ces régions : partout, devant le moindre pavillon tenant commerce, flamboient les lettres de feu de petits scripteurs publicitaires sur lesquels chacun, assureur, vétérinaire, teinturier, fait passer son message personnel et, parfois, dévoué au bien public, communique la température exacte de l'air à la minute présente.

En se rapprochant du clocher de l'église, l'habitat se densifie. L'avenue de la République est une artère à grande circulation. Devant l'école mixte Jules Vallès – foyer Léo Delibes, une affiche manuscrite :

SECTORISATION DANGER
La mairie sans consulter ni les parents
ni les enseignants
impose un changement de secteur à certains enfants
sans se préoccuper :
– du trajet domicile école
– de la sécurité des enfants
parents mécontents, agissons rapidement
Ex. : un enfant habitant rue Éboué devra se rendre à
l'école Curie
et donc *traverser* le grand carrefour de la Poste.

Et, à voir le grand carrefour de la Poste qui se profile au loin, sa largeur et sa densité automobile, François, qui en connaît long sur les parcours scolaires, n'aimerait pas, mais *pas du tout* que Julia ait à le franchir deux ou quatre fois par jour.

Du carrefour de la Poste, à gauche, une rue descend vers une plaine d'où émergent des architectures métalliques – des signaux de chemin de fer ? – et, très loin, des grands ensembles : c'est la zone industrielle de La Courneuve, qui se termine bordée par les « 4 000 ». A droite, passé la gendarmerie, l'église, le centre médical et l'Étoile sportive de Blanc Mesnil-Boulodrome, voici la mairie. Superbe. Construite en 1964. Des volumes de béton bien aérés, éclatants de blancheur. Rien de monumental et de massif. Les dictionnaires disent que son constructeur, André Lurçat, avait été déçu par l'art stalinien des années 30. Il était communiste et, dans des années difficiles où, stalinienne ou pas, l'architecture publique donnait dans le gigantisme, il a essayé de concevoir des formes et des volumes permettant de ne pas associer forcément le mot populaire avec le mot masses. Il faut savoir aussi qu'André Lurçat fut, après la guerre, le premier architecte à organiser des consultations pour essayer de comprendre précisément les besoins spécifiques des futurs habitants.

En guise de beffroi, une sorte de vigie, de vingt mètres de haut, très mince, sur laquelle on a collé pour l'instant comme des portées de musique, dont les notes seraient des personnages découpés, le tout broché d'un arc-en-ciel tricolore, constituant de toute évidence une contribution artistique de Blanc Mesnil à la célébration du bicentenaire. De part et d'autre de ce mât de misaine, les marches de l'entrée principale mènent à une grande décoration de céramique qui ressemble curieusement à une tapisserie, ce qui cesse d'étonner quand on découvre la signature, Saint-Saëns, 1967 : « La même vague haute et bleue porte le jour pour tous les hommes. »

A gauche un coq et des étoiles de mer sur fond ocre, doré, orangé. A droite, sur fond gris, une enclume, marteau, tenailles bordés d'orange, des épis de blé sur fond jaune (faucille ?), une tête d'homme et le feu d'une forge (ou alors est-ce une lyre ?), et des étoiles, beaucoup d'étoiles.

Le présent laborieux et l'avenir radieux : on a déjà vu ça quelque part.

Ils visitent l'exposition de peinture tricolore dans le hall, regardent une bande vidéo sur les activités de la municipalité, admirent dans une vitrine les pieux souvenirs des délégations étrangères, presque tous des pays de l'Est : samovar, poupées, fanion de la RDA, de vraies pièces de collection. La vie de la mairie bourdonne comme celle d'une ruche aux abeilles efficaces. On a l'impression que la municipalité qui construisit cette mairie voici bientôt trente ans avait la calme certitude d'être au pouvoir pour toujours. Certitude non démentie à ce jour.

Sur les pelouses de la mairie, des roses et, parmi elles la

ROSE RÉSURRECTION
Créée pour le 30e anniversaire de la libération
des camps de la mort
Souviens-toi

« Je le connais, ce rosier, dit François. Il a été lancé par Vilmorin ou Truffaut, je ne sais plus. Ma mère en a acheté un, et toutes ses vieilles camarades de camp aussi. C'est ce qu'on appelle un *marché captif.* Malheureusement il a crevé tout de suite. »

L'hôtel qu'ils cherchent se trouve avenue Charles Floquet, mais celle-ci se révèle interminable. Ils admirent en passant la sanisette blanc-mesniloise qui est grandiose et démocratique : d'abord elle est DOUBLE ; ensuite elle est GRATUITE. Chirac peut aller se rhabiller. Ils passent à côté de cités aux blocs rigoureusement cubiques : ils sont peints dans des harmonies ton sur ton, gris clair sur gris foncé, beige crème sur beige café au lait. A l'entrée de la cité Victor Hugo, dont la population semble plus foncée de peau, stationne une voiture de police. Et puis voici la maternelle, le groupe scolaire Irène et Frédéric Joliot-Curie, avec un drôle de groupe en pierre de trois enfants chimpanzés formant une ronde, l'École nationale de musique Erik Satie et le mur immaculé du stade, en face d'un rempart formé par une cité d'un seul tenant sur 150 mètres, prolongée à l'intérieur par d'autres murs ; six étages, petites fenêtres, du gris, des arbres, l'utilitaire absolu. Le stade Jean Bouin est magnifique, comme la mairie, avec son double escalier monumental et, lui aussi, sa vigie en érection. Et tout blanc.

Tout blanc ? « Tu n'as pas l'impression que depuis que nous sommes entrés dans Blanc Mesnil il nous manque quelque chose ? » Et tout à coup, mais bon sang bien sûr. Évidemment. Il n'y a pas un seul tag dans toute la commune. Tout est badigeonné, rebadigeonné, surbadigeonné. « C'est *clean* », dit Anaïk.

Mais voici que l'avenue Charles Floquet n'a plus de numéros, ils sont dans la zone industrielle de la Molette, des murs de brique aveugles, de très vieilles usines aménagées en entrepôts, ses flopées de camions semi-remorques, Benhydro, l'Air liquide, sur des centaines de mètres, des kilomètres, sous le soleil de midi qui tape dur. Et les ampoules aux pieds. Un panneau géant :

Avec un peu de bon sens
Vous avez les Caraïbes à portée de la main
CARAÏBOS : nectar de fruits exotiques

Ce n'est pas tant ce qu'il dit, qui les nargue, c'est ce qu'il montre : une carafe, surmontée d'une flèche indiquant le sens dans lequel il faut la décapsuler, et cette carafe *ruisselle de rosée glacée.*

Ils croisent un train de marchandises abandonné, et puis la voici, l'Auberge le Castel, bar-restaurant, et derrière un pavillon assez délabré, l'hôtel du Parc, mais où peuvent bien être les chambres ? et tout ça sur la route pavée, non, là vraiment, dit Anaïk, les camions vont nous entrer dans la tête. Alors on continue.

Après de jolies constructions industrielles pour cadres dans de jolis parcs aménagés en jolis parkings, ils arrivent dans la rue de la Défense du Bourget, ils ne doivent plus être loin de l'aéroport et là, ils trouveront la fraîcheur, le repos, des hôtels, mais il faut d'abord franchir l'autoroute A 1, trouver le pont qui l'enjambe, qui est lui-même à double piste, c'est beaucoup plus périlleux encore que la sortie de l'école Jules Ferry, mais enfin ils sont de l'autre côté, face à l'extrémité est des docks de l'aéroport, sur la nationale 2, et ils ne s'entendent plus, c'est l'enfer, l'enfer, l'enfer : camions, freins, démarrages, camions, grincements, hurlements.

Face à l'aéroport, de leur côté de la route nationale, une ligne de vieux immeubles décrépis et une succession de restaurants et d'hôtels : L'Air-Hôtel (superbe et délabré, avec ses deux colonnes de ciment des années 20), Le Parisien, relais gastronomique, Le Méhari, couscous, Le Palais du Bourget, chinois, Le Tabac du Port, Le Looping, Le Bar de l'Aviation, Le Café du Nord. Il est peu commun de voir ainsi la ville venir battre jusqu'aux portes mêmes d'une aérogare. Ce front de maisons et de bistrots évoque davantage le relais routier que la splendeur et la grande aventure des premières compagnies aériennes : les Grands Express Aériens de 1923, la Compagnie Franco-Roumaine – qui reliait en trimoteur Caudron Paris à Strasbourg, Prague, Vienne, Varsovie et Bucarest –, Latécoère, Air-Afrique ou l'Aéropostale.

Ils traversent la nationale. Tout vibre, tout tremble. Ils vont jusqu'au bâtiment central, une construction néo-classique très équilibrée, datant de 1937. François se souvient de l'aérogare qu'il a connue, voici vingt ans : qu'elle était jolie, à la fois austère et gracieuse, quand elle était en pleine effervescence, avec son hall intérieur aux hauts piliers le long duquel couraient des coursives élégantes aux rambardes d'une agréable couleur verte (du moins sont-elles de cette couleur dans son souvenir), ses statues dans le style de Bourdelle (ou sont-elles tout simplement de Bourdelle lui-même ?). L'aérogare est toujours là, mais elle est désaffectée. Elle est occupée par le musée de l'Air. Son entrée est marquée par un « monument » : trois vrais Fouga-Magister de la patrouille de France, un bleu, un blanc, un rouge, fixés sur d'immenses tubes, pour donner l'impression, assez ratée, qu'ils s'élancent vers le ciel et vont s'éclater en bouquet de feu d'artifice. Le musée de l'Air est fermé le lundi. Il faudra revenir.

Ils mangent des *aéroburgers*, accablés par le bruit, transformés eux-mêmes en bruit, avec l'impression de ne plus être que des oreilles géantes sans tête. « Ce n'est pas pire que le boulevard Magenta », leur dit la patronne du Bar du Phare, ou du Phare du Port, ils ne sayent plus, elle est réconfortante parce qu'elle sait ce que c'est que d'avoir mal aux pieds. Ils ont marché deux heures et demie pour arriver sur cette mer de camions. « Il faut être fous pour faire ce qu'on fait », dit Anaïk.

L'hôtel qu'ils cherchaient, Le Restaurant bleu du Port aérien, café-hôtel, n'est certainement pas mal, mais la perspective du bruit et de la poussière qui, par cette chaleur, doivent obliger à garder les fenêtres fermées les décourage. Plus en retrait, dans la cité de la Justice, l'hôtel du Soleil levant, ou couchant, a l'air plus calme mais, renseignements pris, c'est un meublé dont les chambres sont louées au mois. Sur la route, des panneaux les appellent qui annoncent un Novotel, un Ibis et autres merveilles climatisées : troisième feu à droite, à un kilomètre. Est-ce l'hôtel ou le feu, qui est à un kilomètre ? Ils n'iront certainement pas vérifier.

*

La fièvre de la pause de la mi-journée passée, les employés rentrés dans leurs bureaux, les manutentionnaires dans leurs docks et les chauffeurs sur leurs poids-lourds, il n'y a presque plus personne sur le trottoir, à la marge du fleuve motorisé. Quelques jeunes élégantes, en boubou. L'une d'elles en porte un bleu indigo sur une robe bleu ciel. Anaïk, qui connaît tout de la façon de porter le pagne, dit qu'elle peut en déduire le pays d'origine : le bleu indigo est ce qu'il y a de plus traditionnel, de plus cher, et ce sont surtout les Congolaises qui en revêtent deux, comme cela, l'un sur l'autre.

Il faut sortir de là. Pas d'autobus, semble-t-il, pour la gare de Blanc Mesnil. Le 152 indique Blanc Mesnil pour destination ? Mais renseignement pris, Blanc Mesnil c'est aussi *ici*, ils sont à la frontière, et Le Bourget, c'est de l'autre côté de la nationale. Il y a bien le 350, ils le connaissent, qui monte à Roissy. Ou descend à Paris. Finalement ils repartent à pied d'où ils viennent, vers le centre, la mairie. A quelques dizaines de mètres de la nationale et de l'aéroport, un pavillon de brique ombragé arbore son nom en céramique au-dessus de sa porte : *Mon rêve – 1939.* On a dû y faire de drôles de rêves, durant les cinq années qui suivirent son baptême.

Nouvelle traversée de Blanc Mesnil. Le National Circus annonce pour aujourd'hui une soirée à la cité Victor Hugo avec

UN HIPPOPOTAME D'AFRIQUE

mais ils ne seront décidément pas à Blanc Mesnil ce soir.

De nouveau les roses à profusion, et une villa aux arbres exotiques, un ginko, des magnolias, qui se mêlent aux prunus couleur sang, aux érables d'Europe pâles, et des merles chanteurs. Le cinéma municipal Louis Daquin, qui donne *Une histoire de vent*, de Joris Ivens, l'école où jouent les enfants sous les arbres, l'envers du stade Jean Bouin où des jeunes jouent au tennis, le Centre municipal de la jeunesse Youri Gagarine où l'on peut faire de la vidéo, de l'informatique et des micro-fusées. A se promener comme ça à la surface des choses et des gens, on conclurait facilement qu'il est de pires purgatoires que les banlieues parisiennes.

Derrière sa quadruple allée de tilleuls, à nouveau la mairie et, en face : « Commissariat de police. » Ils ont, en le regardant, l'impression vague qu'il lui manque quelque chose, à ce commissariat. Ils trouvent quoi ; ce commissariat est le seul édifice public de Blanc Mesnil à ne pas porter de nom. Pourtant, « Commissariat de police Sacco et Vanzetti », ça n'aurait pas fait mal.

A bien regarder la carte, la gare de Drancy semble presque plus proche que celle de Blanc Mesnil. En route. A cinq heures, ils sont aux abords de la gare, les gens courent dans les deux sens, pressés de rentrer chez eux, pressés de ne pas rater le train. En face de la station, un hôtel attire leur regard : comme un éperon de béton rongé par les tempêtes, il surplombe le pont et la gare de triage qui est ici dans sa plus grande largeur. Restaurant Hôtel NN**, cuisine orientale, fruits de mer, noces, banquets, congrès, couscous, paellas. L'entrée, en contrebas du café qui fait le coin, est fermée, non, ce n'est pas l'entrée de l'hôtel, c'est celle de l'Enchantement-Club privé, personne, et les trains qui grondent juste en dessous, ils sont trop découragés pour insister. Ils ne retiendront pas de chambres dans cet

Sevran Beaudottes.

hôtel NN. Qu'est-ce que ça veut dire, d'ailleurs, ce NN qu'on voit toujours sur les hôtels ? Ils devraient savoir. Tout le monde a l'air de savoir. Il faudra se renseigner, un jour. François croit seulement se souvenir qu'en latin, N est l'abréviation de *Nemo,* personne : l'hôtel Personne-Personne ?

A Aulnay, ils demandent à reprendre leurs chambres. Trop tard. Mme Bernadette est navrée. Demain, s'ils veulent. Oh oui, ils veulent. Anaïk téléphone à l'hôtel des Beaudottes pour poser la question de la dernière chance. Il y a de la place, et ils débarquent dans leurs cabines de bateau, calmes, accueillantes, à la nuit tombante. Ils ont avancé d'une case et reculé de deux.

*

Mardi 23 mai. Dans le cimetière du Bourget, sous le même soleil éclatant, Anaïk photographie les tombes des soldats tués en 1914 (pour la plupart dès les premiers combats, du côté de la Marne) : alignement des tombes uniformes. L'homme qui porte à la main un petit arrosoir s'approche et leur dit que deux de ses frères sont là. Il est grand, droit, l'allure sportive : il a quatre-vingt-quatre ans. Il est venu soigner les fleurs sur la tombe de sa femme, il vient presque tous les jours et il ne sait plus très bien quel sens a sa vie désormais. Il est né à Meudon. Oui, c'était joli dans ce temps-là, les guinguettes et le funiculaire : vous n'avez pas connu le funiculaire ? Il partait du bord de la Seine. Mais c'était aussi la misère. Son père était ouvrier cristallier à Sèvres. Sa mère prenait le bateau une fois par semaine pour aller à Paris, aux Halles, faire ses achats ; il fallait économiser : huit enfants. Ils avaient un petit jardin pour les légumes, et des lapins. Dans ce temps-là, tout le monde avait des lapins, heureusement, parce que la viande... Et quand ils sont venus ici, dans les logements ouvriers, c'était encore la misère. Oui, il peut le dire, on l'a connue, la misère. Après, il a fait son chemin et il n'est pas à plaindre.

Ces logements, ils étaient à la limite de ce qui est aujourd'hui l'aéroport, ils donnaient sur des cours, ils étaient tristes, ils ont été détruits bien sûr, et il ne le regrette pas. Il se souvient du premier avion qui s'est posé, en août 1914, dans un champ : il peut même dire que c'était un Blériot rouge. Tout le monde s'est précipité parce qu'on croyait que c'était un boche. Il a redécollé, et le terrain d'aviation, ç'a été pour plus tard. Mais que veniez-vous voir ici ? Les souvenirs des combats de 70 ? Il y a la chapelle, le « caveau de 70 », et la tombe du commandant Roland. Bien sûr, le caveau a été déplacé quand on a élargi l'aéroport et tracé l'avenue Kennedy. Les combats se sont livrés autour de l'église, vous voyez le clocher, c'est là qu'ils sont tous tombés, Baroche, Brasseur, Roland, et les rues autour portent leurs noms. Oui, ç'a été une vraie boucherie, les pauvres. Il faut voir les tableaux à l'église, mais elle n'ouvre que le dimanche, pour la messe.

Il parle de l'histoire des combats de 70 comme si elle faisait partie de sa vie. Quand il est arrivé ici en 1910, c'est-à-dire trente-cinq ans plus tard, les témoins oculaires vivaient toujours : c'était beaucoup plus proche que ne l'est aujourd'hui de nous la Seconde Guerre mondiale. Son enfance a été imprégnée de cette histoire ; ce n'était pas une histoire parmi d'autres, pour les enfants du Bourget : c'était leur histoire.

A la porte du cimetière, il va raccrocher son arrosoir sur un mur. Il salue un vieil homme qui entre, et s'en va, toujours très droit, parce que, dit-il, il ne faut pas demeurer trop longtemps tête nue, sous un tel soleil.

Ils ne l'avaient pas abordé. Ils ne lui avaient pas posé de question. C'est lui qui avait commencé à parler, de lui-même. Si digne, qu'Anaïk n'a même pas osé lui demander de prendre une photo.

La petite chapelle-caveau « Sépulture des braves morts pour la patrie », dans les arbres, porte les noms des bataillons et de leurs hommes : en majorité des mobiles. Ce n'étaient pas des soldats de l'armée régulière, c'étaient des Parisiens enrôlés en hâte. Et, parmi eux, un très grand nombre de soldats du bataillon des francs-tireurs de la presse. Les noms ont été regravés récemment, mais le temps en avait effacé beaucoup que l'on n'a pas retrouvés et dont l'emplacement demeure vide. Plus loin, dans le cimetière, une pyramide à la mémoire des soldats du 3e régiment de grenadiers « Königin Elizabeth ».

Il y eut deux combats du Bourget. Le premier s'est déroulé du 27 au 30 octobre 1870. Le 27, c'est le jour de la capitulation de Bazaine à Metz, qui va porter la colère des Parisiens à son comble. Depuis la fin de septembre les Allemands investissent la capitale. Le gouvernement de la Défense nationale est à Tours, Trochu commande Paris, les Parisiens réclament la sortie en masse, et Monsieur Thiers, député de Paris, se prépare à présenter des offres d'armistice à Monsieur de Bismarck qui est à Versailles. Au nord-est de Paris, les troupes françaises sont déployées devant les forts de Saint Denis, d'Aubervilliers et de Romainville, à La Courneuve et à Drancy. Le Bourget, sur son plateau qui domine la plaine, position considérée comme stratégique, est pratiquement vidé de sa population et occupé par les Allemands.

C'est le chef du bataillon des francs-tireurs de la presse,

Roland, un officier de carrière, qui soumet au général de Bellemare le projet d'une attaque-surprise contre Le Bourget. Il semble même qu'il lui force la main. Ce bataillon est composé d'environ 300 hommes. Ce sont pour la plupart des ouvriers typographes, milieu où l'on est, plus qu'ailleurs dans le prolétariat parisien, socialiste et blanquiste. L'attaque a lieu dans la nuit, la pluie et le brouillard. Le village est conquis. A Paris, la population accueille la nouvelle comme celle d'une grande victoire : enfin, on a contre-attaqué. Les francs-tireurs de la presse sont rejoints plus tard par des mobiles, dont ceux du commandant Baroche, et par le régiment de marche du commandant Brasseur. Dans les deux jours qui suivent, transis sous la pluie, ces hommes ne reçoivent aucun ravitaillement, ils ne dorment pas, ils sont épuisés. Aucune relève, nul autre renfort ne leur est envoyé. Lorsque dans la nuit du 29 au 30, 20 000 Allemands contre-attaquent, 1 600 défenseurs seulement tiennent Le Bourget. Le général de Bellemare dispose de 25 000 hommes, mais les colonnes de renfort qu'il finit par mettre en marche se perdent ou arrivent trop tard ; d'autres sont tenues en réserve et ne participent pas à la bataille. Le général a réclamé depuis plusieurs jours à Trochu des troupes et de l'artillerie, il est allé le voir lui-même la veille, mais il n'a pu le rencontrer et n'a rien obtenu « ni ordre, ni directives, ni promesses » ; on l'accuse d'ailleurs d'avoir profité de sa virée à Paris pour s'y attarder jusqu'au petit matin, et de n'être revenu qu'à l'heure où les Prussiens attaquaient déjà.

L'artillerie des forts tire peu ou tire mal. Le 30 au matin, donc, la « grande barricade » édifiée avec des pavés en travers de la route impériale est bombardée par quarante canons prussiens. Cette barricade se trouve en avant des carrefours des chemins de Dugny et de Blanc Mesnil, à l'actuelle limite de l'aéroport : à peu près à l'endroit où s'étale aujourd'hui une grande station-service. A neuf heures, on se bat à l'arme blanche, la barricade est enlevée et les mobiles se retirent le long des maisons de part et d'autre de la route qui forme la rue principale du Bourget, aussi large qu'aujourd'hui. Les Allemands prennent d'assaut l'église éventrée par des obus, entrent par les fenêtres grâce à des échelles, on se fusille et on se bat au corps à corps autour du confessionnal : Brasseur et les survivants se rendent. Baroche, lui, qui n'est pas un militaire de carrière mais un officier élu par ses hommes dans le quatorzième arrondissement, au demeurant grand bourgeois, riche propriétaire et fils du ministre de la Justice de Napoléon III, meurt dans un geste suicidaire en s'avançant à découvert vers les Allemands pour décharger une dernière fois son revolver. Presque tous les francs-tireurs de la presse qui sont restés sont morts. (Il faut quand même préciser qu'un certain nombre, écœurés, sont tout simplement rentrés chez eux.) Le commandant Roland, lui, est sauf : pour des raisons inconnues, deux jours plus tôt, dès que Le Bourget a été pris, il a quitté son commandement, ou il en a été relevé. Des années plus tard, devenu fonctionnaire des impôts, il fera don de sa glorieuse épée à la municipalité. C'est donc à tort que le vieil homme du cimetière mêle, dans un même sort, ceux dont les noms figurent sur les plaques des rues : comme si, dans l'imagerie du souvenir, la mort s'avérait nécessaire pour consacrer les vrais héros.

Avec les pavés de la « grande barricade », les grenadiers bavarois élèveront cette pyramide à la mémoire de leurs quelque 2 000 camarades tombés là : un monument qui évoque les pyramides de crânes que Bulgares et Turcs élevaient sur leurs champs de bataille, du côté des Portes de Fer.

Dans l'après-midi du 30 octobre, alors que tout est terminé, les Parisiens des quartiers nord peuvent voir passer de longues colonnes de renforts et d'artillerie. Il est vrai que Trochu a d'autres soucis et que pour lui l'ennemi est surtout dans la place : il sait que la nouvelle enfin officielle de la capitulation de Bazaine va créer des troubles dans la capitale, où circule déjà le mot d'ordre d'une *Commune de Paris*, sur le modèle de celle de 1792, pour prendre en main la défense et le salut public. Trochu voit juste : le lendemain même de la boucherie du Bourget, fous de colère, vingt-trois bataillons de la garde nationale marchent sur l'Hôtel de Ville, proclament un comité de salut public, font prisonniers les représentants du gouvernement : Trochu, Jules Ferry, Jules Simon, Jules Fabre, qui ne sont finalement sauvés que par l'intervention de mobiles bretons, qu'il eût donc été bien mal avisé d'envoyer se battre contre les Prussiens. Et nul doute que s'ils n'avaient été dûment saignés et matés, les francs-tireurs de la presse auraient joué un rôle important dans cette première tentative de Commune de Paris.

Les seconds combats du Bourget ont été livrés en décembre. Cette fois il ne s'agit plus d'un coup de main, ils entrent dans le plan d'une bataille de grande envergure : c'est la sortie qui a pour but la jonction avec l'armée du Nord commandée par Faidherbe. Et cela se termine encore par un carnage. Le froid est atroce : il fait – 18° la nuit. Tandis que la progression de l'aile droite est stoppée, parce que le pont prévu sur la Marne, dont les glaces se sont rompues lors d'un bref dégel, est trop court, les fusiliers marins français et les Prussiens se tuent à bout portant dans Le Bourget où l'on progresse en pratiquant des brèches de maison en maison, sans que les Français arrivent à franchir définitivement la route. L'église, défendue par les Prussiens, est de nouveau le lieu de combats acharnés et, pour tout arranger, le 138e de ligne est massacré par un pilonnage de l'artillerie française. Cette fois encore, les réserves – ce sont 200 000 hommes au total qui sont échelonnés depuis Paris – n'interviennent pas pour soutenir le combat des 1 000 hommes qui ont réussi à entrer dans Le Bourget.

Six mois plus tard, un chansonnier parisien rescapé de la Commune de Paris, Eugène Pottier, composa des couplets qui pouvaient se chanter sur l'air de *La Marseillaise* et qui, par la suite, gratifiés d'une musique originale, devinrent célèbres. L'un de ces couplets, qui n'est certes pas le plus chanté dans les meetings, disait : « S'ils s'obstinent ces cannibales à faire de nous des héros, ils sauront bientôt que nos balles sont pour nos propres généraux. »

*

La ville du Bourget est traversée par cette nationale 2, l'ancienne route de Flandre, qui vient de la porte de la Chapelle, et dont le flot de camions est si dense qu'il faut, pour la franchir,

Le Bourget.

emprunter des passages souterrains peu engageants, ou alors la longer jusqu'à un feu de croisement qui permette de passer le fleuve à gué. Le Bourget a toujours vécu aux rythmes de cette route avec, de part et d'autre, des cultures maraîchères. Ce bourg n'a jamais été replié sur lui-même. Il est devenu pavillonnaire avant que d'être ouvrier, et il s'agissait de pavillons cossus : à la fin du siècle dernier, la Cie des Chemins de fer du Nord se plaignait d'avoir du mal à y loger les travailleurs de la gare de triage, car les loyers étaient beaucoup plus élevés qu'à Drancy ou à La Courneuve.

Depuis le Moyen Age, la route avait favorisé l'installation de nombreuses auberges et davantage encore de cabarets. Tout cela resta florissant jusqu'en 1840, date de la construction du chemin de fer. Le relais de poste était le véritable cœur du bourg. A la Révolution, le maître de poste du Bourget employait soixante personnes et possédait cent quarante chevaux. C'était une charge et un privilège qui pouvaient se payer 300 000 francs. Celui qui, le 31 juillet 1830, aida Alexandre Dumas à fixer une oriflamme tricolore sur son cabriolet s'appelait Musnier et il faisait partie d'une des familles les plus riches du pays.

Ce qu'était jadis cette route de Flandre dans sa traversée du Bourget, Arthur Young nous en donne une idée. Cet Anglais, qui a voyagé en France en 1787 et 1789 et qui en a tracé un irremplaçable et méticuleux tableau – par amour de l'agronomie, disent les uns, parce qu'il voulait absolument fuir une femme acariâtre, disent les autres –, s'est arrêté plusieurs fois au Bourget : il est venu y rendre visite à un agronome réputé, Cretté de Palluel, qui possédait des terres à Dugny et au Bourget, et dont le frère était justement maître de poste. Arthur Young n'appréciait guère la poste en France « plus mauvaise et plus chère qu'en Angleterre ». Les chevaux étaient crevards et, de l'intérieur des voitures sans fenêtres, on ne voyait rien du paysage. « Je préférerais de loin faire tout le voyage les yeux bandés, sur un âne. » Il trouvait aussi les routes françaises, et particulièrement aux abords de Paris, singulièrement désertes. En 1787, arrivant par la route de Flandre – donc relayant au Bourget –, il écrit : « Aux derniers dix mille, je m'attendais à trouver la foule des voitures qui, aux portes de Londres, arrêtent le voyageur. Il n'en a rien été ; la route est, jusqu'aux barrières, un parfait désert. » Conclusion : « Les Français sont le peuple le plus sédentaire de la terre. »

Si Arthur Young était présent, en ce jour de mai 1989, sur cette même route de Flandre, il serait rassuré en voyant ce qu'est devenu ce parfait désert.

*

Le musée de l'Air est ouvert et il est aussi désert que la route de Flandre voici deux cents ans. Le jeune militaire qui tient le comptoir des billets s'ennuie : il pensait que ce serait distrayant de faire son service dans l'armée de l'air, mais non. Est-ce par hasard qu'il a été affecté ici ? Pas exactement. Les relations. Son père connaissait le général commandant le musée de l'Air. Mais s'il avait su, il aurait plutôt essayé de se faire réformer.

Toute la halle de l'ancienne aérogare est consacrée aux débuts de l'aviation jusqu'à la fin de la Première Guerre mondiale. Ce sont d'abord les reconstitutions grandeur nature et flambant neuves d'engins anciens, voire légendaires, tels ceux de Léonard de Vinci, et dans certains cas, même, de véritables créations d'après des plans qui n'avaient jamais reçu d'exécution. Une montgolfière (à l'échelle de 1/16), parfaitement peinte, monte et descend au rythme d'un souffle d'air chaud. On peut admirer le navire aérien de Francesco Lana (1670) : un esquif de bois suspendu à quatre globes de cuivre, propulsé par une voile et des rames, et plus proche de nous, l'hélico-aéroplane de Cayley (1843), un énorme ressort doté d'hélices et de rotors, ou encore le planeur à dix ailes de Charles Renault. Puis les premières machines qui se sont réellement arrachées au sol, le planeur du comte de Massia, qui, en toute rationalité, dotait l'homme de ce qui lui manquait : deux ailes et une queue ; ceux de Lilienthal et des frères Wright, et bien sûr l'*avion* de Clément Ader. La note explicative nous apprend d'ailleurs au passage que Clément Ader fut – qui l'eût cru ? – une victime de l'affaire Dreyfus : « ... Or dès 1894 éclate l'affaire Dreyfus, compliquée de lenteurs budgétaires dont Ader ne mesure pas les conséquences fatales. » Ader, on le sait, décolla sur quelques mètres au camp de Satory, et ne convainquit pas les militaires présents : mais ce n'est ni à cause du mauvais temps, ni à cause du poids de sa machine à vapeur, ni bien entendu à cause du caractère obtus des représentants de l'armée, qu'il a échoué : s'il est tombé par terre, c'est la faute à Dreyfus.

Le musée de l'Air est une merveille. On y resterait des heures à rêver. Ils y restent des heures. Le calme est aussi total que celui des grandes altitudes. Au plafond, Morane, Spad, Caudron, Bréguet, Fokker, De Havilland ont l'éclat du premier jour. Et une nacelle du premier Zeppelin : elle est exiguë, c'est celle des moteurs. François voudrait tellement visiter la nacelle d'un Zeppelin des années 30, celui qui emmenait ses voyageurs de Hambourg à New York, et à bord duquel, dit la légende, on donnait des concerts de piano.

Les avions plus récents gisent sous des halls adjacents. François aurait voulu retrouver les grandes nefs aériennes fabuleuses de son enfance. Celles du temps où transport aérien était synonyme de luxe absolu. Le Latécoère 631 par exemple, « le plus grand hydravion du monde ». Il se souvient d'en avoir visité religieusement la carlingue (ou n'était-ce encore qu'une maquette grandeur nature ?) à l'Exposition de 1937 : il n'avait alors que cinq ans, et c'est l'un des souvenirs les plus magnifiques de cette courte mais fabuleuse avant-guerre ; ce qui lui est resté en mémoire, et allez savoir si cela a jamais correspondu à une quelconque réalité, c'est qu'il y avait plusieurs ponts, un escalier intérieur, et des cabines avec des couchettes, comme dans un bateau. Et peut-être un salon, un bar ? Et un piano ? Devenu grand, quand il eut à prendre pour la première fois l'avion – ce devait être un Languedoc ou un DC4 – il trouva tout bien étriqué : comme si, avec la guerre, le progrès s'était soudain arrêté et n'offrait plus désormais aux humains que du petit et de l'utilitaire. Plus tard encore, il a retrouvé cette impression de vastitude, de luxe de l'espace intérieur, à bord d'un Tupolev à six moteurs et douze hélices de l'Aeroflot : cet avion faisait une ligne pour laquelle il n'avait probablement pas été prévu, aussi, compte tenu de la longueur du trajet (dix-sept heures de vol sans escale), avait-on, pour l'alléger, retiré la moitié des sièges : il y avait de la place pour jouer aux dominos (des dominos à double-douze !) sur des vraies tables et bavarder par petits groupes. Les lustres ringards descendant du haut plafond, les rideaux, l'escalier mystérieux, orné d'une rampe en cuivre, qui plongeait on ne savait où, tout donnait l'impression d'être dans un décor de Jules Verne, un *Nautilus* où l'on n'aurait pas fait le ménage depuis des années, ou le wagon-salon du tsar tel qu'on peut le voir sur les images des vieilles *Illustration.* Mais bien entendu, c'était un avion soviétique : il n'y avait pas de papier dans les cabinets. Quant au Latécoère 631, il connut un sort lamentable. Pendant la guerre, des ingénieurs patriotes en avaient camouflé les pièces détachées. Après la Libération, on voulut en faire un symbole de la grandeur française retrouvée. Ce devait être, aux yeux du monde, le Concorde de l'époque. En 1948, son vol inaugural fit la une de tous les journaux. La suite fut cruelle : quelque part du côté des Caraïbes, il commença à se démantibuler. Une hélice se détacha, pénétra à l'intérieur et sectionna le bras d'un journaliste : la honte. On n'entendit plus parler du Latécoère 631.

Il aurait voulu aussi revoir les clippers des années 50, les derniers avions dont on pouvait encore dire qu'ils ressemblaient à « de grands oiseaux », le Superconstellation par exemple, avec sa coque mince, incurvée, et ses trois dérives. Du temps où les hôtesses de l'air vous offraient des bonbons car la déglutition était censée vous déboucher les oreilles. Ou un bon vieux DC3, comme on en trouve encore sur les aérodromes d'Afrique ou d'Amérique latine, dont on resserre les boulons aux escales et dont, des hublots, on voit battre les ailes dans les trous d'air.

Il y a là, surtout, les avions qu'il vit miroiter, mitrailler, tomber parfois avec de longues traînées de fumée, dans le ciel des années 40. Spitfire et Lightning, porteurs de mort et pourtant messagers de liberté. Est-ce la vision exaltante de tant d'avions filant dans les nuages, et ce nonobstant tant de bombes et d'éclats d'obus de DCA qui, deux ans durant, lui avaient plu sur la tête, est-ce le souvenir féerique du Latécoère, toujours est-il qu'à treize ans François se sentait une solide vocation aéronautique. Il entraîna ses cousins aux « Petites Ailes de l'Aéroclub de France » pour construire tous les jeudis des modèles de planeurs en bois (ah, le CB 32 à fuselage triangulaire !) qu'ils ne parvenaient jamais à assembler complètement parce que tous les matériaux manquaient et que la colle était un ersatz. Cette vocation s'essouffla après qu'il eut fondé et présidé, en classe de quatrième, l'« Avionnet' Club », dont le but était de promouvoir la flèche et l'avion en papier sous toutes leurs formes, mais qui ne rencontra aucune compréhension de la part des instances supérieures du lycée, professeurs et proviseur, et fut ainsi la première de ses entreprises à naufrager sous la réprobation des gens sérieux. Mais l'un des cousins est aujourd'hui colonel dans l'armée de l'air et François reste convaincu (tout en étant le seul à l'être) d'avoir été à l'origine de cette belle carrière.

D'où vient que, dans leur halle, les premiers avions à réaction soient plus sinistres, plus directement menaçants et cruels ? Grands cadavres de métal dont s'est effacée l'idée de vitesse, de liberté, d'espace vaincu, pour ne laisser qu'un dernier reflet de froideur meurtrière sur les formes grises, rivetées. Lugubre cimetière de nuisibles qui évoque la galerie des rapaces du Jardin des plantes. Atmosphère d'arrière-port où viennent rêver, nostalgiques, des pilotes d'essai retraités, messieurs chauves qui essaient de faire comprendre à leurs petits-fils comment ils sont montés là-dedans à l'assaut du ciel, de leur dire qu'ils ont connu là-dedans des bonheurs brefs, immenses et, ils en font encore une fois la triste expérience, incommunicables.

Au soleil, sur l'ancienne piste, un Concorde et une Caravelle exhibent des boyaux pourris dans leurs fuselages dont les parois sont transformées en mille-feuilles. C'est la déchéance absolue. D'autres grands avions devraient, paraît-il, se trouver là, mais ils seraient en réfection, pour le Salon de l'aéronautique proche qui se prépare activement. Sous l'aile du Concorde, un monsieur se plaint : l'aviation n'intéresse plus personne. Il y a eu, dit-il,

une exposition au Grand-Palais, elle n'a pas fait 300 entrées par jour, et à côté, un peintre quelconque, « Degas je crois », en faisait 9 000 : ce n'est pas normal.

Non, ce n'est pas normal.

Surgi d'entre deux hangars, un individu les questionne d'un air inquiet dans une langue improbable. Après plusieurs essais, il se révèle qu'il sait quelques mots d'allemand et qu'il cherche une sortie. François lui suggère que le meilleur moyen de sortir doit être encore de passer par où il est entré, mais du coup l'homme semble passer de l'inquiétude à l'angoisse, profère plusieurs « *unmöglich* » et repart en hâte du côté de la clôture derrière laquelle se prépare le salon. Ils en concluent que c'est un espion. Bulgare, décide François.

Faudrait-il parler des grandes heures du Bourget ? Sur un côté du parking de l'aérogare, la statue d'une dame qui prend son envol, monument à Nungesser et Coli, et à Lindbergh : « A l'honneur de ceux qui tentèrent et de celui qui réussit. »

Aucun monument ne célèbre les fortes paroles que Daladier est censé avoir prononcées ici, à son retour de Munich en septembre 1938, lorsque n'ayant rien réussi puisqu'il n'avait rien tenté, il découvrit que la foule massée n'était pas venue pour le lyncher mais pour l'ovationner.

*

A l'hôtel des Trois Canards laqués, Mme Bernadette leur a réservé ses meilleures chambres ; celle d'Anaïk n'a pas de serrure mais un cadenas fait l'affaire : le patron, paraît-il, viendra un jour réparer ça.

Tard le soir, après la fermeture du restaurant, tout le personnel de l'hôtel, y compris les jeunes serveurs récemment arrivés qui ne pratiquent du français que les mots figurant sur le menu en face des caractères chinois, suit dans la pénombre les dernières informations de Pékin.

« La bataille de Pékin est perdue pour les tenants de la manière forte », a annoncé *Le Monde* : « Échec total pour le premier ministre Li Peng. » Les soldats envoyés dans la capitale ont refusé de combattre. « L'armée aime le peuple, le peuple aime l'armée », clament les pancartes des manifestants. Tout semble indiquer que le régime « cherchait en fin de journée à annoncer un remaniement profond illustrant la victoire de M. Zhiao ».

*

Mercredi 24 mai. François pense à ce conseil que des amis lui avaient donné d'emporter non seulement des livres, mais un peu de travail, sa traduction en cours, par exemple, *pour les temps morts.* Mais il n'y a pas de temps mort. Ils ont dû annuler des rendez-vous, du côté de Villepinte et de Sevran, avec des gens qui travaillent et vivent là, des amis ou des amis d'amis. Ils les verront plus tard. Après le voyage. Pour l'instant il faut avancer.

*

Aujourd'hui, à une heure, ils doivent retrouver une amie qui travaille à Bondy. C'est une fête de retrouver la chaleur d'un sourire familier, de parler du voyage à quelqu'un qui est à la fois témoin et complice, de parler, aussi et surtout, de tout et de rien. La ligne de Bondy est toujours arrêtée. Et la grève s'étend au réseau du Nord. Prendre le bus ? Ils ne seront jamais à l'heure. Honte suprême : ils prennent un taxi. Dix minutes de trajet, et ils sont à Bondy sur la place de l'Église, là où, paraît-il, le bistrot sert les cafés avec des petites cuillers trouées. Les uns prétendent que c'est une précaution antidrogue : pour que les petites cuillers ne servent pas à faire fondre de l'héroïne dans les toilettes. D'autres, qui ont moins d'imagination et qui ont surtout l'expérience des vieilles cantines d'entreprises, savent que c'est la précaution de routine que l'on prend pour dissuader les voleurs de petites cuillers. Parce qu'il existe des voleurs de petites cuillers : il existe bien des voleurs de paratonnerres. Ceci pour illustrer la manière dont, devant un détail un peu insolite, le mot drogue n'est pas long à sortir.

Le sourire de Karin est au rendez-vous. Karin habite Paris et travaille dans une consultation infantile psy à l'hôpital de Bondy. A part le café, dont ils n'iront pas vérifier si les petites cuillers ont bien des trous, à part encore le Bric-à-Brac, une boutique de dépôt-vente ouverte à tous, une sorte d'antenne de l'hôpital qui est un lieu de rencontres, de contacts, l'un des maillons d'une chaîne d'associations à but non lucratif (dites « loi de 1901 »), et quelques autres points de chute comme le routier du bout du monde où elle les emmène manger un jambon frites, elle n'a jamais eu le temps de connaître vraiment Bondy, et pourtant elle voudrait. « Je me suis toujours dit qu'un jour je visiterais Bondy. Par exemple j'irais faire le tour des écoles pour voir les enfants ailleurs qu'à la consultation. » Ce qu'elle sait de Bondy, c'est que la ville est séparée en deux par le canal : au nord ce sont les cités populaires, les HLM ; au sud c'est encore le village. Air connu. Mais en fait il n'y a qu'un seul vrai centre, même s'il n'est pas géographique : c'est le supermarché. Karin pense qu'il y a autant de Français pauvres que d'immigrés pauvres. Elle ne voit pas de différence sur ce plan. Ce qui, dans la pratique, lui pose des problèmes, avec les immigrés, ce sont les structures familiales : chez les Maghrébins, c'est toujours le père qui se présente comme seul interlocuteur, unique autorité, catégorique et définitive ; et avec les Africains, il est extrêmement difficile, au sein d'une famille, de s'y retrouver. Elle a l'expérience de l'Afrique : elle sait qu'une famille africaine est complexe pour un Européen, mais là-bas elle arrivait à se repérer à force de patience, à constituer de véritables arbres généalogiques, à savoir qui était qui par rapport à qui. Ici, tout est désarticulé, faussé ; plus de repères, plus de boussole : désorientation générale.

A quoi rêvent les gens de Bondy ? C'est fou, dit Karin, le nombre de gens qui veulent avoir un pavillon. Alors ils travaillent comme des fous, ils voient encore moins leur famille, et la famille se défait encore davantage...

Karin trouve les voyageurs tristes et abattus. Elle pense qu'ils devraient faire une promenade, cela leur changerait les idées. Du côté de la forêt de Bondy, par exemple. Comme ça ils sauront si elle existe vraiment. Elle leur prête sa voiture. Il suffit qu'ils la lui ramènent à cinq heures à la consultation de Montreuil où elle doit courir maintenant.

La promenade en voiture est affreuse. D'abord ils n'ont pas emporté leur carte, ils commencent par prendre l'autoroute dans le mauvais sens, ratent une sortie, se retrouvent presque aussitôt à Paris, porte de Bagnolet. Puis, une fois repris le bon sens, ce sont les embouteillages, la sortie sur la nationale 3, la longue traversée de Pavillons et de Livry. Ils n'arrivent pas à s'y retrouver, rivés dans cette boîte ; le temps, l'espace, les distances prennent un sens différent : par exemple les poteaux indicateurs leur disent que s'ils tournent à gauche l'écluse de Sevran n'est pas loin, mais ils ne reconnaissent rien, ils sont dans un autre univers, celui des automatismes de la conduite automobile, des à-coups du trafic, du paysage qui a filé sans qu'on ait eu le temps de le saisir et de le comprendre. Quand ils ont enfin échappé au flux de la grand-route urbaine, quand ils roulent enfin sur une route tortueuse parmi des bois clairsemés qui doivent être la forêt de Bondy, il est trop tard pour qu'ils s'arrêtent, fassent quelques pas à pied sous les arbres. Le terrain accidenté, les buttes qui suppriment l'horizon leur donnent un instant l'impression d'être au cœur d'une grande campagne. La route stratégique qui mène au fort de Vaujours traversée, c'est Coubron qui a des allures de vrai village, mais ils n'ont pas vraiment le moyen de s'en assurer, ils passent trop vite, il faut rejoindre la nationale et l'autoroute s'ils veulent rendre à l'heure sa voiture à sa propriétaire qui en a besoin.

Aussi, quand ils retrouvent Karin, ne savent-ils plus très bien où ils en sont. Et comme ils doivent avoir l'air plutôt maussades, elle leur propose d'aller prendre un pot, dans un endroit qu'elle connaît, du côté de Montreuil. Et puis du côté de Montreuil elle ne connaît plus l'endroit, mais si on va jusqu'à la porte de Bagnolet on trouvera bien quelque chose. Et puis, tant qu'on y est, c'est tellement plus simple de pousser encore un peu plus loin, jusqu'à la Bastille, et même jusqu'à chez elle, où elle pourra leur offrir un thé réconfortant. C'est ainsi qu'à six heures, après avoir fait rituellement trois fois le tour du quartier saturé, la voiture est enfin garée près de Saint Paul, exactement au pied de la porte de l'immeuble de François. Avec un peu de chance, François risque de se trouver nez à nez avec Julia rentrant de la piscine.

Nos voyageurs se jettent des regards en dessous. Toute leur

histoire est en train de s'écrouler, ils ne devaient à aucun prix revenir à Paris pendant un mois, c'était la règle du voyage, la règle du jeu, et maintenant il serait si facile de se dire bonsoir, à demain, ou à un autre jour, et de rentrer chacun chez soi avec le lâche soulagement de pouvoir jurer qu'il n'ont rien fait pour provoquer cet avortement.

Mais peut-être Karin leur a-t-elle rendu service, en les ramenant un peu sur terre, histoire qu'ils se rappellent que leur histoire de jeu c'est bien gentil, mais que la réalité est là, toute simple, que rien ne sépare vraiment Paris et les banlieues, et que tout le reste est littérature y compris leurs ampoules aux pieds ?

Pour l'instant ne pas réfléchir, prendre le thé et filer le plus vite possible, rejoindre Aulnay et leurs chambres minables, oui *leurs* chambres, à l'hôtel chinois. Ne pas se laisser gagner par la tentation, l'évidence qu'il est absurde de ne pas faire les quelques pas qui les ramèneront chacun dans la quiétude de leur chez-soi. S'engouffrer dans la station de métro Chemin Vert, direction gare du Nord. Au guichet de la station, le tableau noir des mauvais jours et, à la craie : « TRAFIC DE BANLIEUE TOTALEMENT INTERROMPU GARE DU NORD. »

C'est la Bérésina.

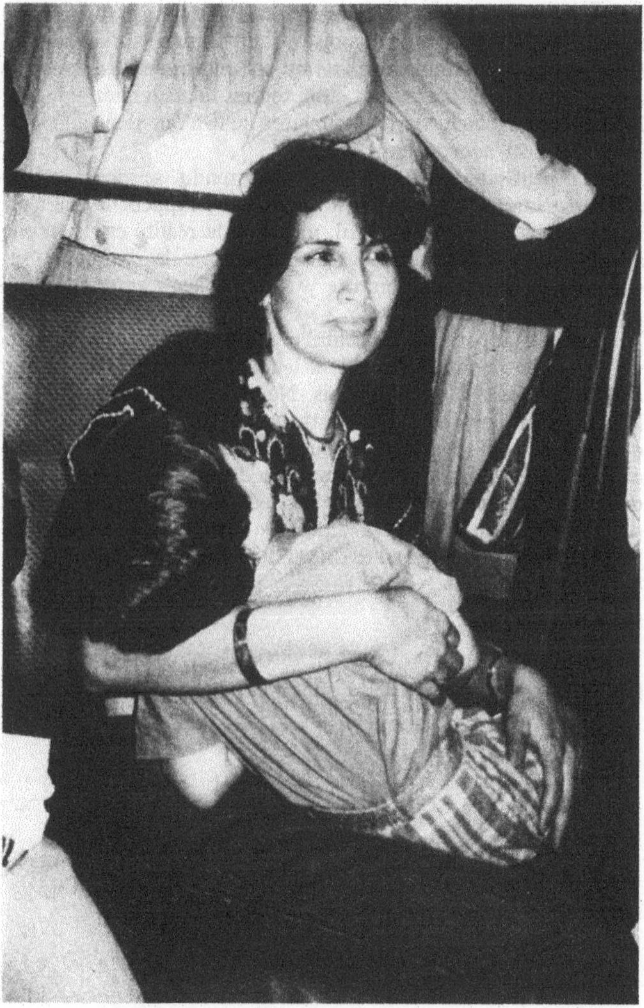

7

Aulnay-Aubervilliers. – Le ras-le-bol des contrôleurs du RER. – Drancy : la cité de la Muette, cité modèle. – Des logements sociaux aux camps de concentration. – La fleur-baromètre.

Jeudi 25 mai. Ce n'est finalement pas la Bérésina. A la gare du Nord ils sont entraînés au pas de course par la foule sombre et muette dans les boyaux de la gare souterraine du RER. Les panneaux d'affichage sont morts, les guichets déserts, et d'ailleurs il n'est pas question de billets, tout le monde se rue sur les tourniquets déconnectés, un assaut en débandade. Ils sont lancés, compressés, écrasés à l'intérieur d'un wagon sans lumière, toujours dans un épais silence, personne ne regardant personne. Et miracle, le train part, un quart d'heure plus tard ils sont à Aulnay, sans arrêts intermédiaires, et ils se jettent, toujours courant, dans le souterrain inondé, pour ne pas être bousculés, piétinés par leurs covoyageurs lancés au galop comme un troupeau de bisons.

Par la suite ils liront dans la presse que s'ils étaient passés par le grand hall de départ de la gare du Nord, ils auraient participé à des événements étonnants. A 18 h 23 le trafic s'est interrompu, tous les panneaux ont été bloqués et les haut-parleurs se sont tus. La foule s'est précipitée en scandant : « On veut des trains ! » et « On a payé ! », puis, exaspérée, bien résolue à exiger des comptes, elle s'est ruée sur l'escalier et le balcon intérieur menant au bureau de la direction. Une délégation a été reçue tandis que les CRS refoulaient les autres. Mais quand la délégation est ressortie sur le balcon, la foule de plus en plus nombreuse et grondante l'a prise pour un groupe

de grévistes ; elle s'est mise à hurler : « Fainéants ! Pourris ! », et à la bombarder de boîtes et de bouteilles de bière ; sur quoi les CRS sont à nouveau intervenus avec leur doigté habituel, portant l'algarabie à son comble.

C'est probablement à cette délégation qu'ils doivent d'avoir eu le train du miracle.

Dans la presse, les contrôleurs expriment leur ras le bol après l'agression dont trois des leurs ont été les victimes dimanche dernier. « Ils se mettent de plus en plus souvent contre nous. Si on contrôle un Noir ou un Maghrébin sans ticket, on est tout de suite raciste... On les connaît, ces bandes de jeunes, sur la ligne Bondy-Aulnay. Casser du contrôleur devient un jeu. La direction nous dit : si vous voyez des loubards, changez de voiture. On ne va quand même pas se rabattre sur les enfants et les mémés qui ont perdu leur carte vermeil ! ... Après trente ans de métier, c'est la première fois que j'ai vraiment peur. C'est dur, vous savez, d'en arriver là. On veut bien être un service public, mais on n'est pas des kamikazes. »

On va renforcer les effectifs policiers, on va surtout faire en sorte que soient levées les contraintes qui empêchaient, pour des raisons de compétences territoriales, une même équipe de policiers d'agir d'un bout à l'autre d'une même ligne.

Insécurité du RER : du coup, on ressort au grand jour les derniers faits divers. Le bloc de béton jeté d'un pont contre un train de banlieue, et qui tue le conducteur. Et le tireur fou qui faisait des cartons sur les rames d'Orly. Et le viol de la jeune fille dans un wagon entre Choisy le Roi et Austerlitz. La délinquance : 20 % de délits en plus sur le réseau de banlieue depuis le début de l'année. Et la drogue, bien sûr, qui, chassée du métro parisien remonte le long des lignes de banlieue, refoulée jusqu'aux gares les plus lointaines – les Beaudottes ? – et, traquée encore dans celles-ci, jusqu'aux cités HLM elles-mêmes. M. Alain Faujas, dans *Le Monde*, n'est pas optimiste :

> Si la solution policière n'était pas accompagnée d'autres mesures, elle consisterait à repousser un peu plus loin la délinquance...
> La cause de cette délinquance est à rechercher dans un urbanisme qui a parqué les plus démunis loin des centres, tout en les soumettant au supplice de Tantale grâce au RER qui les met à vingt minutes des séductions de la société de consommation, aux Halles par exemple. Aucune politique de prévention ne réussira tant que n'auront pas été revus l'urbanisme, l'animation des jeunes banlieusards, l'assistance aux familles à la dérive et, bien entendu, le manque d'emploi.

*

Ce matin, départ définitif, avec bagages, pour Aubervilliers. Le train fonctionne à nouveau. La rame PAPY les emporte.

Longtemps, raconte François, l'enfant de la guerre qu'il a été a logé en lui une petite crainte tenace : la hantise, tapie dans un recoin de sa mémoire, que tout puisse à nouveau *s'arrêter*. Parce qu'il a connu les temps où il n'y avait plus de gaz, plus de chauffage central, plus de lumière, plus d'eau chaude. Où l'on manquait de nourriture. Où les *choses* étaient absentes, savon ou chaussures. Et parce que, des années après, il a retrouvé cela dans tant d'autres pays. Il n'a jamais craché sur le progrès, mais il lui est toujours resté cette méfiance : ne pas se laisser surprendre par un brusque et nouveau hoquet de l'histoire. Alors, quand il cherche un logement, il regarde toujours s'il y a une cheminée, non pour le pittoresque mais au cas où il n'y aurait plus d'autre moyen de se chauffer. Et, à la campagne, s'il y a un puits et si le jardin est susceptible d'une bonne production légumière. Il a blâmé, sur les voitures, la disparition de toute possibilité de démarrage à la manivelle. Et il s'est alarmé quand il a appris que les derniers ânes du Poitou risquaient de disparaître : qui repeuplera, en cas de pénurie automobile, la France en mulets ? Non, il n'a aucun goût pour le rétro, il est convaincu que la machine à laver est une victoire majeure pour l'humanité et il aime écrire sur un ordinateur. Pourtant il s'inquiète de ne pas avoir conservé une vieille planche à laver et il garde sa machine à écrire. Et des crayons. Beaucoup de crayons.

Alors, quand il lit soudain, comme hier soir « *Arrêt total* », il imagine aussitôt des scénarios de catastrophes : comme dans ces vieilles sciences-fictions où l'auteur raconte que le « flux électrique » s'évanouit d'un seul coup sur toute la planète. Cette société est dix fois, mille fois plus vulnérable que celle où il est né. Débrouille, système D, tous les pauvres moyens qu'il a vu appliquer pendant la guerre et qui servent aujourd'hui à survivre dans ces banlieues du tiers monde qui forment les deux tiers du monde, seraient désormais impuissants, ici, pour pallier quelques jours de coupure électrique générale, de panne d'essence totale, ou simplement de pénurie prolongée. Tout s'écroulerait d'un bloc. Ce ne serait pas seulement du luxe, de la facilité de vivre, qui disparaîtrait. Ce serait peut-être la vie.

Oiseaux de serres chaudes soudain privés de chaleur, tombant d'un coup, raidis, rares poissons exotiques dont l'aquarium se dérègle, flottant le ventre à l'air ? Précieux habitants de la fragile, si fragile Europe.

*

Drancy. Cité de La Muette.

Vendredi 26 mai. Soudain dans la nuit la température a chuté de dix degrés et, du dixième étage de l'hôtel, ils voient qu'Aubervilliers a mis ses habits de banlieue : un petit matin gris, froid et sale. Eux, ils mettent une petite laine.

*

Midi à Drancy. Poteau indicateur avec des flèches : « Cité de la Muette - Cité du Square de la Libération - Gendarmerie Mobile. » Et plus loin :

Ici, l'OD HLM réhabilite la cité de la Muette,
369 logements.
Travaux financés par le concours du Conseil général,
de l'État et de la Région
Ici l'Etat investit pour votre avenir.

Des bâtiments gris de quatre étages, ou plutôt un seul bâtiment composé de trois barres disposées en U, collées à angle droit, sur deux cents mètres de long et quarante de large, autour d'un terrain qu'occupe un vague square, le quatrième côté, au sud, restant ouvert. A cette heure, la cité de la Muette, comme les autres, est déserte. Seules passent les habituelles ménagères rentrant de leur marché. Un jeune Tamoul attend un rendez-vous, s'impatiente et va régulièrement téléphoner à la cabine.

La cité donne une impression de dénuement. Pauvreté? L'économie de la construction, d'abord, plus encore que sa vétusté : côté cour, une galerie, formée de piliers de métal malingres, peints en gris, ceinture ce fer à cheval et, au-dessus, la structure de fer et de béton est habillée de plaques d'aggloméré lépreuses qui ménagent des fenêtres étroites et des rangées verticales d'autres plaques de ciment à claire-voie, marquant la place des cages d'escalier. Côté jardin, sur le pourtour extérieur, les étages sont ceints d'un balcon qui court comme une coursive de porte en porte ; bien entendu, il n'y a pas ou plus de jardins autour de la cité, mais à perte de vue, les maisons de Drancy. Cette construction semble avoir été mal ajustée, ou alors, avec le temps, les cases de cette sorte de long damier vertical ont joué, le ciment s'est désolidarisé du fer, et tout est aujourd'hui de guingois. Façades fragiles comme un château de cartes. Jamais construction « moderne » n'a mieux mérité d'être comparée à une succession infinie de clapiers.

Sous les galeries, aucune vie. C'est sur l'extérieur que l'on trouve quelques commerces de quartier, la Pizza des Amis, un teinturier, des boutiques désaffectées.

A l'intérieur, au milieu, le square, avec des arbustes maladifs et quelques équipements de jeux enfantins en mauvais état, est clos et fermé à clef.

Ce n'est pas la misère, ce n'est pas la déglingue totale. Ce n'est ni gai ni sinistre. Le visiteur ressent seulement une vague tristesse qui se dilue dans l'uniformité du badigeon gris clair. Et les habitants, que ressentent-ils?

Scellées sur le mur de la galerie de droite, tout de suite en arrivant, on trouve trois plaques de marbre. Sur la plus grande, on lit :

EN CE LIEU
qui fut camp de concentration
de 1941 à 1944
100 000 hommes, femmes et enfants
de religion ou d'ascendance juive
ont été internés par l'occupant hitlérien
puis
déportés dans les camps d'extermination nazis
où l'immense majorité
a trouvé la mort

La cité de la Muette, 1935, l'une des plus grandioses tentatives de logement social de l'entre-deux-guerres.

La cité de la Muette, 1941-1944, camp de transit vers la mort.

La cité de la Muette, 1989, HLM décrépite.

La cité de la Muette, pièce en trois actes. Cité radieuse. Cité de la mort. Cité banale.

Banale. Banalisée. Et bientôt : réhabilitée.

Puisqu'on vous dit qu'il ne faut jamais perdre espoir.

*

Je suis juif.

Non, ce n'est pas exact. Comme on vous dit gentiment en Israël : « *Nobody is perfect.* »

(Mais, comme disait aussi la petite souris à l'éléphant, ce jour où les colonels grecs avaient décidé d'arrêter tous les éléphants qui n'auraient pas quitté le pays dans les vingt-quatre heures et qu'ils couraient tous deux, couraient, couraient comme des dératés vers la frontière : « Et comment je pourrais leur prouver, moi, que je ne suis pas un éléphant ? »)

Tu es juif, il est juif, nous sommes juifs, vous êtes juifs. Ils sont juifs.

En vérité personne ne peut prouver qu'il ne l'est pas. Et personne ne peut non plus se mettre à la place de celui qui l'est.

C'est trop tard.
Il fallait y penser avant.
Avant ça :

Nous Maréchal de France, chef de l'Etat Français
Décrétons :
Art. 1. Est regardé comme juif pour l'application du présent décret toute personne issue de 3 grands-parents de race juive ou de 2 grands-parents de la même race si son conjoint lui-même est juif.
Art. 2. L'accès et l'exercice des fonctions publiques et mandats énumérés ci-après sont interdits aux juifs :
....
Fait à Vichy, le 3 octobre 1940
Philippe Pétain.

Vous êtes allé vous faire enregistrer au commissariat de police. Sur votre carte d'identité, le secrétaire a mis un tampon : JUIF. Vous étiez fonctionnaire, vous ne l'êtes plus. Vous étiez commerçant, avocat, médecin, vous ne l'êtes plus. Vous étiez ancien combattant (et même tout prêt à combattre encore), c'est un peu plus compliqué mais, en gros, vous ne l'êtes plus non plus.

Plus tard vous avez été chercher votre étoile, vous avez fait la queue, vous avez donné votre ticket de tissu découpé sur votre carte de rationnement, vous l'avez cousue sur vos vêtements et ceux de vos enfants.

Vous avez tout fait : vous êtes en règle.

« Jadis, écrivait Max Jacob, personne ne me remarquait dans la rue. Maintenant les enfants se moquent de mon étoile jaune. Heureux crapaud ! Tu n'as pas d'étoile jaune. »

Heureux enfants. Enfants français. Enfants aryens.

Nous Maréchal de France, chef de l'Etat Français
Décrétons :
Art.1. A dater du 1er novembre 1940, le ministère de l'Intérieur assurera la surveillance des camps établis sur le territoire métropolitain pour la garde des Fran-

çais et des étrangers groupés par mesure administrative...

....

Art. 4. Il est ouvert au ministre secrétaire d'État à l'Intérieur, en addition aux crédits accordés par la loi de finances du 31 décembre 1939, un crédit de 32 millions pour [...] : Frais de surveillance des camps d'indésirables.

Fait à Vichy, le 17 novembre 1940
Philippe Pétain.

Vous êtes juif étranger. Ou juif dénaturalisé. Vous êtes l'ordure de l'Europe. A la poubelle. Camps pour indésirables. Camps français. Pithiviers, Beaune la Rolande, Compiègne, Gurs, Les Mille, et trente autres. On va vous renvoyer là d'où vous êtes venu. Ou à Madagascar. En Poméranie. C'est-à-dire nulle part. Ça n'est pas notre problème. Ou on va vous apprendre à travailler. On va vous apprendre à vivre. Dehors, les immigrés.

Vous êtes juif français. Vous êtes juif français, c'est-à-dire que vous êtes juif tout court. Il peut arriver d'ailleurs que vous l'ayez complètement oublié : la République était laïque. Mais on va vous rafraîchir la mémoire. Et si jamais vous en sortez vivant, vous ne l'oublierez plus. En attendant, l'UGIF, l'Union générale des israélites de France, défendra vos intérêts auprès du Maréchal. Il doit bien savoir, lui, que vous êtes de bons juifs. Mais vous ne savez pas qu'il n'y a pas de bons juifs ? Au camp. L'UGIF paiera les frais. En attendant que l'UGIF tout entière soit envoyée au camp.

Tous au camp.

Tous les Français connaissent les camps. Tout Paris connaît les camps. « Untel et Untel sont à Drancy » : des nouvelles comme celles-là font partie de la vie quotidienne. On les plaint. Tristan Bernard est à Drancy : tout Paris se démène. Cocteau. Picasso. Drieu. Et qui encore ? Tout le monde. Il faut aller voir Abetz. Tristan Bernard est libéré. Max Jacob est à Drancy. « Que Dieu lui vienne en aide », écrit Cocteau. Le Dieu des juifs ou le Dieu des aryens ? Tout Paris se démène. Trop tard. Max Jacob est déjà mort. Le frère de Léon Blum est à Drancy. Qui se démène ? Il mourra à Auschwitz.

D'après un recensement de Serge Karsfeld, 73 853 personnes qui ont transité par Drancy ont été envoyées à Auschwitz, Maidanek et Sobibor ; 2 190 sont revenues.

> CAMP DE DRANCY. NOTE DE SERVICE N° 77
> D'ordre des AA il est formellement interdit à tout interné ou internée d'approcher les ouvriers aryens travaillant dans le camp ou de leur adresser la parole. [...] Il est interdit à tout interné d'entrer dans le vestiaire des ouvriers aryens.
> Drancy, le 13 août 1943.
>
> CAMP DE DRANCY. NOTE DE SERVICE N° 78
> Relativement à la coupe des cheveux des internés, les atténuations suivantes sont apportées d'ordre des AA aux instructions précédentes qu'ils avaient données :
> *cat. b*...................................Coupe à ras
> *cat. a-c2-c3-c4*.....................Coupe très dégagée
> *cat. c1* Coupe normale (cheveux ne dépassant pas les yeux)
> Drancy, le 14 août 1943.

« Il faut se séparer des juifs en bloc et ne pas garder les petits » : Robert Brasillach, dans *Je suis partout*.

> Réveillés brusquement dans la nuit, morts de sommeil, les petits commençaient à pleurer et peu à peu les autres les imitaient. Ils ne voulaient pas descendre dans la cour, se débattaient, ne se laissaient pas habiller. Il arrivait parfois que toute une chambrée de cent enfants, comme prise de panique et d'affolement invincible, n'écoutait plus les paroles d'apaisement ; alors on appelait les gendarmes qui descendaient sur leurs bras les enfants hurlant de terreur.
> Georges Wellers, *L'Etoile jaune à l'heure de Vichy*.

*

La cité de la Muette a été construite entre 1933 et 1935. Ses architectes se nomment Marcel Lods et Eugène Beaudoin. M. Jean-Paul Flamand, dans son excellente histoire du logement social (*Loger le peuple*, aux éditions La Découverte), en donne la description suivante :

> Le plan d'ensemble combine des tours de quinze étages et des barres de deux, trois et quatre niveaux, implantées « en peigne », et séparées par de petits jardins. Ce plan conciliait l'exigence d'une forte densité de logements avec la volonté de conserver des espaces publics préservés hors circulation pour des espaces de jeu, etc. La construction est fondée sur la définition d'éléments standardisés, préfabriqués sur place dans une usine foraine : le principe en est une ossature métallique de profilés, avec remplissage de béton en rideaux. [...] On se trouve là en présence de la réalisation la plus « moderne », tant sur le plan de l'image architecturale qu'elle propose, que sur le plan technique qui concrétise les vœux de productivité de la période. Un autre signe de « modernité » peut être trouvé dans l'extrême rationalisation de l'aménagement interne des logements : leur superficie très réduite (29 m² pour un deux-pièces cuisine) et le détail de leur plan ne sont pas sans rappeler les réalisations de la même époque en Allemagne, marquées par les recherches des architectes « modernes » promoteurs de la notion d'*Existenzminimum*.

Derrière Lods et Beaudoin, qui ont à leur palmarès beaucoup d'autres réalisations avant et après la guerre, il y a naturellement une idéologie, qui se nourrit à la fois de la tradition des « cités-jardins » (elles-mêmes issues d'expériences comme celles du familistère de Godin et, plus loin encore, des phalanstères de Fourier) et des conceptions de Le Corbusier sur les « unités d'habitation de grandeur conforme ». Deux grandes visions humanistes s'il en fut. Et, pour incarner cette idéologie, un homme clef, d'origine ouvrière, qui fut maire de Suresnes, président du conseil général de la Seine, sénateur, ministre du Front populaire, socialiste ami de Léon Blum, et même un bref temps communiste, et encore ami du maire d'Aubervilliers Pierre Laval : Henri Sellier, l'homme qui fit, entre les deux guerres, la politique des HBM (habitations à bon marché) puis des HLM (habitations à loyer modéré) dans Paris, avec les immeubles de brique de la ceinture des Maréchaux (c'est dans l'un d'eux qu'Anaïk a réussi à se reloger), et hors Paris, avec pas moins de quinze cités, dont la Muette fut la plus réussie. On peut lire sur le mémorial qui lui est dédié dans la cité de Châtenay Malabry :

> Que sa mémoire soit honorée comme celle d'un ami du peuple. Il a consacré sa vie au progrès social, à la gloire de la République et au bonheur des hommes.

Les Tours et le Peigne furent achevés en 1935. Devaient s'y adjoindre des immeubles en gradins, qui ne furent qu'ébauchés, et la Cour d'entrée ou Fer à cheval, qui resta en chantier jusqu'en 1939. Cette Cour d'entrée devait être le lieu de la vie collective, avec des commerces, des équipements sociaux et sportifs. Tout cela était hygiéniste et socialiste. Manquaient à l'appel deux éléments – comme dans la plupart des constructions de la même époque : du travail à proximité et des transports en commun. Ce qui est logique et constant, lorsque l'on cherche des terrains bon marché.

Les premiers locataires des Tours et du Peigne furent des cheminots et des employés de la TCRP (l'actuelle RATP). Mais voilà : les loyers des logements étaient trop chers, l'isolation n'était pas au point, on y cuisait en été et on y gelait en hiver, c'était plein de malfaçons, et l'*Existenzminimum* était vraiment trop minimum. Et tandis que les locataires n'arrivaient pas à se faire à leurs locaux, les habitants des alentours rejetaient en bloc, et les constructions et leurs occupants. La presse critiquait de son côté les « gratte-ciel » qui, visibles des tours de Notre-Dame, étaient une atteinte au paysage français.

Les équipements collectifs ne furent pas réalisés. En 1939, les Tours, inhabitées, étaient déjà en pleine dégradation. Elles devaient être définitivement rasées en 1976 et remplacées par d'autres. Le Peigne, faute de mieux, avait été transformé en caserne pour des gardes mobiles et leurs familles. En quatre ans, ce qui avait été une grande première, une réalisation exemplaire, par ses innovations et ses rationalisations techniques, par son modernisme, n'était plus qu'un tas de bâtisses à la dérive.

Un échec total. Mais qu'on se rassure. Après 1945, chacun de son côté, Lods et Beaudoin vont pouvoir s'en donner à cœur joie pour reconstruire la France bombardée. Eux et bien d'autres,

Drancy. Cité de La Muette.

qui sont les papas de tous nos grands ensembles, ces grands ensembles qui en 1962, avec le plan Delouvrier, vont s'imposer dans la région parisienne. En reprenant les mêmes techniques. Perfectionnées. En grand. Avec succès, cette fois. Et quel succès !

En 1939, donc, le Fer à cheval restait inachevé, sans chauffage et sans sanitaires. L'idée de le tranformer en camp de concentration est une idée française : elle revient au gouvernement Daladier qui, à la déclaration de la guerre, y rassembla des ressortissants allemands. On installa donc des barbelés pour fermer le côté ouvert, puis tout autour du chemin ceinturant les trois barres ; on construisit des sanitaires sommaires de planches en travers du terre-plein central : le décor était en place ; et le tout fut confié à la surveillance des gardes mobiles casernés à deux pas. On sait que durant la « drôle de guerre », sous cette appellation de « ressortissants allemands », c'est-à-dire d'ennemis, furent arrêtés et internés les juifs antinazis qui avaient fui l'Allemagne. Drôle, en effet.

Lorsque les Allemands arrivèrent en juin 1940, ils trouvèrent là, à deux kilomètres de la gare de triage, une base idéale pour parquer les prisonniers de guerre anglais et français en transit vers l'Allemagne : la cité de la Muette devint le *Frontstalag III.*

C'est en août 1941 que les premiers juifs arrivèrent au camp de Drancy. Il s'agissait des premières victimes de la grande rafle parisienne de plus de 4 000 personnes, effectuée par 2 400 inspecteurs, gradés et gardiens français de la préfecture de police. Yves Jouffa a fait partie des quarante avocats juifs figurant parmi les premiers arrivants :

> Rien n'avait été prévu pour nous accueillir. Dans les immenses salles de béton brut, on avait posé des châlits de bois, sans paillasse, sans couverture. Les courants d'air étaient tels que, l'hiver venu, l'eau gelait la nuit dans les chambres. Il y avait vingt robinets dans la grande cour pour cinq mille internés et les commodités étaient à l'avenant. Il n'y avait pas de récipients pour la nourriture, et nous avons dû nettoyer, avec la terre de la cour, les vieilles boîtes de conserve rouillées laissées par d'anciens prisonniers.

A cette date, le « camp » est donc entouré d'un double rang de barbelés avec des miradors à chaque coin. Le sol de la cour est en mâchefer, qui produit en été une épaisse poussière noire et qui est inondé en hiver. Plus tard, on le cimentera et on sèmera même au milieu du gazon. Le bloc sanitaire en planches qui barre le côté ouvert du Fer à cheval est surnommé « le Château rouge » ; un autre bloc, du côté fermé, est affecté à la fouille. Autour du camp, il reste encore des jardins, des terrains vagues et des terrains d'usines, mais il n'en est pas moins situé au cœur de l'agglomération : outre les logements des gendarmes et de leurs familles dans le Peigne, il y a de nombreux pavillons, des commerces, un café, et le marché municipal est à cinquante mètres de là.

Le camp de Drancy est un camp français. S'il relève du commandement supérieur du SS Dannecker qui s'occupe en France de toutes les affaires juives au nom du Reich, il est placé sous l'administration directe de la préfecture de police, en vertu du décret du 1er novembre 1940 signé Philippe Pétain, cité plus haut. Les directives générales de Dannecker sont reprises en français pour former une réglementation plus précise, rédigée et signée par l'amiral Bart, préfet de police de la Seine, et par le général Guibert, commandant la gendarmerie de la région parisienne. Jusqu'en juillet 1943, la garde du camp est assurée exclusivement par la gendarmerie française, tandis qu'une équipe de policiers de la préfecture s'occupe de la surveillance intérieure. A cette date, celle-ci est relevée par des SS, tandis que, jusqu'à la fin, les gendarmes français continuent à assurer efficacement la garde. En fait, la présence allemande au camp de Drancy ne dépassera jamais cinq hommes, représentant les « AA », les autorités allemandes.

Comme dans les camps nazis, comme dans le ghetto de Varsovie, l'administration interne était assurée par des cadres juifs. Le gouvernement de Vichy avait « permis » à l'UGIF de subvenir aux besoins des détenus : version française du principe que l'extermination des juifs devait être financée par les juifs. Ainsi l'UGIF envoya-t-elle au camp ce qui pouvait contribuer à sa bonne marche : du sable et des bétonneuses qui permirent notamment la construction d'une porcherie pour les Allemands, et des colis qui n'arrivaient pas tous et qui alimentaient le fructueux marché noir auquel se livraient les gardes mobiles auprès des internés : ils revendaient le sucre jusqu'à 7 francs le morceau, le pain 150 francs les 200 grammes. « Par suite du manque de nourriture, les internés mangent des légumes crus en les épluchant ou font cuire les déchets », indique un rapport de la préfecture. En novembre 1941, 1 400 détenus furent victimes d'une épidémie de dysenterie. De 1941 à 1944, 40 détenus moururent de faim sans quitter Drancy.

La population du camp atteignit jusqu'à 7 000 personnes. Les bâtiments avaient été prévus pour 700 habitants. Ils en logent aujourd'hui environ 400.

*

En 1942, après la grande rafle des 16 et 17 juillet par la police française, conséquence de la décision nazie de mettre en œuvre la solution finale de la question juive et de déclencher l'opération *Vent printanier*, Drancy devint le point de départ unique, la tête de ligne pour Auschwitz. Les déportés étaient embarqués, sur le quai dit « quai aux moutons » de la gare du Bourget, dans les wagons à bestiaux qui demeuraient sous la garde et la responsabilité des gendarmes et des cheminots français jusqu'à la frontière.

Quand ils remettaient leur argent à l'administration du camp, les détenus recevaient une quittance rédigée en allemand qui indiquait la contrevaleur en zlotys polonais.

*

Max Jacob, juif breton qui avait écrit *Les Poèmes de Morven le Gaëlique,* vivait depuis vingt ans à l'ombre de Saint Benoît sur Loire. Il disait qu'il ne voyait pas pourquoi on viendrait chercher un vieillard inoffensif qui ne demandait qu'à pouvoir continuer à prier et à cultiver des carottes. La police française vint le chercher en février 1943. Il mourut à Drancy de la pneumonie qu'il avait contractée pendant l'interminable transport. Il s'excusait humblement auprès de ses compagnons de dire ses prières catholiques.

Il y eut quand même un garde mobile qui protesta contre le régime du camp. Il s'appelait le lieutenant Dhuard.

Le dernier convoi partit de Drancy le 31 juillet 1944. Le 17 août, on réussit encore à joindre 51 internés de Drancy au dernier train qui emmenait à Buchenwald les détenus politiques des prisons parisiennes. Paris était déjà en insurrection. La Libération était commencée.

Beaucoup de gardes mobiles participèrent à la libération de Paris.

La police parisienne fut décorée de la Légion d'honneur.

*

Graffitis relevés après la Libération :

> Arrivés à Drancy le 19 juillet 1944. Lucie Fuantès et sa mère, 58 rue Sedaine. Déportées le 31 juillet 1944. Avec bon moral.
>
> 30-6-44. Le dernier convoi ! ... qui reviendra BIENTÔT.
>
> Merci quand même à la France. Greiffenhagen.

On a effacé les graffitis. On a tout effacé.

En 1976, la municipalité a inauguré un monument du souvenir.

*

Bien entendu, l'histoire du camp de Drancy ne s'arrête pas d'un coup de baguette magique en août 1944. L'administration française n'allait pas se priver comme ça de ce bel instrument. Drancy continua donc à servir jusqu'en 1946, pour l'internement des collaborateurs, cette fois. Les mêmes gendarmes les gardèrent avec le même zèle. Cette continuité n'est pas une exception ; on a vu mieux : le camp de Saint Maurice d'Ardoise, par exemple, dans le Gard, a servi à interner successivement des Espagnols, des ressortissants allemands, des juifs, des collaborateurs, des militants du FLN algérien, des membres de l'OAS, jusqu'à ce que ses baraquements soient affectés au logement des harkis.

*

« Drancy la Juive », camp français en forme de quartier de banlieue coupé du reste de la ville, Drancy avec ses gardes mobiles français, ses cinq Allemands pour la bonne organisation, son administration intérieure, sa police et ses chefs juifs – son *Judenrat* –, « Drancy la Juive », c'était le ghetto de Paris, un petit ghetto de Varsovie français. A la fois ghetto et *Umschlagplatz* : place de l'embarquement.

Umschlagplatz : c'est un goy polonais, Rymkiewicz, qui écrit : « Est idiot celui qui considère que ce qui s'est passé dans les rues Niska, Dzika, Stawki ne recommencera plus. La liquidation a été interrompue. Mais nous qui vivons à proximité de l'*Umschlagplatz,* nous savons bien que rien n'est encore terminé. »

*

Heureux ceux qui pensent que le temps efface tout. Il est des lieux d'horreur transformés en havres de paix. Au Sénégal, l'île de Gorée qui pendant des siècles servit à parquer les esclaves de toute l'Afrique en partance pour les Amériques – une autre *Umschlagplatz* – est aujourd'hui un paradis pour les touristes. On y a installé un Institut international. Au large de la Guyane, le bagne, les îles du Salut, l'île du Diable où le capitaine Dreyfus souffrit l'enfer, sont des buts de pique-niques pittoresques pour les techniciens de la fusée Ariane. Lieux idéals pour un club Méditerranée.

La cité de la Muette a simplement été rendue à sa destination première. Il n'avait pas fallu grand-chose pour l'aménager en camp. Juste ajouter les barbelés et quelques baraques de planches, murer des espaces sous les galeries. Même les gendarmes étaient déjà en place. Il n'a pas fallu grand-chose pour repasser du camp aux HLM. Juste démonter les barbelés et les baraques. Terminer les travaux de canalisation et les cloisons intérieures. Peindre. Une première « réhabilitation », en somme. On n'a même pas eu besoin de déménager les gendarmes. Ils sont toujours là, dans les tours voisines.

Il est d'autres lieux d'horreur, au contraire, où tout a été rasé. Tout a disparu, du moins aux yeux du passant ignorant. Tout est différent. Même l'espace n'est plus le même. A Varsovie, sur l'emplacement du ghetto, sont plantés des immeubles rectilignes et des allées d'arbres, et, dans un endroit auquel, dans la ville, nulle indication ne vous mène, s'élève un monument grandiose que nul Polonais ne semble visiter en dehors des cérémonies officielles et où s'arrête, de temps à autre, un car de touristes ouest-allemands. Le monde entier peut bien ne jamais oublier le ghetto de Varsovie, on ne trouve, sur son emplacement même, qu'oubli et indifférence. Il faut toute la force de l'émotion intérieure qui vous étreint de savoir, simplement, que vous êtes *là*, pour qu'en regardant autour de vous, vous arriviez à imaginer ce que fut le ghetto.

Ici le temps n'a rien recouvert. Tout est banal, parce que tout a toujours été banal. Aucun effort d'imagination à faire. C'est même rare, dans le décor en continuelle transformation de la banlieue parisienne, une telle permanence. Ce sont toujours les mêmes galeries, les mêmes façades indigentes, les mêmes étroites fenêtres. Toujours cette vague impression d'inachèvement due à la pauvreté du matériau. La cité a changé d'affectation, elle n'a changé ni dans sa forme ni dans quelque chose d'indéfinissable qui doit être sa nature profonde. Visitez-la avec un ancien du camp. Il vous montrera où étaient les chambrées des enfants, les cachots, la baraque de fouille, l'administration juive et le bureau des commandants juifs successifs – Kohn, Blum. Il vous indiquera la cave où fut creusé un tunnel, avec le soutien de l'administration juive, qu'un « mouton » venu de Compiègne vendit aux SS. Non, pas besoin de faire un effort, pour voir la queue des détenus se rendant dix par dix aux latrines du « Château rouge ». Voici l'endroit précis, pratiquement inchangé par rapport aux photos que l'on a conservées, où se produisait la bousculade à l'arrivée des autobus, quand les gardes mobiles en faisaient descendre leur cargaison humaine. Recouvrant exactement l'ancien terre-plein central, se trouve aujourd'hui le triste jardin cadenassé, et, autour, là où se succédèrent mâchefer et dalles de ciment, c'est maintenant le parking où dorment, en attendant le week-end, des voitures familiales à bout de souffle. A l'ouest, la clôture de barbelés s'écartait de la barre des logements, ménageant un espace triangulaire : on appelait ce terrain pelé une cour et on y fit jouer les enfants à certaines heures, sous l'œil des passants. Aujourd'hui, il y a là un magnifique gymnase couvert, en brique vernissée avec un immense toit d'ardoise noire.

Comme la cité est vieille et mal bâtie, sa population actuelle est composée de gens modestes qui sont, dans une grande proportion, des immigrés. Cette histoire-là n'est certes pas leur histoire. Heureusement pour eux, car qui pourrait vivre ici, s'il fallait à chaque moment entendre dans sa mémoire résonner tant d'abjects échos ?

A l'entrée, donc, il y a le monument. Il est énorme, rose et hideux. Éternelle question : comment faire pour que les monuments du souvenir ne soient pas comme la dernière pierre qui scelle définitivement l'indifférence et l'oubli ?

Devant le monument a été disposé un wagon de marchandises sur ses rails, repeint à neuf : « Chevaux 8, Hommes 40. » Il est fermé, mais lorsqu'on l'ouvre, on peut voir à l'intérieur des objets du souvenir, des photos, des documents.

*

Voici quelques années, arrivant à Drancy, le nouveau proviseur du lycée Eugène Delacroix, M. Jacques Durin, voulut voir ce qui restait du camp. Le lycée est à deux cents mètres. Il croyait, « comme tout le monde », qu'il y avait eu là des baraquements, enfin tout le décor lugubre et classique, et qu'il n'en restait rien. Il n'avait pas imaginé cela. Peu des gens qui viennent à Drancy ont imaginé cela : que le camp est toujours debout et intact. M. Jacques Durin a décidé de consacrer à la mémoire du camp de Drancy un monument qui n'est pas de pierre mais de papier, en rédigeant avec ses élèves un livre-album qui a été imprimé au Bourget. C'est le monument le plus simple, le plus émouvant et le plus efficace contre l'oubli.

Mais le vrai monument, c'est la cité de la Muette tout entière.

*

Avant d'arriver ce matin-là, ce matin gris, à la cité de la Muette, ils avaient donc passé la nuit à Aubervilliers dans un hôtel dont la cour était encombrée de cars de touristes : « *Wir sind der Mittelpunkt der Welt* », nous sommes le point central du monde, clamaient les flancs d'un de ces cars. Mais ici c'était n'importe où, un hôtel grand et anonyme, à deux pas des portes de Paris. A la réception on pouvait retenir sa place pour les tours guidés en bus panoramiques :

AUJOURD'HUI

VISITE DU MUSÉE D'ORSAY ET DU JEU DE POMME

Au petit déjeuner, autour de grandes tables dans une salle bruyante et sans fenêtres, ils s'étaient trouvés mêlés à des Québécois du troisième âge, débutant leur circuit « Toute l'Europe en quinze jours ». Le service était fait par des Tamouls, ou plutôt il n'était pas fait, ce qui avait provoqué la colère des messieurs québécois : « On n'est pas servi ici. » Scandale, il n'y avait plus de beurre. Heureusement, pour égayer l'ambiance, se trouvait là également un séminaire français et, à leur table, un joyeux cadre commercial affichait le plaisir qu'il avait eu à passer la nuit avec une jeune femme bien (du même séminaire ?) : « Il n'y a pas de beurre, mais vous avez trouvé un tampax. » (« Est-ce que j'ai bien entendu ? » avait demandé François, incrédule et pudibond, à Anaïk. Oui, il avait bien entendu.) Après quoi le joyeux cadre commercial avait décidé de narrer à sa conquête présente quelques-unes de ses conquêtes passées : « Elle était hollandaise, non elle était bouchère. Enfin elle ne manquait pas de chair. » Ha ! Ha ! A moins que ce ne soient les paroles d'une chanson ? La jeune femme bien avait l'air hagard de celle qui sort d'un mauvais rêve pour se rendre compte que ce n'était pas un rêve. François prenait des airs choqués ; c'est le moment qu'avait choisi Anaïk pour lui aboyer, dans le brouhaha, quelque chose à propos des charmes discrets de la bourgeoisie et, allez savoir pourquoi, son ton lui avait paru tellement agressif qu'il avait pris ça pour lui et s'était mis à faire la tête. Anaïk avait essayé de lui expliquer que non, que ce n'était pas lui qu'elle visait, qu'elle avait seulement cru voir une autruche traverser la salle à manger et que ça lui avait rappelé le film de Buñuel. François ne s'était pas laissé convaincre et il avait continué à la faire, la tête.

Et bien sûr, ils avaient été reprendre le RER à la gare d'Aubervilliers qui est loin du centre d'Aubervilliers, pour descendre à la gare de Drancy qui est loin de Drancy. Et encore avait-il fallu qu'ils changent de train au Bourget car en vertu du principe déjà exposé du *saute-mouton,* un train qui s'arrête à Aubervilliers ne s'arrête jamais à Drancy, et vice versa. De là ils avaient traversé le long pont de béton auquel s'accoudait, solitaire et mélancolique, une Indienne en sari, et marché parmi les pavillons, les roses et les pois de senteur. Un ensemble pavillonnaire d'une ampleur sans précédent et remarquable, non seulement par le nombre des molosses hurleurs mais par l'abondance des écriteaux dissuasifs :

Je monte la garde.
Vous pénétrez dans cette enceinte à vos risques et périls.

Ou ces mots sur une succession de petits écriteaux dont le premier porte une tête de mort noire sur fond sanglant très réussie :

DANGER DE MORT
Maison piégée. Chien méchant. DANGER.

Dans un dépôt de pierres tombales, rien que de pierres tombales, deux fauves montaient aussi la garde. Ils avaient donné de la voix à leur passage, en faisant d'énormes bonds le long du grillage. Qu'y a-t-il à voler dans un dépôt de marbrier ? s'était interrogée Anaïk. Un cadran solaire, à la rigueur, même si c'est lourd à emporter sur son dos : mais une pierre tombale ? Elle avait photographié les monstres qui gueulaient de plus belle et, sur le trottoir d'en face, le patron de la marbrerie était sorti pour aboyer : « Vous n'avez pas fini d'exciter ces pauvres

Le cœur serré comme des maisons d'Europe

Un panneau leur avait indiqué : « La Muette/Le Village parisien/Les Oiseaux » et ils avaient fait la seule jolie rencontre de ce parcours-là : un monsieur qui poussait une petite voiture chargée de fleurs en plâtre : « La Rose Baromètre. » François avait eu l'idée d'en acheter une pour Julia, qui attendait qu'il lui rapporte un souvenir de voyage, et puis sa paresse lui avait soufflé qu'il en trouverait certainement d'autres et de mieux. Que ce n'était pas urgent.

Mais qu'est-ce qui est urgent, dans ce voyage ?

interrogée Anaïk. Un cadran solaire, à la rigueur, même si c'est lourd à emporter sur son dos : mais une pierre tombale ? Elle avait photographié les monstres qui gueulaient de plus belle et, sur le trottoir d'en face, le patron de la marbrerie était sorti pour aboyer : « Vous n'avez pas fini d'exciter ces pauvres bêtes ? »

Ils étaient passés le long de grands immeubles-barres en brique, puis d'autres plus récents, et avaient débouché sur la place de la mairie, moitié ensemble administratif, moitié cité commerciale avec, conservé et pimpant, l'ancien hôtel de ville 1900 surmonté d'un joli clocheton. Ils s'étaient reposés un instant sur cette place disposée en forum, semée de colonnes de céramique blanche, et ils avaient admiré un gros machin bizarre formé par un triangle de béton dont s'échappe et où se love une sorte d'écoulement solide brunâtre en plastique qui fut peut-être doré : le fleuve de la vie ? Il se termine par un robinet de cuivre bien astiqué. « C'est certainement un monument, avait diagnostiqué Anaïk, puisque ça ne sert à rien. » Ils étaient repartis en laissant sur leur droite des immeubles modernes blancs avec des portes à interphones, et sur leur gauche la cité Vaillant Couturier, nettement plus ancienne. Sur l'avenue, beaucoup de constructions datant du début du siècle, en brique noircie, ce genre d'immeubles qui rappellent toujours à François un vers du poète québécois Gaston Miron :

Le cœur serré comme des maisons d'Europe

Un panneau leur avait indiqué : « La Muette/Le Village parisien/Les Oiseaux » et ils avaient fait la seule jolie rencontre de ce parcours-là : un monsieur qui poussait une petite voiture chargée de fleurs en plâtre : « La Rose Baromètre. » François avait eu l'idée d'en acheter une pour Julia, qui attendait qu'il lui rapporte un souvenir de voyage, et puis sa paresse lui avait soufflé qu'il en trouverait certainement d'autres et de mieux. Que ce n'était pas urgent.

Mais qu'est-ce qui est urgent, dans ce voyage ?

8

Aubervilliers : Akim au* Jean Bart. *– Les 4 000 de La Courneuve : barre implosée, racines perdues. – Requiem pour Le Corbusier. – Daoud : « nationalité amour ». – L'Imprévu. – Fort d'Aubervilliers, jardins ouvriers. – Forts et fortifs. – Le Landy. – Pierre Laval, baron de la couronne parisienne. – « Petits enfants d'Aubervilliers. » – Je ne suis pas raciste, dit-elle. – Excursion à Saint Denis. – L'écluse des Vertus. – Vivre à Auber. – Rachid Khimoune, les artistes de la Maladrerie. – Le 17 octobre 1962, rue de l'Union.

Vendredi 26 mai, suite. La gare d'Aubervilliers-La Courneuve date du temps des Chemins de fer du Nord : on sort sur une place-parking-terrain vague, chantier de la future autoroute A 86 – celle qui dans un, dix ou cent ans bouclera sa boucle autour de Paris. Suivant la règle désormais connue, la gare est relativement proche de Saint Denis, mais pour gagner le centre d'Aubervilliers il est préférable de prendre le bus. Et bien entendu ils se trompent, ils ne prennent pas le 150 mais le 150 A, ce qui change tout, car ils devraient savoir que le 150 A est un *direct* qui ne s'arrête plus avant Paris, porte de Pantin. Et donc, après avoir fait un kilomètre en vingt minutes et longuement stationné dans d'interminables embouteillages, le chauffeur brûle allégrement l'arrêt de la mairie, refuse d'ouvrir sa porte pendant les longues pauses aux feux suivants et ne cède finalement aux supplications des voyageurs éplorés – vieilles dames à cabas et Africains plus résignés – qu'à un kilomètre de là, au coin d'un carrefour inconnu. Il n'y a plus qu'à s'orienter et à refaire le trajet à pied.

Aubervilliers est collé à Paris, chevillé par la porte de La Villette. En apparence, sur la carte, Aubervilliers n'est que le prolongement des quartiers les plus prolétaires de Paris. Le métro traverse aujourd'hui la ville jusqu'à La Courneuve, l'autobus 65 (un numéro de bus à deux chiffres, signe qu'il s'agit d'un bus parisien authentique, d'un bus à sang bleu, par rapport au bus à trois chiffres, le banlieusard, le prolétaire, le bâtard) a sa tête de ligne devant la mairie, tout concourt à ne faire d'Aubervilliers qu'un quartier parisien parmi d'autres. Et pourtant.

*

Devant la mairie, pour célébrer le bicentenaire de 1789, un slogan géant annonce que

LE MONDE A CHANGÉ, IL DOIT CHANGER ENCORE.

La mairie elle-même est un édifice cossu qui respire par toutes ses pierres la Troisième République, avec ce rien de nostalgie du Second Empire qu'ont toutes les mairies d'arrondissement de Paris.

Sur les panneaux réservés à l'affichage officiel figure le dernier arrêté municipal : il concerne la réglementation de la circulation pour les jours réservés aux cérémonies de la première communion 1989.

Nos voyageurs ont rendez-vous en face du lycée Le Corbusier, au Jean Bart. Il est difficile de comprendre pourquoi ce gros corsaire flamand dont le nom signifiait *barbe* sert de patron à tant de bars-tabacs, sauf à admettre qu'il s'agit d'un mauvais calembour, Bart = Bar, pour des bistrots dont tous les fondateurs, auvergnats comme il se doit, se prénommaient Jean. Que d'énigmes, sur leur route. Au Jean Bart, donc, dont le patron est auvergnat, Akim les attend. Ils sont flapis et affamés, ils mordent caninement dans leurs hot dogs. Akim rigole : « Je n'aurais jamais cru que je vous retrouverais si fatigués. » Trois mois plus tôt, il a déjà bien rigolé quand ils lui ont parlé de leur projet ; mais il a tout de suite été de ceux, le premier peut-être, qui l'ont pris très au sérieux. C'est lui qui leur a parlé de la diversité des paysages, des structures, des gens qu'ils allaient rencontrer : « Si vous savez vraiment ouvrir les yeux... » Voici quelques jours ils lui ont téléphoné pour lui demander de leur trouver un hôtel à Aubervilliers – petit, sympathique, pas cher, etc. – et il leur a retenu deux chambres à l'hôtel de L'Imprévu. Un nom qui, depuis, les fait rêver. Il les y mènera tout à l'heure. Il ne connaît pas l'hôtel mais il pratique le café qui est au rez-de-chaussée, parce qu'il se trouve sur le chemin de la Maison du peuple Guy Môquet de La Courneuve, où il répète actuellement avec la troupe de jeunes comédiens dont il est à la fois acteur, régisseur et metteur en scène : Akim est l'un des fondateurs de l'ABC – Aubervilliers Bande Comédie – qui prépare en ce moment un spectacle dans le cadre de l'opération « Coup de cœur à La Courneuve ».

Quand ils ont discuté du voyage, voici trois mois, Akim répétait avec un camarade *Les Exilés* de Mrozeck.

Akim est né dans la cité des 800, construite à la fin des années 50, maigres barres grises et économiques, à peu de distance de celle des 4 000 de La Courneuve construite un peu plus tard. « Quand j'étais gosse, raconte Akim, les bandes, les vraies, c'étaient les jeunes des 4 000 qui les faisaient. Tu comprends, quand un type disait "moi je suis des 4 000", rien qu'à répondre "et moi des 800", tu ne faisais déjà pas le poids. » Aubervilliers vieille ville prolétaire, La Courneuve jeune monstre grandi trop vite. D'Aubervilliers à La Courneuve, on passe chez les sauvages ? En tout cas, on est d'Aubervilliers et pas d'ailleurs. Aujourd'hui, quand Akim travaille à La Courneuve, il aime rentrer déjeuner à Aubervilliers : « Dès que je vois le panneau qui annonce Auber, je me sens mieux : je suis chez moi. »

*

Dans un petit café de la place des Fêtes, les amis d'Akim jouent au billard anglais : ce sont des copains d'enfance. Akim insiste : pas des copains de lycée, non d'enfance. Tous natifs des 800 d'Auber. Il faut attendre la fin de la partie : on joue

10 francs, ou une place de cinéma. Présentations : « On est tous des Suédois, quoi », dit l'un, pour abréger.

*

En route pour les 4 000. Une avenue à traverser, et adieu Aubervilliers. Les 4 000 ne détiennent pas le record absolu des barres les plus longues de France : celui-ci revient, paraît-il, à une barre de 700 mètres de long, construite par B. Zehrfuss à Nancy, une belle performance. Mais enfin, les 4 000 – quatre mille logements pour autant de familles, cela fait combien d'habitants : 20 000 ? –, c'est un bel exemple de stockage humain. L'une des plus grandioses réalisations du plan Delouvrier. Cela se passait en 1960. « Delouvrier, avait dit de Gaulle, la région parisienne c'est le bordel, il y a ces banlieues inhumaines, mettez-moi de l'ordre là-dedans. » Delouvrier avait répondu quelque chose dans le genre de : « Affirmatif, mon général », et il avait mis de l'ordre. Il avait créé un Plan, le PADOG, et des Zones, il avait fait se succéder les ZAC aux ZUP, en attendant qu'elles soient remplacées par les ZAD ; il avait remodelé la vieille Seine et Oise en plusieurs départements, prélude à la création de la région. « J'ai étudié la question pendant six mois... Pour l'urbanisme, le levier était en théorie assez simple à trouver : pour implanter des logements il faut des terrains, pour implanter des villes nouvelles il faut de grands terrains, pour implanter de nouveaux chemins de fer ou des autoroutes il faut de longs terrains. » L'ordre, Delouvrier, il connaissait : il était passé, en 1941, par l'école des cadres d'Uriage qui fut, comme on sait, une pépinière de grands commis, du temps où la France chantait *Maréchal nous voilà* ; l'essentiel, comme disait de Gaulle, étant que c'étaient tous de bons Français. Bref, Delouvrier et ses copains mirent de l'ordre dans la région parisienne.

Et puis plus tard, vingt ans plus tard, Mitterrand étant président, on s'est aperçu que ça ne marchait pas, que c'était invivable, et on a décidé encore une fois de *mettre de l'ordre là-dedans.* Les nouveaux urbanistes ayant enfin compris que tout venait d'un défaut d'humanisme, ils ont cherché à retrouver une dimension humaine. Et puisqu'il y avait risque d'explosion sociale, ils ont décidé de faire imploser la plus grande barre, celle du Sud. Ce fut l'un des premiers grands chantiers du président. Certes ce principe du grand nettoyage par le vide n'était pas original, les Allemands l'avaient expérimenté avec succès en 1943 au Vieux Port de Marseille, mais tout est dans la manière : ici, pas de scènes déplacées, pas de bouclage par des gendarmes casqués, pas d'exode, de scènes de fin du monde, non, au contraire, tout se passa dans un joyeux consensus. La foule des badauds venus assister au spectacle était grande, on avait construit des tribunes pour les personnalités : les responsables de « Banlieues 89 », à l'origine de cette grande idée, le maire avec le conseil municipal, les autorités constituées du département et de la région, le ministre du Logement. Des échafaudages avaient été spécialement montés pour que la presse et la télévision puissent avoir de bons points de vue. Il y avait aussi, bien entendu, en nombre, la police et les pompiers. Dans cette franche allégresse, les Français purent tous suivre, émerveillés, le show sur leur téléviseur. Il ne fallut que dix secondes à la grande barre pour s'effondrer élégamment. Suivit, sur place, un vin d'honneur. « Dix secondes pour effacer le mal à vivre », « Les mauvais choix du passé », titrèrent les journaux du lendemain. Aujourd'hui, il reste sur l'emplacement de la barre une vague pelouse et un petit arbre mélancolique planté par les jeunes qui naquirent là : ils disent, ces jeunes, que ce petit arbre et ce grand vide représentent tout ce qui leur reste de leurs racines. Car ces jeunes sont toujours là : dans les autres barres, désormais ensoleillées. Enfin pas tous, bien sûr. Il a bien fallu que certains s'en aillent. On en a profité aussi pour « ventiler » les immigrés. Puisqu'on vous dit qu'on humanise.

Cette barre-là, l'absente, la disparue, elle s'appelait Debussy.

*

Aujourd'hui, tout le monde – enfin le monde qui compte, celui qui *pense la ville* – semble s'être mis d'accord pour désigner le responsable, l'homme qui a tout inspiré : Le Corbusier. Alors haro sur Le Corbu : « Tout ce qui a été bâti ne l'a pas été simplement avec cynisme mais aussi avec bêtise, dans une espèce d'adhésion stupide au discours ultra-rationaliste sur la machine à habiter tenu par Le Corbusier », nous assène dans *L'État de la France-1986* Roland Castro qui, lui, inspire depuis 1981 le président de la République en matière d'idées sur les banlieues. Le Corbusier avait pourtant dit des choses merveilleuses qui faisaient, qui font toujours rêver :

> La maison des hommes, maîtresse de sa forme, s'installe dans la nature ouverte aux quatre horizons. Elle prête sa toiture à la fréquentation des nuages, ou de l'azur, ou des étoiles.

Il disait que « les immeubles ne seront plus des lèvres pincées » et que « la prise de possession de l'espace façonne une harmonie indiscutable, soude l'entreprise humaine au site ».

> Ouverte pour recevoir
> ouverte aussi pour que chacun
> y vienne prendre
> les eaux ruissellent
> le soleil illumine
> les complexités ont tissé leur trame
> les fluides sont partout
> les outils de la main
> les caresses de la main
> la vie que l'on a goûté par
> le pétrissement des mains
> la vue qui est dans la palpation.

Le Corbusier était un amoureux de la casbah d'Alger et il disait que les immeubles de la ceinture des Maréchaux constituaient « la ceinture de la honte ». Il n'a finalement pas construit grand-chose en France : quelques villas bourgeoises expérimentales dans l'entre-deux-guerres, une église – Ronchamp – aux formes courbes « comme des conques sonores » et trois « cités radieuses » qui l'ont fait à l'époque copieusement brocarder par les gens sérieux. Il faut dire qu'il avait presque tout le monde contre lui – enfin le monde qui comptait (voir plus haut), et singulièrement celui des promoteurs et de l'argent : le principal reproche qu'on lui faisait n'était-il pas le coût excessif ? Ses cités radieuses n'ont été construites qu'en trois exemplaires. Et encore l'une d'elle, celle de Briey, que l'on voit jaillir au milieu des forêts comme une cathédrale, est-elle passée, voici quelques années, à deux doigts du dynamitage. Elle n'avait pas résisté à la crise sidérurgique et au chômage consécutif en Lorraine. Elle était devenue si lugubre que Didier Daenincks y a situé la scène la plus noire d'un de ses romans noirs. On avait donc décidé de s'en débarrasser radicalement. Un promoteur l'a sauvée in extremis.

On nous martèle aujourd'hui que Le Corbu est le père spirituel des barres et des tours ; mais quand même, à l'époque où on construisait ça, ceux-là même qui ne voyaient rien à redire à la création de tous ces Sarcelles et autres grands ensembles glapissaient dans le chœur qui le traitait de « fada » pour quelques dizaines d'appartements à Marseille, au milieu des arbres. (Mais qui se souvient que le mot fada vient de « fade », qui veut dire fée ?) En 1954, le grand maître ne s'appelait pas Le Corbusier, il s'appelait Auzelle, professeur à l'École d'urbanisme de Paris. Ce sont les principes et les réalisations d'Auzelle qui ont servi de guide à la pratique des exécutants de Delouvrier. Cette pratique, M. Jean-Paul Flamand, dont le livre est décidément bien utile, la définit ainsi : « ... Deux approches opérationnelles primaires, on n'ose parler de principes. D'une part organiser la circulation entre quelques grandes fonctions et leur assigner des zones distinctes ; d'autre part organiser la circulation entre les zones. Le "zoning" distingue donc les zones industrielles des zones de bureau et des zones d'habitat. Dans les vides laissés entre elles, des "espaces verts". »

Zoning + stockage = grands ensembles. « Il a fallu que ces espaces se pratiquent, que la ségrégation s'installe pour qu'apparaisse l'insupportable, à savoir que ce n'était plus de la ville, fût-elle pauvre, mais un simple espace de stockage », écrit Roland Castro, se réappropriant en 1986 le mot d'ordre gauchiste des années 70 : « La bourgeoisie ne loge pas ses travailleurs, elle les stocke. La bourgeoisie ne transporte pas les travailleurs, elle les roule. » Il est vrai qu'il écrit aussi aujourd'hui : « Il y a eu depuis 1981 une bonne manière de tenter d'enrayer cette situation. »

*

Arrivé à ce point de sa relation du voyage, François se trouve confronté à une situation qu'il n'a encore jamais rencontrée depuis qu'il a commencé à la rédiger. Jusqu'ici, il a pu se fier à ses notes : prolixes ou succinctes, précises ou à peine indicatives, elles l'ont toujours à peu près servi. Mais voici que soudain, pour La Courneuve, elles le lâchent : non qu'il n'ait rien noté. Les mots sont là, bien en place, sur son cahier froissé (le cahier numéro 3, celui dont la couverture représente, joliment coloriés, Winnie the Pooh qui dit à Piglet : « *It's so much friendly with two* »), eux-mêmes dûment recopiés le soir, à l'étape, du petit carnet qu'il porte constamment dans sa poche. Mais ces mots, quand il les relit aujourd'hui, deviennent inconsistants. Ils ne tirent à leur suite que des images confuses, des bruits de conversations décousues. Il sait qu'ils ont marché, vu, écouté, parlé. Il sait les lieux où ils ont été, les gens qu'ils ont rencontrés. Il se souvient qu'il faisait beau et clair, cet après-midi-là, et pourtant tout se fond dans le brouillard. Leur passage à La Courneuve, c'est comme un passage à vide.

C'est peut-être finalement ça, la marque des 4 000 : cette impression de vide, là où vit pourtant la population d'une ville moyenne. Cette impression qu'il n'y a pas de mots pour décrire un « ensemble » géant qui ne réunit, qui ne rassemble rien, où rien ne paraît avoir de sens, même pas celui d'une machine à habiter, où rien n'est beau et rien n'est laid : où tout est *nul.* Une barre nulle annule la barre nulle suivante et ainsi de suite, de parking en parking, de dalles en gazons flétris, et rien, jamais rien, ne fait que de tant de nullités additionnées jaillisse autre chose qu'une nullité absolument équivalente. Finalement, la seule chose remarquable, aux 4 000, c'est l'emplacement de la

La Courneuve. Les 4 000.

barre implosée, de la barre *annulée*. Les jeunes des 4 000 ont raison de dire : « C'est notre monument. »

Restent les visages, les formes, les lignes, la vie, fixés par l'appareil d'Anaïk. Mais est-ce vraiment à La Courneuve que ces photos ont été prises ? Ou aux Courtillières, aux Francs Moisins, à Massy Villaine ou aux Ulis ? Tu n'as pas mélangé les bobines, par hasard ? Non, c'est impossible : tu te souviens bien de ces visages-là, ce couple de retraités penchés à la fenêtre du rez-de-chaussée, face au soleil, je leur ai demandé la permission de les photographier, nous avons bavardé longtemps, et la femme s'est mise à pleurer ?

Oui, il reste cette photo : « La femme avait l'air, dit Anaïk, d'attendre quelque chose qui ressemble à la mort. » C'est quand elle a parlé du pavillon qu'elle voudrait tant habiter que les larmes sont venues. Par la fenêtre, elle leur a tendu trois petits nougats. Très durs sous la dent, les nougats.

Les notes disent qu'ils font escale au café le Courneuvien et indiquent sobrement : « ambiance lugubre de délabrement alcoolique ». Le Courneuvien, dans le passé, n'a pas été réputé seulement comme débit d'alcool mais aussi comme un point chaud du trafic de drogue. Elles disent aussi, les notes, qu'ils visitent l'espace John Lennon et que « les équipements culturels sont magnifiques ». Ça, c'est vrai, on ne l'a pas fait sous Giscard. Un café pour jeunes sert des boissons sans alcool. Tout est neuf. Le studio d'enregistrement offre une magnifique console à 24 pistes : le matériel est beaucoup plus moderne et perfectionné que celui des studios de Radio-France, et le technicien est un mordu de très haute qualification. Les groupes peuvent se faire enregistrer à des prix extrêmement bas et bénéficier, bien sûr, de subventions municipales. L'animateur de la disco-vidéothèque est morose : il a eu soixante vols de disques compacts la première semaine d'ouverture ; les gosses amusaient les animateurs tandis que les autres volaient et s'arrangeaient pour échapper au système antivol. Aujourd'hui l'idée que l'Espace était ouvert à tous sans le moindre contrôle a dû être corrigée : il faut être inscrit pour pouvoir entrer ici, et les boîtes de disques compacts ne contiennent que des photocopies. Le centre a reçu un pavé dans sa vitrine. Ça s'explique, dit l'animateur : l'espace est si beau, si neuf, il est ressenti tout entier comme une vitrine de luxe, une provocation. « Je ne donne pas un an pour que tout soit bousillé », dit Akim. Morose, angoissé, l'animateur ? C'est sur quelques individus comme lui que reposent les chances d'un changement, dans un lieu comme les 4 000.

Mme Merri, la gardienne, passe en remorquant une gigantesque carte de la Corse en contre-plaqué : on fête ce soir un Corse – remise de médaille ? départ en retraite ? – et il y aura du monde. Elle vit à La Courneuve depuis treize ans. Elle *les* connaît tous, elle n'a pas peur d'*eux* : elle sait les prendre, leur parler et leur dire ce qu'elle pense, et au besoin aussi leur donner des coups de bâton.

Dehors, Anaïk photographie une femme africaine qui brode au soleil en gardant des enfants, et elles bavardent. Puis elle passe devant des jeunes Maghrébines. Celles-ci ne veulent pas être photographiées. « Les photos, vous n'avez qu'à les faire avec les mamadous. Ouais, on vous a vus. C'est pour *93* ou pour le journal de la mairie ? Mais pourquoi vous vous intéressez tant aux mamadous ? Ils ont quatre femmes et vingt enfants, les mamadous. Y'en a plein, pas loin, par là-bas, si vous y tenez tellement. Vous connaissez l'Afrique ? Pas le Burkina, quand même ? Si ? mais qu'est-ce que vous alliez faire, au Burkina ? C'est pauvre, c'est nul, y'a rien à voir, au Burkina. »

En fin d'après-midi, les 4 000 s'animent. Devant le Courneuvien, des échafaudages sont prêts pour un concert de beurs. « Les beurs ? dit Akim. Je veux bien qu'on m'appelle Arabe, ça ne me gêne pas. Mais beur, ce mot-là, il est arrivé un jour, ce n'est pas moi, ce n'est pas nous qui l'avons inventé, on peut m'en affubler mais pour moi c'est une étiquette qui ne signifie rien. »

Ils ont rendez-vous à la Maison du peuple Guy Môquet de La Courneuve où Akim et Catherine, qui ont créé l'Aubervilliers Bande Comédie en 1987, procèdent aux répétitions du prochain spectacle d'improvisation – toujours le « Coup de cœur à La Courneuve ». Une quinzaine de jeunes sont là, qui doivent avoir l'énergie d'émerger du quotidien, travail, famille, galère, pour plonger dans l'univers d'un spectacle qui n'existe que par la solidarité et la concentration, le mot, l'accent juste, et cela dans cette Salle Mentor qui, vide, est sombre et triste, avec une acoustique épouvantable : les paroles se perdent vers les cintres.

Sur un écran de télévision, toujours à la Maison du peuple, projection du film *Mélanges,* tourné voici six mois par l'ABC ; « *Story-Mélanges* : sept jeunes gens de La Courneuve et un auteur croisent leurs biographies, mélangent le récit de leurs origines et de leur identité, d'étrangers natifs de là. Fragments de fictions comiques – inénarrable donc. Rare expérience. » L'auteur, c'est Jean-Pierre Renault. Ce que *mélange* le film, c'est le retour d'un homme de plus de quarante ans dans une banlieue où il est né. Recherche d'une racine dont sont déjà effacées les traces. Sur le palier d'une HLM, les locataires actuels de l'appartement de son enfance, méfiants, hostiles, lui en refusent l'entrée. Porte close. Close sur « une société en panne d'invention ». Reste à donner la parole à des jeunes qui sont nés là et qui y vivent : « On est né là où on filme ; style antitélé ; pour entendre les paroles vives non officielles ; imposer un peu de silence à ceux qui causent tout le temps. (...) Appropriation salutaire de l'art, du langage cinéma, de l'écriture, par ceux ordinairement spectateurs dépossédés de leur vie ; ici, ils se reconstituent une identité, étonnés. (...) Des banlieues, miroir grossissant du merdier ambiant, des paradoxes honteux, vient l'avenir. »

Ceux qui se « mélangent » dans ce film qu'ils ont écrit et qu'ils jouent, s'appellent donc J.-P. Renault, Ryade Balaabi, Chérif Boudjeraba, Farid Hamza, Mahmoud Ibrahime, Daoud Krouri, Sayed Soliman, Akim Touchane, Richard Tumeau. Daoud, par exemple, long garçon au visage triangulaire trop lisse, presque angélique, s'y présente et présente des lambeaux de son histoire :

> Nationalité : Amour. Et cetera, et cetera, et cetera... Je vivrai toujours pour les et cetera, et cetera, et cetera.

« Merdier ambiant » ? Ils disent : « Ne pas confondre les gens qui y vivent avec ces façades hideuses. Debussy, Balzac, elles portent toujours de beaux noms, mais ces noms qu'elles portent, ils ont quelque chose de puant... Si j'avais quelque chose à dire à ceux qui ont construit ça, je leur dirais : la prochaine fois, réfléchissez avant. »

Akim parle du tournage du film : « Mélanger ? Mais des histoires individuelles mises ensemble ne font pas pour autant une histoire : il ne suffisait pas de les additionner, il fallait, à partir de là, créer, inventer quelque chose en plus. Oui, mais inventer quoi, aux 4 000 ? La leçon du film est-elle qu'aux 4 000, on bute toujours sur les murs des tours et qu'on y revient toujours ? »

*

La nuit est tombée. Dîner en groupe à L'Orange bleue, dans le vieil Aubervilliers, l'Auber prolétaire, contre le périphérique, à quelques centaines de mètres de Paris. Restaurant algérien, longues tables avec nappes en papier et menu imprimé à l'encre violette. Chaleur humaine. A la table voisine, des messieurs d'âge certain qui sont ici comme chez eux parlent italien. Et même, plus précisément, piémontais.

Le patron offre des digestifs.

*

Ce qu'il y a de mieux, à l'hôtel de l'Imprévu, c'est encore le panonceau officiel « hôtel de tourisme » avec une étoile. « Ah, dit la patronne, je ne savais pas qu'il y aurait une dame. Franchement, je vous conseille de prendre des chambres avec WC, à 140 francs, c'est pas pour dire mais c'est plus propre. » L'hôtel donne sur l'avenue Jean Jaurès d'Aubervilliers, c'est-à-dire sur l'inévitable nationale 2 et son cortège motorisé, à peu de distance du carrefour où elle devient l'avenue Paul Vaillant Couturier de La Courneuve. Les chambres sont au premier, on y accède par un escalier moisi qui débouche sur un palier aux dénivellations incertaines et, bien entendu, c'est l'instant que choisit la minuterie pour faire le noir absolu. Enfin, voici leurs portes. La moquette de François est tellement pourrie qu'on a peur de s'y enfoncer comme dans un marécage. Taches et brûlures de cigarettes ; une traînée récente, particulièrement, qui va du lit au lavabo, frappe l'œil par la prodigalité et la vigueur de ses éclaboussures : cela tient de la queue de comète et de l'éjaculation d'un mammouth particulièrement lubrique. La cuvette est grise de crasse et l'on imagine mal de s'y laver les mains ou quoi que ce soit d'autre. La chambre d'Anaïk, elle, fut bleue : elle sent le *fromage de pieds*, vieille expression virile du service militaire. Lugubre. Sur la pointe de ses pieds à lui, François regagne son lit, s'y recroqueville et reste sans bouger, comme sur une île qu'assiégeraient les méduses, les crapauds-buffles, la marée noire et la peste bubonique, attendant que vienne l'assommer un sommeil clément peuplé du barrissement des camions en rut et de calmars géants.

*

Samedi 27 mai. Tôt le matin, ils se retrouvent dans l'étroite entrée de l'hôtel où, entre des plantes vertes (en plastique ?), est servi le café sur trois tables de formica. Seule à sa table, une dame en boubou, belle et jeune. A une autre table, un couple d'âge mûr échange quelques mots à voix basse. Les camions passent toujours et les fenêtres vibrent ; sinon, c'est presque intime, un peu étouffant. La jolie dame se lève, salue les assistants qui lui répondent poliment : « Bonne journée, madame. »

La porte à peine refermée, voici que soudain on parle à voix haute, et beaucoup, et avec exubérance. « Voyez-vous, leur confie le monsieur d'âge mûr, le problème de cet hôtel, c'est que depuis quelque temps on y accepte n'importe qui. Autrefois, c'était un bon hôtel. Mais ils cassent tout. On ne peut quand même pas passer son temps à tout réparer pour qu'ils salopent tout de nouveau. » La dame de l'hôtel, qui finalement n'est pas la patronne, explique qu'elle vient du dixième arrondissement, qu'elle n'en peut plus, qu'elle veut partir d'ici, qu'il y a décidément trop de clients qui lui donnent le cafard. « C'est gentil pour nous, ça », fait observer Anaïk. « Oh, je ne dis pas ça pour vous. Heureusement qu'il y a aussi des gentils clients. Heureusement qu'il n'y a pas qu'*eux*. » Elle raconte que récemment, elle faisait la queue dans une pâtisserie pour une glace : on lui a proposé une *créole*, non, un autre nom, elle ne se souvient plus, enfin vous voyez ce que je veux dire, un nom *comme ça*, un nom de *par là* ; alors elle a répondu : Ah non ! ça on en a assez ici tous les jours. « Eh bien croyez-moi, toute la queue a ri, ça faisait du bien. Enfin, toute la queue sauf une personne, probablement qu'elle était mariée à un noir, alors dans ce cas ça lui a fait les pieds. Et puis s'ils sont pas contents... – Ils ont qu'à prendre le métro », complète le monsieur d'âge mûr. On se tord de rire. La dame parle des vols. Tous ces vols. « Chez eux, ils s'y risqueraient pas. Chez eux, on leur coupe la tête. – Ou peut-être bien autre chose », ajoute, doctoral, le client. Ah ! Ah ! Ah !

Il reste à payer la note, à dire merci et à se retrouver à l'air libre de l'avenue Jean Jaurès. « Quand même, observe Anaïk. Ils se plaignent d'eux, mais ils sont bien contents de leur prendre leur fric. »

Ils cheminent le long du trottoir ensoleillé vers la station de métro Fort d'Aubervilliers. C'est samedi, il y a affluence. Un monsieur maghrébin passe avec un pot de fleurs : demain, c'est la fête des mères. Photo de la boutique du coiffeur qui a peint sur sa vitrine : « Chez François le coupeur de têtes » ; le coupeur de têtes, ciseaux en main, leur fait une grimace puis sort s'enquérir : « C'est pour quoi ? » Il faut qu'Anaïk lui explique que son ami s'appelle François, alors forcément. On rigole. Ils bifurquent dans la direction du soleil. A gauche, les tours des Courtillières, réhabilitées, revêtues d'une carapace de céramique et de brique couleur flan au caramel. Leur faisant face, au sud, derrière un long grillage dont les portes sont cadenassées, voici les jardins ouvriers sur les glacis du fort invisible, tapi dans la végétation.

Société des jardins ouvriers des Vertus d'Aubervilliers.

François aide un moustachu à transporter un sarcloir à moteur, tout neuf et très lourd. Le moustachu porte un chapeau à large bord qui le fait surnommer par un collègue qui passe « le Mexicain », sur un visage hirsute et des yeux cerclés de petites lunettes de fer, mi-faune, mi-intellectuel bucolique, grand, un short gris et un maillot de corps. Il habite à deux pas, dans les Courtillières. Il est à la retraite : « Il faut bien faire quelque chose, pour ne pas aller dessous. » Ah, s'il avait un pavillon. Le jardin, il vient juste de l'obtenir : il a essayé de le défricher à la bêche, impossible ; il était pourtant forgeron de la ville, eh bien c'est la première fois de sa vie qu'il a des ampoules. Il est allé louer le sarcloir, 200 francs la journée, mais il est déjà en panne, alors.

Ils trouvent un portillon ouvert ; dessus, un écriteau annonce des plants de tomate à vendre. Le portillon donne sur une sente qui file tout droit vers le glacis entre les grillages entourant jardins et cabanons, pour en rejoindre une autre qui, elle, est perpendiculaire et semble faire le tour du fort en longeant un profond fossé où ont poussé des arbres. Les remparts apparaissent de l'autre côté par des trouées dans la verdure et sont eux-mêmes couronnés d'une épaisse végétation. Ils suivent ce chemin de ronde extérieur, toujours bordé de clôtures. Ils traversent un véritable petit bois, saules, frênes, pousses de platanes, et passent entre des haies de rosiers grimpants, une profusion de lierre, des lilas à peine fanés, et encore des roses, des grappes de roses-pompons. « C'est comme à Bagatelle », dit Anaïk. « Le jardin ouvrier, philosophe François, c'est peut-être une certaine idée du bonheur ? » Derrière eux, les hautes tours des Courtillières dominent tout. Il est dix heures, il n'y a personne.

Surplombant le fossé, une terrasse avec une treille en fer rouillé et de la vigne, de la vraie vigne, telle qu'il y en avait jadis partout par ici, dont le raisin doit pouvoir donner un vin acide comme celui, voisin, de la Butte Montmartre : les grappes sont abondantes, formées de grains encore minuscules car la floraison est tout juste terminée. Et devant la baraque de papier goudronné, une table et des chaises sont prêtes pour le repos dominical. C'est à cet instant que, dans le lointain, chante un coq : le premier du voyage.

Le chemin ne continue pas. En revenant sur leurs pas, ils

Fort d'Aubervilliers.

voient un homme qui travaille dans son jardin, au soleil, en contrebas. Ils lui parlent à travers le grillage. C'est la sécheresse, dit-il. Ça dure depuis l'automne, et de toute façon la terre n'est pas bonne, ici : elle est grise, caillouteuse ; il a beau enlever les pierres, elles remontent chaque année. Et l'eau, c'est un problème. Autrefois il y avait des pompes, mais avec la construction des Courtillières ils ont envoyé du béton jusqu'à trente-cinq mètres de profondeur et ils ont asséché la nappe souterraine. On a bien fait venir un puisatier, il y a vingt ans, ça a coûté deux millions et il n'a rien trouvé. Pourtant une rivière passait là, c'était même marécageux dans le temps. Alors il ne reste que l'eau du ciel. Il faut la recueillir et la stocker dans ces barils bleus qui sont là, et dont tout le monde se sert : ils viennent de la laverie industrielle de Pantin, seulement attention aux résidus de lessive, sinon on retrouve tous ses légumes brûlés.

« La plaie, ce sont les rats. Ils sont arrivés voici une dizaine d'années quand on a creusé le métro sous l'avenue Jean Jaurès. Des rats de Paris. Énormes. En hiver, on les voyait cavaler partout. A la tombée de la nuit, derrière le sureau, là, je les voyais me fixer, ils étaient vingt, trente, quarante. Une fois j'ai eu vraiment peur et j'ai fait demi-tour. On les entendait siffler. Parce que ça siffle, ces bêtes-là. Ils ont bouffé tous les animaux : les poules, les lapins, les pigeons. Vous n'en trouverez plus. Moi, quand j'ai vu ça, je n'ai pas attendu, ça m'a fait tellement mal au cœur que j'ai donné toutes mes bêtes. Et puis ça s'est calmé, heureusement. Peut-être parce qu'ils ont tout bouffé. Il ne restait que les légumes, et ces bêtes-là, c'est pas végétarien.

» Les jardins ouvriers, c'est l'association, la Ligue pour le Coin de Terre, qui les répartit. Elle date de 1922 : à l'époque, c'était pour les prolétaires – les ouvriers, quoi, comme le nom l'indique. Mais le terrain appartient toujours à l'armée. Les Domaines. Moi, ça fait dix-sept ans que j'ai mon jardin, et ça fait dix-sept ans que j'entends dire que l'an prochain c'est terminé : on a parlé d'une caserne de CRS. Et puis d'un hôpital. En attendant, on est toujours là. »

Il a soixante ans, il est né près de Dunkerque, son père

commandait un bateau de ceux qu'on appelait « les Islandais » : la grande pêche. Il a été aussi, le père, capitaine du port d'Alger ; avant, pendant la Première Guerre mondiale, il a commandé un chasseur de sous-marins, et encore avant, bien avant, il a fait ses débuts dans la marine à voile... Lui, le fils de son père, il a été dix ans officier mécanicien, puis il a cessé de naviguer après son troisième enfant.

Du coup, voici nos voyageurs bien loin des jardins ouvriers, des Courtillières, d'Auber et du RER : ils voguent, ils sont sur les bancs d'Islande, ils redescendent vers le sud, Gibraltar, Alger la blanche, et pourquoi pas, plus tard, la mer des Sargasses... Non, soyons sérieux, empannons, virons de bord vent arrière, et lofons, un ris dans la grand-voile, étarquons bien, bordons le génois à fond, remontons au près serré, à la limite de la gîte, sans craindre les paquets de mer, lames courtes, vagues en marmites, cirés ruisselants, remontons encore, toujours, et regagnons le fort d'Aubervilliers amarré à une encablure de Paris, samedi 27 mai, ciel clair, vent force deux, visibilité dix milles : petit temps, très petit temps.

*

La ceinture militaire de Paris comportait une trentaine de forts, redoutes, dépôts et camps retranchés, dont il reste aujourd'hui une grande partie. Certains forts ont reçu d'autres affectations : tel celui de Châtillon où fut mis au point, en 1947, le premier réacteur nucléaire français – à l'époque on disait pile atomique : elle était toute petite, toute mignonne, et elle s'appelait Zoé. D'autres sont toujours occupés par l'armée : Vincennes, le mont Valérien. Et d'autres enfin, comme celui-là, sont à l'abandon.

C'est en 1830 qu'on a commencé à se soucier sérieusement de redonner une enceinte fortifiée à la capitale. Défendre Paris, oui, mais contre qui, en vérité ? Le plan du ministre de la Guerre, le maréchal Soult, prévoyait la construction de dix-sept forts. Les députés de l'opposition eurent beau jeu de démontrer que « la comparaison de la distance des forts, par rapport aux différents quartiers derrière lesquels ils doivent être élevés, avec la portée de leurs canons donne à penser qu'ils deviendront autant de Bastilles, armées contre le peuple mieux que contre l'étranger ». A gauche, on opposa à ces forts impopulaires un projet de rempart continu autour de Paris. Ce ne fut qu'au terme de longs débats que M. Thiers, devenu Premier ministre de Louis-Philippe, fit adopter un plan combinant forts avancés et mur d'enceinte. Il n'empêche que les forts restèrent l'objet de la suspicion et de la haine du petit peuple parisien. Il savait bien, ce petit peuple, qu'en disposant ces canons là, M. Thiers le visait d'abord lui-même, l'« ennemi intérieur ». Le Second Empire mena le projet à son terme : une première ligne de forts ; une deuxième ligne d'enceinte, qui deviendra dans le langage parisien les « fortifs » ; et, dans Paris même, une troisième ligne constituée, peut-on lire dans un guide de 1867, « d'un assez grand nombre de casernes et de voies stratégiques pour qu'il ne soit en aucune circonstance, pense-t-on, nécessaire de bombarder la ville ». Au moins les choses étaient-elles dites clairement. Ainsi, tandis que Paris, dans son enceinte, était dûment tenu et quadrillé par la « deuxième » et la « troisième ligne », le pourtour, la banlieue sur laquelle on fixait l'essentiel de la nouvelle classe ouvrière, se développait sous l'étroite surveillance des canons des forts toujours prêts à arroser les étendues qui, à leurs pieds, se couvraient de fabriques et de constructions.

Les forts furent efficaces contre les Prussiens durant le siège de 1870 et complètement inefficaces, donc, dans un premier temps, contre la populace parisienne : non seulement celle-ci, en armes, se sentant invulnérable derrière son enceinte, voulait absolument en découdre avec les Prussiens, mais, profitant de la défaite de l'armée impériale à Sedan, elle avait proclamé la république. Non, ce n'était pas du tout cela qu'avait voulu M. Thiers. Et il était quand même difficile de canonner le peuple de Paris pour le ramener à la raison sous le regard de l'armée ennemie ravie. Il fallut donc soutenir le siège et, faute de mieux, faire en sorte, on l'a vu, que l'armée parisienne fût canonnée par l'ennemi lui-même. Mais une fois l'armistice enfin signé, au premier nouveau signe d'exaspération des Parisiens – ce fut la la journée du 18 mars 1871, quand les gardes nationaux allèrent chercher *leurs* canons sur la Butte Montmartre pour empêcher qu'ils ne fussent livrés aux Prussiens –, M. Thiers put enfin appliquer son plan : le retrait de toutes les autorités civiles et militaires, de tous les pouvoirs législatifs et exécutifs de l'intérieur de Paris, leur installation à Versailles et, ensuite, la canonnade et la reconquête. D'où l'importance des forts. Celui du Mont Valérien resta toujours aux mains des Versaillais. Au sud, les Communards tinrent ceux d'Issy, de Vanves et de Montrouge. A l'est et au nord, l'issue était bloquée par les forts que tenaient les Prussiens. Le sort de la Commune fut définitivement scellé le jour où le fort d'Issy fut abandonné par ses défenseurs communards, le 9 mai 1871. Les jours suivants, les Versaillais prirent le fort de Vanves et, tandis que M. Thiers signait son traité de paix définitif avec Bismarck, ils entrèrent dans Paris par le Point du Jour. Ce fut la semaine sanglante. Vingt mille Parisiens saignés.

L'histoire militaire des forts s'arrête là. En 1914, quand les armées allemandes menacèrent Paris, le commandant de la place, Gallieni, prit une initiative qui changea le cours de la guerre : au lieu de laisser sa garnison à l'abri de l'enceinte, il la lança tout entière à découvert pour l'envoyer à soixante kilomètres de là attaquer l'ennemi sur la Marne, devant laquelle s'était regroupée l'armée française en retraite. « Je ne crois pas », avait écrit ce jour-là le général von Kluck, qui commandait l'aile droite allemande, « qu'un gouverneur d'une place assiégée puisse avoir l'audace de faire sortir ses troupes du rayon d'action de sa forteresse. » Gallieni le fit, et ce furent les Taxis de la Marne.

Dans les années 20, devenues décidément inutiles, les « fortifs » furent détruites. Les forts furent pour la plupart désaffectés. Mais en quatre-vingts ans, Paris et sa banlieue en avaient subi l'empreinte. Pour comprendre pourquoi Aubervilliers, pas plus que les autres villes de la petite couronne, n'a jamais été, n'est pas, et ne sera pas de sitôt Paris, il suffit de lire cette description que le guide de 1867 déjà cité donne des fortifications du mur d'enceinte : celles-ci comprenaient, à leurs abords immédiats, une *zone de servitude*, large de 250 mètres, sur laquelle aucune construction ne pouvait être faite ; le *terrain militaire* proprement dit, portant tout l'appareil de défense (glacis, contrescarpe, fossé, escarpe, talus extérieur, plongée, talus intérieur, banquette et terre-plein) ; et enfin, en retrait, la *rue militaire*, formée d'une ligne ininterrompue de boulevards dits « des Maréchaux » longtemps réservés à la seule circulation militaire. L'enceinte de Paris avait ainsi un développement de trente-trois kilomètres, coupée par une soixantaine de portes, elles-mêmes fermées par les grilles de l'octroi, et elle couvrait huit mille hectares. L'existence de l'octroi signifiait en outre une autre coupure, puisque celui-ci percevait des taxes sur tout ce qui entrait, instaurant ainsi des prix différents à l'intérieur et à l'extérieur de la capitale. Ce n'était pas le mur de Berlin, mais quand même, à vivre ainsi séparés, les Parisiens et *les autres*, avaient de quoi, de part et d'autre de la « ligne de servitude », se sentir différents.

*

Déjeuner chez le père d'Akim. Bonheur des voyageurs qui retrouvent pour un moment la douceur d'un intérieur familial. A vrai dire celui-ci n'est pas grand : c'est un F2 dans une tour des 800. Deux pièces et une cuisine en enfilade, bordées sur toute la longueur par une étroite baie vitrée. Le père d'Akim a cinquante-neuf ans, il a divorcé voici quelques années, eu trois enfants dans son nouveau ménage, et voici qu'il vient d'être mis à la retraite après bientôt quarante ans d'usine. Il est arrivé en France au début des années 50. Il a connu Aubervilliers avec ses champs et ses jardins, qu'il traversait sur son vélomoteur pour aller travailler chez Motobécane. Il y a longtemps qu'il ne retourne plus en Algérie : de toute façon c'est trop cher. Sa vie est ici. Trop à l'étroit, malheureusement, à cinq dans deux pièces : mais à la mairie on répond qu'il faut s'occuper en priorité des jeunes couples. Les 800, dit Akim, c'est une cité des pauvres. Ceux qui peuvent en partir vont dans des cités plus modernes.

Comme la chose la plus naturelle du monde, le père d'Akim a décidé de recevoir les amis inconnus de son fils de la même

manière que s'ils étaient quelques cousins débarquant après un long voyage : sa femme a préparé un couscous princier. Autour de la table, ses deux grands fils – Akim et son frère Sadi, caméraman de télévision – et les trois petits. Les deux aînés parlent des soucis qu'ils se font pour la scolarité de leurs cadets : si ceux-ci pouvaient ne pas traverser ce qu'ils ont eux-mêmes connu. Le problème des cités, dit Akim, c'est qu'elles ne vous lâchent pas facilement : elles sont fermées sur elles-mêmes, elles offrent un territoire, une forme de sécurité. Il y a des gosses qui grandissent dans leur cité d'Auber sans jamais vraiment chercher à connaître d'autres horizons. Même Paris n'existe que pour quelques virées. La bande finit par leur tenir lieu de seconde famille, de société, et tout passe après le rôle, le statut, le prestige qu'ils peuvent obtenir dans son sein : le plus important est de ne pas démériter aux yeux des autres. C'est dur de vivre dans la cité, mais c'est dur aussi d'en sortir. Y rester, y revenir, c'est presque une facilité. Alors c'est la survie avec les petits boulots et le chômage, en alternance, 4 000 francs par mois. La bande, dit encore Akim, ce n'est pas seulement lié à la crise économique. Cela vient de quelque chose de plus profond encore. Il pense que c'est cyclique : il y a des périodes où l'on croit qu'elles vont disparaître, que la nouvelle génération ne vivra pas cela, et puis elles refont surface. « Je ne reviendrai jamais à Aubervilliers », dit Sadi.

Douceur de l'après-midi autour de la table. Photos de famille. Le père d'Akim tient à expliquer qu'il ne comprend pas que l'on vive dans un pays sans en adopter les coutumes, du moment qu'il s'agit de coutumes propres et civilisées. Il connaît ainsi des Marocains et des Tunisiens qui s'obstinent à observer la tradition en mangeant avec leurs doigts, et il trouve cela stupide.

Le briquet de François est mort. Le maître de maison lui en offre un neuf. « Revenez quand vous voudrez », dit-il au moment des adieux, au pied de la tour.

*

Anaïk va à La Courneuve retrouver Daoud, l'ange aux yeux battus du film de l'*ABC*, celui de « nationalité : amour » et des et ceteras. Photo de Daoud en bermuda de batik. Daoud raconte son histoire, telle qu'elle n'a pu trouver place dans le film.

Daoud a vingt-cinq ans. C'est un enfant de Debussy, la barre implosée. Il y est arrivé à six ans. Avant, sa famille vivait en hôtel. Il a six frères et sœurs. Après avoir passé une année à Debussy, ses parents sont allés vivre à Braque ; lui, il a été envoyé quatre ans chez ses grands-parents en Algérie. A quatorze ans, il s'est retrouvé dans un foyer de l'éducation surveillée, à Grenoble. Il a présenté une demande au juge des enfants pour être affecté à un stage d'électricien : il a été mis à la section pâtisserie. Il a fait de nombreuses fugues, toujours vers le Midi. Repris par les flics, il leur donnait le nom de son frère, qui avait fait son service militaire, pour faire croire qu'il était majeur. Jusqu'à dix-huit ans, il a passé sa vie à jouer à cache-cache avec les avis de recherche, toujours fuguant, toujours repris, vivant à l'aventure, obligé de voler et de dormir dehors. Après l'ultime avertissement de la directrice, il a filé vers Paris. A Auber, il a trouvé un coin où s'installer, dans un garage, en bas d'un bâtiment près du Conservatoire municipal. Il survivait en volant. « J'ai volé, j'ai agressé, à cinq heures du mat', pour de l'argent. » A Paris, il a rencontré des jeunes en fugue, comme lui : ils s'entraidaient. « Le vol, tu sais, ça commence à dix ans, quand tu n'as rien à faire, que tu as envie d'un ballon pour taper dedans ou que tu te trouves devant un tourniquet stupide. Au début, c'était le côté adulte que je cherchais : une affirmation de moi-même. Mais après, quand j'agressais quelqu'un, c'était pas pour aller en boîte, c'était pour manger, alors, c'est bête, j'essayais d'abord d'être gentil, je lui disais : Donne gentiment, c'est pour aider une personne à bouffer. De seize à vingt ans, je n'ai eu que des sandwichs dans le ventre, les plats chauds c'était rare. » Il a essayé de travailler : « J'en avais marre de cette galère. J'ai été quinze jours surveillant chez Tati. Je n'ai pas tenu le coup : ça ne me rapportait pas plus d'argent, je n'avais pas de quoi vivre mieux et ça n'avait pas davantage de sens. Des copains sont venus me chercher pour descendre dans le Midi. » Il a commencé à prendre de l'Iménoctal avec de l'alcool : cinq cachets par jour, une plaquette, même. « Tu comprends, quand tu as tout juste dix-huit ans, tu crois encore que la vie t'appartient. On te trouve des excuses, les gens disent : c'est un mineur. »

En 1984, Daoud a fait un mois de prison préventive. En sortant, il a rencontré un dealer de coke. « Ça dégage bien les narines. Il m'a dit : Fais quand même attention. Quinze jours avec lui, et j'étais complètement accro. Il me fallait ça pour être bien. Je me suis mis à voler pour la came. Je me suis fait complètement manipuler. »

Il a vécu avec une fille plus âgée que lui : elle vendait à la sauvette sur les marchés. Ils ont travaillé ensemble. « On achetait 1 000 balles et on revendait 3 000. J'aimais bien les Arabes, leur côté j'achète tout, je vends tout. » Puis il y a eu l'armée, dans le génie : il avait demandé à passer son permis de conduire, on l'a mis dans la section combat. Pas de permis. « Après ce que j'avais vécu, l'armée ne pouvait rien m'apprendre pour m'aider à m'en sortir. » Désertion. Il rêvait d'un grand

coup : aller à Amsterdam, acheter de la came et, avec les bénéfices, lui et sa copine auraient eu de quoi vivre un bout de temps. Mais il est finalement revenu à l'armée : là, on ne voulait plus de lui, on a préféré le réformer sans histoire, après onze jours au trou et quinze à l'infirmerie.

Ils ont vécu dans les quartiers nord de Paris, Clichy, Pigalle, gare du Nord, chez les uns ou les autres, puis à Bondy. « Mais je revenais toujours à La Courneuve. » Finalement, ils ont trouvé un F3 dans les 4 000, à Renoir. « On se démerdait. » Il a pris six mois de prison pour le vol d'un autoradio. « Passé vingt ans, c'est plus pareil. Ça devient lourd, sur tes épaules. Je ne regrette pas cette expérience dans ma vie : si c'était à refaire, je le referais. Seulement il y a des limites. Je me suis toujours dit : tu es dans la came, mais tu en sortiras, tu connaîtras autre chose. Ce que je trouvais dégueulasse, ce dont je ne voulais plus, c'était de me retrouver à balafrer pour quelques centimes. Ça m'est arrivé, et ça, non, je n'en voulais plus. Mais en même temps, à quoi ça sert d'être honnête ? Ce ne sont pas les voleurs qui sont les plus voleurs. »

Daoud a été attiré par l'activité de l'Aubervilliers Bande Comédie. Il est venu au groupe théâtral. Il s'est montré très bon. Puis il a participé au tournage du film, il y a joué son rôle avec beaucoup de naturel et de passion. Il s'est fait remarquer par son attention pour le matériel. Et ce ne sont pas les difficultés qui ont manqué, avec le matériel : comme cette fois où l'opérateur trop confiant a laissé un jeune examiner la caméscope ; celui-ci est parti avec ; il a fallu à Akim une demi-heure de discussions serrées et de négociations pour la récupérer sans castagne.

Le groupe a recommandé Daoud au directeur du service municipal de la Jeunesse. Daoud a été engagé, il est pour le moment animateur vacataire. Ce n'était pas évident : des expériences semblables n'ont pas toujours bien tourné, les recrues ont laissé tomber après être devenues arrogantes en engueulant tout le monde. Mais Daoud tient le coup. « Animateur, c'est ce qui est marqué sur la feuille de paie. Moi, j'appellerais plutôt ça du gardiennage. » Mais Daoud, qui connaît tout le monde à La Courneuve, est plein de projets. « Un vrai travail, c'est se rendre utile dans la vie. » Il voudrait que les gens comprennent qu'il faut reprendre confiance. Qu'ils gueulent moins et qu'ils réfléchissent avant. Que les habitants des 4 000 arrêtent de noircir leur cité, sans rien faire, comme si c'était une fatalité. Déjà il va mettre en place des dessins dans les halls – seize locataires par hall... : il a l'accord de l'Office des HLM ; c'est lui qui fait la peinture, mais c'est au goût du locataire : palmiers, fleurs, paysages... Tout le bruit qu'on fait autour du bicentenaire de la Révolution, tous ces spectacles, ce théâtre, on devrait le faire sur la révolution aujourd'hui. Il veut révolutionner La Courneuve.

S'il est engagé comme permanent, il voudrait que son travail ne soit pas un travail de surveillance mais d'information sur les animations proposées : les gens ne savent pas ce qui se passe à côté d'eux. Il faut les faire sortir de leur cité. Par exemple, il y a des concerts à Saint Denis et les jeunes ne le savent pas...

« Je veux faire changer La Courneuve », répète Daoud. Créer un mouvement, une animation, une ouverture. Que plus personne ne reste enfermé.

« Il a l'air doux comme un agneau », dit Anaïk.

(*Février 1990.* Daoud a été engagé comme animateur permanent. Il vit aux 4 000 avec son amie qui a vingt ans et ils viennent d'avoir un enfant.)

*

Merveille : au cœur d'Aubervilliers, à deux pas de la mairie et de l'église, le Café de l'Hôtel de Ville fait aussi hôtel. Il a deux chambres libres, au premier étage, donnant sur une cour, petites, fraîchement peintes de blanc avec chacune un couvre-lit bleu tout neuf, une table de bois clair, tout est luisant de propreté. Parfaites pour le repos des voyageurs : un calme campagnard en pleine ville grise et terne. Douche, lessive, tentative de mise au point des notes de François (il en est encore, sur son cahier, à courir du côté d'Aulnay).

Ils ont beaucoup à voir et à faire, à Aubervilliers. Ils possèdent une liste de noms, de lieux, d'idées. Sans oublier le culturel, qui fut plutôt négligé, jusqu'à maintenant : il est impensable de faire escale ici sans assister à une soirée du Théâtre de la Commune. Aubervilliers recèle également un musée, le premier qui soit signalé sur leur itinéraire dans la nomenclature succincte des lieux importants figurant au dos d'un plan du RER : le « musée des Cultures potagères ». Il faut évidemment le visiter. Mais où se trouve-t-il ? Akim, consulté, a eu l'air sceptique. Ne pas oublier non plus qu'Yves Lacoste a expressément recommandé à François de téléphoner à un confrère géographe qui doit lui indiquer l'emplacement d'une *roselière* absolument unique (ne pas confondre avec une roseraie) qui pousse, paraît-il, sauvage, avec flore et faune complémentaires, sur le site d'anciens gazomètres.

*

Dimanche 28 mai. A huit heures du matin, Auber est assez désert. Mais dans les cafés, c'est la fièvre du tiercé. Devant Notre Dame des Vertus, grosse église villageoise rénovée au

XIXe siècle, sortie animée et bruissante de la messe portugaise : familles nombreuses, costumes noirs et chemises blanches des dimanches.

Trajet en bus jusqu'au carrefour des Quatre Routes de La Courneuve, dit encore place du 8-Mai. C'est jour de grand marché et on y vient de loin, parce qu'on y trouve *tout* et parce que c'est moins cher. Fruits exotiques, racines indéterminées, beaucoup de fripes vendues par de vieux Mozabites, et des remèdes miracles, comme ce cuivre magnétisé qui guérit les rhumatismes, l'arthrose, l'embonpoint, le stress, la nervosité, les jambes lourdes, les varices, les insomnies, la constipation et les *etc.* (souligné). Mais la liste ne s'arrête pas aux *etc.* : il y a encore les *problèmes de la vie moderne.* Sur un autre étalage, une prolifération tropicale de fleurs de plâtre, fleurs-baromètres : François va-t-il cette fois en acheter une pour Julia ? Non, ce sycophante prétend que certaines sont résolument roses et d'autres résolument violettes, et donc qu'elles ne *marchent pas.* Comme si on refusait d'acheter une montre chez un horloger sous prétexte que toutes les horloges de sa vitrine indiquent une heure différente.

Au carrefour, non loin de la bouche du terminus du métro parisien, sur le terre-plein central recouvrant la partie de la nationale 2 qui passe en tunnel sous le croisement, est érigé un monument rose aux morts de la Résistance. Des protozoaires humanoïdes à grosses têtes y mêlent intimement leurs protubérances et leurs flagelles. Même sculpteur que pour le monument de Drancy. Même atrocité. Pour compléter la chose innommable, des vers de mirliton :

Déjà la pierre pense où votre nom s'inscrit
Déjà vous n'êtes plus qu'un mot d'or sur nos places
Déjà le souvenir de votre nom s'efface
Déjà vous n'êtes plus que pour avoir péri.

Signé Aragon, bien sûr. Curieuse manière d'afficher que les vivants laissent à la pierre le soin de penser en leur lieu et place à ceux qui ont donné leur vie pour eux.

Dimanche après-midi : lente promenade jusqu'au canal Saint Denis. De l'autre côté de la place de la Mairie commence le vieux quartier du Landy qui s'étend au nord, au-delà du canal, sur la Plaine, et à l'ouest jusqu'à l'autoroute A 1 et la voie ferrée marquant la frontière avec Saint Denis. La grande foire médiévale du Lendit fondée par le roi Dagobert se tint par là, dit-on, jusqu'en 1552. Dédale de maisons lépreuses de brique et de ciment avec des cours mi-artisanales mi-paysannes, ici vinrent s'installer, lorsque Aubervilliers cessa d'être seulement un village de maraîchers, les premiers prolétaires : exclus de Paris ou immigrés des provinces puis des pays étrangers, ouvriers travaillant aux abattoirs de La Villette proches et aux entreprises traitant les sous-produits de ceux-ci, raffineries de corps gras, tanneries, boyauderies, fabriques de noir animal ; ouvriers des ateliers et des dépôts de gaz de la Plaine, des grandes usines chimiques, Ugine, Saint-Gobain, Kuhlman et des centaines d'entreprises de produits plus ou moins toxiques, carton, papier goudronné, peinture et même nitroglycérine : à tel point qu'en 1935 des journalistes pouvaient qualifier Aubervilliers de « ville chimique » et de « pays de la mort » ; chiffonniers aussi, biffins et chineurs ramenant leur récolte pour la stocker dans la zone, au pied des fortifs. Bref une concentration d'« industries sales », indésirables dans l'enceinte de Paris. Et un peuple dur à la tâche qui fait dire encore aujourd'hui qu'à Auber, *ça n'est pas la même chose*, qu'il y a *un esprit particulier,* fait d'attachement au travail, de débrouille individuelle acharnée et de solidarité collective.

Les habitants d'Aubervilliers sont arrivés ici par vagues, et chaque nouvelle colonie s'est attachée à garder sa cohésion, ses traditions et même sa langue. Des premiers venus, les Auvergnats, aux derniers, les Maliens, tous identiquement travailleurs immigrés et transplantés, ils ont voulu sauver leurs doubles racines, leur double culture, leur double fidélité. Chaque vague nouvelle s'est constituée son fief et n'a cédé qu'à regret la place aux suivantes : il y eut, outre ces Auvergnats chassés par la misère rurale qui, au XIXe siècle, firent d'Aubervilliers comme la véritable capitale économique de leur province, les Alsaciens qui arrivèrent après l'annexion de l'Alsace-Lorraine, en 1871, puis les Italiens – hier soir, c'étaient de vieux Albervilliariens qui parlaient piémontais à L'Orange bleue –, les Polonais, puis les Espagnols, les Algériens, les Portugais. Chaque génération engendrait ses nouveaux bourgeois : ainsi dit-on que, devenus propriétaires dans le Landy, les Auvergnats ont loué immeubles et hôtels aux Maghrébins qui, à leur tour, servant ainsi de paravent aux premiers, sous-louent maintenant aux Africains.

Les premiers notables furent les maraîchers. Les Auvergnats jouèrent longtemps un rôle important. Lorsqu'en 1914 un jeune avocat socialiste, fils d'un cabaretier de Châteldon, se présenta pour la première fois aux élections législatives, il lança aux électeurs d'Aubervilliers qui conspuaient son teint basané en le traitant de « sidi » et de juif algérien : « Je ne suis ni sidi, ni juif, ni franc-maçon. Si j'étais tout ça, ou une partie seulement, je le dirais parce que c'est très honorable. Mais je dois vous faire un aveu. J'ai une tare. Je suis auvergnat. » Du coup il fut élu député haut la main. En 1921, il devint maire d'Aubervilliers et le resta jusqu'en 1944. Il s'appelait Pierre Laval.

Laval a donc été maire d'Aubervilliers vingt-trois ans. A la Libération, quand la municipalité devint communiste avec, à sa tête, Charles Tillon – le chef de la résistance communiste remplaçant le chef de la collaboration –, les nouveaux édiles voulurent dresser un « état des lieux » en forme d'acte d'accusation : la ville, raconte Tillon dans ses Mémoires, était « affligée de quartiers lépreux, de maisons en dèche où logeaient des déshérités. Un photographe du ministère nous avait rapporté des images désolées, un témoignage de l'héritage de Laval. A sa vue, Jacques Prévert conçut l'idée d'un film dont Joseph Kosma ferait la musique. C'est ainsi que parut sur les écrans, en même temps que *La Bataille du rail*, un autre film émouvant, *Aubervilliers*, où la belle voix de Germaine Montero fit entendre la célèbre chanson stigmatisant l'œuvre municipale de celui qui souhaitait la victoire des nazis ». Ce documentaire d'Eli Lotar fut tourné dans des rues du Landy ; il devint le symbole d'un monde en ruine, « pas les ruines de la guerre mais les ruines simples de la misère ouvrière », « où l'on brûle les ordures et les chevaux morts de Paris », où, dans les usines Saint-Gobain, « la soude caustique se mélange à la sueur du travail ».

Laval, Tillon l'avait bien connu, lui qui, après avoir été mutin de la mer Noire, fit campagne à Aubervilliers pour le parti communiste sous le Front populaire et en devint député. Dans ses Mémoires, il retrace les débuts de « Pierrot la cravate », ainsi surnommé pour ses cravates blanches, auxquelles il resta fidèle jusqu'au peloton d'exécution :

> On l'avait vu arriver de son Auvergne, avant la guerre, quand il ne possédait pas un rotin... Le plaideur famélique grappillait des repas chez les boutiquiers des Quatre-Chemins, fatigués de leur député royaliste... L'avocat Laval se fit connaître des petites gens en tenant permanence dans un bistrot des Quatre-Chemins qui lui prêtait un coin de salle attenante à son débit. Il s'asseyait à une table en laissant près de lui bâiller son chapeau. Puis, en mégotant la cigarette, il écoutait son client et lui glissait un conseil. En se levant celui-ci s'inquiétait timidement du prix de la consultation. Alors « l'avocat des pauvres », la lèvre épaisse, répondait en découvrant ses dents noires : « Oh, si ça vous fait plaisir, mettez dans le chapeau. » Quelques piécettes d'argent aidaient alors à mal vivre (...) Député, devenu ministre, son bon cœur ne faiblissait en rien... Qui croyez-vous que choisira celui qu'on appelait déjà le « maquignon d'Aubervilliers » pour présider la Société protectrice des animaux ? Simplement le président du syndicat des bouchers des abattoirs de La Villette.

Portrait pas très flatteur, finalement, pour les électeurs d'une ville qui ne cessa jamais de réélire son maire : étaient-ils à ce point abrutis pour se laisser entourlouper vingt-trois ans durant par un personnage aussi répugnant ? La vérité, telle qu'elle apparaît dans la biographie de Pierre Laval par Fred Kupferman, qui a passé minutieusement au crible son ascension et sa chute, est moins pittoresque. Laval fit ses débuts dans la politique en donnant des consultations gratuites dans une chronique hebdomadaire de *La Bataille syndicaliste*, le quotidien de la CGT. En 1910, l'acquittement inespéré d'un militant parisien le rendit non seulement célèbre mais riche : car pour le remercier d'avoir œuvré gratuitement, la CGT, soutenue par *L'Humanité*, ouvrit une souscription qui rapporta 50 000 francs. C'est comme candidat du parti socialiste qu'il remporta en 1914 son siège de député. Pacifiste pendant la guerre, il approuva publiquement les congrès de Zimmerwald et de Kienthal, organisés entre autres par Lénine et Trotsky, qui réunirent en Suisse les internationalistes des pays ennemis. A la paix, on le retrouve défendant la CGT menacée d'interdiction. Il prit part au congrès de Tours où, contrairement à la section d'Aubervilliers, il choisit de demeurer dans la minorité qui ne se rallia pas aux bolcheviques, puis il se déclara socialiste indépendant. C'est à ce titre qu'il remporta la mairie, soutenu par la bourgeoisie locale, les maraîchers, les boyaudiers, mais aussi par des artisans, des chiffonniers et, bien sûr, toujours, par la « Petite Auvergne » : tous lui faisaient confiance pour défendre leurs intérêts qui ne devaient pas manquer, pourtant, d'être contradictoires. C'est là qu'il sut employer toute sa virtuosité au service du maquignonnage conçu comme un art majeur. Emmanuel Berl (cet étonnant personnage qui écrivit les premiers discours de Pétain : « La terre ne ment pas... », « Je hais ces mensonges qui vous ont fait tant de mal... », avant qu'on ne s'aperçoive à Vichy que les discours du maréchal rédigés par un juif, ce n'était pas très catholique), son ami dans les années 30, dit que « le peuple d'Aubervilliers s'admirait en lui » :

> Il promenait allégrement sa cravate blanche, sa tête de bohémien, sa tenue de notaire provincial parmi les marchés, les lavoirs, les cafés, les usines de ce grand village sombre plein de taudis où l'odeur nauséabonde des équarrissages stagnait sur les berges des canaux. Il y gardait beaucoup d'amis ; ils lui en voulaient de ses changements, mais ne cessaient pas de se reconnaître en lui parce qu'il

était comme eux, travailleur et gai, âpre et gourmand, attaché aux siens avec passion, incapable quoi qu'il fît de devenir un de ces hommes de bel esprit ou de grand monde dont ils se sentaient séparés.

Il faisait désormais partie des barons de la couronne parisienne en attendant d'en prendre la tête. Ses pairs, amis et complices furent d'abord tout naturellement ses proches politiques, socialistes et radicaux : le maire de Pavillons sous Bois, Fischer, celui de Drancy, Duchanel, celui de Montreuil, Poncet, celui de Vanves, Kerautret, etc., ainsi qu'un ami plus proche encore et longtemps indéfectible : Henri Sellier, maire de Suresnes, l'apôtre du logement social, le créateur des HLM. A partir de là il élargit le cercle et gagna l'amitié des maires de droite, tissant un réseau féodal aux dimensions de la IIIe République. Si la carrière de Pierre Laval s'était arrêtée au début des années 30, alors que, ministre du Travail, il venait de faire passer la loi qui instaurait les assurances sociales en France et qu'il recevait une gerbe de roses du maire socialiste de Lille, Roger Salengro, en remerciement de la manière dont il avait su mettre fin aux grèves du textile, nul doute qu'il eût été honoré, à l'égal d'Henri Sellier, comme un ami du peuple ayant « consacré sa vie au progrès social, à la gloire de la république et au bonheur des hommes ». Nul doute qu'il eût eu son monument dans le square, face au Théâtre de la Commune, lui qui fut l'un des premiers à installer des crèches et à développer l'œuvre de la *Goutte de lait.* Alors à quel moment, sous la figure paterne de Pierrot la cravate, s'est dessiné « Bougnaparte » ? A quel moment a débuté le glissement dans la merde, où a commencé et d'où est venue l'abjection, qui demeure indissolublement liée au nom de Laval ? Passe encore qu'il ait été l'homme de la soumission à la Société des Nations face aux coups de force de Mussolini et de Hitler. Il a été aussi celui du pacte avec Staline. Mais l'homme de la collaboration active avec le nazisme, celui qui a gouverné trois ans la France en répétant qu'il souhaitait la victoire de l'Allemagne, celui qui livra les juifs aux chambres à gaz et qui créa les tribunaux spéciaux de la milice ?

Le biographe de Laval, Fred Kupferman, François fut son ami. Fred était un enfant du *Renouveau*, le foyer des orphelins juifs de Montmorency que sa mère, héroïne de la Résistance, avait fondé ; son père était mort en déportation. Fred était un chercheur obstiné, qui ne se laissait avoir par aucune légende, aucun cliché, si consacrés fussent-ils ; il était tendre, lucide et souvent caustique. Lui qui aimait Alphonse Allais, Queneau et Salinger, il avait une passion, qu'il avait fait partager à François quand, étudiant, il découvrait par exemple, dans des archives, la croustillante collection de *L'Humanité* clandestine de juillet 1940 (celle dont les rédacteurs tentaient de se faire bien voir des nazis pour obtenir la légalisation du Parti) : la passion de l'ironie de l'Histoire. Il la trouvait fascinante et atroce, cette ironie-là, et insurpassable : il en riait d'un rire si doux qu'il en était plus féroce encore. Le travail auquel il s'est acharné et qu'il a publié avant de mourir, ce travail pourrait presque apparaître, à force de décapage impitoyable de toutes les images superposées, comme une réhabilitation de Pierre Laval. Mais ce qu'il a d'inquiétant (et quel sentiment est plus efficace que l'inquiétude ?), c'est qu'il montre finalement un politicien ordinaire, *un uomo qualunque* : non, ce n'est pas une réhabilitation de Laval, c'est bien plutôt l'acte d'accusation implicite de toute une classe politique française et, derrière elle, de toute une immense clientèle, qu'elle soit bourgeoise ou populaire, qui a longtemps aimé se reconnaître en Laval.

Laval n'était pas un fasciste : il était foncièrement républicain, beaucoup plus, certainement, que Pétain, le bon génie de Franco. Arrivé au pouvoir en juillet 1940 et dûment investi par les Chambres avant leur autodissolution, Laval a cru qu'il réglerait le problème de la paix avec l'Allemagne comme il avait toujours tout réglé, qu'il s'agisse des conflits des chiffonniers des fortifs ou du pacte avec Staline en 1935 : par le marchandage, la finasserie, en mettant toute morale dans sa poche avec son mouchoir dessus. Il était convaincu de la défaite de l'Angleterre : la partie consistait donc seulement à signer la paix avant elle, à la gagner de vitesse et à obtenir ainsi du vainqueur de meilleures conditions qu'elle. Il se voyait en syndic de faillite :

ce serait un mauvais moment à passer. Il suffirait d'avaler en se pinçant le nez. Plus vite on céderait sur tout et plus vite on en sortirait. Après on verrait bien : il saurait jouer. « Si tu voyais mon cul », confia-t-il en août 1944 à son vieux compère le maire de Lyon Edouard Herriot qui, plus malin ou plus chanceux, sut, lui, prendre ses distances à temps avec le régime de Vichy qu'il avait soutenu, « si tu voyais mon cul, il est bleu des coups de pied que j'ai reçus des boches ». Peut-être se donnait-il ainsi le torticolis à essayer le soir, tout attendri, de contempler dans la glace ses fesses couleur de fourme d'Ambert ? Un traître, lui qui en 1938 n'avait pas eu de mots assez durs pour stigmatiser Munich ? « Ah les salauds », avait-il dit au retour de Daladier, « ils n'ont donc pas une once d'orgueil national. » Il aimait être comparé à Aristide Briand, et celui-ci n'avait-il pas terminé sa vie dans la peau d'un prix Nobel de la paix ? Et il n'oubliait jamais le peuple d'Aubervilliers : Louis Pagès, l'adjoint faisant fonction de maire, un Auvergnat comme lui qui s'était occupé de l'orphéon municipal, en est resté tout ému : « Pierre Laval continuait à s'occuper des cantines scolaires, de la nourriture des vieux à la maison de retraite. Il disait : "Je trouve qu'il y a trop de Français qui intriguent avec les Allemands." Il voulait être le seul. »

Pas fasciste, donc, Laval n'était pas non plus *particulièrement* antisémite. Il était d'accord pour admettre qu'il y avait trop de juifs en France, et d'ailleurs trop d'étrangers en général qui étaient venus manger le pain des Français, et que s'en débarrasser était une bénédiction. Il n'était pas, on le sait, le seul Français à penser comme cela en 1940 et ça n'a pas beaucoup changé depuis. Il paraît même qu'à titre personnel il sauva des juifs. Il les sauva de quoi ? De ses propres lois. Il fit rédiger d'un cœur léger les premières lois antijuives de 1940 qui rendirent possible le génocide, puis il ne cessa ensuite de prendre toutes les mesures permettant d'orchestrer celui-ci. Sur le sort des juifs, il refusait absolument de se poser des questions. Le général SS Oberg lui avait donné sa parole d'officier que les juifs seraient installés en Pologne, et cela lui suffisait : dans ces conditions, il eût été inhumain de séparer les enfants de leurs parents. Les nazis n'eurent jamais à se plaindre de sa crédulité. Tout simplement il s'en foutait. « Je lui parlais massacre », a raconté le pasteur Bœgner, « il me répondait jardinage ».

Non, Laval, Premier ministre de l'Etat Français, et à ce titre responsable majeur du génocide en France, n'était pas *particulièrement* antisémite. L'horreur est justement là : nazisme, racisme, antisémitisme, tout cela visiblement, pour lui, n'était que « détail » dans le jeu de sa realpolitik. Et c'est en cela qu'il exprimait le sentiment, diffus ou non, d'une foule de bons Français. Pour eux, Laval n'était pas plus malhonnête qu'un autre, il n'était pas plus salaud qu'un autre ; ou plutôt, il était aussi malhonnête et aussi salaud qu'un autre : sa malhonnêteté, ses saloperies même rassuraient toute une foule de gens, parce qu'elles étaient *humaines.* Il avait avec lui l'immense parti des gens à qui « on ne la fait pas », le parti de la Grande Démerde.

Le ton bonhomme pour faire passer la part d'abjection quotidienne que chacun porte plus ou moins honteusement en soi, la gouaille, le cynisme bon enfant, l'argument le plus démagogique présenté comme le fin du fin du réalisme, l'appel au cœur habilement placé, c'est-à-dire au rayon triperie, Laval n'en avait pas l'exclusivité. On comprend qu'en 1945, le nouveau pouvoir ait été pressé d'en finir, pressé de le faire taire après un procès bâclé en lui envoyant douze balles dans la peau. En l'occurrence ce qui importait surtout, c'était cela : le faire taire, et très vite. Cet homme était dangereux. Ce n'étaient pas seulement ses anciens amis, la masse de ceux qui avaient su, plus ou moins bien, plus ou moins mal, prendre comme Herriot le tournant au bon moment, qui avaient intérêt à faire passer à la trappe cet accusé-témoin, lequel réclamait tout bonnement que l'on mît à sa disposition la collection complète du *Journal officiel* pour préparer sa défense ; c'était toute cette épaisse couche de la population française qui l'avait complaisamment suivi et ne pouvait lui pardonner de lui renvoyer sa propre image soudain démasquée, celle de la complicité dans la saloperie la plus ordinaire.

*

Aubervilliers. Le Landy.

A la Libération donc, la municipalité d'Aubervilliers devint communiste. Elle l'est restée ; jusqu'au maire actuel, Jack Ralite. Sous l'Occupation, les quartiers prolétaires, frappés de plein fouet par la « relève » inventée par Laval – maquignonnage qui consistait à envoyer trois ouvriers français travailler en Allemagne contre la libération d'un soldat prisonnier –, puis, après l'échec de celle-ci, par le STO, le service du travail obligatoire, ces quartiers avaient produit des réfractaires par milliers. Les dédales du Landy constituaient un maquis pour les résistants clandestins, dont beaucoup d'anciens de la guerre d'Espagne, qui étaient là chez eux : Fabien, l'auteur du premier attentat contre l'occupant, y avait trouvé un refuge sûr après son évasion du fort de Romainville tout proche. Le premier maire communiste fut, nous l'avons dit, Charles Tillon. Il le demeura jusqu'en 1952, date à laquelle le vieux et trop honnête bolchevique fut soumis par le Parti, aux côtés du « flic » André Marty, autre mutin de la mer Noire, à « un procès de Moscou à Paris ». Du traître Laval au renégat Tillon, cela fit beaucoup de cadavres dans les placards de la mairie et l'on conçoit combien il dut être difficile pendant longtemps, pour la municipalité d'Aubervilliers, d'écrire sereinement l'histoire de son passé.

*

Le dédale du Landy : rues et maisons sont les mêmes qu'au temps du film d'Eli Lotar ; des bâtisses croulent encore, mais les rénovations successives y ont au moins amené l'eau, qui, jadis, chantait Jacques Prévert, coulait sur le pavé, sur le pavé d'Aubervilliers, furtive comme un petit rat, un petit rat d'Aubervilliers, furtive comme la misère, la misère d'Aubervilliers. Rue Heurtault, rue du Tournant, passage de l'Avenir, que sont devenus les petits enfants d'Aubervilliers ?

Gentils enfants d'Aubervilliers
Vous plongez la tête la première
Dans les eaux grasses de la misère
....

Gentils enfants d'Aubervilliers
Gentils enfants des prolétaires
Gentils enfants de la misère...

Que sont-ils devenus, ces enfants déguenillés que l'on voyait dans le film patauger à la borne fontaine et jouer dans l'eau du ruisseau ? Deux adolescents y apparaissaient, qui incarnaient les générations futures, dans le logement sombre d'une famille dont le commentateur donnait le nom : Izzi, est-ce bien l'orthographe ? Si oui, c'est un nom italien. Ils avaient alors quinze et seize ans, l'un apprenti typographe, l'autre postier. Cela leur fait aujourd'hui cinquante-sept et cinquante-huit ans. Anaïk et François ne les ont pas retrouvés. Mais ils ont trouvé, à Auber, des gens qui se souviennent bien d'une famille Izzi du Landy. Ainsi, Mme Marie-Josée, rencontrée et photographiée par Anaïk : une cousine de son mari avait épousé un Izzi. Il est mort voici longtemps, tué dans un bal. Était-ce le typographe ou le postier ? Elle, qui est arrivée à Auber en 1950, se souvient de ce qu'on racontait alors de ces journalistes qui étaient venus faire un reportage, des journaux de Paris qui avaient titré quelque chose comme « Aubervilliers, les enfants de la misère » : les gens, à Auber, avaient été écœurés par ce ton méprisant.

A l'époque, elle habitait rue Solférino, à la frontière de La Villette, chez sa sœur qui décanillait à trois heures pour aller travailler aux Halles. Marie-Josée, elle, allait vendre au marché des Quatre Chemins. Le marché était gai : les marchandes de fruits n'avaient pas leur langue dans leur poche et il y avait des saltimbanques et des dessinateurs à la craie. Aujourd'hui les marchés sont ternes, parce qu'il n'y a plus que le fric qui compte. Les petits commerces ferment : son boucher chevalin par exemple, qui a cinquante ans, il sait qu'il n'aura pas de successeur, les gens ne mangent plus de cheval parce qu'il n'y a plus de familles nombreuses.

Elle a connu son mari dans un bal du côté du cimetière parisien, aux confins de Pantin, Le Petit Tourbillon : des bals, à l'époque, on en trouvait à chaque coin de rue, et sur les bords du canal ; il y avait aussi la Maison du peuple, avec un grand orchestre, là où se trouve aujourd'hui le théâtre : c'était plus cher mais c'était formidable. Et comme elle ne va jamais au théâtre, elle qui y fait pourtant le ménage, elle n'a rien gagné au change. A la Maison du peuple se tenaient aussi les réunions du Parti.

Quand elle s'est installée avec son mari rue Jules Guesde, à l'ouest d'Auber, près du cimetière, il y avait là des terrains sur lesquels vivaient les chiffonniers et où ils stockaient la biffe : ça marchait bien pour certains, à l'époque, tellement bien même, qu'il y en a qui se sont construit de beaux pavillons. Elle n'a pas connu le temps des voitures à bras, on travaillait déjà avec des camions. Son arrivée dans sa belle-famille n'a pas été facile : elle avait vingt-deux ans, elle était enceinte et la belle-mère, en guise de bienvenue, lui avait mis un rat crevé devant sa porte. Toute la famille habitait dans une bicoque de trois pièces avec une petite cuisine : les murs étaient en carreaux de plâtre et en hiver on gelait. Quand il pleuvait, il fallait mettre des gamelles aux quatre coins ; le sol était en ciment, on pataugeait dans la boue et cette humidité attirait les rats. L'eau potable, il fallait aller la chercher à la borne, dans la rue. Elle attrapait tout le temps des maux de gorge, des phlegmons. Elle avait essayé d'arranger la maison, une caisse d'oranges comme commode et un joli petit rideau. Quand elle baignait les enfants dans un baquet près de la cuisinière, la belle-mère la traitait de crâneuse. Elle en a bavé : quatre enfants, et son mari avec qui, chaque jour, il fallait se lever à trois heures du matin pour « aller en matinée ». Les chiffonniers de ce temps-là, c'étaient « des hommes en force », capables de tirer quatre cents kilos. Mais l'été, le dimanche, quand on invitait les amis, on était bien : on mettait la table dans la cour avec une nappe blanche. On avait des canards, des poules et des œufs frais. Le dimanche après-midi, on allait aux puces de La Villette, qui n'existent plus : à cette époque-là, à la place de Darty, il y avait la zone. On y trouvait de tout, un marché avec des primeurs, et des gitans à chapeaux noirs qui achetaient les poulets vivants.

Puis le mari a trouvé du travail chez un grand marchand de papier et ils ont déménagé à la HLM Danièle Casanova, grâce au maire communiste, Karman. C'était une époque où tout le monde s'entendait bien : « Cette entente entre nous, c'était incroyable. Il n'y avait jamais de disputes. » C'était un bon maire, Karman, un ancien tourneur, un gars d'usine, un déporté : il avait été à l'école à Auber et y avait toujours vécu. Il était du peuple. Ralite, c'est un autre genre : ce qui l'intéresse, c'est l'art, les professeurs, les écrivains. Mais dites-moi qui peut les acheter, à Aubervilliers, les peintures qu'il expose ?

Tout a changé avec les nouvelles constructions et les nouveaux habitants. Beaucoup de gens de la rue Jules Guesde sont partis vers le nord, dans l'Oise. La nouvelle cité de la Maladrerie, celle des maisons modernes en bois qu'on appelle les « Allumettes », qui est sur l'ancien terrain de la Pierre noire, tout cela, avant, c'était occupé par les biffins. Derrière la piscine, il y avait les grandes cultures des maraîchers. La rue Neuve qui n'existe plus était jolie, avec ses pavés anciens et ses petites maisons. Rue du Long Sentier, ils vont tout casser : il y avait là une boulangerie qui faisait cuire dans son four les poulets et les dindes qu'on lui apportait, quand on était en fête.

Je sais, dit-elle, que la vie était dure, autrefois. La rue Jules Guesde, je ne voudrais pas y revenir. Au marché, les petits clodos, on leur donnait une pièce pour monter les bâches et on organisait des courses entre eux, une cuiller dans la bouche et une pomme en équilibre dessus. Mais aujourd'hui ? On ne voit plus la misère, mais ce n'est pas pour ça qu'elle n'est plus là : elle est différente, voilà tout ; et croyez-moi, ce sont les Français les plus touchés. Parce que les étrangers, eux... Et la drogue ? La blanche on la trouve derrière le canal, au bout du Landy : on les voit bien, les dealers et les trafiquants, des jeunes Algériens, des pieds-noirs avec de belles bagnoles, c'est pourri par là-bas. Et les gosses qui se droguent parce qu'ils n'ont que ça dans la vie, ce sont eux, aujourd'hui, les vrais enfants de la misère. Il faut les entendre dire : « Qu'est-ce que ça fait si je meurs jeune ? La vie est con, tous les gens sont des cons. » Même dans les centres de jeunesse, je mettrais ma main au feu qu'on s'y shoote. S'il n'y a plus de bal, c'est qu'on a tout cassé : depuis six ou sept ans, c'est terminé. Et les sports, c'est bien, mais c'est cher

Aubervilliers. Canal Saint Denis.

quand vous avez quatre ou cinq gosses, alors que reste-t-il à faire ? Moi, si j'avais été à l'école, j'aimerais m'occuper des enfants qui se droguent. Parce que maintenant, tout le monde s'en fout.

Je ne suis pas raciste, dit-elle : je viens moi-même d'une famille italienne. Mais je vous dis que c'est trop : c'est triste à dire, mais il ne faut pas s'étonner s'il y a de plus en plus de gens qui votent pour Le Pen. Auber a été envahi. Par les Parisiens : eux ils s'en foutent, ils ont de l'argent. Et par les étrangers : la rue Firmin Gémier, qui était si belle, on croirait la casbah. Dans les bureaux où je fais le ménage, Antillais et Africains nous disent que nous, les Blancs, on sent la mort : ils sont plus racistes que nous. Oui, c'est triste à dire mais des fois, Le Pen il a raison.

*

Douce et tiède fin d'après-midi sur le canal Saint Denis : une grande paix. Ils ont traversé les rues du Landy. Des gens sur le pas de leur porte, des Portugais et des Maghrébins qui lavent ou réparent leur voiture. Le café des Mariniers est devenu un café arabe. Sur la rive opposée apparaît soudain, dans une trouée à travers un rideau de grands peupliers, la masse pas si lointaine du Sacré Cœur. De l'autre côté du canal, le quartier du Landy se prolonge sur la Plaine Saint Denis : quelques cités délabrées, et puis les terrains industriels. Sur les berges, des sablières. Du pont, en regardant vers l'est, à l'horizon du canal qui file, rectiligne, pour aller rejoindre le canal de l'Ourcq, on voit à plusieurs kilomètres se dessiner sur une éminence la silhouette d'un énorme ensemble nimbée d'une légère brume de chaleur orageuse : ce sont les constructions qui entourent les Buttes Chaumont ; et en se retournant, vers l'ouest, apparaît à quelques kilomètres, au-delà du coude qui oblique vers la gauche pour aller retrouver la Seine avant Gennevilliers, la tour romane de la basilique de Saint Denis émergeant d'un amas de vieilles maisons comme le clocher d'une paisible église de village. Quelques chalands sont amarrés. Devant la péniche *Arizona*, des enfants font du vélo et un homme prépare un feu pour ses grillades. Sur un mur, un graf superbe, mi-hiéroglyphe, mi-danse macabre médiévale, en bleu et noir : *le Rap des pharaons.*

Plus tard dans la nuit, à deux pas de leur hôtel de l'Hôtel de Ville, ils sont attirés par une animation insolite à la porte d'un immeuble : le portier noir les laisse entrer. Ils sont au Studio 26 et l'on y donne ce soir une fête juive. Dans la salle où l'on s'apprête à banqueter, les décibels sont insoutenables. Les assistants portent tous des toilettes rutilantes, nos voyageurs sentent qu'ils font tache et battent en retraite. Le portier leur conseille de revenir mardi : ce soir-là il y aura une fête antillaise.

Les nouvelles de Chine sont inquiétantes : Li Peng semble reprendre le dessus. Les étudiants occupent toujours la place Tienanmen.

Est-ce à la radio, dans une émission de France-Culture, « Sais-tu si nous sommes encore loin de la mer ? », ou dans *Le Monde* que François trouve cette phrase de Claude Roy : « L'enfant curieux écoute aux portes de la terre » ? A quoi pensait-il en notant cela ? Ses notes sont décidément de moins en moins claires.

*

Lundi 29 mai. Au café de l'hôtel de l'Hôtel de Ville, chaque table a son juke-box : *Sweet amanite phalloide Queen*, *E H Tiphaine* et aussi l'increvable Julio Iglesias. Les journaux du matin confirment le succès de Li Peng. Sur la place Tienanmen la situation est tendue. Les étudiants sont divisés sur la suite à donner au mouvement : les provinciaux veulent rester coûte que coûte. L'autre nouvelle importante concerne la situation sur la ligne B du RER : les employés de la RATP, ceux qui travaillent sur la partie sud de la ligne, ont refusé de passer à l'horaire d'été avant d'avoir eu le résultat de négociations avec leur direction ; mais sur la partie nord, ceux de la SNCF, qui ont terminé leur grève, ont effectué le changement d'horaire. Et du coup l'*interconnexion* n'est plus assurée. Voilà de quoi mijoter de jolis problèmes d'arithmétique,

capables de rivaliser avec les immortels problèmes de robinets et de baignoires qui fuient.

Départ pour Saint Denis, à pied, par le canal. Ils suivent la rive nord ; sur l'autre berge, côté Plaine Saint Denis, la route bordée de peupliers, hier silencieuse, est ce matin sillonnée de camions rugissants, tandis que s'entrechoquent les bennes et les grues qui transvasent sables et graviers des chalands aux silos, et que grincent les bétonneuses, ce qui ne trouble pas les quelques pêcheurs qui ne pêchent rien. Au-delà de la route, cernant la Plaine, un mur de brique de plusieurs kilomètres.

L'écluse numéro 5, dite des Vertus, avec ses petites maisons sages, offrirait un tableau champêtre si elle ne se trouvait presque dans l'ombre du double pont métallique où trains du Nord et rames du RER passent en grondant. Le chemin goudronné qu'ils suivent, le long d'un terre-plein d'herbe jaune et chauve, est bordé à gauche par le canal et à droite, en contrebas, par la cité du Clos Saint Quentin dont les premiers immeubles tournent pratiquement le dos à l'eau, comme si on n'avait pas compris la beauté – et la valeur – de la vue ; mais il est vrai que, depuis

Canal Saint Denis.

trente ans, cette vue a dû beaucoup changer : à l'époque où la cité fut construite, c'était une forêt de cheminées d'usine dont la fumée devait se mêler en permanence à celle des remorqueurs et des locomotives à vapeur. Aujourd'hui les cheminées ont disparu avec les usines, et l'air est limpide. Plus loin, d'ailleurs, des immeubles plus récents ouvrent davantage leurs façades vers le canal et le soleil. Le sordide disparaît et le chômage augmente : à chaque époque ses formes de misère – dont seulement l'époque suivante, peut-être, saura prendre la vraie mesure. La misère extérieure, la pauvreté exhibée à l'air libre, celle de l'âge d'or du pittoresque, merci Robert Doisneau, merci Marcel Carné, n'est plus aujourd'hui que le lot de marginaux, les clochards, les paumés qui font la manche dans le métro, dont tout le monde s'accommode plus ou moins. Mais la misère derrière les façades lisses, les façades muettes, celle du mal à vivre, celle de l'angoisse, de toutes les agressions de la vie quotidienne, de toutes les solitudes, celle-là comment la photographier ?

La cité du Clos Saint Quentin s'adosse à celle des Francs

Moisins, dont on aperçoit les hauts blocs rectangulaires des années 60 : la mauvaise réputation de celle-ci équivaut celle des 4 000 de La Courneuve et des 3 000 d'Aulnay.

A l'approche du pont de l'autoroute A 1, la cité s'arrête pour faire place à des maisons de brique très délabrées. Rénovation et réhabilitation ne sont pas encore passées par là. A sa fenêtre, un vieux monsieur se plaint tristement qu'on lui vole ses plantes. Une minuscule maison, assortie d'une cour et d'un baraquement, porte un écriteau de bois grossièrement peint en vert et bleu où l'on peut lire : *Hôtel du Nord*. Photo. Un vieux Maghrébin, qui en sort juste à ce moment, s'emporte et insulte Anaïk, refusant obstinément de croire que ce n'est pas lui qui était visé.

Plusieurs fois sur le parcours, ils ont rencontré des groupes de jeunes qui leur ont demandé gentiment : « Photographiez-nous. »

L'autoroute traverse le canal en biais. Juste au-dessous se trouve l'écluse nº 6. On peut passer mille fois en voiture sur l'autoroute sans deviner qu'elle est là. L'angle aigu qui se trouve ainsi pris entre canal et autoroute est occupé par un quartier de vieilles petites maisons, presque toutes de brique noircie, quadrillé de quelques rues étroites et rectilignes, ouvrant à un bout sur l'eau, à l'autre sur le béton et les voitures. Au fond d'une impasse, un vieil hôtel, également en brique. L'impression est très étrange : il règne dans cette enclave oubliée, au milieu du vacarme incessant des poids-lourds, une ambiance provinciale. Là-haut, du viaduc, émerge un panneau publicitaire où s'étalent les formes blondes et rebondies d'un double hamburger géant, évocatrices d'une sensualité de Grande Bouffe :

Kingburger : j'en ai deux !

Plus polluant que le plus moche des tags. Après tout, une pub, ça n'est jamais qu'un tag autorisé, signé Seguela ou Dupneu, avec une montagne de fric derrière. De quoi dégueuler.

Une fois traversé cet îlot en dehors du temps par la rue du Canal, ils doivent descendre dans l'enfer d'un tunnel, pour passer sous l'autoroute et déboucher sur un énorme carrefour routier sillonné d'autobus : c'est l'entrée de Saint Denis, très exactement la porte de Paris. Derrière le vieil hôpital Danièle Casanova recommence un quartier vétuste. Ils passent devant un foyer africain : le lourd portail métallique gris est fermé mais, par un portillon entrouvert, on peut voir la cour, très peuplée, très animée pour cette heure de la journée : refuge, ghetto, oasis, citadelle, tout dépend du passeport, du permis de séjour et de la carte de travail de celui qui en franchit le seuil.

Anaïk découvre qu'elle a un besoin urgent de noix de cola et qu'elle ne sait d'ailleurs pas comment elle a réussi à survivre depuis le début de ce voyage sans noix de cola. Or dans un foyer africain, c'est bien connu, on trouve toujours des marchands de noix de cola. Vive discussion : François refuse absolument de la suivre, une expérience lui suffit. Il va attendre Anaïk un peu plus loin. Il s'avère qu'un peu plus loin, changement de décor, c'est le paradis aux couleurs de la douce France, le parc de l'Institut de la Légion d'honneur, ou du moins sa partie publique. François s'assied sur un banc ombragé et contemple mélancoliquement les massifs de fleurs, le large bâtiment blanc de l'Institut et, au-delà, le toit vert et les tours de la basilique. Derrière la clôture passent deux gracieuses pensionnaires en uniforme bleu, jupe plissée, portant en sautoir la ceinture frangée qui indique leur classe. L'Institution de la Légion d'honneur est, comme chacun sait, réservée depuis sa fondation par Napoléon Ier aux filles des décorés dudit machin : François en connaît long là-dessus, parce que Julia a une copine de l'école dont la grande sœur y est pensionnaire : c'est d'ailleurs elle qui a fourni à Julia, depuis l'âge de sept ans, le plus clair du stock de gros mots sans lesquels la vie ne vaudrait pas la peine d'être vécue, et qui lui a révélé le téléphone rose où l'on entend de si passionnants dialogues. La discipline est demeurée stricte et l'apprentissage des bonnes manières garanti. François, sottement, avait pensé qu'à l'époque où nous vivons, l'institution était devenue légèrement obsolète : erreur, il paraît qu'il n'y a jamais eu tant de candidatures et que le tri est sévère. A part ça, il se souvient encore, à propos du bâtiment qu'il a sous les yeux, que c'est dans ses murs que logea Louis XVIII quand il revint de sa fuite des Cent Jours, qu'il fallut supplier le roi pour qu'il se décide à rentrer dans Paris, pourtant occupé par les Cosaques, et qu'on eut aussi toutes les peines du monde à empêcher les petites filles de crier « Vive Napoléon ! » sous son nez royal. Ce 7 juillet 1815 à onze heures du soir, revenant d'une sombre méditation dans la crypte des rois, Chateaubriand vit passer lentement une vision infernale : Talleyrand et Fouché venus faire allégeance à Sa Majesté, « le vice appuyé sur le bras du crime ». Là-dessus, réapparition d'Anaïk qui tend à François une noix de cola brunâtre, filandreuse et amère comme chicotin, et lui raconte longuement les palabres qu'elle a tenus avec les deux vendeurs après avoir traversé les réfectoires et les cuisines du foyer.

D'où vient qu'au moment de faire la queue parmi les touristes débarqués des cars, devant le guichet qui, à l'intérieur de la basilique, délivre des billets pour la visite des tombeaux, les accable soudain une immense, irrépressible et probablement scandaleuse paresse culturelle ? Ils ne visiteront pas les tombes royales. Depuis le début du voyage, ils se sont pourtant plaints du désert culturel qu'ils traversaient : pas de châteaux, parce que tous détruits après la Révolution ; peu d'églises intéressantes, presque toutes jalousement fermées ; pas de musées, sauf celui de l'Air et celui, de plus en plus improbable, des Cultures potagères. Mais ici le morceau est trop gros.

C'est tout Saint Denis, d'ailleurs, qui est un trop gros morceau. Raconter son histoire depuis le jour où son saint patron décapité porta sa tête jusqu'à la butte Montmartre en dialoguant chemin faisant (ou en soliloquant ?) avec elle, accompagné, on a trop tendance à les oublier, ceux-là, de deux autres saints martyrs dont l'histoire ne dit pas ce qu'ils avaient fait de leur tête, jusqu'au règne de Doriot, le grand Jacques, ce maire communiste fils du peuple qui, après avoir raté en 1934 le poste de secrétaire général de son parti, ne parvint pas non plus, dix ans plus tard, à être consacré Führer des Français par Hitler, expliquer surtout le rôle unique dans l'histoire de la France de cette ville qui, depuis le règne de Dagobert jusqu'à la fin du Moyen Age, fut pour le pouvoir religieux ce que Paris était pour le pouvoir politique, mais ça c'est dans tous les manuels, parler encore de la ville actuelle, désormais autant universitaire qu'ouvrière, non cela demanderait un livre à soi tout seul. Et ils ne sont là que pour un après-midi, une simple excursion un peu en marge de leur itinéraire.

Ils iront néanmoins visiter le musée de la ville. Midi est annoncé, sur la place de l'Hôtel de Ville, par une succession de carillons : on reconnaît Westminster, le roi Dagobert, Orléans-Beaugency, un Temps des cerises particulièrement dissonant et quelque chose qui ressemble à l'Artilleur de Metz. La place, autour du terminus du métro, est un vaste chantier d'où émergent les formes d'un quartier neuf et blanc, un monumental ensemble urbanistique qui tient du quartier de l'Horloge à Beaubourg et du Forum des Halles. Une rue piétonnière les mène vers une artère commerçante. La petite terrasse ensoleillée et les parasols rouges d'un bistrot les tentent. Ici tout le monde est bien français. Même l'hospitalité est française. Le café avec un verre d'eau d'Anaïk ne plaît pas au patron, qui réussit l'exploit d'apporter le verre à moitié plein et de le poser avec une telle vigueur sur la table qu'ils en sont tout éclaboussés et que le verre en est du coup complètement vide, ce qui n'empêche pas ledit patron de gueuler d'un air écœuré : « Le verre d'eau ! » et de demander à être payé immédiatement, des fois qu'ils prendraient la fuite en courant.

Le musée de Saint Denis est surtout connu pour ses collections et ses archives de la Commune de Paris qui sont précieuses. Depuis quelques années, elles ont été installées avec les autres collections de la ville dans l'ancien couvent du Carmel fondé par Louise de France, fille de Louis XV. Le mélange est insolite et beau : on passe dans les galeries du cloître, on entre dans des salles voûtées où sont exposés peintures et objets ayant trait au passé du couvent et à l'histoire de Saint Denis. Aux murs sont demeurées de pieuses inscriptions bibliques et évangéliques en sobres lettres grises. Les salles de ce lieu merveilleux sont presque désertes. Au regret de n'y voir pas se presser plus de visiteurs se mêle le plaisir d'en goûter aussi pleinement le charme : n'y a-t-il pas de plus beaux musées que ceux où l'on est seul ? Mais c'est quand même injuste. La partie réservée à la Commune est au premier étage : toute l'histoire de la grande colère du peuple de Paris est là, en affiches, gravures, photos, uniformes. Personne. Puisqu'on vous dit que les colères du peuple sont passées de mode. L'escalier du Carmel continue vers l'inconnu et sur le mur, il est écrit : « Encore quelques pas et ce sera le ciel. » Nous sommes le 29 mai ; le 29 mai 1871, la Commune agonisait sous les dernières mitraillades des bouchers versaillais dans le cimetière du Père Lachaise.

*

Retour par le même itinéraire. A l'écluse des Vertus, l'éclusier descend de sa guérite de verre et vient bavarder. Il est grand, blond, un peu édenté, yeux délavés, une vraie tête de Ch'timi. Non, pas de photo, dit-il : avec la gueule qu'il a, il brouillerait la pellicule. Il vit ici depuis quatre ans. Avant, il naviguait : il a vu du pays. L'Allemagne, la Hollande, la Suisse. Il a été jusqu'à Lyon par la Saône mais il n'a jamais été à Marseille et il n'a pas fait le canal du Midi, sa péniche n'était pas au gabarit Freycinet. Il était sur la péniche *Rolf* ; son patron se faisait vieux, il n'y avait plus d'avenir, le fret était devenu trop incertain. Il a passé le concours du recrutement : aujourd'hui il ne pourrait plus, on demande des notions d'anglais à cause du développement de la plaisance, surtout maintenant, avec le nouveau port de tourisme du bassin de l'Arsenal, près de la Bastille. Le trafic du canal se meurt, le métier tout entier se meurt. S'il n'y avait pas les Belges, il y a longtemps que le canal ne serait plus en service. Mais tant que les Belges ne céderont pas... Les péniches, elles finissent dans les bras morts, du côté de Conflans, ou alors elles sont transformées en logements, en bureaux, en ateliers : au moins, celles-là sont-elles sauvées. On a prévu, pour toute la France, de réduire à 700 la flotte des péniches autonomes ; ces dernières années, on a construit en tout et pour tout quatre nouvelles péniches : elles reviennent à 5 800 000 francs, et même si l'État en prend 2 000 000 à sa charge, c'est trop aléatoire. Les étrangers, eux, ils construisent des flottes modernes.

Ici, au bord de l'eau, dit l'éclusier, il est bien. Il a eu de la chance de ne pas devoir aller travailler en usine. Il connaît tous les bateaux, tous les gens qui passent : cette grosse péniche qui arrive de Bondy, ce sont des amis, il a été à leur mariage. La vie est tranquille. Les trains font du bruit, bien sûr, au-dessus de leur tête, mais on s'y habitue. Bientôt y passeront aussi les TGV. Et bientôt encore, il y aura un troisième pont, celui de l'autoroute A 86. Les enfants vont à l'école à un quart d'heure d'ici. Ils pourraient y aller à pied, mais les parents préfèrent les mener : avec tout ce qui se passe ici...

*

(*Trois mois plus tard* : « Avec tout ce qui se passe ici... » Ils sont revenus à l'écluse des Vertus, un samedi qu'ils avaient été manger un morceau au foyer des Espagnols de la Plaine Saint Denis. En les voyant arriver, l'éclusier est descendu de son poste pour leur dire bonjour. Il était ému. Quelques jours plus tôt, alors qu'il venait de prendre son service au petit matin, un homme est venu s'écrouler au pied de la porte de sa guérite. Il avait reçu un coup de couteau et il est mort là, sous ses yeux. Un règlement de comptes. On l'avait vu se battre, un peu plus loin sur la berge, en aval, avec des hommes dont l'un avait un chien. C'est par le chien qu'on a retrouvé l'auteur du coup de couteau, le matin même. Et lui, l'éclusier, il a été interrogé sans fin par la police.)

*

Un peu plus loin, au pied de l'immense parking sur le toit duquel les camions-bennes vert pomme de la ville de Paris sont sagement rangés par dizaines, des jeunes désœuvrés vadrouillent et un monsieur solitaire, assis au bord de l'eau, lit *Arcadie.* Il est très touché qu'Anaïk veuille le photographier. Il enlève ses lunettes pour esquisser un sourire triste. « Tous mes amis m'ont quitté et la nuit de ma vie est trop longue. »

Les pêcheurs sont toujours là.

Le brave pêcheur à la ligne
sans poissons rentre chez lui
Il ouvre une boîte de sardines
et puis se met à pleurer.

En revenant vers le centre d'Aubervilliers, ils passent par le Théâtre de la Commune. François y est allé souvent, du temps de Garran, voir jouer Shakespeare et Brecht. A cette époque, Vilar était roi, et on faisait dans les banlieues et dans les provinces un théâtre qui parlait de la vie et des espoirs des hommes : Garran, Planchon, Sobel, Mnouchkine, Pinchenat et tant d'autres, ils y sont tous passés, dans les banlieues. Certains y sont encore. Aujourd'hui, Alfredo Arias, directeur du TSE, Centre dramatique national, a succédé à Garran ; on joue en ce moment *Mon balai pour un royaume.* Ils demandent une place pour ce soir, mais il n'y a pas de place. D'ailleurs, ce soir, il s'agit de l'avant-première d'un film avec Sandrine Bonnaire, en présence de l'actrice. Les gens qui attendent ont l'air culturel : il n'y a pas d'équivalent en français pour le mot russe, polonais ou tchèque *kulturny,* qui signifie aussi bien culturel que bien élevé : BCBG, peut-être ? Ils donnent tous l'impression qu'ils se connaissent entre eux, et nos voyageurs sont mal à l'aise. Ils reviendront demain. Cette désinvolture déplaît à la jeune personne du contrôle : ici on ne débarque pas comme ça, au dernier moment ; ils n'ont qu'à réserver tout de suite, sinon on ne va pas en finir. Ils réservent et l'ordinateur laisse apparaître le plan d'une salle à moitié vide. Ils paient leurs 200 francs et, une fois dehors, assis au bord du bassin à sec parmi les Maliennes qui papotent en gardant leurs enfants, ils confrontent leurs connaissances et leur intérêt respectifs pour *Mon balai pour un royaume.* C'est la confusion la plus totale : François croyait qu'il s'agissait d'une troupe de danseurs brésiliens, le célèbre groupe Tsé, dont il avait compris qu'Anaïk était une fan, tandis qu'Anaïk était convaincue que François était un admirateur averti de Marilú Marini, l'actrice argentine qui joue ce *one woman show* portègne dont le personnage est une femme de ménage obsédée par la famille royale anglaise.

Le soir arrive. Ils ont rendez-vous avec Akim aux Quatre Chemins d'Aubervilliers, qu'il ne faut pas confondre avec les Quatre Routes de La Courneuve comme le fait l'employé de la RATP à qui, place de la Mairie, Anaïk demande imprudemment le chemin. Dans le bus, ils rencontrent la cuisinière de leur café-hôtel qui rentre chez elle, sa journée terminée : trois quarts d'heure ou une heure dans chaque sens, deux changements d'autobus, pour remonter à Dugny, au-delà de l'aéroport du Bourget. L'hiver surtout, c'est dur. Est-ce donc si loin que ça, est-ce donc au bout du monde, Dugny ? Dugny, cité-dortoir. « Comment, vous ne connaissez pas Dugny ? » C'est très calme, là-bas, il y a de l'air, on respire. Il faudra qu'ils viennent prendre le thé, quand elle aura déménagé. Actuellement elle a un F1, mais une seule pièce avec sa fille, c'est invivable ; elle a fait une demande, à Dugny et au Bourget, mais rien ne vient, tout le monde passe avant elle. Pourquoi est-ce toujours elle la plus mal logée ? Elle a quand même bon espoir. Elle a de grands yeux humides derrière ses lunettes, un sourire doux, des cheveux légèrement passés au henné. Elle est algérienne.

Des Quatre Routes aux Quatre Chemins, il y a deux kilomètres. Heureusement qu'on peut prendre le métro. « Quand je te disais, répète François, qu'il ne faut jamais demander son chemin. – J'avais confiance, proteste Anaïk, il avait trois étoiles sur sa casquette. » Akim, fidèle au rendez-vous, émet des doutes sur l'intérêt de *Mon balai* en général, et sur l'opportunité de donner ce genre de spectacle à Aubervilliers en particulier. Ils ne s'étendent pas sur ce vaste débat culturel.

Nos voyageurs finissent la soirée au restaurant de l'Espérance, près des Quatre Chemins. Le couscous n'y vaut pas celui de la belle-mère d'Akim, mais l'accueil y est meilleur que chez le cafetier hydrophobe de Saint Denis. Malgré l'heure tardive, ils sont entourés de prévenances. Le patron leur offre les *digestifs* : c'est décidément un mot clef de l'hospitalité algérienne.

De retour à l'hôtel, François note sur son cahier une longue digression sur *l'âme des villes*, ce genre de sujet de conversation qui surgit, comme ça, dans le courant d'une longue *sobremesa*, cette douce connivence qui suit un repas amical et chaleureux.

Il arrive alors qu'un convive demande : « Si on t'en donnait le choix, dans quelle ville aimerais-tu vivre ? Et dans quelle ville voudrais-tu mourir ? » Vient alors l'évocation des villes fabuleuses, Rome, Prague aux doigts de pluie, Trieste la nostalgique, Leningrad aux canaux gelés qui sont, sous le ciel pâle, ce qu'ils ont toujours été, Barcelone dont le barrio chino n'est plus, sous le ciel dur, ce qu'il était, et ne parlons pas de Paris, mais si justement parlons-en... Lui, c'est à La Havane qu'il rêve, cité des colonnes et de la mer violette, grotte de tritons et d'ondines que la mer a désertée mais que tapissent encore les algues desséchées sous le soleil ardent, lovée dans la moiteur tropicale pour attendre la brise nocturne. Mais qui choisira de rêver à l'âme d'Aubervilliers ? Et pourtant, qui ne sent qu'Aubervilliers a une âme, peut-être un peu noircie, mais vivante, si vivante, que ceux qui y habitent et ne disent pas d'eux-mêmes qu'ils sont des *Albervilliariens* (ou *Albertivillariens* ?), mais des *gens d'Auber,* y pensent comme on pense toujours à sa petite patrie, celle qui pour les déracinés tient souvent lieu de seule, de vraie patrie, de patrie tout court, et cela même s'ils se sentent exclus, rejetés et peut-être justement parce qu'ils le sont...

A Aubervilliers, tout le monde dit Auber. Mais allez donc vous vanter d'habiter Auber. Qui connaît Auber ? « Quand je dis à Paris que je travaille à Auber, leur a dit une amie, ils croient toujours que je parle du quartier de l'Opéra – ils ne connaissent que la station de métro Auber. »

Décidément les notes de François deviennent de plus en plus imprévisibles. Difficiles à suivre. Décousues. Et, surtout, de plus en plus en retard dans leur mise à jour. Et puis il y a des trous de plus en plus fréquents. Il faut faire appel à la mémoire, et dans ce grand désordre d'images et de bruits, la mémoire flanche vite. Pour l'instant, dans son cahier à l'image de Winnie l'Ourson, il en est encore à essayer de s'y retrouver dans leur traversée de Blanc Mesnil. Fatigue. On verra plus tard.

*

Lu sur une affichette polycopiée, collée aux Quatre Chemins :

Le 27 Mai
Claudine Manuela Barbara
vous invitent à leur : BOUM DE JEUNES
L'âge : de 15 à 20 ans
Entrée : 20 f. Buffet payant
l'heure est de : 14 h à 22
Tenue correcte exigée Musique variée
Un accueil chaleureux vous attend
ADRESSE : Au sous-sol Juste à côté de l'Église
Venez nombreux. A Plus

texte illustré par un dessin qui représente un cœur percé de flèches et d'éclairs, et un couple qui danse, de profil : sur leurs sweat-shirts, sont inscrites des marques : Naf-Naf, BB, Cacharel. Une bulle : « On n'ai la pour s'amuser et non pas pour glander les mouches. »

*

Ne pas oublier, quand même, de chercher le musée des Cultures potagères.

*

Mercredi 31 mai. Anaïk repart à la recherche de noix de cola. Rue Heurtault, le petit épicier qui vend des fruits exotiques lui dit d'aller au foyer africain, à deux pas de là. Sous la porte cochère de la vieille bâtisse, des jeunes palabrent. Oui, on peut trouver des colas. Mais comment les veut-elle exactement ? Des petits ? Mais les petits colas c'est seulement pour les hommes, ça leur donne la force. Elle, il lui faut des colas roses. Un Malien qui porte l'uniforme bleu d'une société de nettoyage lui demande si elle connaît l'Afrique. « J'espère que tu n'es pas comme ces Blancs qui voyagent et qui ne voient rien, qui font toute l'Afrique et qui ne connaissent rien de nous, de nos coutumes et de notre

Aubervilliers. Foyer de la rue Heurtault.

Aubervilliers. La Maladrerie.

culture. » Est-ce qu'il retourne au pays ? Quand il le peut, mais c'est si cher. Et quand il est là-bas, c'est dur d'être considéré comme un étranger. Les gens s'imaginent que ceux qui reviennent de France sont riches. C'est normal, parce que c'est tellement pauvre, le Mali : ils ne peuvent pas comprendre que c'est très difficile, de vivre en France. Ils croient qu'on vit comme des Français. Photos ? « Bien sûr, si tu nous les envoies. » Oui, Anaïk enverra les photos. « Mais, fais attention pour l'adresse, le foyer ferme dans deux jours. Ici, c'est fini, on va démolir. » Ils vont être transférés rue Félix Faure, dans des locaux tout neufs. Ils sont pourtant inquiets de ce qu'ils vont trouver là-bas.

C'était, dit-elle, très amical et très respectueux.

*

Ils ont rendez-vous à la Maladrerie avec Rachid Khimoune qui les attend au bar L'Expo. La Maladrerie est une très grande

Aubervilliers. La Maladrerie.

cité de béton brut, avec de vraie rues, des décrochements imprévus, des immeubles de hauteurs inégales offrant des saillants inattendus, de hauts passages sous les blocs qui débouchent sur des espaces dégagés où des sentiers dallés serpentent dans le chiendent jauni, des escaliers, des cursives qui filent d'une dénivellation à l'autre, des balcons garnis de jardinières à même le béton où poussent, au gré des locataires, fleurs, arbustes ou herbes folles, des terrasses que couronnent des crénelures de citadelle médiévale. Rachid, qui est sculpteur, habite avec sa femme et sa fille un atelier en duplex, rez-de-chaussée et premier étage. Dans ce haut espace aux volumes harmonieux, on se sent parfaitement bien. L'atelier donne directement sur le passage bétonné où circulent les passants et jouent les enfants. L'architecte a prévu ce genre d'ateliers de façon que l'artiste y travaille de plain-pied avec la vie de la cité et que chaque habitant qui passe puisse suivre son labeur. Les avis sont partagés sur cette conception de « l'artiste dans la cité », de la tour d'ivoire abolie. Certains pensent que les artistes ont quand même besoin d'un minimum d'isolement. Pour Rachid la question ne se pose pas, parce que la sculpture, et particulièrement la sienne, ne peut se pratiquer en appartement, même si celui-ci est conçu comme un atelier d'artiste traditionnel : la sculpture est une technique encombrante, bruyante et salissante, qui nécessite un stockage, un grand déploiement, la manipulation de matériaux volumineux, l'usage de truelles, de fers à souder. Aussi travaille-t-il dans un local qui se trouve dans l'enceinte du fort d'Aubervilliers, à côté des ferrailleurs. Une quarantaine d'artistes vivent et œuvrent à la Maladrerie. A deux pas de la capitale, ils trouvent là des ateliers comme il est désormais pratiquement impossible d'en louer à Paris, où les cours d'artisans disparaissent et où bien peu d'artistes ont les moyens de se payer un « atelier d'artiste » devenu l'apanage presque exclusif de très riches bourgeois.

Rachid est grand, superbement accueillant : embarrassé par leur visite inopinée, mais convaincu que le devoir d'hospitalité passe avant tout. Ils l'ont prévenu au dernier moment, il doit prendre le train pour aller préparer une exposition à Grenoble. Cela ne l'empêche pas de les embarquer pour visiter son atelier dans le fort. Il faut franchir les stocks des casseurs de voitures, où s'entassent les carcasses rouillées et où aboie une meute de chiens loups. Rachid occupe une casemate toute en longueur, bien éclairée par le plafond, fermée par de lourdes portes blindées. Ici, l'armée expérimentait des produits toxiques sur les animaux. En termes techniques cela s'appelle une chambre à gaz.

Tout autour, la végétation croît, sauvage et exubérante. Ici Rachid assemble, soude, modèle, gâche, entretisse, colle tout ce qui forme le tissu de notre vie urbaine : pavés, sable, bitume, plaques d'égout ; il inscrit leur empreinte dans la résine plastique, « moule fidèle de la mémoire urbaine ». Rachid est un sculpteur de la nature, de la seule nature qui soit réellement connue de sa génération, la seule qui soit vraiment vécue par elle, la seule qui lui parle véritablement : la nature sauvage de la rue, des cités, des villes, celle dans laquelle il a grandi et à laquelle il sait ainsi rester fidèle. Les plaques de fonte des égouts deviennent têtes ou boucliers, des guerriers s'érigent, fantastiques, hérissés,

Blanc Mesnil. Les enfants du monde de Rachid Khimoune.

grotesques, doux ou farouches, Don Quichotte et Sancho Pança repartent pour leur croisade sur l'asphalte du XXe siècle. Une barbarie superbe et tendre, sans aucune dérision : la barbarie de notre civilisation. Son rêve, qu'il réalisera peu à peu, est de dresser dans les villes de tous les continents une ronde des « enfants du monde », et de le faire en travaillant dans la rue, devant les enfants, avec les enfants. Il l'a fait en Chine, il l'a fait aussi tout près d'ici, à Blanc Mesnil – Anaïk y est passée et elle a photographié les gosses de la cité qui avaient fait de ces étranges et familiers bonshommes leurs compagnons de jeux.

Revenus à l'Expo, devant des saucisses-frites, Rachid et un ami peintre parlent de la vie à la Maladrerie. La cité se prête, disent-ils, à la vie collective, les associations sont nombreuses, le centre culturel Camille Claudel joue un rôle important. Pour les enfants, la rue, les terrains des alentours constituent un apprentissage, dur, parfois inquiétant, mais qui en fera autre chose que s'ils restaient cantonnés dans un appartement parisien où ils ne connaîtraient rien de la réalité des humains et de la vie. Ou s'ils rôdaient, en perdition, au pied des barres d'une cité. Certes, la fièvre affairiste de construire toujours davantage menace cette liberté : où iront jouer les enfants quand tous les terrains seront bâtis ?

Mais quand même, au bout du compte, Rachid comme son ami rêvent parfois de déménager plus loin, vers la campagne. Dans un pavillon.

Rachid est né à Decazeville. Quand son père est venu s'installer à Auber, il a d'abord habité au 15 de la rue de l'Union. Comme le père d'Akim. Comme des milliers d'autres. « Demande-leur, et tu verras, avait dit Akim. Ils sont tous passés par la rue de l'Union. » C'était dans les années 50 et 60, c'était en fait l'« adresse » du plus grand bidonville, avec celui de Nanterre, de la couronne parisienne. François l'a connu : pendant la guerre d'Algérie, il avait des camarades qui y habitaient. C'est de là qu'est partie l'une des colonnes de la grande manifestation du 17 octobre 1961.

Ce jour-là, plus de trente mille Algériens avaient convergé vers les grands boulevards parisiens pour une manifestation

Aubervilliers. La Maladrerie.

pacifique de soutien au FLN. Beaucoup avaient revêtu leurs habits du dimanche. Ils n'avaient pas d'armes. Le motif immédiat de cette manifestation était de protester contre le couvre-feu, imposé, de huit heures du soir à cinq heures et demie du matin, à tous les « Français musulmans d'Algérie » de la région parisienne à la suite de plusieurs attentats contre des policiers. Ce fut une soirée de matraquages et de tuerie. Peu de manifestants parvinrent à se former en cortège. Rachid se souvient d'avoir accompagné son père jusqu'à la porte de la Chapelle. Ils ne purent pas aller plus avant. On n'a jamais su le compte exact des morts sous les coups de la police parisienne. En faisant le compte des cadavres repêchés dans la Seine les jours suivants, de ceux recensés dans les morgues des hôpitaux, on donne, comme *Le Monde* en 1982, le chiffre de 200, auquel il faut ajouter 400 disparus. Pierre Vidal-Naquet, historien scrupuleux s'il en fut, indique que « sous les yeux de M. Papon, préfet de police, plusieurs dizaines d'Algériens avaient été massacrés dans l'enceinte de la préfecture ». Douze mille

hommes raflés furent parqués plusieurs jours durant, notamment au Palais des sports, puis pour la plupart expédiés en Algérie ou dans des camps de concentration comme ceux de Saint Maurice d'Ardoise ou du Larzac.

A l'époque, la presse et la classe politique, dans leur écrasante majorité, célébrèrent une victoire sur le chaos : des bandes armées avaient tenté de semer la terreur dans Paris, le projet des massacreurs avait échoué. Les protestations furent faibles : pour l'essentiel, toujours les mêmes petits groupes d'intellectuels de gauche irresponsables et de « porteurs de valises » dévoyés. Quand, quelques mois plus tard, le 8 février 1962, les mêmes corps de police se lancèrent à Charonne sur une manifestation pour la paix, française bon teint celle-là, et firent neuf morts, la protestation horrifiée fut, cette fois, générale.

Maurice Papon, le préfet de police responsable de cette ratonnade à l'échelle d'une capitale (ce pogrom, a écrit Pierre Vidal-Naquet), est aujourd'hui inculpé de crime contre l'humanité. Cette inculpation concerne son activité, à la préfecture de Bordeaux, sous le régime de Vichy, de pourvoyeur en juifs des camps de la mort. Les crimes contre l'humanité ont été déclarés imprescriptibles par une loi rétroactive. Tous les faits touchant la guerre d'Algérie sont couverts par une loi d'amnistie.

Rachid pense que les responsables du FLN savaient parfaitement qu'ils envoyaient à la mort les manifestants désarmés ; il est probable que beaucoup d'enfants d'Algériens, aujourd'hui, au vu peut-être de ce que fut par la suite l'histoire de l'Algérie indépendante, pensent comme lui : que leurs parents ont été manœuvrés de façon criminelle pour les besoins de la propagande internationale du FLN et pour faire la preuve de la puissance du mouvement à la veille des négociations. François, lui, se souvient seulement que rue de l'Union ou ailleurs, nul, Algérien ou Français, ne pouvait imaginer que cette manifestation, qui était ressentie avant tout comme une affirmation de dignité, allait à la boucherie. Que nul, surtout parmi les militants qu'il a connus alors, n'avait envisagé un seul instant autre chose que la présence pacifique pendant une heure au plus, dans les rues de Paris, d'une masse d'Algériens montrant par leur nombre et leur détermination qu'ils refusaient la discrimination et qu'ils voulaient la liberté de leur pays. Mais il reste aussi évident que la Fédération de France du FLN a voulu, par cette manifestation, montrer au GPRA, le gouvernement provisoire algérien, la force politique qu'elle représentait.

Le 18 octobre 1961, le couvre-feu fut avancé à 19 h 30 pour tous les « Français musulmans d'Algérie » de la région parisienne.

*

Le soir, nos voyageurs vont assister à *Mon balai pour un royaume* au Théâtre de la Commune. Rien à signaler.

9

La Plaine Saint Denis et la campagne romaine. – En attendant les barbares. – Interconnexion. – Incident à la gare du Nord. – En route pour de nouvelles aventures.

Mercredi 31 mai. Tristesse de la station La Plaine-Voyageurs : disposée sur un talus, ses quais étroits cernés de grilles, ébranlée par tous les express venus de la gare du Nord et les convois de marchandises partis de la gare de triage de La Chapelle qui filent sans s'arrêter. Des quais gris, on découvre une étendue de toits aux tuiles mécaniques ternies, aux zincs rouillés, une forêt de cheminées croulantes. La gare, en contrebas, est un vieux fortin de brique que l'on n'a jamais réussi à décaper totalement de la suie accumulée par des générations de locomotives à vapeur. On sort sur la trouée de l'autoroute A 1 qui passe ici en tranchée entre deux rangées d'immeubles décrépits et d'entrepôts écrasés de publicités. Derrière la voie s'étend un quadrillage de rues aux maisons lépreuses, de pavillons pauvres et d'anciennes usines plus ou moins récupérées pour le stockage de grands magasins parisiens ou retournées à l'état de nature, c'est-à-dire de terrains vagues. Zone de passage, zone de stockage, zone tout court, cet « entonnoir-tragédie », pour employer la formule de Roland Castro, fut jadis une campagne assez marécageuse qui commençait aux pentes nord de la butte Montmartre. Dans les années 1840, Gérard de Nerval y faisait de douces promenades, derrière le Château des Brouillards, en descendant de la Butte où s'ébattaient les chèvres qui broutaient l'acanthe des rochers, surveillées par « des petites filles fières à l'œil montagnard ».

La Plaine Saint-Denis a des lignes admirables, avec des reflets de soleil ou de nuages qui varient à chaque heure du jour... Que d'artistes repoussés du prix de Rome sont venus sur ce point étudier la campagne romaine et l'aspect des Marais Pontins. Il y reste même un marais animé par des canards, des oisons et des poules.

Il n'est pas rare aussi d'y trouver des haillons pittoresques sur les épaules des travailleurs... La plupart des terrains et des maisons éparses appartiennent à de vieux propriétaires, qui ont calculé sur l'embarras des Parisiens à se créer de nouvelles demeures et sur la tendance qu'ont les maisons du quartier Montmartre à envahir, dans un temps donné, la Plaine Saint-Denis.

Gérard avait rêvé de se faire construire au pied de la Butte « une petite villa dans le goût de Pompéi » au milieu des vignes. Nos voyageurs suivent un haut mur surmonté de barbelés et bordé de ronces, puis passent sous le talus du chemin de fer. Ils prennent une ruelle pavée où sinuent des rails abandonnés, au milieu d'un amoncellement de détritus. Dans une cour, des carcasses de voitures gisent au pied de bâtiments bas, logements ouvriers abandonnés, deux étages de minces carreaux de plâtre et de brique le long desquels courait une galerie effondrée desservant les pièces exiguës. Rails rouillés ne menant à rien, cour en ruine, deux photos pour illustrer quelque chose qui ressemblerait à l'agonie du monde, juste après la fin de l'humanité.

La ruelle débouche sur des allées rectilignes qui butent sur le talus où file le RER ; de part et d'autre, de tout petits pavillons de brique. Sur l'un d'eux, une plaque de marbre terni que François déchiffre :

Ici vécut RUBIANO MARIA
morte au camp de Ravensbrück
1944

Il demande à Anaïk de la photographier. Un couple sort et s'inquiète. « Vous venez de la mairie ? » Fort accent portugais.

Plaine Saint Denis.

Visiblement ils sont inquiets. Il apparaît que, pour eux, tout étranger qui s'intéresse d'un peu près à leur rue ne peut que venir de la mairie, et que tout ce qui vient de la mairie signifie étude des lieux, opération immobilière et relogement, c'est-à-dire départ, sinon expulsion. On s'explique. C'est difficile : gêne et peur diffuses. François parle de son intérêt pour cette plaque. Ont-ils connu Maria Rubiano ? Non, ils sont arrivés plus tard. Triste histoire, dit l'homme :

« C'était une femme qui habitait dans cette maison. Il y a eu un bombardement. Elle est sortie. Elle est morte sur le coup. »

Anaïk dit son goût pour cette rue tranquille du bout du monde. Elle est sincère et ils la croient. Photo devant la plaque avec le petit-fils dans les bras.

Ils habitent ici depuis trente ans, ils y sont bien et ils voudraient y finir leurs jours. Ils ont travaillé tous les deux dans la Plaine, l'homme a été vingt ans durant à la chaîne dans l'usine qui était juste en face, une usine de produits chimiques, des explosifs, et puis l'usine a été rachetée et fermée. Est-il à la retraite ou au chômage ? Pas commode de comprendre ce qu'il dit, son français est noyé dans le portugais.

Plus loin, en face d'un café portugais, Anaïk photographie la roulotte de Mme Pauline. Ici encore, la crainte : Mme Pauline sort, il faut la rassurer, ils ne viennent pas de la mairie, ils n'en ont pas à ses chiens, ils ne sont pas là pour la faire partir. On finit par prendre une bière ensemble dans le café dont les consommateurs, massés au bar, écoutent et observent en silence. Anaïk lui rapportera la photo. C'est le début d'une amitié.

Boutiques abandonnées. Plus de commerces, sauf une pharmacie. Église espagnole en ciment armé, avec son foyer, suintante de rouille et désaffectée. Le foyer ouvre les samedis et les dimanches. Ils y reviendront : on y parle le castillan, davantage le galicien et le portugais, plus encore le créole capverdien, ainsi que divers dialectes africains. L'atmosphère y est chaleureuse, on y mange des tapas, de la morue frite et grasse, on y boit de la bière San Miguel et on y dispute des parties de dominos extrêmement animées.

En fin d'après-midi, la Plaine Saint Denis sort de sa torpeur.

Les enfants jouent librement dans les rues peu fréquentées. Dans quelles rues de Paris les enfants peuvent-ils encore jouer ? Les enfants de la Plaine Saint Denis sont beaux, comme ceux de Blanc Mesnil et des Beaudottes. La Plaine offre l'image d'un monde qui se défait, mais ses habitants qui vivent si mal sont bien accrochés à la vie. Beaucoup des derniers venus viennent des îles du Cap Vert ; les Capverdiens constituent l'un des peuples aux formes les plus harmonieuses du monde : durant plusieurs centaines d'années, sur ces éclats de volcans semés à mille kilomètres au large de l'Afrique, se sont fondues toutes les races africaines, mêlées à celles que les Portugais allaient rafler jusqu'au-delà des Indes. Les Capverdiens ont les nuances les plus subtiles, les plus dorées de peau, des yeux qui vont de l'anthracite à l'aigue-marine, et des statures d'Atlantes. Beaux comme un rêve de grand métissage final du genre humain.

La rue du Landy file, rectiligne, parmi les entrepôts déserts et les maisons surpeuplées, vers le nord, jusqu'au canal Saint Denis. On quitte la petite Espagne, le petit Portugal. Plus on se rapproche du canal, plus il semble que la majorité des habitants devienne maghrébine. Aux logements étroits partagés par plusieurs familles nombreuses succèdent les hôtels meublés au-dessus des cafés qui portent encore les noms de jadis : « L'Embuscade », ou en ont reçu de nouveaux : « L'Oasis ». Ici, la méfiance se fait épaisse. Marchands de sommeil. Immigrés clandestins de fraîche date. Trafics. Passons.

Sur la Plaine Saint Denis, se prépare une énorme opération immobilière. Calme avant la tempête. La Plaine Saint Denis attend la modernité – ou la post-modernité ? je ne sais plus, on s'y perd – comme d'autres ont attendu l'arrivée des barbares. Quand tout sera terminé, on y cherchera aussi vainement les beaux enfants du cap Vert que les gardeuses de chèvres du temps passé si chères à Nerval.

Oui, passons. Voici l'écluse des Vertus, et l'éclusier qui vient encore une fois les saluer. Il reparle de son regret de n'avoir jamais navigué sur le canal du Midi.

Est-ce ce jour-là que, tard dans la soirée, dans la pizzeria de la place de la Mairie, quelqu'un leur parle des alligators qui se rassemblent dans les égouts de La Villette, au débouché d'une canalisation du chauffage urbain ? Les notes de François sont toujours plus floues.

*

Jeudi 1er juin. Adieu Auber. Adieu l'hôtel de l'Hôtel de Ville. Impossible de s'éterniser. Il faut repartir. Et pourtant il leur restait tant de choses à faire. Ils n'ont rien vu à Aubervilliers. Ils n'auront pas téléphoné à l'homme aux roselières, ils n'auront pas exploré avec lui la faune et la flore sauvages qui s'épanouissent sur les ruines des gazomètres préhistoriques, où peut-être niche le héron butor et font halte aux équinoxes, sur la route de Norvège, la grue trompette et le macorlan accordéon. Ils n'auront pas visité le musée des Cultures potagères. Anaïk a retrouvé trop tard dans son carnet le téléphone d'une amie marocaine qui habite aux Courtillières et qui attendait leur visite : ce sera pour une autre fois. François voulait faire la connaissance de Didier Daeninckx qui vit à Auber, l'auteur de *Meurtres pour mémoire,* le seul livre à mettre en scène la manifestation du 17 octobre, Didier Daeninckx qui écrit toujours de si beaux romans – de ces romans que l'on appelle bien à tort « policiers » –, mais il n'a jamais osé lui téléphoner. Il faut quitter Auber le cœur un peu lourd, comme on quitte une ville où l'on n'est pas sûr, tant la distance est grande, de jamais revenir.

Ils feront aujourd'hui leur plus long trajet ferroviaire : de la gare d'Aubervilliers-La Courneuve, ils se rendront directement à celle d'Arcueil-Cachan, sautant d'un coup dix stations : celle de La Plaine-Voyageurs, où ils ont déjà fait l'étape de rigueur ; puis celles de la traversée souterraine de Paris : Gare du Nord, Châtelet, Saint Michel, Luxembourg, Port Royal, Denfert Rochereau, Cité Universitaire ; et enfin les deux premières de la banlieue sud, Gentilly et Laplace, parce que, après s'être attardés à Aubervilliers, ils ont ce jour même à Arcueil-Cachan un rendez-vous qu'ils ne peuvent remettre. Ils y sont attendus pour le déjeuner. Ça tombe bien car, comme le chantait le grand-père de François sur le quai de la gare de Lyon les jours de grands départs, d'une voix de fausset et du haut de ses deux mètres un, dans un désordre homérique de sacs de montagne, cartons à chapeaux, filets à papillons et cannes à pêche en bataille :

Le grand air
En ch'min de fer
Vous donne un appétit d'enfer

Donc s'ils choisissent bien leur rame, SLOW ou SUTO, celle-ci doit les déposer en quelques coups de bogies sur le quai d'Arcueil-Cachan. Finalement c'est KOHL qui se présente pour cet office. Malheureusement ils n'en jouissent que quelques instants : KOHL s'engouffre dans le tunnel de la gare du Nord, se laisse glisser le long des grands quais mal éclairés, s'arrête et pousse un long soupir où se mêlent angoisse et soulagement. Les lumières s'éteignent puis, dans le silence qui suit, la voix de KOHL se fait entendre : il s'avère qu'elle a l'accent de Perpignan et elle annonce que par suite de perturbations sur le réseau, l'interconnexion n'étant pas assurée, tous les voyageurs doivent descendre du train.

D'ailleurs son vrai nom n'est pas KOHL, mais KHÔL.

Et comme sur le quai, malgré que l'on soit dans les heures dites *creuses*, l'affluence est grande, ce qui prouve bien que la perturbation est réelle ; comme la foule est morose, à l'exception d'un petit groupe de jeunes multicolores qui fument en esquissant quelques cris et quelques gestes au son de la lambada brouillée d'une radiocassette ; comme le tableau d'affichage électronique est mort et qu'aucun train n'est en partance ; comme la consultation laborieuse de l'horaire indique que le prochain départ probable est celui d'un direct qui fonce sur Massy-Palaiseau et Saint Rémy sans s'arrêter à Arcueil-Cachan, ils décident de remonter à la surface, histoire d'acheter les journaux du jour et de humer l'air du large du côté des grandes lignes. Ils en profiteront pour voir si les deux wagons russes du Paris-Moscou de 16 h 14 sont déjà à quai. Souvenirs nostalgiques : chacun a pris ce train à un moment de sa vie,

Anaïk pour Berlin, François pour Varsovie ; lui, c'était il y a plus de dix ans déjà, deux nuits et une journée pleines de lents cahots, et il se souvient qu'à la frontière belge, des cheminots avaient demandé à une jeune femme penchée à la fenêtre où elle allait ; l'un d'eux lui avait tendu une rose un peu fanée : « Tenez, vous la porterez à Moscou. » La jeune femme avait rentré la tête dans le compartiment, jeté la fleur sur la banquette de velours caca d'oie, et elle avait dit à François dans un allemand maussade une phrase où il avait reconnu les mots *dumm* et *scheisse*.

Oui, les wagons sont là, verdâtres, crottés et rouillés à souhait, avec leurs rideaux de dentelle jaunie et à l'entrée, juste au-dessus des marchepieds de bois, la trappe grillagée dans le parquet où l'on gratte la neige de ses bottes. Ringards et déglingués, un vrai petit morceau d'authentique démocratie populaire qui vient s'échouer, presque clandestinement, quelques heures chaque jour, au cœur de Paris. Mais il n'est pas question de monter y respirer le parfum de vieux thé poussiéreux et peut-être même, avec un peu d'imagination, celui de chou aigre refroidi qui est depuis des décennies l'odeur même du socialisme réel : un conducteur à chapska grise veille, intraitable, et ne parle aucun mot de français. C'est dommage ; parfois des prospectus traînent dans le couloir et, avec un peu de chance, ils auraient pu mettre la main sur un précieux horaire du Transsibérien, une épaisse brochure où l'on se perd dans la succession des jours et des fuseaux horaires : après la plaine blanche une autre plaine blanche, départ de Krasnoïarsk à 0 h 18, arrivée à Irkourtsk à 21 h 03, mais est-ce le lendemain ou le surlendemain et combien d'heures faut-il ajouter ou retrancher, et y a-t-il une voiture directe pour Oulan-Bator, sinon où faut-il changer pour ne pas se retrouver roulant vers Vladivostok alors que l'on a pris son billet, cinq jours plus tôt, pour Pékin ?

Ils replongent dans les abîmes du RER. L'ambiance a changé. Il règne sur le quai une agitation insolite. Une rame est stoppée à moitié parcours, portes fermées. Une masse compacte se presse à la tête du train. On crie. Des hommes sur la voie : des casques de pompiers qui apparaissent et disparaissent au ras du quai.

Des policiers qui se fraient un chemin en les bousculant. « Tu l'as vu ? » demande quelqu'un. « On n'a pas de chance », dit un homme. « Il aurait pas pu faire ça de la tour Eiffel ? » « Encore du retard », dit un autre. « C'est la tête, c'est horrible. »

C'est horrible. A l'écart de la foule, le groupe des jeunes à la radiocassette parle fort, crie, hurle. « Je l'ai vu. » « C'est dégueulasse. » Un garçon rit hystériquement. Alors un autre garçon cherche dans ses poches, tire des billets de cent francs, y met le feu, et ils les regardent tous brûler, hagards, comme le défi le plus absurde qu'ils aient trouvé à l'absurdité.

Les haut-parleurs annoncent : « Suite à un accident grave de voyageur en direction de Saint Rémy lès Chevreuse, vous êtes priés d'emprunter le quai D. » La foule reflue.

Une heure plus tard, nos voyageurs sont à Arcueil-Cachan.

III

Hurepoix

Et Monsieur Fenouillard avoue *qu'il n'y comprend plus rien.*

Georges Colomb dit Christophe,
La Famille Fenouillard

10

Arcueil contre Cachan. – La réussite d'un enfant d'Arcueil. – Contes et légendes de la ligne de Sceaux. – Bienvenue en Hurepoix. – De Camulogène à Erik Satie : les « nés-natifs d'Arcueil ». – La grande ascension de l'aqueduc. – Le grand banquet républicain et ce qui s'ensuit. – Rencontre avec le chat Mar-la-Main et le canari Fifi.

Jeudi 1er juin, suite. Les voici donc dans le Sud, et c'est comme si le soleil était plus vif, la nature plus riante et l'air plus léger. Finie la plaine sans perspective et presque sans paysage. Un autre pays ? Ici la banlieue ondule et verdoie. La gare d'Arcueil-Cachan se trouve sur le versant ouest d'une vallée qu'enjambent les arcs étroits d'un haut et mince aqueduc aux piliers élancés de meulière. En face, sur l'autre versant, s'étagent des pavillons, des cités et des barres de brique ; à la lisière du plateau, on distingue, minuscules, les voitures qui filent sur l'autoroute du Sud et plus loin encore, sur le plateau même, l'hôpital Gustave Roussy écrasant la vallée de sa haute masse de forteresse médiévale en acier et en verre couronnée d'un donjon.

Mais ce n'est pas le moment de s'intéresser au paysage. Ils ont rendez-vous à midi et demi au restaurant de la Mère Dubois, ils sont en retard et ils voudraient encore auparavant déposer leurs bagages à l'hôtel le Relais Bleu, rue Camille Desmoulins, le seul où, après bien des appels téléphoniques infructueux, ils ont pu retenir des chambres. A côté de la gare, le plan donnant l'itinéraire de l'autobus 187 indique que celui-ci comporte un arrêt Camille Desmoulins. Un quart d'heure plus tard, le 187 les dépose au bas de la vallée, face à un ensemble de brique très moderne qui groupe un hôtel de ville, des commerces et des logements de bon standing : ils s'engagent dans l'avenue Camille Desmoulins qui les emmène vers le sud, d'abord entre les maisons du vieux bourg, puis parmi les espaces plus aérés de groupes scolaires, jusqu'au moment où, après une marche interminable, ils s'aperçoivent qu'il y a belle lurette qu'elle est devenue traîtreusement l'avenue de la Division Leclerc et qu'ils entrent dans L'Haÿ les Roses. Demi-tour. Transpirants, l'épaule sciée par la lanière du sac de voyage, ils doivent bien se rendre à l'évidence : l'avenue Camille Desmoulins ne comporte aucun hôtel. La consultation plus approfondie de la carte leur apprend qu'ils se sont laissé jouer comme s'ils en étaient encore au premier jour de leur voyage : Le Relais bleu se trouve bien rue (et non avenue) Camille Desmoulins, mais à *Arcueil*, pas à *Cachan*. Et, bien entendu, cette rue est située dans la direction absolument opposée, sur l'autre versant de la vallée, derrière l'autoroute. Trop tard pour y passer, il est une heure et demie, il ne leur reste plus qu'à cavaler, traverser tout Cachan et une partie d'Arcueil, gravir en fin de course un escalier abrupt au-delà de l'aqueduc, pour débarquer à bout de souffle dans les réconfortantes odeurs du restaurant de la Mère Dubois, où les attend depuis plus d'une heure M. Marin qui en est au café et laisse percer quelque étonnement devant leur air légèrement hagard.

Heureusement il y a le veau marengo, le lapin chasseur et le brouilly de la Mère Dubois. Et ce n'est vraiment la faute à personne s'ils n'ont finalement pas un appétit d'enfer.

M. Marin est un enfant d'Arcueil. Plus exactement, il est arrivé à Arcueil en 1937, à l'âge de huit ans, orphelin des Asturies, et il ne l'a plus jamais quitté. C'était l'époque où les journaux français bien-pensants clamaient qu'il fallait mettre un frein à l'invasion de la racaille rouge qui déferlait d'outre-Pyrénées – *frente popular, frente crapular* – tandis qu'organisations de solidarité et municipalités ouvrières organisaient au contraire l'aide aux victimes de la guerre civile. La municipalité communiste d'Arcueil accueillit des enfants de républicains espagnols, et pour M. Marin, plus de cinquante ans plus tard, la solidarité des communistes reste manifestement l'une des belles valeurs humaines. Il a passé son enfance, la guerre, dans une ruelle du bas Arcueil qui existe toujours, où s'entassaient alors des bicoques de bois et de parpaing. Qui peut réaliser aujourd'hui ce qu'était la misère d'Arcueil ? Comment faire comprendre que dans ces mêmes petites rues maintenant si proprettes, c'étaient, il y a quelques dizaines d'années encore, la faim, la boue, l'humidité, le froid ? La femme qui s'occupait de lui le faisait surtout pour les subsides de la mairie. Mais le directeur de l'école primaire s'est intéressé à lui : il était le premier de la classe. Et son premier travail, à quatorze ans, il l'a trouvé dans une entreprise qui fournissait tout Montparnasse en couleurs, en pinceaux, en toiles et en chevalets : l'entrepôt et l'atelier étaient à Arcueil, dans la ruelle où il habitait ; c'était la guerre et il redressait les clous usagés.

La suite, c'est l'histoire de la lutte d'un gosse qui s'accroche à la vie et qui veut gagner : « Quand on sort de la misère, on sait mieux se battre que les autres, on connaît la valeur des choses et de l'argent. » Et aussi la valeur de la vie. M. Marin revient toujours sur la misère d'Arcueil, sur cette misère qu'il a tant affrontée, mais il répète aussi avec insistance que son histoire est bien peu de chose au regard de toute la misère du monde. Aujourd'hui il est lui-même à la tête d'une entreprise moderne de matériel en tout genre pour les artistes. Les amis peintres d'Anaïk lui ont dit qu'il n'était pas question de passer à Arcueil sans lui rendre visite. Il connaît, il aime et il collectionne les artistes modernes, il est bien placé pour apprécier leur travail, dont il suit tous les détails. Et Arcueil peut être fière de M. Marin. Il a déménagé le vieil entrepôt dans des locaux neufs, de l'autre côté de la vallée, juste dans la pointe formée par la jonction des deux branches de l'autoroute.

Arcueil, bien sûr, a changé. Il se souvient du temps où il allait chercher le lait à la ferme. Fermes et maraîchers ont disparu, les carrières aussi, et les taudis ont été remplacés par des HLM. Ce relogement des habitants dans les HLM, après la guerre, pour lui, cela reste une belle victoire. « Les communistes, on peut en dire ce qu'on veut, ils ont fait ça. » Beauté, laideur, c'est un autre problème : quand on voit comment vivaient les gens, il n'y a pas d'hésitation possible.

*

Pour gagner à pied Le Relais bleu, il faut passer sous l'autoroute, à l'endroit même où les deux branches, venues l'une de la porte d'Italie et l'autre de la porte d'Orléans se rejoignent. C'est un passage fait de rampes, d'escaliers et de tunnels déserts où stagnent des flaques d'urine, ponctué de sculptures abstraites faites de ciment et de pots cassés dans des sortes de jardinets de cailloux : la négation totale de toute humanité, le bout de l'horreur, une horreur mesquine, la plus angoissante solitude qu'ils aient connue depuis le début de leur voyage, la mort grise et nue, la mort sans grandiloquence qui rôde au coin du couloir, tandis qu'au-dessus, dans un autre monde, hurle l'habituel vacarme du trafic de quatre pistes et de dix-huit voies.

Le Relais bleu est un hôtel moderne et parfaitement tenu où l'on débarque surtout par autocars entiers, en suivant quelque bretelle indiscernable à l'œil d'un piéton. Les chambres de ce blockhaus sont disposées de façon à donner toutes sur l'autoroute, le double vitrage insonorise moyennement et il n'y a pas d'air conditionné. Nuit peu reposante en perspective.

En fin d'après-midi, ils redescendent vers le bas de la vallée, parmi les cités de brique rouge, Vaillant Couturier, les Irlandais, s'étageant au milieu des arbres ; ils suivent une rue bordée de maisons anciennes aux façades sévères, aux fenêtres étroites, une rue sinueuse comme si elle épousait le tracé nonchalant d'une rivière : ici passait la Bièvre, ici étaient les blanchisseries et les tanneries. Depuis cent ans, la Bièvre est recouverte et n'est plus qu'un égout qui va se jeter, en plein Paris, au-delà du pont d'Austerlitz. Ils repassent sous l'aqueduc, ils savent maintenant que celui-ci marque la frontière entre les deux sœurs ennemies, Arcueil et Cachan. Ils vont dîner à La Soupière, restaurant de l'hôtel bordant le centre commercial de Cachan, qui est, lui, un relais Climat. Ils y retiennent des chambres pour le lendemain.

François fait une découverte culinaire, le filet de saumon à l'oseille dont l'extérieur est chaud et dont l'intérieur est resté surgelé : curieux effet du mélange dans la bouche des cristaux de glace qui crissent sous les dents et de la sauce onctueuse et brûlante. Version moderne de l'omelette norvégienne. Anaïk propose de demander qu'on le réchauffe. François proteste : c'est cela, le voyage, une découverte continuelle. C'est cela la règle du jeu. Anaïk fait observer qu'ils avaient plutôt oublié que c'était un jeu.

Ici devraient trouver place quelques considérations d'ordre gastronomique. De ce point de vue, mis à part le couscous princier du père d'Akim, une andouillette quasiment royale dans le dernier restaurant auvergnat d'Aubervilliers, juste derrière l'église, et la cuisine bourgeoise de la Mère Dubois, ce voyage est un désastre.

Ils marchent encore dans la nuit, se perdent, et ne trouvent personne à qui demander leur chemin. Après Aubervilliers, ils sont décidément dans un autre pays. En sera-t-il ainsi sur le reste de leur parcours, le long de cette branche sud de la ligne B du RER que l'on appelait jadis la ligne de Sceaux ?

*

« Je suis un peu, dit François, un enfant de la ligne de Sceaux. Je suis né l'année de son électrification. Ce qu'elle fut du temps du petit train à vapeur qui reliait Denfert Rochereau à Limours, je ne le connais, bien sûr, que par les photos et par tout ce qu'on en raconte encore. De quoi remplir un volume de *Contes et Légendes de la ligne de Sceaux*. Par exemple, la tradition orale en ce qui concerne le tronçon Saint Rémy lès Chevreuse-Limours est un écheveau de versions contradictoires : Yves Lacoste qui est, comme tu le sais, un grand géographe et qui est aussi un enfant de la ligne de Sceaux vu qu'il est de Bourg la Reine, soutient dur comme fer que ce tronçon n'a jamais été mis en exploitation : d'après lui, on a tout construit, les tranchées, les ponts et les gares, et même, à Limours, un hôtel de la Gare et des Sports où nous descendrions certainement s'il existait encore : mais on n'a jamais posé les rails, et c'est la raison pour laquelle nous n'irons pas à Limours. Pourtant mon voisin agriculteur, à Milon la Chapelle, me racontait autrefois que les Allemands avaient arraché les rails en 1941. Quant au Guide bleu de 1921, il décrit en détail le trajet de la "ligne de Limours" et donne même les horaires de la correspondance des cars à la gare de Boullay les Troux : alors qui faut-il croire ?

» Il y a cent ans de cela, mon grand-père paternel, qui passait la plus grande partie de l'année en Égypte à gratter les pattes du Sphinx, a acheté une maison dans la vallée de Chevreuse pour ses séjours en France. Plus tard, quand il est revenu définitivement, il l'a gardée. Je n'ai pas connu ce grand-père-là, qui est mort près de vingt ans avant ma naissance : d'après les photos, c'était un bonhomme barbu et bedonnant, et je l'imagine bien courant derrière le dernier petit wagon de bois, une main accrochée à la rampe de cuivre de la portière, l'autre tenant ferme son parapluie crocheté sur son chapeau melon noir pour l'empêcher de s'envoler. A cette époque-là – je parle d'avant la guerre de 14 –, il devait rencontrer en cours de trajet des tas d'autres messieurs bedonnants à chapeau melon : on avait surnommé cette ligne "le petit train de la Sorbonne", ou "le train des professeurs", parce que beaucoup d'universitaires habitaient sur son trajet et la prenaient pour aller faire leurs cours à Paris, surtout à partir du moment où elle a été prolongée jusqu'au Luxembourg. Ainsi Henri Poincaré, le mathématicien, qui montait à Lozère, ou Fustel de Coulanges qui montait à Massy-Palaiseau. Des universitaires et d'autres : Péguy, par exemple, qui avait sa Boutique des Cahiers en face de la Sorbonne, a habité sur la ligne de Sceaux depuis la fin de son adolescence : il a fait sa khâgne au lycée Lakanal, à Sceaux, comme plus tard Alain-Fournier, puis il s'est fixé à Bourg la Reine et enfin à Lozère. Péguy prenait le train quotidiennement, et je suis sûr que le bercement régulier des roues qui devaient continuer à bourdonner dans son oreille tout le reste du jour, n'est pas étranger à l'étonnante psalmodie cadencée de ses quatrains. Le poème *Eve* est constitué à lui seul de 1 903 strophes de quatre vers, qui défilent de façon répétitive et lancinante comme un long train de 1 903 wagons à quatre roues, et point n'est besoin d'être abusivement lacanien pour être frappé de cette évidence sémantique : quatrain = quatre-trains. D'ailleurs Péguy lui-même a trahi son obsession de la ligne de Sceaux en laissant rouler sous sa plume, dans *Les Sept contre Paris*, un alexandrin uniquement composé de noms de gares :

> Elle a mis pour toujours et la voile et la rame,
> Et la berge et la berme et la Samaritaine,
> Et la vergue et la flèche et la hune et l'antenne
> Et la pêche à la ligne et la pêche à la senne...
> ....
> Palaiseau, Villebon, Berny, Massy, Lozère
> ....
> Sous le commandement des tours de Notre-Dame.

» A Arcueil, mon aïeul devait parfois voir monter Eric Satie, encore que celui-ci préférât la bicyclette. Il est juste d'ajouter que, dans la région, le petit train des professeurs était en concurrence avec le petit train des haricots, celui d'Arpajon.

» Si on remonte à la nuit des temps, l'histoire et la légende s'accordent pour dire que cette ligne fut construite parmi les premières, dans les années 1840, et j'ai lu que sa voie avait un écartement tout à fait exceptionnel : 1,75 m, alors que, comme nul ne l'ignore, l'écartement standard est 1,435 m. Encore un épais mystère. Quand et comment est-on revenu aux dimensions normales, je n'en sais rien. Ce que je sais, c'est que son tracé particulièrement sinueux a été utilisé par un savant ingénieur pour expérimenter avec succès le premier système de bogies mobiles, etc., etc.

» Je n'ai vraiment connu la ligne de Sceaux que quand je suis revenu du Midi, en 1944, et que j'ai habité la maison de Milon la Chapelle. J'avais douze ans et j'étais déjà un connaisseur en matière d'art ferroviaire : à Montpellier j'étais un habitué du petit train de Palavas, cher à Dubout. (Le petit train de Palavas, outre qu'il mettait trois quarts d'heure pour faire onze kilomètres en terrain plat et qu'il était escorté à la belle saison d'un épais nuage de moustiques, avait pour caractéristique d'être *toujours* à l'envers : quand la locomotive tirait le train, elle marchait cul devant ; et quand elle avait le nez dans le bon sens, elle poussait les wagons.)

» Comme bien des histoires d'amour, celle de mes relations avec la ligne de Sceaux est faite de beaucoup de tendresse et aussi d'un peu de sang et de mort. Le 6 juin 1944, j'ai assisté au mitraillage du train au sortir de la gare de Saint Rémy. Il y eut des morts. Pourquoi des avions – anglais ont dit les uns, français ont dit les autres – s'en sont-ils pris à un métro de banlieue ? Encore un mystère non élucidé de la ligne de Sceaux. Il est vrai que le 6 juin 1944, "le jour le plus long", l'attention des historiens a été détournée sur des événements plus déterminants que ce banal accident de chasse.

» Mon adolescence a été rythmée par mes voyages sur la ligne de Sceaux. Je crois que j'en connaissais par cœur tous les paysages : j'ai vu ceux-ci changer sous mes yeux au cours des ans, jusque aujourd'hui, mais si lentement, si subrepticement, que je ne m'en apercevais pas sur le coup et que maintenant encore, quand je passe à Bourg la Reine, je me prends à chercher des yeux les serres des maraîchers.

» Il faut dire d'abord que ce train était extraordinairement moderne : ainsi, alors que la plupart des wagons de banlieue de l'époque avaient des banquettes en bois, les sièges étaient en moleskine sombre et luisante. Le plafond était haut et la décoration avait quelque chose de solennel que je n'ai retrouvé que dans le métro de Moscou ou dans ces avions russes que j'ai déjà évoqués : le dessin d'élégants filets bruns courait sur les parois revêtues d'un émail clair, les barres d'appui s'élevaient du sol à mi-hauteur comme des "T" nickelés aux ailes élégamment incurvées et, surtout, l'éclairage venait de lustres en forme de majestueux champignons renversés qui n'auraient pas déparé les salons de troisième classe du *Normandie*. J'étais très fier d'emprunter une ligne aussi luxueuse. Elle offrait aussi l'intéressante particularité d'appartenir à la RATP jusqu'à Massy-Palaiseau et à la SNCF au-delà, ce qui fait qu'on l'appelait indistinctement le "métro" ou le "train". J'ai vu vieillir ces wagons ; j'ai déploré le badigeonnage des arabesques émaillées ;

je les ai vus perdre leurs lustres, remplacés par de vulgaires volumes de plastique carrés éclairés au fluo ; j'ai entendu leurs moteurs électriques s'essouffler, prendre de pitoyables accents rauques. On a essayé de rajeunir leur aspect extérieur en remplaçant la couleur verte qui leur seyait si bien par un ensemble de deux tons grisâtres. La transformation en "réseau régional express", avec l'ouverture de la section Luxembourg-Châtelet, leur a été fatale : la pente, sous le boulevard Saint Michel, était trop forte et l'on sentait leur noble carcasse gémir sous l'effort. Mais le plus dur a été d'entendre, dans les dernières années, les commentaires méprisants des voyageurs qui n'avaient pas connu les heures de gloire, et leurs sarcasmes quand, par exemple, à bout de souffle, le train perdait un wagon entre Bourg la Reine et Bagneux. C'était d'autant plus injuste qu'en plus de cinquante ans, toutes les modernisations n'ont pas réussi à rendre le trajet plus rapide : il faut toujours plus de trois quarts d'heure pour aller de Luxembourg à Saint Rémy.

» A l'époque, les trains partaient de la station du Luxembourg, qui avait ceci d'étrange qu'on y pénétrait par le porche d'un immeuble ordinaire dont rien n'indiquait qu'il recelait, quasi clandestinement, une gare dans sa cave. On voyait encore sur la voûte la suie laissée par les locomotives. A Denfert attendait toujours une foule compacte et il fallait jouer des coudes. Dès la sortie de la voie à l'air libre, on éprouvait un sentiment de libération. On respirait mieux. Et puis on savait qu'on était lancé, sans arrêt, jusqu'à Antony, et c'était agréable de savoir qu'on allait brûler toutes ces gares, ces quais où le train frôlait la masse des fourmis banlieusardes qui piétinaient dans l'attente de leur omnibus. Il y avait tout de suite un joli paysage de toits de zinc gris et de cours, un dépôt des éditions Fayard revêtu d'une grosse inscription noire vantant les Œuvres Libres, une publicité pour Saint Raphaël Quinquina sur le mur aveugle d'un immeuble de cinq étages, dont les couleurs rouges et bleues prenaient un singulier relief d'avoir été badigeonnées sur des moellons inégaux.

» Très vite apparaissait l'aqueduc d'Arcueil ; toute ma vie j'ai fait le rêve impossible de me promener sur son étroite crête ;

dès que je l'apercevais, je ne manquais pas de vérifier machinalement si l'on pouvait y marcher : j'y avais bien repéré une mince chaussée, mais je n'y ai jamais vu personne, et j'avais aussi remarqué que l'accès en était barré par une grille aux pointes acérées. Juste avant l'aqueduc, on voyait une jolie petite gare de marchandises où l'on entreposait surtout du charbon. Car il est bon de préciser qu'il y avait encore un *trafic marchandises* sur la ligne. Du train, on découvrait la vallée de la Bièvre où nous sommes : c'était un entremêlement de toits de tuiles mécaniques rouges, de jardins minuscules, de cheminées de tôle. Par beau temps, cela faisait un joli patchwork, riant et bigarré, surtout à la saison où les lilas succèdent aux forsythias. L'hiver, c'était lugubre, parce qu'il stagnait sur la vallée une grisaille épaisse de brume et de suie. Les vitres du wagon, les arbres le long de la voie, les maisons qui fumaient, tout pleurait des larmes charbonneuses ; en face, le versant est resté longtemps dénudé, jusqu'aux contreforts de la redoute des Hautes Bruyères, puis sont venus les barres, les arbres, l'autoroute et cet hôpital dont la masse hippopotamesque a achevé de bouleverser toutes les proportions du paysage : même l'aqueduc en est presque devenu insignifiant.

» Juste avant Bourg la Reine, le train ralentissait et l'on avait le temps d'admirer une installation de maraîcher modèle, avec ses serres et ses allées rectilignes parcourues de rails sur lesquels circulaient des petits wagonnets. La traversée de Bourg la Reine était un moment important du voyage. Le "direct" ne s'y arrêtait pas davantage qu'ailleurs. On avait juste le temps d'apercevoir la bifurcation vers Robinson. A cet instant, éclatait presque toujours un drame. Il se trouvait un voyageur pour s'apercevoir qu'il avait pris le mauvais train : je suis sûr que tous, nous étions secrètement déçus quand il ne se produisait rien. Nous exprimions alors une commisération appuyée : nous nous sentions comme une grande famille, face à cet ignorant des choses élémentaires, et c'est là que j'ai appris qu'il y a plus balourd qu'un provincial à Paris : c'est un Parisien en banlieue.

» Ce qui faisait encore de la traversée de Bourg la Reine un moment important, c'est que je n'avais jamais été – et jusqu'à ce jour je ne suis jamais allé – à Robinson. Je n'ai jamais pris ce petit appendice de ligne qui se détache vers l'ouest : c'était l'inconnu. Tout ce que j'en savais, c'est qu'on trouvait au bout de légendaires guinguettes construites dans les branchages de gros châtaigniers centenaires, que l'on y montait les plats à l'aide de paniers et de cordes, que Robinson rimait avec chansons et qu'on y faisait la fête.

» A la sortie de Bourg la Reine, on avait à peine le temps d'entr'apercevoir sur la droite un minaret de béton qui me semblait le comble de la démence (je ne connaissais pas Gaudi) que déjà le train s'engouffrait dans le tunnel sous le parc de Sceaux – une fois sur deux le conducteur oubliait d'allumer les lustres et c'était le noir pour quelques secondes. On brûlait encore la Croix de Berny ; pendant plusieurs années, les pancartes bleues annonçant le nom de la station furent complétées par une autre plus petite, comme un peu honteuse, qui ajoutait : Fresnes. Puis Fresnes redisparut, aussi honteusement. Je me suis toujours demandé les raisons de cette apparition-disparition. Encore une énigme. Est-ce parce que les Fresnois sont des adeptes du principe : “Pour vivre heureux, vivons cachés” ? Est-ce parce que le nom de Fresnes est trop lié à celui de sa prison ?

» Le train s'enfonçait – il s'enfonce toujours – dans la tranchée bétonnée d'Antony et s'y arrêtait enfin une minute. Il se faisait un peu de vide, on commençait à pouvoir prendre ses aises. Puis il réémergeait, s'élançait vers la plaine de Massy-Palaiseau, dont les stations se succèdent comme les cas d'une déclinaison grammaticale : Massy-Verrières, Massy-Palaiseau, Palaiseau, Palaiseau-Villebon. Là il y avait cent choses à regarder, au milieu des premiers vrais champs, des premières vraies cultures tandis qu'au loin se dessinaient les premières vraies forêts. Il y avait le bourg de Massy qui, bombardé, demeura en ruine plusieurs années après la fin de la guerre, il y avait les ponts et les voies de la ligne de grande ceinture avec laquelle on faisait un bout de route commune à partir de Massy-Verrières, le tracé abandonné d'une énigmatique ligne Paris-Chartres jamais réalisée, et enfin l'éclatement des voies en bouquet, pour former la gare de triage, porteuses d'innombrables trains de marchandises. Massy-Palaiseau était une bizarre station de métro en béton et en brique, qui se dressait dans une campagne déserte, au milieu de blés et de jachères où l'on voyait pousser la "hideuse jusquiame"; une longue et grêle passerelle de béton franchissait l'immensité des voies de triage pour permettre la correspondance avec la station de l'autre ligne que l'on apercevait sur la rive opposée des voies. Et après Massy, le train devenait omnibus, il entrait dans la vallée de l'Yvette et c'était vraiment, définitivement la campagne, cette campagne dont Péguy disait qu'elle annonçait la Beauce :

Des fermes et des champs taillés à votre image
Mais coupés plus souvent par des rideaux de bois

Et coupés plus souvent par de creuses vallées
Pour l'Yvette et la Bièvre et leurs accroissements,
Et leurs savants détours et leurs dégagements
Et par les beaux châteaux et les longues allées.

» A Palaiseau-Villebon, sur le mur d'une maison en face de la gare, on pouvait lire une grande annonce peinte sur une maison de meulière en lettres délavées :

LA SUISSE PRÈS PARIS

» Après Orsay, on voyait enfin les premières vaches dans les prés. Mais la campagne était déjà présente depuis la sortie de Paris. Longtemps les abords de la voie furent occupés, dans leurs moindres parcelles, et parfois jusqu'à la plus extrême pointe entre les aiguillages, par les jardins familiaux des employés de la ligne : dès Arcueil c'était un concours de salades et de pensées, et, aux mois chauds, un feu d'artifice de petits pois ramés, de dahlias et de glaïeuls. Le parcours de la ligne de Sceaux était ainsi un livre d'horticulture dont on changeait de chapitre au gré des mois et des saisons. Lorsque les talus étaient trop abrupts pour être cultivés, ils étaient couverts de bosquets de jeunes acacias ;

c'est d'ailleurs encore le cas en maints endroits, aujourd'hui. C'est vraiment la ligne des acacias, ces arbres venus du Nouveau Monde, dont longtemps on porta les feuilles comme un symbole de liberté.

» Et les dimanches de printemps, de Saint Rémy à Paris, les voyageurs montaient avec d'épais bouquets de grappes violettes : c'était alors le train des lilas. »

*

Vendredi 2 juin. Comme il était prévisible, la nuit ne fut qu'un long va-et-vient : ouvrir ou fermer la fenêtre, choisir entre le vacarme et la suffocation. Pendant ce temps, dans le ventre de François, le saumon enfin désurgelé décida de se mettre à chanter.

Il pleut, ce matin, à petites larmes. Ils ont rendez-vous avec Gérard, devant l'ancienne mairie d'Arcueil. Gérard est, comme Gilles, un ancien étudiant en géographie d'Yves Lacoste et, comme de Gilles, celui-ci a dit à François que s'il n'y avait qu'une seule personne à voir sur tout le trajet de Paris à Bourg la Reine, c'était Gérard. Qu'il savait tout sur la région, et davantage encore.

Et donc, tandis qu'en retard comme d'habitude, ils dévalent une rue entre les cités de brique, un jeune homme les croise qui court dans le sens contraire et qui, en passant à la hauteur de François, crie : « Vous êtes monsieur Maspero ? Non, bien sûr, vous n'êtes pas monsieur Maspero », tout en continuant à courir, ce qui fait que François n'a plus qu'à faire volte-face, à galoper lui aussi comme un dératé pour essayer de le rejoindre, tout en s'époumonant : « Si, si, je suis monsieur Maspero. » Enfin convaincu, le jeune homme s'arrête et les salue cérémonieusement : « Bienvenue en Hurepoix ! »

A partir de ce moment, c'est une course éperdue : Gérard est taraudé par l'évidence qu'il est impossible de montrer en une seule journée tout ce qu'il y a d'important à Arcueil, d'en expliquer toute la richesse historique et archéologique. Il connaît le moindre détail, la moindre pierre, le moindre vestige, le moindre emplacement de ce qui a fait la splendeur d'Arcueil. D'autant que les connaissances et la passion de Gérard ne se limitent pas à sa ville natale, ni à la vallée de la Bièvre, mais s'étendent à tout le vaste Hurepoix, cet ensemble de plateaux entrecoupés de vallées boisées qui va de Paris à la Beauce et où fourmillent rivières, bourgades et châteaux.

Gérard est enthousiaste du passé, passionné de découverte, désespéré de tant de merveilles disparues, et angoissé à l'idée qu'il ne pourra jamais faire partager tant de sentiments intenses. Et pourtant ses sentiments sont communicatifs : toujours cavalant derrière lui, ils voient, par ses yeux, couler la Bièvre là où il n'y a que bitume, se dresser des châteaux là où il n'y a que cités de brique, s'étager des terrasses, des jardins, des pièces d'eau, se déployer des parcs majestueux là où survit encore un arbre bicentenaire, se dessiner l'aqueduc de Catherine de Médicis sous la construction récente. L'église gothique leur parle pèlerinage de Compostelle et, sous une arche de l'aqueduc, ornant un ancien portail, s'anime le buste d'une femme à deux visages, sculpté au XVIe siècle pour évoquer ici la double origine de la civilisation gallo-romaine.

Ils courent, ils courent, Gérard parle, parle, et voici que voltigent autour d'eux Anne de Guise prince de Lorraine, Erik Satie, le chef gaulois Camulogène, Raspail et sa nombreuse famille, Ronsard, la marquise de Montespan, le marquis de Sade, le roi Jean II Casimir de Pologne, et tant et tant d'illustres personnages que François finit par se raccrocher à l'un d'eux, peut-être parce qu'il le connaît encore moins que les autres, *le duc de la Vanne*. Honte à lui, il a mal compris, il s'agit de *l'aqueduc de la Vanne*. Alors reprenons un instant notre souffle et tâchons de mettre un peu d'ordre.

Camulogène : Cela se passait en 52 avant J.-C. Il repoussa le lieutenant de César, Labenius, qui tentait de passer la Seine du côté de ce qui est aujourd'hui le quai d'Austerlitz. La bataille de Lutèce se déroula le long de la Bièvre. Repoussé, Labienus dut remonter celle-ci et la franchir à Arcueil pour opérer un mouvement tournant par Montrouge. Là-dessus, César lui-même prit les choses en main, tua Camulogène dans la plaine de Vaugirard et entra dans Lutèce en suivant peu ou prou le tracé de la future rue Vercingétorix. L'année suivante, ce fut la chute d'Alésia. Pourquoi n'y a-t-il pas de rue Camulogène à Paris ?

Ronsard : Dans les *Sonnets à Hélène*, il écrit :

> Tu vas bien à Herceuil avecque la cousine,
> Voir les prés, les jardins et la source voisine
> De l'antre où j'ai chanté tant de divers accords...

Mais Ronsard ne fut pas le seul à venir se promener dans les jardins d'Arcueil et à en chanter les prés et les sources : tous les poètes de la Pléiade s'y retrouvaient, dans la maison de Robert Garnier. Ils avaient transformé Arcueil en Hercueil pour pouvoir, dit-on, y célébrer le nom d'Hercule.

Et, un siècle plus tard, Henri-Louis de Loménie composait ce joli poème, légèrement plombier d'inspiration :

> La fontaine d'Arcueil, plus fameuse que l'onde
> D'Inope ou de Pernesse où se puisaient les vers,
> Est la source à présent où se tirent nos rimes,
> Ta main en tient pour moi les robinets ouverts.

Catherine de Médicis : Ce fut elle qui finança les travaux du deuxième aqueduc. Le premier avait été construit sous les Romains : on dit qu'il alimentait les Thermes de Cluny et que ses arcs donnèrent leur nom au village : Archelium. Le deuxième, lui, amenait l'eau au palais du Luxembourg et à diverses fontaines parisiennes. Il supporte aujourd'hui les arcades de meulière du troisième, conçu au XIXe siècle par Belgrand (que nous avons déjà rencontré sur le canal de l'Ourcq) et qui emmène ses eaux dans les grands réservoirs de Montsouris.

Le prince de Guise : Son château, dont il ne reste que quelques dépendances, était entouré d'un jardin merveilleux que traversait la Bièvre et où « il nourrissait les oiseaux les plus rares ». Au XVIIIe siècle, ce jardin était déjà à l'abandon. Gérard a raison de dire qu'il ne faut pas, si l'on veut évoquer le passé, penser à ce château et à son parc comme à un site isolé, mais tenter d'imaginer plutôt ce que pouvait être cette succession de résidences nobles qui s'étalaient depuis Versailles et les hauteurs de Marly et de Saint Cloud, dont la plus proche demeure Sceaux. Louis XV vint chasser, par les bois, du côté d'Arcueil.

Le marquis de Sade : On voyait encore dans les années 20, au 11 rue de la Fontaine, la maison dite de l'Aumônerie que celui-ci loua pour tenter, un dimanche pendant la grand-messe, de passer à l'acte. A en croire le récit de la victime, la femme Keller, l'affaire fut minable. C'est toujours le risque, quand on se mêle de confondre création littéraire et réalité. Il paraît que les Arcueillais manifestèrent leur indignation.

Berthollet qui était chimiste et Laplace, mathématicien, habitèrent Arcueil dans deux maisons communicantes. Ils fondèrent en 1807 la Société chimique d'Arcueil. Toute l'élite intellectuelle de l'Empire et de la Restauration défila chez eux : Lamarck, Gay-Lussac, Monge, Alexandre de Humboldt, Chaptal.

Quant à Raspail et à sa nombreuse famille, immense est l'influence qu'ils ont exercée sur Arcueil depuis que s'y installa l'aïeul François-Vincent Raspail, le « médecin des pauvres ». C'était en 1864, il était déjà sur ses vieux jours, mais cela ne l'empêcha pas en 1874, à l'âge de quatre-vingts ans, d'être condamné à un an de prison pour avoir écrit que les communards n'étaient pas des assassins. Son fils Émile ouvrit la fabrique de la *Liqueur de Raspail* et, outre qu'il procura du travail à de nombreux Arcueillais qu'il employait « avec beaucoup de compétence et de sens de l'humain », il fut un grand maire : il eut des initiatives sociales hardies pour l'époque, comme la création d'un musée scolaire, de la première Œuvre de la Goutte de lait, de crèches, d'une école à mi-temps pour les jeunes travailleurs. L'autre fils, Benjamin, créa la maison de retraite Raspail et eut une jambe coupée par un tramway avenue d'Orléans.

Et Erik Satie ? C'est la plus grande gloire d'Arcueil et son enfant chéri. Il était très pauvre et habitait un meublé dans la maison dite « des quatre cheminées », où il mourut en 1925 : pour toute fortune, on retrouva dans sa chambre cent parapluies et un piano hors d'usage, le tout sous un épais amas de toiles d'araignées. Satie qui voulait que sa musique fût comestible ne mangea pas à sa faim. Il allait à Montmartre et au Chat noir à vélocipède, ustensile dont il était un prosélyte infatigable, notamment auprès des enfants d'Arcueil qu'il emmenait promener le jeudi. Satie s'occupa beaucoup des enfants ; la légende dit qu'il ne les tutoya jamais. Il animait le patronage municipal qu'il renflouait parfois de sa maigre bourse et y donnait des leçons de solfège gratuites. Membre de l'Association des « Nés-natifs d'Arcueil » – bien que natif de Honfleur – il fut socialiste et, en 1920, opta pour le rattachement à la IIIe Internationale : si l'on en croit l'actuel maire d'Arcueil, Marcel Trigon, ce fut Eric Satie qui fonda la section du parti communiste d'Arcueil. Version controversée. Voilà qui nous emmène assez loin des *Morceaux en forme de poire*...

*

Il pleut toujours. Gérard les entraîne sous les combles de l'ancienne mairie, grenier-capharnaüm exigu mais grandiose où il entrepose tout ce qu'il peut sauver : vieilles pierres ou rampes d'escaliers sculptées arrachées aux chantiers, archives en attente d'être lues et classées : c'est pour lui une alerte de tous les instants, être là au premier coup de marteau-piqueur quand il a été impossible de rien faire avant, un travail de saint-bernard archéologue. Dans le hall, ils rencontrent Robert Clusan qui se souvient d'avoir monté la garde à la librairie La Joie de lire pendant la guerre d'Algérie, quand elle était la cible d'attentats. Ce souvenir et d'autres établissent aussitôt quelques liens fraternels entre François et lui. On va déjeuner et arroser ça.

Robert Clusan fut, au temps du Front populaire, socialiste dans ce qui était alors la gauche de la gauche, la tendance

Marceau-Pivert. Il connaît Arcueil depuis qu'il est tout gosse. Il y a milité, il y a combattu dans la Résistance. Après la guerre, il a été de toutes les tentatives de regroupement d'une gauche indépendante et honnête : le PSA, le PSU, les comités anticolonialistes... Aujourd'hui, au bout de ce long itinéraire toujours à contre-courant, il a finalement adhéré au parti communiste : « Parce que, dit-il, je veux pouvoir me regarder dans la glace le matin. » François n'a pas exactement suivi la même évolution, mais après tout, peut-être les miroirs d'Arcueil sont-ils des miroirs magiques...

Pour Robert comme pour Gérard « Arcueil, c'est très particulier » : et avant tout parce que, aujourd'hui encore, vingt-cinq pour cent des habitants de la ville sont de familles elles-mêmes originaires du lieu. (C'est également le cas de plusieurs localités environnantes : ainsi, enquêtant à Villejuif en 1936, Claude et Jacques Seignolle pouvaient noter : « Nos témoins principaux possédaient une généalogie qui prouvait le séjour sur place de leur famille dans les deux lignes depuis 321 ans. ») Dans cette ville de 25 000 habitants, chiffre sans changement depuis vingt ans avec un taux d'immigrés que la municipalité s'efforce de maintenir au-dessous de 10 %, cette ville qui vote communiste depuis 1925, où dès l'âge de seize ans on inscrit les enfants sur la liste d'accession aux appartements HLM municipaux, il y a bien, oui, un « esprit d'Arcueil ».

Parfois un peu « subraciste » sur les bords, l'esprit d'Arcueil, pour reprendre le mot employé par Robert ? A voir.

Arcueil, à l'origine, c'était la Bièvre : d'abord charmante rivière, « gai ruisseau qui courait en rossignolant », chantait Benserade au XVIIe siècle, douce plus tard au cœur de Victor Hugo, elle devint au fil des ans, à force de filatures, teintureries et tanneries, « cloaque infect », qu'il fallut finalement recouvrir. C'est pourtant sur ses rives que l'on trouvait la plus grande concentration de blanchisseries des alentours de Paris : en 1900, il y en avait 150, entre Arcueil et Cachan. Émile Zola a décrit dans *L'Assommoir* ce qu'était alors un lavoir. Dans la blanchisserie que Robert Clusan a connue en 1946, le travail, même modernisé, restait très dur. Il en a rédigé cette description :

Un hangar assez élevé pour que la vapeur ne stagne pas au sol où s'élèvent les socles de béton d'énormes lessiveuses, ou plutôt des machines à vapeur chauffées au coke... Devant les baies vitrées, d'épaisses tables de bois sur de solides tréteaux servent au repassage, car nos blanchisseuses sont plutôt des repasseuses. Il reste encore à l'époque d'énormes fers au charbon de bois et des petits fers de fonte avec des poignées de cuir et d'étoffe pour saisir sur les fourneaux qui chauffent en permanence...

Arcueil, ce fut aussi, jusqu'à la fin du siècle dernier, comme tous les villages avoisinants, un pays de vignobles. La région du sud de Paris, de Chaillot à Villejuif, produisait un vin blanc limpide qui fournissait largement Paris mais qui voyageait bien plus loin. Vin populaire – le *tutu* –, mais bon vin aussi, puisqu'il y avait à Arcueil, dès le XIIe siècle, une *vigne du roi*. Pendant des siècles et jusqu'à la Révolution, le paysan y fut désigné sous l'appellation de *laboureur de vignes*. Le phylloxéra a tué le vignoble à Arcueil comme dans toute la région, juste avant 1900, mais déjà la production industrielle des vins du Midi en avait bien affaibli la culture, progressivement remplacée par les exploitations maraîchères. Les « messiers » de Bagneux ont disparu en 1887 ; à Arcueil, cela faisait déjà ving-cinq ans qu'ils n'existaient plus. Les messiers étaient des gardes munis d'un sabre, spécialement affectés à la surveillance des vignes avant la vendange. Robert se souvient d'avoir bu du vin de Cachan. On en cultive encore quelques pieds de vigne à L'Haÿ les Roses. On en a replanté aussi à Bagneux voici quatre ans, à grand renfort de manifestations folkloriques.

Arcueil, ce furent encore les carrières. On a peine à imaginer ce que pouvait être le paysage au XIXe siècle, lorsque les grandes « roues d'écureuil » se dressaient un peu partout dans les champs, autour d'Arcueil, Bagneux et Gentilly. Chateaubriand les évoque en passant, sur la route de la Vallée aux Loups, et Eugène Toulouze, dans son histoire de Bagneux, les décrit ainsi :

Au milieu de cette prairie coupée par des chemins de traverse, on remarquait de légères élévations surmontées de gigantesques roues atteignant la hauteur d'un quatrième ou cinquième étage ; à la circonférence de l'immense cercle se trouvaient de petites traverses en bois sur lesquelles quelques hommes appuyaient alternativement les pieds et les mains afin de faire enrouler autour d'un moyeu central une corde qui ramenait du fond de la carrière de gros blocs de pierre de plusieurs milliers de kilos ; ce travail des pieds et des mains donnait aux ouvriers employés l'aspect d'autant d'écureuils tournant dans leur cage.

Les carrières abandonnées furent converties en champignonnières. On pourrait, dit la légende, aller de Bagneux aux catacombes de Denfert et même au Panthéon par les carrières, sans jamais remonter à l'air libre. Robert raconte que la cité Vaillant Couturier, construite au-dessus de ces excavations, est toujours en équilibre instable : on a, pour consolider le sous-sol, employé la méthode de l'injection de béton ; plus tard, on s'est rendu compte que ce procédé était dangereux, car, comprimant l'air, il fait éclater les parois. Aussi lui préfère-t-on aujourd'hui l'emploi de pilotis, enfoncés à plus de cinquante mètres de profondeur.

A l'extraction de la pierre de taille vint s'adjoindre celle de l'argile, qui de tout temps avait alimenté un intense artisanat de la poterie. Au début de ce siècle s'installèrent, notamment à Bagneux, des fabriques de briques industrielles – ce qui explique l'emploi privilégié de ce matériau pour les HLM municipales d'Arcueil.

Les carriers n'étaient pas des gens faciles. C'étaient de fortes têtes. Et comme la présence du vignoble aux portes de Paris favorisait l'établissement de nombreux débits de boisson – il y en avait cent cinquante au début du siècle, rien qu'à Arcueil –, les Arcueillais avaient une solide réputation de batailleurs et de mauvais coucheurs. On les appelait les *Boyaux rouges* et ils s'unissaient aux habitants de Bagneux, les *Pattes jaunes*, pour taper sur ceux de Fontenay, lesquels n'étaient pas en reste de sobriquets : les gens de Bagneux étaient les *Anes de Bagneux* ou les *Fous*, car on disait que la puanteur des fèves qu'ils cultivaient les rendait fous. Au-delà de ce folklore, il reste que les carriers de la banlieue sud ont été de tous les grands soulèvements populaires parisiens, que la population d'Arcueil prit largement parti pour la Commune de Paris – on conserve à la mairie le drapeau rouge des Communards d'Arcueil – et qu'elle a gardé ce sentiment d'avoir toujours été en butte à la méfiance des autorités administratives. Amputé d'une partie de son territoire qui fut annexée à Paris et à Gentilly, Arcueil dut encore subir, en 1922, la sécession du hameau de Cachan. Pour Gérard comme pour Robert, c'est clair : de même que le département de la Seine obligeait, comme une forme de « punition », les Arcueillais à payer l'entretien des abords du fort de Montrouge alors que celui-ci était en dehors de leur territoire, de même les gens de Cachan, qui étaient des bourgeois aisés, méprisaient pour leur pauvreté « ces fainéants d'Arcueil ».

Arcueil était prolétaire et pauvre. La vallée, avec ses fonds marécageux, était insalubre. « On voit encore monter, certains jours, dit Gérard, le brouillard de Gentilly. » Une légende du Moyen Age dit que l'on voyait alors se dessiner la forme du géant Malassis. « Dix personnes, dans ma famille, dit encore Gérard, sont mortes de la tuberculose. » Le pire, c'était, à Gentilly, la Villa Mélanie : un cloaque. Là venait s'installer la main-d'œuvre la plus démunie, les Bretons, les Piémontais, les Arméniens. Que les premières cités, que l'on a commencé à construire juste après la Première Guerre mondiale, aient été des « cités-clapiers », c'est vrai, dit Robert : mais au moins, on a logé les gens décemment. Et plus tard, les HLM d'Arcueil qui leur ont succédé ont été étudiées pour éviter tout gigantisme, toutes proportions inhumaines. Le social passait avant tout. On n'a pas attendu le plan Delouvrier et les promoteurs : oui, vraiment, les communistes d'Arcueil peuvent se regarder dans la glace. Il a connu Arcueil sans électricité et sans gaz : l'installation de la « colonne montante », dans les années 30, c'était déjà la vie transformée.

Quand il avait dix ans, Robert accompagnait son père, qui venait à pied du XVe arrondissement où il habitait alors, pour gagner son jardin de L'Haÿ les Roses. La grande affaire, c'était de tricher à l'octroi. Tous les gosses connaissaient des trucs :

« Ça payait les bonbons. » Les adultes aussi en connaissaient. Tout ce qui entrait dans Paris devait acquitter une taxe. Mais tout ce qui en sortait était remboursé de la même taxe. On jaugeait l'essence dans le réservoir des voitures. (Rêveur : « Je me demande comment on ferait aujourd'hui... ») Il s'agissait donc d'entrer un produit en fraude et de le ressortir légalement. On a même vu des gens organiser des fausses noces pour entrer dans Paris...

*

« Ça vous plairait de monter sur l'aqueduc ? », demande Gérard. François n'en croit pas ses oreilles. Mais si, il a bien entendu. Gérard s'occupe, à la commission culturelle de la municipalité, des fêtes du bicentenaire. Celles-ci s'ouvrent demain avec un grand banquet républicain. A cette occasion, les points stratégiques d'Arcueil doivent être ornés de calicots tricolores. Et l'aqueduc surtout, bien sûr.

Il pleut à pleins seaux. Mais ce n'est pas le moment de faire la fine bouche. Aujourd'hui ou jamais. Une occasion comme celle-là ne se présente qu'une fois dans une vie. Retour à l'ancienne mairie, où Gérard a rendez-vous à deux heures avec l'équipe des décorateurs. Attente. A trois heures, il n'y a toujours personne. Que faire ? Y aller quand même, puisque les précieux calicots sont déjà là ? Y aller, bien sûr, approuve François, paniqué à la perspective de voir le mirage s'évanouir. Nous serons bien capables de les installer tout seuls. On embarque les trois gros rouleaux de gaze : heureusement ils pèsent moins lourd que leur volume ne le laissait craindre. Pourvu, avec cette pluie, que la teinture soit de bonne qualité. On passe prendre le préposé : mieux équipé qu'eux, avec ses grandes bottes et son ciré de marin breton pour faire face aux intempéries, il leur ouvre la grille d'accès.

Ils s'engagent sur l'étroite voie pour gagner le milieu du pont, à quelque cinquante mètres au-dessus de la vallée. Là les attend, frileusement perché sur la rambarde, un petit faucon crécerelle,

Viaduc d'Arcueil.

un habitué des solitudes glacées des monuments historiques, qui ne s'envole qu'au dernier moment. « A gauche, dit Gérard, on voit jusqu'au Sacré Cœur. » « Prends des photos », dit François à Anaïk. « Qu'est-ce que tu veux que je photographie ? Y'a rien à photographier », proteste celle-ci avec bon sens. C'est vrai : on ne voit rien à gauche, rien à droite, seulement les toits d'Arcueil d'un côté et ceux de Cachan de l'autre ; tout le reste est noyé dans le déluge, tandis que les embruns leur fouettent le visage d'une eau glacée. Alors ils se photographient les uns les autres, et François prend la pause, aussi heureux que s'il venait de mettre le pied sur le sommet de l'Anapurna. Ils grelottent. Toujours pas de joyeux décorateurs en vue. « Tant pis, décide Gérard. On s'y met. » Chaque rouleau a plusieurs dizaines de mètres de long. De quoi s'agit-il, en fait ? De faire pendouiller élégamment les trois couleurs sous l'aqueduc ? (Côté Arcueil, bien entendu. Ces chiens de Cachan n'y ont pas droit.) Après tout, François a passé une partie de sa vie à faire des vitrines de librairie ou à mettre en page des affiches, et un aqueduc ce n'est pas très différent d'une vitrine ou d'une affiche, c'est seulement un peu plus gros. Gérard et François commencent à dérouler le bleu, marchant chacun à reculons sur le pont pour s'éloigner l'un de l'autre et luttant contre le vent qui a une fâcheuse tendance à transformer la gaze-serpillière en voile d'artimon. François en est déjà à préparer un joli nœud de vache pour l'accrocher au balcon de fer, quand arrivent en courant les deux joyeux décorateurs. Ils prennent les choses en main avec tant de compétence que François se demande comment il a pu imaginer un instant, l'insensé, qu'il était capable de faire ça tout seul. Une petite heure plus tard, nos voyageurs sont définitivement gelés, transpercés, dégoulinants et spongieux, mais ça y est : les trois couleurs pendouillent.

Peu glorieusement, il faut bien le dire.

Dans toutes les grandes victoires se glisse un peu d'amertume. Mais François pense à la tête que fera Lacoste, demain, à Bourg la Reine, quand il lui annoncera, faussement modeste : « Je suis monté sur l'aqueduc d'Arcueil. » Il y a aussi un garçon de quatorze ans qu'il a bien connu, dont il sait qu'il en baverait d'admiration, s'il pouvait lui dire ça ; malheureusement, c'est trop tard : il faudrait retourner plus de quarante ans en arrière, pour le retrouver, ce François-là, qui rêve derrière la vitre du wagon, au passage d'Arcueil-Cachan.

Gérard, qui prend de plus en plus au sérieux son rôle d'amphitryon, les invite, magnifique, au grand banquet républicain qui aura lieu demain, samedi.

*

Samedi 3 juin. Départ pour Sceaux.

La veille au soir, après s'être étrillés et mal réchauffés au Climat, ils ont pris le train jusqu'à Bourg la Reine, en espérant y repérer un hôtel où ils pourraient retenir une chambre pour la prochaine étape. Pas d'hôtel dans le bourg même : il eût fallu probablement aller voir le long de la route nationale. Mais ce sont des choses qui ne se font qu'en voiture. Bourg la Reine, la nuit tombée, battait les records de solitude. Un ou deux restaurants les ont tentés mais, jamais satisfaits, les prix affichés les ont découragés. Heureusement ils ont trouvé un chinois. Plus tard ils ont fait encore quelques tentatives au téléphone pour trouver un hôtel entre Arcueil et Antony. Tout était complet ; c'est paraît-il la semaine des concours d'entrée des PTT, à la Maison des examens de Gentilly, et les candidats remplissent les hôtels proches des stations de la ligne. En attendant, donc, ils ont décidé de passer la nuit suivante à Sceaux, où il y a de la place. François vit décidément une période intense de découvertes, puisque, après l'aqueduc, pour la première fois de sa vie, il va s'engager sur la bifurcation de Robinson.

La gare de Sceaux est agréablement vieillotte, Sceaux est agréablement vieillot. Mais chic. Très chic. Ça se sent tout de suite. Riche. Villas de riches. Chiens de riches. Commerces de riches. Hôtels de riches, hélas. Un luxe de vacances dorées. En bordure du parc de Sceaux, dans la charmante petite église du XVIIe siècle, ils trouvent, au milieu des habituelles brochures exposées, un lot du journal *Présent* déposé probablement là par un pieux militant pour l'édification de ses coreligionnaires. Ils s'en emparent et s'édifient : A Cergy Pontoise, les voyous immigrés nous pourrissent la vie. Droits de l'homme ou droits des crapules ? La loi Joxe sur les immigrés, c'est l'invasion pure et simple de notre pays. Message de Mitterrand pour féliciter le *Gai-Pied*. Le Pen à Nancy : le Front national est le parti des Français amoureux de la France. Claude Autant-Lara se présente aux élections européennes sur la liste du Front national : « La vraie internationalité passe d'abord par le national. »

Le parc de Sceaux : un gardien très jeune en uniforme de gorille mexicain s'ennuie devant la grille, talkie-walkie dans une main, chaîne dans l'autre. Et au bout de la chaîne, un chien-loup. Les villes vieillottes ont besoin de gardiens musclés.

De la pluie d'hier, il ne reste, au-dessus des grands arbres, que de grands nuages qui roulent dans un ciel humide et effumé et, de temps à autre, le ciel qui rit malgré les averses.

De la terrasse du château, au-delà du jet d'eau solitaire, la vue, vers l'ouest, porte très loin sur un paysage composé presque entièrement de forêts, de Meudon à Verrières.

Comme dans le monologue de Dufilho, le château construit en 1597, rasé par Colbert qui s'en fit faire un plus beau, embelli par le duc du Maine, fils de Louis XIV et de Mme de Montespan, habité par Voltaire, acheté comme bien national et détruit par le duc de Trévise pour en édifier un autre plus confortable, est un monument historique *entièrement d'époque*.

Il abrite le joli musée de l'Ile de France dont ils admirent les collections, en n'omettant pas de chausser les patins de feutre que la direction met gracieusement à la disposition des visiteurs. Poteries et faïences de Sceaux et de la région, peintures qui restituent les sites évanouis : jardins d'Arcueil par Jean-Baptiste Oudry, paysages de Huet, qu'aimait Victor Hugo et qui montrent des landes sombres et sauvages du côté de Sèvres, carrières de Gentilly sous la neige de Léon Mellé, et une magnifique composition qui vaudrait à elle seule le voyage, un tableau de J. Veber d'avant 1914, dans sa série « les maisons ont un visage » représentant un dimanche à Robinson : à bien y regarder, la guinguette a un nez, des yeux et tout ce qu'il faut ; mais, surtout, y figurent ensemble tous les habitués célèbres de l'époque. Maurice Chevalier avec Mistinguett, Pierre Laval courtisant Cécile Sorel, le préfet Lépine, Clemenceau, Aristide Briand et, banquetant autour d'une table, Jules Guesde et Lénine en compagnie de Clara Zetkine (et pas Kroupskaïa ? Ce n'était donc pas avec son épouse légitime que Vladimir Illitch partait le dimanche se livrer dans les bois à ses saines distractions vélocipédiques – sur un tandem, précisent certains ? Et pas non plus avec sa maîtresse non moins légitime, Inès Armand ?). Des photos d'archives, telles que celle de la galiote qui faisait le service de Paris à Saint Cloud par le bas Meudon. Des documents concernant les célébrités locales : Eluard à Saint Denis, Satie à Arcueil, Sade, toujours à Arcueil, avec une photo de la maison de son forfait prise vers 1920, à la veille de sa démolition (« Juste retour des choses », précise la légende, « un centre de soins occupe l'emplacement. ») Céline à Meudon : ici, la légende vaut la peine d'être reproduite *in extenso,* pour l'instruction du lecteur qui en fera ce qu'il voudra :

> Ecrivain violemment antisémite et pamphlétaire, ses opinions face au nazisme en 1940 lui valurent après la guerre la prison et l'exil dont il rentrera en 1951, s'installant à Meudon où il exercera la médecine en soignant les pauvres et les déshérités. Ses « hallucinants délires », la nouveauté de son écriture déchiquetée faussement argotique lui valurent un succès de scandale.

Ils descendent par les pelouses et les allées mouillées vers les pièces d'eau et les statues de Puget. Peu de promeneurs. Près du jet d'eau, un photographe de mode prend des clichés de faux jeunes mariés, avec projecteurs et ombrelles réfléchissantes. Anaïk se plaint qu'il n'y a aucune photo à faire, dans ces régions. « Je ne suis pas faite pour la carte postale. » Elle trouve les gens moroses et monochromes : la vie devient monotone.

En obliquant sur la droite, ils pourraient marcher, sortant du parc et suivant l'avenue Jean Jaurès de Chatenay Malabry, jusqu'à la Vallée aux Loups où, en 1810, Chateaubriand planta les beaux arbres qui n'ombragèrent pas sa vieillesse, puisque, ruiné par son ambassade à Rome, il dut revendre son domaine. S'ils avaient plus de temps, ils pourraient aller s'y reposer à l'abri des séquoias et humer les exhalaisons basalmiques des grands liquidambars. Mais y a-t-il encore des liquidambars à la Vallée aux Loups ?

Ils reprennent le RER à la station Parc de Sceaux, et descendent à Laplace : c'est rue Laplace, devant la mairie moderne qu'a lieu la fête républicaine. La gare, en briques et en béton, est un beau spécimen du style Palais de Chaillot-pissotière. Peu de monde. Devant l'arrêt d'autobus, un jeune noir barbu moulé dans un sweater rouge cache précipitamment à leur passage quelque chose dans ses baskets, puis repart rôder, en quête d'improbables deals. Ils remontent la rue Laplace, passent devant des blocs de quinze étages qui ont été agrémentés (est-ce d'origine ? est-ce le fruit de la réhabilitation ?) d'une grosse tuyauterie extérieure, bleue, du genre Beaubourg : face aux commerces fermés, un bronze représente un homme et une femme qui lèvent disgracieusement les bras vers le ciel : ils sont maigrement emmaillotés de gaze tricolore, résultat évident du travail de la fine équipe des joyeux décorateurs.

La fête est à deux étages : sur la rue, se réjouissent les Arcueillais, dans une succession de stands : associations de locataires, préretraités, chômeurs, parents d'élèves, anciens combattants, jeunesses communistes, et ainsi de suite. Atmosphère bon enfant : beaucoup d'uniformes de sans-culottes et de bonnets phrygiens qui coiffent des têtes joviales du genre service d'ordre de la CGT. Un sans-culotte passe dans son blouson de cuir noir, gros chien en laisse. Au-dessous de la rue, en contrebas, c'est la fête foraine. Le bruit du stand des fusils à pompe domine tout, insupportable. Les immigrés sont tous dans la fête du dessous.

Il pleut. Anaïk fait décidément la grève de la photo. Ils attendent l'ouverture du grand hall de toile préparé pour le banquet.

Bousculade sympathique. Enfin, la ruée. A l'intérieur, de longues tables sont dressées pour près de mille personnes, au pied d'une grande tribune. Ils se casent à l'une d'elles, avec toute la famille de Gérard, monsieur et madame, les enfants, la grand-mère, des employés municipaux qui râlent d'avoir été mis là d'office et pas ailleurs, alors que ce sont eux qui ont tout préparé, mais qui sont bien sympathiques, un couple de vieux Arcueillais un peu méfiants. Le brouhaha est intense.

C'est à ce moment-là que Gérard leur annonce que l'armée chinoise a envahi la place Tienanmen, qu'on se bat dans Pékin, que les chars écrasent la foule et qu'il y a des centaines de morts. Là-dessus, le camarade Trigon, maire d'Arcueil, prend la parole. Le bruit court que ce sera long.

Le petit millier de participants, auquel il faut joindre la grande centaine de serveuses en bonnet phrygien, le laisse parler avec bonhomie, mais le vacarme, l'agitation bon enfant des uns et des autres ne cessent pas pour autant. François tend son petit Sony, tandis qu'Anaïk qui reprend goût à la photo mitraille la famille, ses tendres baisers et les galipettes des enfants.

Bref extrait des trois dernières minutes de la bande son :

« ... Comme en 89, seule une redistribution des cartes pourra remettre la société à l'endroit et lui permettre d'avancer dans le bon sens, celui du progrès, de la justice, de la fraternité. *(Une voix au-dessus du tumulte, tout près du micro : – Et rebelote sur ??? Incompréhensible.)* ...Aujourd'hui nous vivons à nouveau le monde de l'injustice... Chaque jour des milliards et des milliards volent au-dessus de la tête de ceux qui en ont tant besoin... On peut comprendre pourquoi tout est fait pour cacher la véritable histoire de la Révolution française. *(– Tu peux prendre notre table avec Trigon au fond ? – Qu'est-ce que tu dis ? On s'entend pas. Crie plus fort. – Je peux pas crier plus fort.)* Les manifestations se déroulent dans un joyeux défilé de reines et de rois idylliques suivis de sans-culottes hideux. *(– Viens faire un câlin – Lui c'est le plus petit. – C'est ton préféré.)*

» Ce vaste tour de passe-passe sur la vérité historique s'explique encore mieux quand on connaît les véritables objectifs qui, sous prétexte de l'Europe, visent à effacer une autre dimension de la Révolution française, celle de la consécration de la nation, de la souveraineté de l'indépendance nationale. *(– Absolument. – Regardez donc les verres qu'on apporte.)* Mais quelle communauté européenne doit-on construire ? *(– C'est très bon. – Y a du jus d'orange pour les enfants ? – Non. – Comment ? Y a rien pour les enfants ? – Qu'est-ce que c'est ? – J'en sais rien. – C'est un "cocktail royal". – Un cocktail royal, je sais pas ce que c'est, hein. – Ça a l'air dangereux, ça. Parce qu'après le rhum, alors là, vraiment.)...* Ma responsabilité de maire m'oblige à crier aux Arcueillais : Danger ! Cette Europe-là, cette politique-là, c'est l'Europe de tous les dangers, pour votre vie quotidienne et vos enfants. *(– Mais enfin, personne n'écoute. – Moi je vous assure que c'est bon.)...* Sachez que pour harmoniser le système d'enseignement avec la situation des autres pays on supprimera l'école maternelle, on fera payer les études. On supprimera les droits essentiels conquis pas les femmes en France. Et l'on va même, comme au Portugal, autoriser vos enfants à travailler à partir de treize ans pour l'industrie. *(– Maintenant, tu arrêtes de courir. Assez joué. Viens t'asseoir.)*

» ... C'est pourquoi, au regard de tout cela, je pense et je me dois de le dire honnêtement aux Arcueillais, et nul ne sera surpris que je le fasse, que le 18 juin, selon moi, seule la liste conduite par mon ami Philippe Herzog s'oppose résolument... *(– Je suis sûre qu'elle est Scorpion. Vous n'êtes pas Scorpion ? – Vous avez intérêt à garder votre verre. Ils sont en plexiglas. – Mais il voit pas que tout le monde en a marre ? – Qu'est-ce qui est vert comme ça dans les verres ? – C'est du curaçao et je ne sais pas quoi. – Y a de l'ananas. – J'ai pas goûté parce que j'ai pris trop de rhum. – Notre rangée n'en a pas eu.)...* la France, sa souveraineté, celle de 1789.

» Laisser les autres décider de la France, c'est une intrusion chez nous. La souveraineté nationale, c'est le droit de disposer de nous-mêmes, le droit de disposer *chez nous*, d'être citoyens et d'agir souverainement en coopération avec les autres... Des droits pour tous et non le déclin de la France. On ne peut être Européen que si on est patriote et français. Or à nouveau, aujourd'hui, la patrie est en danger. Il faut la défendre... *(– Ils vont en réoffrir d'autres. – Prenez-le, vraiment, parce que moi,*

Banquet républicain d'Arcueil. Gérard.

il me reste du rhum. – Mais vous ne le buvez pas. – Elle, elle en a pas eu. – Je vous dis que le rhum, ça me réussit pas.)... le droit de vivre dans notre ville comme le firent nos ancêtres les Arcueillais de 1789... cahiers de doléances... avant de redistribuer les cartes et de remettre la France dans le sens de la marche en avant... De même que Saint-Just concluait... s'écriait en 1794 : "Le bonheur est une idée neuve", osons, chers amis arcueillais, osons, oui, osons la liberté, l'égalité, la fraternité, osons tout simplement cette idée neuve, le bonheur ! *(Ovations. – Une autre ! une autre ! – Bis !)* »

La suite est de plus en plus confuse. On mange, on boit, on remange et on reboit. On chante la *Butte rouge* (« La Butte rouge », arrive à crier Gérard qui, envers et contre tout, tient à assumer jusqu'au bout son rôle de cicérone, « la Butte rouge, elle est tout près d'ici, à Fontenay. ») Mais François est déjà en train de chanter *Le Temps des cerises*, ou *La Carmagnole*, je ne sais plus, bras-dessus bras-dessous avec la voisine d'Arcueil moins méfiante, cocktail royal et bergerac obligent. Anaïk est partie danser – quoi ? Un tango ? ou la salsa ? – avec la grand-mère, là-bas, sur la piste, au pied de la tribune où l'orchestre a remplacé Trigon. On tire la grande tombola révolutionnaire. Tout tremble, tout vacille, tout hurle, tout devient fou. Tout devient flou.

A une heure du matin, dans la voiture de Gérard, sa grand-mère chante *Sous le soleil de Pantin* avec des paroles que, même ici, on ne peut reproduire. Ils se séparent devant l'hôtel de Sceaux. Adieux émus. Reconnaissance éternelle. Gérard leur fait encore promettre d'aller contempler demain matin sans faute, juste en face, l'urne de pierre où la princesse (ou la duchesse ? ou la comtesse ?) du Maine – ou alors Mme de Montespan ? ou alors qui ? – a fait déposer les cendres de son chat Malangrin (ou Malagrin ? ou Malandin ?), et de son canari Fifi (ou Rififi ?).

Mais peut-être n'était-ce pas un chat, plutôt un lion, ou un chimpanzé, et pas un canari, mais quoi alors ? Et peut-être n'était-ce pas à Sceaux, mais où ? Et un autre jour, une autre nuit, dans un autre voyage, dans une autre vie ?

11

Les belles dames de la rue Houdan. – Ode au chien français. – Splendeur et misère des cités-jardins. – Une longue marche. – L'auberge mystérieuse. – Le poteau noir. – Où le lecteur échappe à une nouvelle calamité. – Errance. – Fresnes sans grenouilles, Fresnes sans prison. – Les vilains de Villaine. – Massy-Bucarest. – Très loin, là-bas, Les Ulis. – Le bout de la voie.

Dimanche 4 juin. Une soirée comme celle-là justifie à elle seule tout le voyage. Mais il s'agit ce matin d'émerger des cauchemars verdâtres dus au cocktail royal et aux troubles événements qui s'en sont suivis.

D'abord, vérifier l'inscription que porte l'urne funéraire en pierre qui se dresse dans le square, face à l'hôtel :

Ici gît Mar-la-Main
le roi des animaux

mais ils ne trouvent pas trace du canari Fifi.

Tentative de sortie du côté de la rue Houdan. Si jamais l'expression bon chic-bon genre a été justifiée, c'est bien ici. *Au Porcelet rose*, *Félix Potin*, *Golf & Green*, *Chantal B.*, *Parc Monceau*, on est entre gens du même monde : pas de fausse note. *Le Roi Lire* : enfin une librairie. La première depuis le début du voyage. François est heureux d'y trouver le *Voyage au bout de la nuit* : il pourra vérifier si la fascination-répulsion-admiration exercée par Céline sur tant de générations peut vraiment se résumer, aujourd'hui, dans cette trilogie simpliste qui lui trotte dans la tête depuis la visite du musée : antisémitisme – médecin des pauvres – succès de scandale. Qu'est-ce qu'on a voulu escamoter ? Il trouve aussi *Un certain Lucas,* de Cortàzar, qui vient de paraître en français : il a besoin de mots tendres et magiques qui lui remettent, comme disait le camarade Trigon, la tête « dans le bon sens ».

Mais qu'est-ce donc que cette nouba qui passe, fifres et tambourins suivis de tout un cortège guignolesque évoquant irrésistiblement la *Tu-tu-pan-pan* de Tartarin de Tarascon ? C'est l'hommage annuel de Sceaux aux félibres provençaux. Allez savoir pourquoi, à Sceaux, le long de l'église, on trouve alignés en rang d'oignons les bustes des félibres, Aubanel, Arène, Clovis Hughes, et même Florian. Hier, ils avaient remarqué en passant que Mistral n'avait pas de tête. Aujourd'hui, miraculeusement, celle-ci est en place.

Une heure plus tard, en repassant par là, ils verront des messieurs remettre précautionneusement la tête de Mistral dans un petit panier.

Les belles dames de Sceaux viennent faire leurs courses rue Houdan en 4 × 4. C'est la mode. Après tout, Sceaux c'est la campagne, presque la montagne. Réapparition en masse des toutous. On les avait un peu oubliés, ceux-là. Anaïk photographie François devant la vitrine de *Frimousse, toilettage canin.* On y vend des sweaters de jogging pour clébards : *« Love me as I love you. »*

Retour à l'hôtel. François prétend qu'il va se remettre à la mise au clair de ses notes. Toujours davantage en retard, ses notes. Mais par la suite, tout ce qu'il retrouvera sur son cahier à cette page-là, c'est l'esquisse d'une grande ODE d'inspiration nettement canine : influence tardive du cocktail royal, du chat Mar-la-Main ou du toilettage canin ? Conséquence de la lecture de cet *Avis important* de l'Electricité de France affiché sur une porte ?

> Propriétaires de chiens !
> Nos agents sont de plus en plus agressés par vos fidèles compagnons. Nous vous remercions par avance de prendre les dispositions qui leur éviteront ces ennuis.

Toujours est-il que voici, en l'état, cette

ODE AU CHIEN FRANÇAIS :

I. PRELUDE

Trottinant crottinent les ânes
A Istanboul ou à Tourane.
Grignotent les gais écureuils
A Varsovie clignant de l'œil.

Chantent en cage les serins
Dans les grands jardins de Pékin.
A poings fermés de vieux iguanes
Dorment aux parcs de La Havane.

Au garde-à-vous les marabouts
Font la biffe à Ouagadougou.
La bouse des vaches qui paissent
Fait le bonheur de Bénarès.

Dans Tirana c'est bien connu
Des cochons bleus vaquent tout nus.
A Camagüey les perroquets
Font des parties de bilboquet.

A Anchorage par beau temps
On peut croiser des oursons blancs
Et parfois même un orignal
Qui vous jette un regard fatal.

C'est à Lhassa que le yéti
Jette aux bonzes des confettis.
A Téhéran c'est reposant
On marche sur les chats persans.

Le grand tapir à Manaus
Resquille dans les autobus.
Quant à l'éléphant il fourmille
C'est normal à Célesteville.

Car chaque ville dans son coin
Protège un animal au moins,
Bête à bec ou bête à grouin,
Babouin, pingouin ou maringouin.

REFRAIN : Mais chez nous il n'y a rien,
Rien que des chiens, des chiens, des chiens.

(A vrai dire, à Canton aussi on voit beaucoup de chiens : mais seulement écorchés, et accrochés par la gueule, douzaines après douzaines, aux étals des bouchers. Le chien est très recherché, dans la province du Guangdong. Qui a dit que la France devait absolument développer ses exportations vers la Chine ?)

A Boulogne le hareng saur
Pleure pendu à un ressort
Et à Toulon le maquereau
Quai Stalingrad fait le poireau.

REFRAIN : Mais chez nous... etc.

(Suivent douze chants et trois interludes, dont l'un est consacré à la tauromachie. Cela nous écarte un peu du chien, mais moins qu'on ne peut le croire, car il s'agit bien entendu du rapport de l'homme au taureau pris comme illustration exemplaire du rapport de l'homme à l'animal en général. De la tauromachie, le poète passe, par un habile glissement, à la chasse au lapin. Il en évoque les diverses formes et notamment la plus noble, celle qui se pratique avec des chiens courants au son des trompes d'Eustache et des chants cynégétiques appropriés :

Ah dites-moi, gentille bergère
N'avez-vous pas vu passer le lapin, pin-pin... etc.

Il évoque alors l'instant ultime et fatal, celui de l'affrontement tragique de l'homme et de la bête, l'ultime défi et l'ultime regard, yeux dans les yeux : noblesse de la solitude du lapin face à la mort, noblesse de la solitude de l'homme face au lapin. Quelques alexandrins bien frappés doivent montrer qu'à l'égal de la tauromachie, la chasse au lapin n'est qu'une métaphore de la vie et de la mort ramenées à leur pureté originelle, à l'authenticité foudroyante et nue de cette unique seconde de l'*alternative*, où le destin bascule dans le sang inéluctable mais où rien n'est encore joué.

Suit une recette de lapin à la moutarde.

Ce passage doit être beau comme une prière.

Après quoi le poète revient au chien français, ou plus précisément au chien de la banlieue parisienne, par des voies subtiles qu'il serait trop long d'expliquer ici : il suffira de dire qu'elles sont celles du sang, de la volupté et de la mort. L'ode se clôt sur une envolée lyrique en forme d'apothéose et sur ce dernier hémistiche :

... et l'amour, dans tout ça ?

Il convient encore de noter que, mû par un sentiment dont la délicatesse l'honore, l'auteur ne donne pas la recette du chien aux échalotes.)

*

« Il n'empêche, dit Anaïk. Un pays où l'on aime tant les chiens et où l'on déteste tant les étrangers, tu ne m'ôteras pas de l'idée que c'est un pays qui ne tourne pas rond. »

Reste à savoir ce que c'est qu'un pays qui tourne rond.

*

L'après-midi, train pour Robinson. Quelques minutes pour un parcours sinueux et champêtre. Halte reposante : Raymonde, qui les attendait, leur offre le thé en famille, sur la véranda de son pavillon de Fontenay. Elle a toujours vécu là. Son père était conducteur d'autobus. Elle aime le calme des pavillons. Discussion avec Donald, son compagnon qui vient des Etats-Unis, sur l'absence regrettable de contact entre voisins : chez lui, c'est tellement différent. Elle se souvient du temps où elle allait chercher le lait à la ferme. Cette histoire du lait à la ferme est l'une de celles qui reviennent le plus constamment dans les mémoires. Mais quand ont disparu les champs, les fermes, les vaches ? Difficulté de se repérer dans le temps. Elle croit qu'il y a dix ans encore, le lait, on allait le chercher au Plessis Robinson, à quelques mètres de chez elle. Peut-être cela existe-t-il encore aujourd'hui ? Laurent, son fils, qui habite Montreuil, en connaît aussi très long sur les banlieues : approuvé par François, il se livre à une évocation poétique de leur mimétisme climatique. Au nord, dit-il, c'est déjà le plat pays, ici c'est presque la Touraine, le jardin de la France, avec un rien de méridional, tandis qu'à Montreuil on sent quelque chose des steppes de l'Est, neige et loups, comme si Paris, avec sa pollution, faisait écran aux grands vents de l'Atlantique. Pascale, l'épouse de Laurent, veut absolument savoir si nos voyageurs ont *une idée derrière la tête*. Ils avaient oublié cette question-là, elle les prend plus que jamais au dépourvu, et François sent qu'en répondant non il n'obtient qu'un scepticisme sarcastique. Laurent leur fournit tant d'adresses d'amis pour la suite de leur voyage qu'ils sentent bien que, s'ils veulent être un peu sérieux, celui-ci n'est pas près de se terminer.

Ils redescendent à Bourg la Reine. Là, ce sont Camille et Yves Lacoste qui les attendent. Ils habitent à cent mètres de la gare, tout juste avant le grand minaret tarabiscoté qui est en vérité un *beffroi* et qui a été construit en 1904 par l'ingénieur François Hennebique dans le seul but de démontrer les possibilités du béton armé. L'immeuble des Lacoste est une construction de pierre de taille de la fin des années vingt, typiquement parisienne, comme on pourrait en trouver rue de la Pompe ou boulevard Raspail. Ce qui le rend légèrement étrange, c'est qu'il se dresse là, tout seul de son espèce : de part et d'autre de ses flancs saillent des moellons prêts à s'accoupler à ceux de voisins qui ne sont jamais venus. Yves a vécu là une partie de son enfance, ce fut l'appartement de son père ; son père fut géographe, il est géographe, ses fils sont géographes. Rassurante solidité des choses et permanence des êtres.

François aime chez Yves sa faculté de parler à la fois de géopolitique et de lire un paysage, comme de retrouver chez

Julien Gracq tous les secrets mêlés des plissements de l'écorce terrestre et des inquiétudes humaines.

Avant la tombée de la nuit, Yves les emmène faire un tour en voiture : ils remontent vers Sceaux et Robinson. Camille raconte l'impression étrange que lui fait Sceaux aujourd'hui : celle d'y être comme dans un rêve qui ressemble à un célèbre feuilleton de télévision américain, *Les Étrangers,* où l'on voit un village normal, avec des habitants normaux, qui vaquent à leurs occupations normales ; et puis le spectateur s'aperçoit que tout est faux, c'est bien le village mais ce n'est pas le *vrai village*, ce sont bien les habitants mais ce ne sont pas les *vrais habitants.* Tout est artificiel, légèrement décalé : l'inquiétude s'insinue.

A Robinson, il ne reste que le squelette d'un arbre qui porta une guinguette, et un grand restaurant en terrasse au-dessus du val.

Sur le plateau, au Plessis Robinson, furent construites dans les années vingt les premières cités-jardins, qui sont, disent aujourd'hui des gens qui « pensent les banlieues », l'utopie à laquelle il faudrait revenir et donner forme. Est-ce vrai, comme le racontait Laurent tout à l'heure, que personne ne voulait y habiter – on dut, air connu, y loger les gendarmes – et que l'architecte, Payret-Dortal, se suicida ? Aujourd'hui, les quelques maisons dans les arbres qui s'adossent au parc Henri Sellier ont fière allure, cubes magnifiques, façades à la Chirico, proportions de temples grecs. Mais plus loin, en allant par le plateau vers la Butte Rouge, c'est une succession de barres en déshérence, dont certaines ont leur rez-de-chaussée muré. Tout à l'heure Laurent, qui n'a jamais visité Drancy, parlait, à propos de ce genre de cités, de « camps de la mort ». A quelques centaines de mètres à vol d'oiseau, en contrebas, s'étalent les somptueuses villas du parc de Sceaux.

Quand fut construite cette cité, explique Yves, c'était loin de tout. Les riches s'installaient sur les pentes de la vallée, le long des parcs, et les pauvres étaient cantonnés aux confins du plateau, exilés, sur les bords du bois de Verrières, ou alors dans les endroits insalubres, comme Les Blagis, construits sur un marécage aux confins de trois communes : Les Blagis, c'était déjà dans son enfance un lieu voué à la réprobation des honnêtes gens ; on disait – on dit toujours – « les voyous des Blagis ». De Bourg la Reine, on descendait alors aux Blagis par un chemin de terre entre les framboisiers et les pépinières.

Plus tard, dans la douceur de l'après-dîner que l'effet de quelques boissons nobles alanguit encore, discussion acharnée ; face à un François qui s'obstine, Yves Lacoste persiste : la fraction Saint Rémy-Limours de la ligne de Sceaux n'a jamais existé.

Le plus simple sera d'y aller voir.

*

Lundi 5 juin. Les chars ont écrasé les derniers occupants de la place Tienanmen. « Ils ont tiré sur tout ce qui bougeait. » A Shanghai, manifestation monstre des étudiants sur le Bund avec des pancartes : « Pékin est noyé dans le sang. » Li Peng a réapparu et il n'y a plus guère d'espoir. Le président Mitterrand déclare qu'« un régime qui fait tirer sur sa jeunesse n'a pas d'avenir ». Roland Dumas annonce que les ministres des Affaires étrangères de la Communauté européenne vont « examiner la situation en Chine de façon approfondie » : à suivre.

Ils n'auront vu aucune image de Pékin à la télévision depuis leur départ. Il s'avère bien que cette absence d'images n'est un obstacle ni à l'information, ni à l'émotion.

Au contraire, peut-être.

Cette journée sera longue. Ils iront d'abord à Antony, voir comment se présente le seul hôtel où ils aient finalement réussi à trouver des chambres, par téléphone, et qui se trouve sur l'avenue du Bois de Verrières. Si tout va bien, ils reviendront en fin de journée chercher leurs bagages.

Changement, encore une fois, à Bourg la Reine. Jadis, déjà, on y changeait de chevaux : c'était la première poste au sortir de Paris. Et la première côte aussi : c'est sur la route de Bourg la Reine, à la côte de la Faïencerie, que bourdonna, dit-on, la mouche du coche : La Fontaine écrivit sa fable à Sceaux. Comme au Bourget, ce statut de relais de poste a tôt donné au bourg son allure cossue. A Antony, où la place de la gare est en chantier – y prépare-t-on déjà les installations du VAL, ce métro automatisé qui reliera le RER à l'aéroport d'Orly ? –, ils partent à pied, traversent le vieux village, autour de l'église Saint Saturnin ; c'est un vaste chantier : maisons et rues sont en totale rénovation, on arrache les vieilles tuiles pour les regrouper savamment, ce sera pittoresque, commerçant, probablement piétonnier, chic, et cher. Y a-t-il une autre solution pour sauvegarder les vieilles pierres ?

La marche est longue, en direction du bois de Verrières dont le massif sombre se dessine très loin. Ils traversent ce qui fut l'emplacement de la fameuse ligne Paris-Chartres jamais construite : on pensa, dans les années 50, en faire une autoroute de pénétration qui aurait abouti directement au pied de la future tour Montparnasse. Aujourd'hui on y a fait passer la voie du TGV, dans une tranchée qui a été recouverte et qui sera, promettent les panneaux du chantier, une « coulée verte ». Pour l'instant c'est une coulée de béton et il faudra, en plus de la végétation, beaucoup de peinture verte pour honorer ce généreux programme. L'hôtel est un café-tabac, sur arrière-plan de cités des années 60 aux tours grises. Il est fermé : nous sommes un lundi matin. Ils ont beau frapper, seul un monstrueux clébard leur répond, hurlant, écumant et faisant d'énormes bonds derrière la porte vitrée. Pas encourageant. Et puis cet endroit est bien à l'écart, loin de tout même. Ils reviendront plus tard, disent-ils. Les hypocrites.

Qui peut descendre dans cet hôtel ?

Les voici repartis sur la route affameuse. En face d'eux, le massif du bois, qui doit d'avoir été préservé au fait qu'il fut une pièce maîtresse dans le système des défenses militaires de Paris. Aujourd'hui, il a la réputation d'être le refuge de toutes les turpitudes chassées du bois de Boulogne : ne pas y circuler à pied la nuit, dit-on.

Ils tournent à gauche et quittent cette zone de barres et de pavillons à l'architecture indigente pour, soudain, se retrouver dans un quartier neuf, au milieu d'une profusion d'arbres. On change de standing. La dominante des constructions est à l'ocre rouge, et les arbres ombragent des parcs et des jardins. Le vieux village de Verrières est flambant neuf : un vrai jouet. Tout est authentique. Tout est factice. Le château, qui est une jolie bâtisse du début du XIXᵉ, abrita les dernières années de Malraux et de Louise de Vilmorin. Celle-ci était l'héritière de la maison Vilmorin, graines en tous genres, gloire de l'horticulture. Il ne reste rien de visible de tant de serres et de pépinières célèbres sur les cinq continents.

Halte au village. Le restaurant est plein de travailleurs et de bourgeois locaux démocratiquement mélangés. On est entre soi. Nouveaux essais d'Anaïk au téléphone : elle élargit le champ de la recherche ; un hôtel de Villebon a des chambres : c'est plus loin encore, mais au point où ils en sont, pourquoi ne pas y aller ? François, sur la place, nez en l'air, regarde passer les gros nuages poussés par les vents océaniques et guette l'arrivée de la prochaine ondée. D'une vieille pompe, l'eau coule dans un abreuvoir.

Autocollant sur une voiture :

Vivre sans stress
Quinze minutes de méditation
transcendantale
suffisent.

A la vitrine du syndicat d'initiative (*fermé*), des affichettes :

Dimanche 11 juin
Pour le bicentenaire de la Révolution
Les voitures à pédales
Une révolution à Verrières
De l'animation, du spectacle, des sensations !
Boissons, sandwiches, merguez, saucisses, chips, frites.

Et :

Information :
Dans le cadre de la pauvreté-précarité
Le SPF organise des distributions de paniers-repas

à partir du 11 janvier 1989 à la MJC de 14 h à 17 h
Des justificatifs sont demandés.

Publicité pour les Riantes Cités de Verrières le Buisson. Verrières possède un parc de « mobilier urbain » d'une richesse et d'une diversité encore jamais rencontrées, dont des bacs à fleurs en béton. Sur un panneau Decaux, une inscription au marqueur :

ville Verrières
ville bouygues
beurQ

Derrière la grille d'un jardin, ils admirent une charrue à roues et à double soc (dite « brabant ») artistement peinte de couleurs vives (rose et grenat ? Vert émeraude et vert absinthe ?) au milieu des fleurs ; la propriétaire leur raconte ses souvenirs du temps où Verrières était le pays des fraises. Dur travail, la fraise : quand on était moulu par la journée de cueillette, il fallait encore veiller tard dans la nuit pour les mettre en paniers, une par une, la queue vers le bas, chaque panier recouvert de feuilles d'oseille pour les tenir au frais. L'hiver, pour les choux de Bruxelles, c'était le même travail forcené. Son père était agriculteur. La ferme vendue, son frère est parti cultiver la terre dans le Loiret. Ce brabant, c'était l'un des quatre de l'exploitation familiale. On s'en est encore servi, derrière un tracteur de l'armée allemande, dans les années cinquante.

Ici, on ne les prend ni pour des journalistes du magazine local, ni pour des fouille-merde des services municipaux : on pense qu'ils cherchent une maison à acheter.

Ils redescendent le coteau vers le sud, en direction de la plaine de Massy. Adieu le joli village et les paisibles pavillons. En bas, c'est le petit lac artificiel et crapoteux où quelques pêcheurs guettent des poissons rouges dégénérés (le gardon albinos) : là s'enfonce la Bièvre dans son égout. Sur leur droite, c'est la verte vallée de la Bièvre, et, au-dessus, en face, le plateau de Saclay qui, grâce à la présence du centre de recherches nucléaires, reste le seul espace agricole si proche de Paris. Plus pour longtemps.

Au-delà de la voie du TGV, qui passe ici sur un talus recouvert de plaques de béton, des tours récentes et ingrates. Coincée en contrebas, la cité de Villaine, au peuplement récent, c'est-à-dire largement immigré. On est revenu dans le vrai XXe siècle. A Villaine ils ont des amis : ils y reviendront.

Il faut reprendre le train à Massy-Verrières, changer encore à Bourg la Reine : c'est l'affluence et la cavalcade de six heures du soir. Dans un recoin du couloir souterrain de la station Bourg la Reine, un policier monte la garde ; il interpelle Anaïk qui sursaute. C'est pour l'engueuler copieusement : elle est folle de se promener avec son appareil de photo aussi visible. François ne lui donne pas tout à fait tort.

Et deux heures plus tard, enfin, ils se retrouvent, sous une petite pluie fine, à la gare de Palaiseau-Villebon. Le chalet de meulière porte toujours son grand panneau de planches grises délavées sur lequel le passage des ans – un demi-siècle ? un siècle ? – a presque effacé les caractères peints en noir qui tentent encore de nous convaincre que la Suisse est près de Paris. Espérons qu'elle a été inscrite à l'inventaire des monuments historiques, au même titre que celle qui, à Honfleur, annonce la pharmacie du Passe-Océan et son remède infaillible contre le mal de mer. Bien entendu l'hôtel est loin, à la frontière de Lozère, la station suivante.

Traversée de rues désertes dans la nuit tombante, grand concert canin ; des pavillons sages et des petits immeubles résidentiels dans les arbres. Par les fenêtres, les lueurs bleutées des télévisions. L'hôtel est étrange. C'est un vieux moulin sur l'Yvette, avec une cour déserte agrémentée de glycines. Ils sont les seuls clients. Au bout d'un long couloir sombre sous les combles, les chambres sont immenses, elles communiquent, la vastitude des lits est impressionnante, et innombrables sont les verres dans la salle de bains. Le patron est taciturne et mal rasé. Rien à manger, le restaurant de l'hôtel est fermé le lundi. Atmosphère bizarre d'une auberge à l'écart du temps, à l'écart des hommes. Quelque chose de l'auberge des Adrets. Il y avait, à l'école, une dictée classique (Mérimée ? Dumas ?) qui racontait les peurs d'un voyageur qui, seul dans la chambre d'une auberge de campagne perdue, entendait au milieu de la nuit de lugubres préparatifs : les tenanciers aiguisaient un couteau, parlaient de couper la gorge. La gorge de qui ? La sienne ? Au matin, il se révélait qu'ils avaient tué le cochon, que c'étaient de braves gens, etc. Ici ils dormiront tranquilles : on ne tue plus le cochon à Villebon.

*

Ils ont bouclé aujourd'hui leur troisième semaine. Cette journée de longues marches a été interminable. Tout se confond désormais dans leurs souvenirs : cités grises et cités réhabilitées, ensembles pavillonnaires sans fin, centres commerciaux, ensembles administratifs au cœur de vieux villages factices, conversations au coin des rues et des comptoirs, rencontres au bout d'un jardin, derrière un grillage, chantiers, rénovations, déprédations, gares-palais de Chaillot, gares-chalets suisses, gares-pissotières, défilé des tags infâmes bombés sur le moindre coin de ciment vierge et jusque sur les banquettes des wagons, et des grands grafs pathétiques presque toujours tirant sur le bleu sombre, le gris, le noir, qui adressent aux millions de regards qui les effleurent chaque année sans les voir vraiment un hurlement de solitude et, parfois, un murmure de tendresse.

Anaïk n'a guère pris de photos, le retard de François dans ses notes est désormais irrattrapable. « Ce voyage, dit Anaïk, c'est fatigant comme le tournage d'un film où il n'y aurait pas de film. » Marasme à Palaiseau-Villebon. C'est le découragement du poteau noir.

Oui, disait Cendrars :

> Je sais bien que l'on écrit depuis toujours le pot au noir
> Mais ici à bord on dit le poteau
> Le poteau noir est un poteau noir au milieu de l'océan où tous les bateaux s'arrêtent histoire de mettre une lettre à la poste...

Cette auberge n'est-elle pas un endroit charmant pour se reposer ? Charmant, ou absurde, ce coin champêtre et désolé, perdu dans les pavillons, au milieu des villes nouvelles ? François déploie ses cartes à jouer pour tenter une réussite dite « pharaon », la seule qu'il connaisse. Anaïk lui lit un vieil article du *Monde*, qui, dit-elle, ne peut que flatter ses pulsions sécuritaires et dont ils devraient se souvenir quand ils prennent le RER :

> Le principal danger rencontré par le touriste est de se faire détrousser. Une des modalités très désagréables est liée à l'utilisation par les voleurs de la scopolamine. C'est une très ancienne drogue colombienne redécouverte en Europe par les « savants » nazis et utilisée depuis par certains services spéciaux comme sérum de vérité. Elle a le pouvoir de neutraliser la volonté du sujet et de le rendre amnésique pour deux ou trois jours. La victime est, pour ce laps de temps, totalement dépendante de qui la manipule. Il est donc recommandé – hélas ! pour la convivialité – de n'accepter aucun fruit ou douceur d'aucune sorte d'un compagnon de rencontre. Et, à l'étape, de surveiller son verre de bière ou de Coca-Cola.
>
> Les guérillas, en revanche, ne s'attaquent pas au touriste.

Il est vrai que cela est censé se passer en Colombie. Mais quand même.

François fait encore une tentative du côté de ses notes. Il faudrait notamment mettre noir sur blanc le moment d'émotion qui a probablement constitué l'événement important de cette triste journée : c'est quand ils ont aperçu, à Massy-Verrières, une rame du TGV atlantique qui émergeait de son tunnel. Un TGV tout neuf, qui ne sera mis en service qu'à l'automne prochain. Ils ont suivi des yeux l'apparition magique bleu et acier, trop vite évanouie. Le train le plus rapide du monde, une grande réussite française, ils en auraient presque eu les larmes aux yeux. Aussi, pour réagir contre cette vague d'émotion ferroviaire, François a-t-il cherché à ramener la merveille à de plus justes proportions :

« Bof, ça ne vaudra jamais l'aérotrain de l'ingénieur Bertin, dont le monorail en béton allonge encore sa silhouette décharnée sur la plaine d'Etampes. (Ou ne serait-ce pas plutôt, j'y pense soudain, celle de Limours, sur le tracé, mais oui, du tronçon Saint Rémy-Limours ? Il faudra vérifier ça !) Voilà au moins qui était novateur. Et l'invention de l'ingénieur Brokenface ? »

Rappelons ici que l'invention de l'ingénieur Brokenface a été révélée à la *Columbian Exhibition* de Chicago en 1894. Son auteur en avait eu l'idée en assistant à une représentation de *Michel Strogoff* : des chevaux galopaient sur une surface mobile se déplaçant en sens contraire, ce qui avait pour effet de les maintenir au centre de la scène pour la plus grande satisfaction des spectateurs. L'ingénieur Brokenface se souvint alors que si deux vitesses opposées s'annulent, deux vitesses allant dans le même sens ne peuvent que s'additionner : il suffisait donc de déployer tout au long de la distance à parcourir un tapis roulant sur lequel serait disposé, au moyen d'un ingénieux mécanisme, un deuxième tapis roulant sur lequel serait disposé un troisième tapis roulant, et ainsi de suite. En imprimant à chacun de ces étages mobiles successifs une vitesse convenable, soit par exemple cent quatre-vingts kilomètres à l'heure, ce qui n'a vraiment rien d'excessif, on obtient par la seule superposition de dix tapis roulants une vitesse constante de mille huit cents kilomètres à l'heure, à laquelle rien n'empêche d'ajouter encore la vitesse personnelle de chaque passager empruntant le pont supérieur, cette dernière étant laissée au gré de son humeur : certains préférant demeurer inertes, d'autres ne résistant pas au plaisir d'accélérer à mille huit cent dix-huit kilomètres à l'heure en louant une bicyclette à la gare de départ.

On voit bien que ce procédé, simple et beaucoup plus rapide que le TGV – Bordeaux à vingt minutes de Paris, Marseille à une demi-heure – aurait été aussi beaucoup plus pratique et beaucoup plus sain, puisqu'il aurait évité au voyageur d'avoir à s'enfermer dans un espace confiné, lui laissant au contraire la joie de goûter à l'ivresse des grands espaces.

Le silence qui a recouvert cette invention est l'un des plus grands scandales du siècle. Seul Alphonse Allais a eu le courage, voici bientôt cent ans, de braver les coalitions d'intérêts en exposant publiquement le procédé Brokenface.

Sur la lancée, François décide de tracer sur son cahier les premières fondations d'un ambitieux

GRAND POÈME FERROVIAIRE

dont cette fois nous épargnerons le détail au lecteur.

Mieux vaut aller se coucher, chacun dans son plumard vaste comme le lac Baïkal et profond comme un tombeau. Le chant des oiseaux les réveillera au petit matin.

*

Mardi 6 juin. A partir de maintenant, l'usure des jours, la fatigue des marches, l'emmêlement des souvenirs, le caractère décousu des notes de François et bientôt leur absence pure et simple, tout concourt à ce qu'il ne reste des dernières étapes de leur voyage qu'un écheveau dont seules les photos d'Anaïk permettent de démêler quelques fils. Et encore : car allez distinguer, dans ce visage en gros plan, dans ce groupe de jeunes, s'il s'agit d'habitants de Massy ou des Ulis ; allez distinguer le béton de Gentilly de celui de Fontaine-Michalon.

On peut néanmoins tenir pour assuré que ce mardi-là et les jours suivants, on les a vus arpenter sous la pluie Fresnes et Antony, sans qu'ils sachent bien d'ailleurs à quel moment ils étaient sur le territoire de l'un ou de l'autre. Ils se sont réfugiés un moment dans le sombre et désert café-hôtel de la Gare, à Croix de Berny, pour contempler et tenter de photographier l'effet curieux que donne, vu de là, le passage du RER sur le pont, juste en face : le café forme un éperon, faisant face au trafic de la nationale qui mène aux halles de Rungis et à Orly ; cette nationale est actuellement livrée aux bulldozers et, son chantier terminé, elle deviendra l'autoroute A 86 ; la salle est surélevée et se trouve ainsi à la hauteur des voies du RER, de telle sorte qu'on a l'impression, à chaque fois que passe un train, qu'il va frôler les consommateurs accoudés au zinc. Il ne semble pas que nos voyageurs se soient enquis de chambre dans cet hôtel-là.

On les a vus tenter de pénétrer dans la cité universitaire d'Antony, dont les occupants ne sont pas particulièrement hospitaliers à l'égard des intrus. François l'avait connue neuve au début des années soixante. Bien des étudiants y ont passé des jours heureux : le confort en était pour l'époque inouï ; on y était au calme, face à l'extrémité du parc de Sceaux, on pouvait y travailler, y manger à la cafétéria, luxe rare alors, et y faire du sport. Il y avait des salles d'études au rez-de-chaussée, une bibliothèque par discipline, et un conseiller pédagogique également pour chaque discipline. Bref, cette cité ne pouvait être qu'une grande réussite. Un modèle pour le monde entier. Aujourd'hui, une grande partie des bâtiments a été détruite et ce qui en reste est dans un état de délabrement lamentable. Cette cité fut vraiment, pour les étudiants

La Croix de Berny.

de province et de l'étranger, l'avènement des lendemains qui chantent. Depuis dix ans, de nombreuses campagnes ont dénoncé l'insécurité qui y règne, la mainmise des squatters, etc. Les derniers occupants y mènent la lutte désespérée qui est celle de tous les habitants de zones décrétées insalubres : voici donc la cité universitaire ramenée au statut de l'îlot Châlon. Echange habituel d'explications : « Ce ne sont pas des vrais étudiants. Ils ne payaient pas leurs loyers. Les immigrés ont tout cassé. » Et en face : « On a tout laissé pourrir volontairement. On y a même aidé. »

En tout cas, sur l'emplacement du Bâtiment B s'élève un building rutilant en voie d'achèvement :

Ici
CENTRE D'AFFAIRES D'ANTONY
SOFRACIM réalise
20 000 m² de bureaux.

Antony est une municipalité RPR.

On les a vus passer devant les murs de la prison de Fresnes que longe l'avenue de la Liberté et chercher le café *Ici mieux qu'en face.* Et ils ont pu constater que Fresnes est le seul endroit du monde où l'on ne parle jamais de prison : ils ont rencontré des Fresnois qui leur assurèrent qu'ils se demandaient encore si leur voisin de palier, qu'ils avaient côtoyé quinze ans durant, qui était fonctionnaire et qui travaillait parfois la nuit, n'aurait pas été « peut-être » gardien de prison.

On les a vus monter jusqu'à l'écomusée, installé dans une vieille ferme, qui organise de bien belles expositions : l'une d'elles fut consacrée à la grenouille dans tous ses états. Ils ont appris que Fresnes fut réputé pour ses grenouilles, au point que l'on appelait ses habitants « les grenouilleux ». On y venait manger des grenouilles de Paris et d'ailleurs. Vers 1900, on consommait à Fresnes plus de 30 000 batraciens durant la saison des grenouilles qui, comme chacun sait, s'étend de février à Pâques. Il y avait même une société de bouchers parisiens qui se réunissaient chaque année au restaurant de la mère Fifine pour y boire du vin blanc puisé dans une soupière où nageait une grenouille vivante.

On les a vus se perdre dans l'immensité du grand ensemble d'Antony, lequel fait symétriquement face au grand ensemble de Massy, le tout formant une des plus grandes réalisations du plan Delouvrier. Il s'agissait alors d'y accueillir en priorité des rapatriés d'Afrique du Nord. Suivirent d'autres Français d'outremer, et particulièrement des Antillais. Les bâtiments en ont été réhabilités à coups de peinture jaune qui n'enlève rien à la monotonie qui, ici, atteint des proportions grandioses.

On les a vus chez leur ami Philippe, dit Fifi, dans son rez-de-chaussée d'un bloc de Villaine, qu'il a entièrement aménagé pour pouvoir y accéder et y circuler dans sa chaise roulante. Fifi est un amateur de sport, et particulièrement d'athlétisme : il soulève des poids énormes. Il vivait dans le quatorzième, et il fait partie des populations de Paris déplacées dans les dernières années. Dans ce Villaine, cité nouvelle d'un Massy qui était pour lui le bout du monde, il s'est fait des amis de toutes sortes, et particulièrement chez les jeunes, parce qu'il respire au plus haut point la passion de vivre. Envers et contre tout. Ce soir-là, ils ont bavardé longtemps, après le dîner, devant les bouteilles de rhum antillais qui défilaient – on trouve, au supermarché du grand ensemble, le plus grand choix d'alcools antillais du monde –, et Faouzi, le jeune voisin, et les copains de Faouzi leur ont parlé de la vie à Massy puis ont voulu savoir, à leur tour, comment se passait le voyage : parce que Faouzi, plusieurs mois plus tôt, avait été l'un des premiers, comme Akim, à les prendre au sérieux : « Ça sera formidable, de passer partout et de voir comment les gens vivent. C'est tellement varié. » Pour lui, Massy, ce serait presque le calme provincial, à côté du Nord un peu mythique : « Là-bas, c'est les Zoulous. » Même les bandes de Villaine ne font pas le poids. Les seuls vraiment méchants, dans le Sud, ce sont ceux des Ulis. C'est normal, là-haut ils sont loin de tout. Cela n'a pas de sens, les descentes qu'ils font pour tout casser : il faut leur tenir tête et ça finira par des morts. Ceux-là sont vraiment des sauvages. Il faudra, un de ces jours, aller chercher du renfort du côté de

La Courneuve. Après tout, avec le RER, ceux de La Courneuve seront vite là. Faouzi est né à Palaiseau. La Tunisie de ses parents ? C'est loin. Faouzi pense à ses examens, à son stage technique d'électricien, à son futur métier. Avoir un solide métier, pouvoir voir du pays à l'occasion, s'instruire, mais comme Ulysse, rentrer chez soi. A Massy.

On les a vus monter du côté du fort de Palaiseau, contempler les premiers blés de Saclay, marcher parmi les pavillons : là ils ont croisé un jeune garçon si titubant, si atrocement perdu dans son cauchemar, se cognant aux murs et aux arbres, manquant de s'écrouler à chaque pas, qu'ils l'ont suivi de loin par les rues désertes, se demandant s'il fallait intervenir pour l'aider et comment, jusqu'à ce qu'un homme venu à sa rencontre les insulte violemment en les priant de se mêler de ce qui les regardait : et ils n'ont pas su expliquer que c'était justement ce qu'ils croyaient être en train de faire. Et jamais ils n'avaient ressenti une solitude aussi amère que dans ce quartier cossu du haut Palaiseau.

On les a vus passer et repasser sur les quais de la gare

d'Antony, un étroit boyau de béton où la superposition des tags et des grafs atteignait alors une densité extrême, l'un des lieux les plus gris et les plus déshérités du monde. Peut-être est-ce là, au cours d'une de leurs lugubres attentes d'un KNOC ou d'un PSIT, qu'ils ont déchiffré cet article de la réglementation de la RATP :

> Les handicapés des deux mains sont admis gratuitement en toutes classes sans titre de transport.

On les a vus lire et relire la grande affiche convoquant les masses pour le GRAND CONCERT DE L'ÉGALITÉ, « Tous à Vincennes, le dimanche 10 juin », et on les a peut-être même entendus se désoler d'avoir si peu rencontré de musique, au cours de leur voyage, sauf celle qui vous englue dans les centres commerciaux, alors que partout dans les banlieues il se fait de la musique, de la vraie, et qui cogne fort.

On les a vus trouver des chambres, enfin, à l'hôtel de la Poste au centre de Massy. Ils ont quitté l'auberge de Villebon sans avoir pu élucider si le patron était vraiment mal rasé ou si c'était là l'effet de la texture habituelle de sa peau et de la pénombre ambiante. Mais à vrai dire, ils n'ont rien élucidé des secrets de cet hôtel qui demeura sans clients durant les trois jours qu'ils y logèrent, à l'exception d'un unique convive taciturne et peut-être aussi désemparé qu'eux, un soir, dans l'immense salle à manger obscure ; de cet hôtel où l'on ne croisait, dans les couloirs, que des ombres chuchotantes. Un décor pour un roman de Simenon ?

A Massy, on les a vus rôder, solitaires, autour de la grande mare où l'on a mis des grenouilles et des cygnes, et dans lequel se mire le nouvel ensemble de la mairie, en verre et en acier. C'est là que François fut pris de panique en voyant, à la tombée de la nuit, se précipiter vers lui une bande d'individus en jeans, baskets et blousons, porteurs de divers instruments contondants et vociférant jovialement. L'effarade passée, il comprit, en les voyant entrer dans une extrémité de ce joyau d'architecture moderne, qu'il s'agissait de policiers locaux.

Parfois ils levaient machinalement le nez pour bayer aux jumbos et aux airbus qui survolent très bas la plaine d'Antony à Palaiseau, car celle-ci se trouve dans l'axe des pistes d'Orly, et à ce seul réflexe, le passant pouvait constater qu'ils étaient des étrangers à la région.

On les a vus manger des pizzas, dans l'immense salle à moitié vide du restaurant italien du nouveau centre de Massy, un centre de béton, de verre, de céramique et d'acier, qui s'organise autour d'une grande place aux dimensions ceauseciennes.

On les a vus marcher le long des rues désertes et fleuries de Gif sur Yvette, et on entendit même François marmonner que derrière les clôtures des coquets pavillons devait habiter un bon lot de ses anciens auteurs, du temps où il éditait des gens qui depuis sont devenus des sommités du CNRS ; mais qu'il n'oserait jamais sonner à leur porte, vu qu'il craignait trop qu'ils ne le reconnaissent pas. Et que d'ailleurs lui non plus ne les reconnaîtrait pas.

On les a vus dans les locaux de l'hôpital psychiatrique d'Orsay, où travaille un ami psychologue d'Anaïk. Personne ne savait exactement ce qu'ils faisaient là, et eux non plus. Une enquête sur la santé mentale dans l'Essonne, peut-être ? Terrible absence des notes...

On les a vus... On les a vus, le beau temps revenu, monter à pied de la station de la Hacquinière – très loin, presque au bout de la ligne, déjà – vers les belles villas qui dominent le vallon au flanc duquel est perché Gometz le Châtel. Ils refusèrent même l'offre d'une dame qui, passant en voiture, leur offrit charitablement de les « rapprocher » – mais d'où ? de quoi ? –, preuve, ce refus, qu'ils ne cherchaient plus vraiment le contact avec leurs semblables. Ce fut la journée la plus bucolique de leur périple. Ils étaient perdus là au cœur de la campagne française. Et de l'église, ils découvrirent quelque chose d'aussi précieux qu'un arc-en-ciel : un paysage. Les lignes harmonieuses des bois, la fuite des chemins à travers champs et prairies, quelques villages nichés dans les arbres et, au loin, les tours des Ulis. Un paysage, ils n'en avaient pas vu de complet depuis Villepinte. Seulement, çà et là, des morceaux, des lambeaux, qui laissaient imaginer, comme à Arcueil, comme de la terrasse du château de Sceaux, comme de Robinson, qu'il y avait eu là, jadis, effectivement, un paysage en bonne et due forme. Celui-ci était en parfait état de marche, étonnamment bien conservé pour son âge.

En traversant le bois, ils surprirent un écureuil, et ils tombèrent d'accord que ce qui manquait peut-être le plus, dans les rues des banlieues parisiennes, c'étaient des écureuils dans les arbres, comme il y en a dans tant d'autres villes, à Montréal ou à Varsovie. L'humanisation des cités, c'est évident, passe par les écureuils.

A Gometz le Châtel ils purent également constater que les tags n'épargnaient pas même les tombes des cimetières. De là, ils marchèrent, par le plateau, vers Les Ulis. Du train, quand on passe dans la vallée de l'Yvette, du côté de Gif, on découvre Les Ulis en levant les yeux vers le haut du coteau : quelques tours apparaissent dans une échancrure du bois : que fait là-bas cette haute cité lointaine ? Quand on y est, on se trouve dans une ville nouvelle de quinze mille habitants, que longent l'autoroute d'Aquitaine et la zone industrielle récente de Courtabœuf. Les Ulis ont été conçues voici trente ans avec l'idée qu'on y mêlerait les scientifiques travaillant à Gif, où s'installait alors le CNRS, et des travailleurs de chez Renault emmenés en car à leur travail. A l'époque, l'autoroute n'existait pas encore, et les premiers occupants se souviennent de la boue de ces années-là, du train qu'il fallait aller prendre loin, en bas, à Orsay, puis de la lente naissance de la ville, avec son parc, ses allées vertes, son calme. Les Ulis sont construites tout entières sur une grande dalle de béton : les voitures sont censées circuler dans des avenues en tranchées que l'on franchit par des passerelles. Sous le béton, l'imaginaire des habitants situe mille fantasmagories. Certaines sont vraies : la dame qui leur a parlé des cambrioleurs qui avaient tout volé chez elle n'avait pas rêvé qu'ils étaient passés par les sous-sols.

Aux Ulis, on construit toujours. Des appartements, des pavillons, en « accession à la propriété ». L'achat d'un logement n'est pas forcément un signe de prospérité : il peut arriver que ce soit le contraire. Car c'est souvent le seul moyen de se procurer un logement décent, de sortir de l'enfer des hôtels meublés, des logements précaires, pour des familles qui ont été refusées par tous les offices de HLM (pour de multiples causes, dont la plus fréquente est celle de l'application du quota – clandestin ? pas tant que ça – d'étrangers à ne pas dépasser) : les promoteurs privés, les organismes vendeurs n'ont pas, comme les offices de HLM, le souci de la couleur de l'argent. On leur verse un acompte qui n'est pas forcément élevé, et l'on s'endette pour trente ans. Ou plus. Les garanties de solvabilité ? On peut toujours s'arranger pour en présenter. Ensuite, c'est aux services contentieux de faire leur travail. Jusqu'à l'expulsion s'il y a lieu. L'expulsion vers où ? Plus loin encore, au-delà des frontières du département, de la région, vers d'autres villes dépotoirs. C'est toujours la même musique.

Devant le centre Jacques Prévert, où l'on passe les nouveaux films dès leur sortie, où l'on peut voir des spectacles internationaux en tournée, des jeunes leur ont dit qu'ils s'ennuyaient aux Ulis, que Les Ulis étaient trop loin de tout, et d'autres au contraire leur ont parlé du plaisir de vivre dans une ville qui était à la campagne, dans une ville où ils avaient tout à portée de la main, le sport, la culture et le reste, et de leur ras-le-bol d'entendre toujours répéter que Les Ulis c'était le fond de la banlieue et le dépotoir, de se faire désigner, sur les trottoirs de Paris, comme les voyous descendus de banlieue. Qu'il fallait changer tout ça. Et qu'on le ferait. Ou qu'*ils* le feraient ?

Aux Ulis, quand nos voyageurs se sont assis dans le brouhaha de l'unique bar ouvert et qu'Anaïk a commandé un café, le patron leur a fait la surprise émouvante de répondre : « Et vous ne prendrez pas un verre d'eau fraîche avec ? »

On les a vus... Bref, il est temps que le voyage s'achève.

*

Après tout, comme dit Anaïk, les voyages ne sont pas faits seulement pour se donner des souvenirs. Ils sont faits pour se donner l'envie de revenir.

*

... Et enfin, le *dimanche 11 juin*, sous un soleil clinquant, ils se trouvent sur la place du marché d'Orsay, où se tient une grande foire à la brocante. Une foule joyeuse s'y presse parmi la triste exhibition d'objets humbles et intimes. Valeur marchande collée sur des objets dont la valeur fut tout autre. De-ci, de-là, quelques vistamboirs hors d'usage. Anaïk acquiert pour le compte de François un lot de cartes postales qui ont pour commune caractéristique d'être toutes adressées par des membres ou à des membres de la famille Bernart, de Crosnes, Seine et Oise. François les a repérées éparses dans une grande boîte qu'il avait commencé à examiner distraitement. Mais le marchand a repéré son manège et, convaincu que François a des raisons très fortes de se passionner pour la famille Bernart, il a non seulement refusé de faire un prix de gros, mais visiblement augmenté ses prix de détail. Anaïk revient donc subrepticement et emporte une trentaine de cartes pour 100 francs. « Il y en avait certainement d'autres, mais il recommençait à se méfier. » Ce sera à François de jouer, ensuite, pour reconstituer l'arbre généalogique des Bernart et leur destin, de la première carte qui remonte à 1910, au temps où le jeune Jean Bernart était pensionnaire chez les bons pères de Compiègne, à la dernière, en 1948, qui est adressée à Mme Bernart, son épouse peut-être déjà veuve, et qui dit laconiquement : « Prière apporter légumes. » En passant par une lettre de 1918 qui situe le Jean aux armées, maréchal des logis, et une carte de 1941 dite « interzone » (« rayer les mentions inutiles ») envoyée par la veuve Isorel, laquelle fait part, dans la seule ligne libre en bas du formulaire, de ses sincères condoléances. Pour la mort de qui ? De Jean ? Et sa sœur Cécile fut-elle la dernière de sa génération à s'éteindre ? Est-ce elle dont on vida le grenier pour répandre les secrets de famille aux quatre vents de la brocante? Et qu'est devenue la petite Denise qui était en colonie de vacances en 1936 ? Ce qui complique un peu le démêlage de cet écheveau de vies, c'est que, dans la famille Bernart, on a l'habitude de s'envoyer des mots, que ce soit de Suresnes ou du quatorzième arrondissement de Paris, sur des cartes représentant des vues de Rome, de Munich ou de Bruxelles ; l'oncle ecclésiastique est particulièrement friand de cette pratique.

Quelque jour donc, François se livrera à une reconstitution plus précise de ce demi-siècle de vies, honteusement échouées sur l'étal d'un jeune marchand de vieilleries goguenard et âpre au gain, si âpre qu'ils n'ont pu en sauver que quelques parcelles. Qui achètera (450 francs) ce grand diplôme dans son cadre, décerné en 1931 par le ministre de l'Industrie et du Commerce à Mme Di Agostino, Maria-Melba, contremaîtresse aux Etablissements Male, Fosse et Fils de Montrouge, « à titre de récompense pour ses longs et dévoués services dans le même établissement » ? De quel living tout ce qui reste de la vie de travail de Maria-Melba ira-t-il orner les murs, tels des andouillers de cerf sur les murs d'une résidence secondaire ?

*

Au bout de la gare de Saint Rémy, la voie unique a longtemps été fermée par un passage à niveau toujours baissé. Aujourd'hui il a été remplacé par une grille, ce qui fait plus définitif. Au-delà de la route de Limours, la voie continue et s'enfonce dans les arbres, vers le château de Coubertin. Tout de suite à droite, sur le bord du ballast, une petite remise sert depuis plus d'un an d'abri à M. Maurice, qui est justement attablé devant sa bouteille de rouge et son camembert, et avec qui Anaïk se lie immédiatement d'amitié. M. Maurice a, voici longtemps, perdu son travail et prend le RER pour aller faire la manche dans le quartier du Luxembourg ; il revient passer ici, à l'écart des humains, ignoré d'eux et les ignorant, des nuits qui, l'hiver, sont dures. Ils continuent le long des rails rouillés, doublent une patrouille de scouts en file indienne, suivant leur piste et portant haut leur totem, et voici la fin de la voie, le butoir : au-delà, c'est la jungle, où s'enfoncent les scouts.

Plus tard, Anaïk et François couperont par les bois, traverseront Chevreuse, assoupie dans ses digestions domini-

cales, monteront vers le plateau par le château de la Madeleine, traverseront d'autres bois encore, pour redescendre sur Milon la Chapelle.

« Pour parler de Milon, dit François, il me faudrait un autre livre entier. » En attendant, c'est aujourd'hui le jour où Julia fête son anniversaire, et la troupe des enfants est là, qui attend devant la grille de la maison familiale les voyageurs harassés. Le voyage est terminé.

C'est à cet instant que François se rend compte qu'il n'a finalement jamais acheté la fleur-baromètre.

Postface de 1993*

Cela fait quatre ans que s'est achevé le voyage, trois ans que j'ai achevé d'écrire ce livre. Entre-temps nous avons chacun de notre côté, Anaïk et François, poursuivi nos chemins. Nous avons souvent repris, séparément et quelquefois ensemble, la ligne du RER. Et nous continuerons certainement de la reprendre, comme le commun de nos concitoyens, jusqu'au jour de notre mort. Il nous est même arrivé d'y entrapercevoir un passager en train de lire *Les Passagers du Roissy-Express*. En quatre ans, le décor a changé très vite, et il n'en finit pas de changer. Certains lieux sont déjà méconnaissables. Je me pose fréquemment la question : écrirais-je aujourd'hui le même livre ? Ou plutôt : saurais-je encore, simplement, l'écrire ? Les jours de pessimisme, qui sont le plus grand nombre, j'ai tendance à répondre que non. Et pas seulement pour des raisons de décor.

Ce n'est pas tant le fait que ce livre ait rencontré un certain succès – quel auteur admettrait honnêtement que son œuvre ne mérite pas le succès ? – que la nature même de ce succès, qui a surpris les auteurs. J'avais tout prévu et tout craint : que les habitants des banlieues qui viendraient à lire ces pages ne se reconnaîtraient pas, ne reconnaîtraient pas leur univers, voire le trouveraient déformé, falsifié par ce regard de touriste parisien. Que les journaux sérieux nous trouveraient légers et les journaux moins sérieux, cuistres. Que la presse en général nous trouverait désinvoltes, démagogiques, méprisants pour les problèmes de fond : la sécurité, la drogue, les immigrés, sempiternelle trilogie qu'il

* Publiée dans l'édition anglaise, ***Roissy Express, A Journey Through the Paris Suburbs***, Verso, Londres et New York, 1994.

convient de faire précéder, à gauche, par le chômage, source de tous les maux. Que les sociologues seraient écœurés par notre prétention à survoler en un mois un tel réseau serré de faits complexes, dont l'étude réclame d'eux toute une vie de travail. Que les architectes et les urbanistes seraient blessés de voir leur domaine traité en quelques considérations générales dignes du café du commerce. Et j'étais parfaitement sincère dans ces craintes. A tous je donnais d'avance, sinon tout à fait raison, du moins des tas de raisons. Or ce ne fut pas le cas. Je le répète : ce n'est pas tant d'avoir été couverts de compliments qui nous a semblé insolite, que de les recevoir de tous bords, dans un climat touchant de gentillesse et de sympathie que je qualifierai d'œcuménique. Teigneux comme nous sommes, nous avons décidé de rester méfiants. Quelques insultes nous auraient rassurés. Tout ce monde nous semblait trop poli pour être honnête. A voir ce que ça cachait.

*

Des lettres de lecteurs, nous en avons reçu beaucoup et nous en recevons encore. Quelques-unes nous ont amicalement signalé des erreurs : ainsi j'ai trop rapidement condamné à mort la cité radieuse de Le Corbusier à Briey, en Lorraine, alors que, le temps que j'écrive mon livre, elle a été miraculeusement sauvée. J'ai rectifié dans la présente édition. Un lecteur m'a fourni de précieuses indications sur l'écartement d'origine des rails de la ligne de Sceaux. Un autre encore m'a donné des précisions si détaillées sur la fameuse bataille de la Bièvre entre le Gaulois Camulogène et les armées de César que j'aurais juré qu'il y avait assisté. Une lectrice enfin m'a causé beaucoup de honte et d'embarras : elle me reprochait de ne pas avoir invoqué ce que nous devions à Julio Cortázar et à ses *Autonautes de la Cosmoroute,* récit du voyage qu'il fit avec son amie Carol Dunlop un mois durant sur l'autoroute de Paris à Marseille, d'aire de repos en aire de repos et sans jamais en sortir. Elle avait mille fois raison, cette lectrice. Pourtant, ce n'était pas un oubli. Je dois énormément au grand Cronope – et peut-être même, sans la lecture de ce livre-là, n'aurais-je jamais osé écrire le mien. Mais il y a entre nous des différences majeures, à commencer, bien sûr, par celle de la dimension littéraire. Le simulacre d'aventure de ces Marco Polo de l'autoroute, le Loup et l'Oursine, prend aux yeux du lecteur qui connaît la suite une valeur pathétique. Il sait, lui, que Carol mourra quelques mois plus tard et que Julio ne lui survivra que deux ans, le temps de rédiger ce qui sera son dernier livre comme une dernière lettre d'amour. Cette fuite dans un univers où l'espace se réduit au tracé d'une ligne de cent mètres de large, où le temps se conjugue avec l'espace comme sur un graphique en tendant vers un point zéro pour s'y annuler, était pour eux l'ultime moyen de se retrouver, de sentir battre en eux la vie dans son foisonnement et son absurdité. Je sais bien que tout voyage, même le plus minuscule, n'est rien d'autre qu'une tentative, consciente ou non, de fuir la mort. Mais notre petit voyage à nous se voulait au contraire immergé dans la vie, aux aguets de chaque parcelle de terrain parcouru, avide de rencontres dans le passé comme dans le présent, tendu autant que possible vers l'avenir. Ce livre est plus modestement un livre d'amitié. Dans ces conditions, si je n'ai pas voulu invoquer le patronage de Cortázar c'est parce que cela me semblait presque un abus de confiance.

Cela dit, dans leur quasi-totalité les lettres de nos lecteurs nous ont fait chaud au cœur. Chacune, quelle qu'en soit la longueur, est comme la continuation de notre voyage, le prolongement d'un chapitre, l'ajout d'un nouvel épisode, au point que j'ai un moment pensé en faire un recueil.

Il y a d'abord le lecteur, notre frère, amoureux de voyages insolites. Dans cette catégorie, la palme revient sans contredit à ce couple qui habite la banlieue et qui a décidé qu'il passerait une fois par an le temps de ses vacances à Paris : vingt arrondissements, vingt ans. Mais pas n'importe comment : en explorant l'un après l'autre les rues, avenues, places, boulevards, etc., *par ordre alphabétique*. Il y a aussi le fanatique des voyages en chemin de fer qui a tenu à joindre Brest (Bretagne) à Brest (Ukraine). Ne s'arrêtant pas en si bon chemin, il a continué par le Transsibérien jusqu'à Vladivostock, prenant soin, au changement de gares à Moscou, de prendre le tramway afin de ne pas rompre le fil ferroviaire, et tout cela dans le but grandiose de verser dans le Pacifique l'eau de l'Atlantique emportée dans une fiole et de mesurer, de part et d'autre, si le niveau des marées en avait été modifié. Il y a le fou chantant et vélocipédique d'Aubervilliers qui a descendu les berges de la Seine jusqu'au Havre en distribuant les poèmes qu'il écrivait au fur et à mesure (il semble qu'il pratique en virtuose l'art de pédaler sans tenir son guidon). Il y a ce groupe suisse qui donne tous les ans rendez-vous à ses adeptes, lesquels ne se sont jamais rencontrés autrement, dans une gare perdue du Massif central : au jour dit, ils descendent du même train, ne s'adressent pas la parole, contemplent le paysage, et repartent par le train suivant, contents jusqu'à l'année prochaine. Ils auront entre-temps rédigé leurs fortes impressions pour un bulletin tiré à peu d'exemplaires, qu'ils me font l'honneur de m'envoyer car ils m'ont nommé membre d'honneur de leur association. Il y a...

Il y a, plus sérieusement, ceux qui nous ont écrit pour expliquer qu'habitant en quelque point de la ligne et l'empruntant quotidiennement, ils avaient eu la même idée que nous depuis longtemps sans jamais se décider à la réaliser : las de contempler matin et soir les mêmes gares, ils rêvaient d'y descendre un jour et d'aller voir ce qu'il y a derrière. Ils nous remerciaient de l'avoir fait pour eux. Certains d'ailleurs ont été moins velléitaires, et j'ai reçu la relation d'un voyage qu'une classe de collège a effectué ainsi, de Villepinte au Bourget, sous la houlette de son professeur.

Il y a enfin et surtout ces lettres, ces rencontres avec des gens de tous âges qui, simplement, semblent heureux que l'on ait parlé des lieux où ils vivent en d'autres termes que ceux de la lamentation sur le thème du « problème des banlieues », et qui veulent apporter leur petite ou grosse pierre à notre édifice. Parmi eux, beaucoup ont passé les soixante ans. C'est l'âge où le souvenir commence à concurrencer le présent. Et le thème est toujours le même : « Ma vie, ça ferait un roman... » Le roman de générations qui ont vu l'humanité changer davantage en un demi-siècle qu'en deux mille ans. Balancements de la nostalgie et de la lucidité : nostalgie des grands espaces ouverts de l'Ile-de-France, du rythme des saisons, des rites d'une société construite au fil des siècles ;

lucidité sur ce que la vie était dure aux humbles, il y a moins de cinquante ans, avec ce constat, toujours un peu étonné, toujours émouvant dans sa banalité, que le confort d'aujourd'hui, inouï pour ceux qui ont vécu la dureté des temps du travail aux champs et des usines broyeuses d'hommes, n'apporte en rien le bonheur, et génère des angoisses inédites quant à l'avenir.

Oui, c'est comme si le livre n'était jamais terminé.

*

Côté presse, je l'ai dit, nous fûmes bien reçus, et pourtant, étrangement, quel sentiment de fiasco ! Plus l'audience du média était grande, plus nous pouvions être assurés de voir l'article ou l'interview commencer par cette considération ravageuse, d'une haute portée sociologique : « Anaïk Frantz et François Maspero ont eu l'idée originale d'aller se promener dans des contrées totalement inexplorées, où personne ne va, à deux pas de la vie civilisée... » En quelques mots, tout ce que nous avions essayé de faire et de dire était par terre. Qu'importe si aujourd'hui la majorité de la population française vit dans des banlieues, au point que la France elle-même, y compris dans ses sous-préfectures les plus reculées, n'est qu'une grande banlieue, et que le centre des villes n'est qu'une pâle survivance de temps quasi préhistoriques et une vitrine fragile des temps modernes. Nous avions plongé dans l'inconnu. L'inconnu où nous vivons tous. C'était simple. Il suffisait d'y penser : comme pour l'œuf de Christophe Colomb. « Christophe Colomb des banlieues », ai-je d'ailleurs lu ou entendu à plusieurs reprises. Du coup, nous avons été bombardés d'offres alléchantes : plusieurs fois on nous a proposé de refaire le trajet, en compagnie d'un journaliste ou d'une équipe de télévision. Rapidement, bien sûr. Si possible en une journée. En passant par les points le plus pittoresques, en faisant dire aux gens les petites phrases essentielles qui émeuvent. Notre refus n'a pas plu. Et encore moins notre suggestion : ce que nous avons fait seuls, faites-le seuls à votre tour. Vous n'avez pas besoin de nous. Chacun peut faire ça. Cela demande juste autant de peine que de composer un album de famille. Un peu de bonne volonté, un peu de disponibilité, un peu de temps surtout... Mais il faut croire que ces gens-là n'ont pas le temps.

On a aimé notre livre, côté des nantis, parce qu'il rassurait. L'un des discours classiques sur les banlieues ne fait finalement que prolonger le discours du XIXe siècle sur les bas-fonds et les classes dangereuses. Aux *Mystères de Paris* ont succédé les mystères des banlieues. Nous arrivions en disant qu'il n'y avait pas tant de mystère que ça et on respirait, soulagé. Enfin des gens qui ne parlaient pas en termes de catastrophes ! Il semblait qu'on n'avait attendu que nous pour constater que les banlieues sont peuplées de braves gens et qu'entre braves gens on peut toujours s'entendre. Le sommet, dans le genre, a été atteint lorsque le président de la République, en ouvrant à Bron les « États généraux des banlieues », a cité notre livre en exemple. De travers, bien sûr, en racontant une histoire à dormir debout de jeunes gens de Roissy qui attendent sous un abribus et s'ennuient : ils n'ont aucun local où se réunir. Alors, dit le président, ils décident de prendre courageusement leurs affaires en main et de créer de toutes pièces leur propre Maison des jeunes. Conclusion qui s'impose : prenez vos affaires en main, etc. Dans cette histoire édifiante on aura reconnu le passage de la p. 37, quand Anaïk explique qu'elle a rencontré des jeunes qui s'ennuyaient. Ils s'ennuyaient, point final. Et il est probable qu'à l'heure où j'écris ces lignes, eux ou leurs petits frères continuent de s'ennuyer. Tout le reste est littérature présidentielle. J'ajoute que nous avions été invités à Bron, pour méditer sur les banlieues et écouter pieusement ce discours. Avec des tas de gens compétents. Nous n'y sommes pas allés. Nous ne sommes allés nulle part. Ni dans les instituts d'urbanismes, ni dans les groupes de réflexion, ni dans les réunions d'experts dont on nous ouvrait les portes. C'est fou ce qu'on s'est réuni pour réfléchir sur le problème des banlieues, ces années-là – et ça n'est pas fini, bien sûr. Mais nous, qu'est-ce qu'on pouvait dire de plus ? Donc Anaïk est retournée à ses photos, à ses amis les clochards et à cette misère quotidienne qui monte, monte, n'en finit pas de monter, sans se soucier que ça se passe dans Paris ou à l'extérieur de Paris, et bien sûr elle ne vend pas davantage ses photos. Et François est parti explorer d'autres horizons, à l'Est notamment, dans cette Europe qui est au cœur de l'Europe et que l'Europe, la vraie, celle qui a un drapeau et une Assemblée, considère comme sa marge, ses confins, sa banlieue. Mais ceci est une autre histoire.

*

En quatre ans, je l'ai dit, le décor a beaucoup changé. L'énorme effort, dont il n'est pas question de se moquer, entrepris pour homogénéiser tant d'« espèces d'espaces », les relier entre eux, leur donner des fils directeurs, un sens, en un mot rendre la vie vivable, a été poursuivi : la boucle de l'autoroute A 86 avance, un tramway relie la préfecture de Saint-Denis à celle de Bobigny, la gare du TGV de Massy-Palaiseau dans le sud est ouverte et celle de Roissy dans le nord le sera bientôt, de vrais centres de villes, tels que celui de Saint-Denis ou de Massy, ont pris une authentique figure urbaine. Pour qui emprunte aujourd'hui le RER, la traversée de La Plaine Saint-Denis, le paysage d'Aubervilliers sont déjà méconnaissables. On construit le Stade de France. Des « pôles » nouveaux jaillissent de terre. En même temps ont surgi à l'est les tours enchantées d'Eurodisneyland, qui attirent désormais leur contingent de touristes, protégées des miasmes de l'extérieur par des barbelés et des miradors. Il paraît d'ailleurs que ça bat de l'aile, Eurodisneyland. Ses joyeux animateurs devraient penser sérieusement, pour relancer la clientèle, à inclure dans le prix du forfait une visite guidée du Louvre, du musée Picasso et des égouts de Paris.

On ne s'est jamais tant penché sur les banlieues que ces dernières années. En 1991, la création d'un ministère de la Ville a d'abord donné beaucoup d'espoir à tous ceux qui travaillent sur le terrain, urbanistes, élus locaux, animateurs sociaux : enfin tant d'efforts et de bonnes volontés dispersées allaient être coordonnés et encouragés. Dans le même temps, la crise économique, en s'approfondissant, sapait ces espoirs et ramenait tout ce que le ministère pouvait proposer de meilleur à des solutions de replâtrage. Des manifestations sporadiques de jeunes en colère sont venues relancer au bon moment le discours sécuritaire. Dialogue de sourds : au discours stéréotypé, aujourd'hui officiel et quasi hégémonique sur l'insécurité des banlieues – « les banlieues ghettos » –, les jeunes répondent par l'expérience vécue de leur propre insécurité : insécurité face à l'emploi, qui abolit tout projet, toute perspective d'avenir ; insécurité face à la violence des quadrillages policiers.

En 1991, la guerre du Golfe a marqué un tournant décisif, une sorte de point de non-retour. On a d'abord assisté à une singulière auto-intoxication de l'opinion. L'argumentation était simple : on faisait la guerre aux Arabes (ou aux musulmans : dans le langage courant des politiques les deux s'emploient indifféremment), or les banlieues sont peuplées d'Arabes ou d'enfants d'Arabes vulgairement appelés « beurs » : donc il fallait s'attendre à des explosions de violence dans les banlieues. Des précautions policières impressionnantes furent prises. Pourtant, surprise, rien ne bougea. On se rassura. Nos Arabes étaient finalement de bons Arabes. Ils n'avaient aucune sympathie profonde pour Saddam Hussein et son régime. C'était vrai, mais les choses n'étaient pas si simples. La guerre du Golfe a laissé un traumatisme qui, pour être resté muet, n'en est pas moins profond. Ces jours-là, face au discours de la méfiance qui leur était adressé, les Français portant un nom maghrébin ont senti un rejet que beaucoup ont vécu comme définitif. Nés en France, ne parlant la plupart du temps que le français (et bien sûr, parce qu'ils ont tous été au lycée, un peu d'anglais), nourris aux grands principes de l'intégration, on leur a soudain lancé à la figure, enfin en toutes lettres, officiellement, ce qui n'était que murmuré : ils étaient des suspects. Suspects aux « vrais » Français, bien sûr. Mais pas seulement. Sur l'autre bord de la Méditerranée, ils étaient tout aussi suspects aux peuples dont leurs parents étaient issus : suspects, voire traîtres à la cause arabe. Niés par les Français qui leur refusaient la qualité de Français, niés par les Arabes qui leur refusaient la qualité d'Arabes. Humiliés. Plus d'issue. Ce traumatisme-là ne s'effacera pas de sitôt.

Que sont devenus les personnages de ce livre ? Je prendrai trois exemples. Akim qui avait fait des études de théâtre, qui était l'un des animateurs de l'*Aubervilliers Jazz Band Cie* et qui, lors de notre passage, répétait une pièce de Mrozeck, a décidé, un jour de colère, de tout laisser tomber : il a pris une licence de chauffeur de taxi. Il nous avait dit qu'Aubervilliers c'était formidable, à condition d'en être sorti. Il n'en est pas sorti. De Daoud, qui voulait que les locataires des tours peignent les paysages de leurs rêves sur leurs paliers, j'ai eu des nouvelles par un lecteur de La Courneuve. Il a fini par exaspérer les responsables des services de la mairie sous les ordres de qui il travaillait, il a été licencié et il est retourné à la drogue – et probablement à ses expédients de voyou. Il n'était jamais vraiment sorti d'Aubervilliers, il y a plongé pour toujours. Rachid, enfin, le grand, le superbe, le généreux Rachid, continue sur la voie de la sculpture monumentale et connaît le succès international. Peut-être, mais je ne sais pas, a-t-il compris que le tout n'était pas de quitter Aubervilliers, encore fallait-il ne pas y revenir.

D'autres personnages qui, pour ne pas apparaître dans ce livre en chair et en os, y sont pourtant présents, je dirai aussi quelques mots. Je veux parler de ceux qui, du plus petit échelon au plus élevé, œuvrent dans le tissu social. Les acteurs de la base, d'abord, qu'ils travaillent dans les maisons de quartier, dans les centres socioculturels de toutes sortes, passionnés parfois, désespérés souvent. On ne dira jamais combien, au-delà des grandes intentions et des grands discours, ce sont eux qui maintiennent envers et contre tout une cohérence sociale, constamment aux limites de la rupture et de l'éclatement : avec des bouts de ficelle et des rustines, quatre sous de subventions, en n'en finissant pas de déprimer et de râler. Ceux des élus locaux, ensuite, du moins ceux qui croient encore, malgré la dévalorisation à la mode de tout ce qui est politique, que seule la politique, au sens étymologique du terme, peut forger, faire survivre et faire avancer la cité. Les architectes enfin, qui cherchent inlassablement les formules qui permettront de sortir des « années-stockage » d'où sont issues toutes ces usines à dormir et à mal vivre, et les urbanistes qui essayent de reconstruire des lignes d'équilibre dans un paysage morcelé. Parmi ces derniers, j'ai souvent parlé de Roland Castro, car issu de l'extrême gauche soixante-huitarde, il a été durant dix ans le conseiller écouté de l'Élysée et a rêvé de redonner une dimension humaine à ce qui semblait avoir échappé aux hommes. J'ai pu être ironique, à propos de ce passage exemplaire d'un radicalisme rouge ne jurant que par la révolution culturelle au réformisme rose : et c'est vrai que certains projets de Roland Castro et des siens – faire par exemple des anciens forts entourant Paris les articulations d'un réseau neuf de convivialité – pouvaient donner à sourire, avec leur nostalgie des grandes utopies ouvriéristes, leur idéologie de la « fête » aux relents d'accordéons du Front populaire remise au goût du jour du rock. Il y avait pourtant du courage à s'y acharner.

Le ministère de la Ville est passé en 1992 pour quelques mois entre les mains du célèbre homme d'affaires Bernard Tapie : on allait voir ce qu'on allait voir, annonça celui-ci. On ne vit pas grand-chose, sauf des visites éclairs pour distribuer des subventions aux méritants et la reprise du discours, plus fort que jamais, sur la nécessité de briser les « ghettos » de la banlieue. Face à cette démagogie, il fallait soit faire le gros dos, soit démissionner. Roland Castro a, raisonnablement, démissionné. Avec lui, c'est le peu qui restait du projet de la gauche, décrété archaïque, d'un monde meilleur, que celle-ci laissait s'écrouler. Quelques mois plus tard, la gauche elle-même s'est écroulée.

Le ministère de la Ville a été incorporé dans un ministère plus vaste des Affaires sociales. Depuis, on n'a jamais tant parlé des ghettos et de l'urgence (toujours) de les faire disparaître : du coup, on a réussi à faire passer ce qui n'était largement que fantasme à l'état de réalité. Tout l'arsenal du renforcement du contrôle policier, des mesures répressives – dont les plus voyantes sont les nouvelles dispositions sur les contrôles d'identité – accentue la tendance. Il y a quatre ans, quand j'écrivais ce livre, j'étais sûr d'une chose : c'est qu'il n'y avait pas de vrais ghettos dans la société française, que les banlieues restaient des lieux de vie extraordinairement ouverts, comme il en est peu dans le monde. Aujourd'hui, on a tellement voulu conjurer ces ghettos et, ce faisant, on y a tellement cru, qu'on a fini par les faire exister pour de bon. Et par persuader ceux qui y vivent que, comme pour tout vrai ghetto, nul secours efficace n'est à attendre de l'extérieur. Alors ? Alors c'est le triomphe du chacun-pour-soi, de la démerde individuelle et de l'intolérance au voisin le plus proche. Et l'apparition de modes de prise en charge des collectivités inédits et aberrants : c'est ainsi, par exemple, que dans certains quartiers, comme aux

3 000 d'Aulnay, on a pu voir les trafiquants de drogue installer leur propre réseau d'aide sociale, excluant, en distribuant aux démunis les secours nécessaires, toute intervention des institutions.

*

Je ne regrette certes pas d'avoir fait, au printemps du bicentenaire de la Révolution française, une jolie promenade chez les miens, dans ce pays qui est le mien. Je continue de penser que c'est là, et pas ailleurs, que se passe, que se joue la vie de mon pays. Que c'est là que se trouvent ses forces vives. Son avenir. Je suis seulement plus pessimiste sur cet avenir qu'il y a quatre ans. J'espère de tout mon cœur que j'ai tort.

Table

Així hem resseguit
els rius i les muntanyes
la seca altiplanura i les ciutats,
i dormim cada somni
de llurs homs.
Salvador Espriu. *La Pell de Brau.*

I. Plaine de France

II. Petite couronne

III. Hurepoix